徐勇 著

Compilation of Selected Works as a Method and Contemporary Chinese Poetry

作为方法的
"选本编纂"
与当代新诗

北京大学出版社
PEKING UNIVERSITY PRESS

图书在版编目(CIP)数据

作为方法的"选本编纂"与当代新诗 / 徐勇著. 北京：北京大学出版社,
2024.11. -- ISBN 978-7-301-35517-6

Ⅰ. I207.25

中国国家版本馆 CIP 数据核字第 202411Z5J0 号

书　　　名	作为方法的"选本编纂"与当代新诗 ZUOWEI FANGFA DE "XUANBEN BIANZUAN" YU DANGDAI XINSHI
著作责任者	徐　勇
责任编辑	高　迪
标准书号	ISBN 978-7-301-35517-6
出版发行	北京大学出版社
地　　　址	北京市海淀区成府路 205 号　100871
网　　　址	http://www.pup.cn　新浪微博：@北京大学出版社
电子邮箱	编辑部 wsz@pup.cn　总编室 zpup@pup.cn
电　　　话	邮购部 010-62752015　发行部 010-62750672 编辑部 010-62756467
印　刷　者	北京鑫海金澳胶印有限公司
经　销　者	新华书店
	650 毫米×980 毫米　16 开本　19.75 印张　322 千字 2024 年 11 月第 1 版　2024 年 11 月第 1 次印刷
定　　　价	98.00 元

未经许可，不得以任何方式复制或抄袭本书之部分或全部内容。
版权所有，侵权必究
举报电话：010-62752024　电子邮箱：fd@pup.cn
图书如有印装质量问题，请与出版部联系，电话：010-62756370

国家社科基金后期资助项目
出版说明

　　后期资助项目是国家社科基金设立的一类重要项目,旨在鼓励广大社科研究者潜心治学,支持基础研究多出优秀成果。它是经过严格评审,从接近完成的科研成果中遴选立项的。为扩大后期资助项目的影响,更好地推动学术发展,促进成果转化,全国哲学社会科学工作办公室按照"统一设计、统一标识、统一版式、形成系列"的总体要求,组织出版国家社科基金后期资助项目成果。

全国哲学社会科学工作办公室

目 录

序/谢 冕 ·· 1

导论 《中国新文学大系·诗集》与新诗史的建构 ············· 1

第一章 选本批评、史学叙述与20世纪中国新诗 ············· 17
    第一节 选本编纂与当代诗歌发展变迁 ················· 17
    第二节 选本批评与中国当代诗歌场域的建构 ··········· 31
    第三节 选本编纂与20世纪中国新诗的评价问题 ········· 55

第二章 20世纪50—70年代文学体制与诗歌选本 ············· 81
    第一节 《中国新诗选(1919—1949)》与"十七年"时期新诗
          体制的建立 ································· 81
    第二节 《红旗歌谣》、新诗的出路与文学格局问题 ······ 107

第三章 朦胧诗潮与20世纪80年代诗歌选本编纂 ············ 132
    第一节 《朦胧诗选》的版本差异与朦胧诗派的三种形态 ··· 132
    第二节 选本编纂与朦胧诗的建构及其衍化 ············ 147

第四章 选本编纂与20世纪八九十年代诗歌创作转型 ········ 165
    第一节 选本编纂与"第三代诗"的发生 ··············· 165

第二节 《中国现代主义诗群大观(1986—1988)》
　　　　与20世纪八九十年代诗歌地形图 …………… 180

第五章　作为"视角"的选本编纂与新诗研究的理论问题 ……… 199
　第一节　《九叶集》与现代诗歌流派的重构 ……………… 199
　第二节　作为"方法"的"世界文学"与新诗总集编纂 ……… 223
　第三节　选本编纂与新诗经典化命题的再阐释 …………… 237
　第四节　非正式出版选本与中国当代诗歌发展 …………… 255

结语　选本编纂与当代文学体裁格局变迁 ……………… 276
附录　重要诗歌选本目录 ……………………………… 290
参考文献 ……………………………………………… 303
后　记 ………………………………………………… 308

序

谢 冕

徐勇嘱我为他的新书《作为方法的"选本编纂"与当代新诗》写序,我考虑再三,还是答应了下来。据徐勇的说法,我对中国当代新诗有持续的研究,且又参与了当代新诗重要选本的编选,更重要的是,他的这部著作多次提到我参与编选的诗选,比如说《中国新诗总系》、《中国新诗萃》、《新诗三百首》、"当代诗歌潮流回顾·写作艺术借鉴丛书"、《百年新诗》等,因此他请我对他的研究提提意见。既如此,我也就觉得可以说几句了。

我参与了诸多诗歌选本的编选,其中的甘苦是很多局外人所不能理解的。根据徐勇的观点,编选新诗选本,很大程度上也是一种批评实践,从这个角度看,我参与编选新诗选本本身也可以看成新诗批评的一部分。这个观点,某种程度上也可以说得过去。

一直以来有一普遍被认可的做法,即在文学史和文学批评之间划出一条鸿沟,似乎两者彼此颉颃、互不相干。这往往造成文学史家看不起文学批评家,文学批评家看不起文学史家。这一划分,不能说没有道理,在某些情况下,也确实如此。毕竟,两种文学研究的做法确实有所不同,甚至可以说大相径庭。但若从历史的角度看,其实也不尽然。大家都知道,文学史家所处理的史料很大一部分就是作为文学现场构成部分的批评文字,文学批评家如果没有文学史家的视野,要想做好文学批评也是难上加难。这当然是从两者的辩证关系中得出的结论;而这,也从反面证实了区分并非没有意义。但如果从选本编选特别是新诗选本的编选实践来看，情况可能又有所不同。选本编纂确实能做到文学史叙事与批评定位结合。对于那些优秀的选本而言，比如说朱自清编选的《中国新文学大系·诗集》，更是如此。

但选本编选终究不同于一般意义上的文学史叙事和文学批评，它通过"选"和"编"的方式言说，这是其他文学活动所不具有的；对于其中的复杂内涵，既需要有敏锐的学术眼光，又要有细致入微的辨析，对两者平衡关系的把握往往构成对研究者的考验与挑战。徐勇的著作在涉及这个问题的时候，没有简单地对待两者的复杂关系，而是试图回到文学现场，并尝试从知识考古学的"话语实践"层面展开分析。应该说，他的这种做法是值得肯定和鼓励的，有些地方也有他自己的探索和思考。书中部分观点并不见得多有新意，但这种研究其实是打开了一个新的空间，很多看似不相干的问题都在其中汇聚并被呈现。如果能把这些问题讲清楚，亦是一大贡献。从这个角度看，徐勇的这部著作自有其价值在。

2024 年 4 月

导论 《中国新文学大系·诗集》与新诗史的建构

赵家璧主编的《中国新文学大系》十卷（上海良友图书印刷公司，1935—1936年）可以看成新文学第一个十年的总结，其中朱自清所编《中国新文学大系·诗集》卷与古代的诗歌总集关系甚为密切。十几年来，学界对《中国新文学大系》有较多的研究，或倾向于整体考量，或侧重于史料考证，至于其同古代选本（特别是诗歌选本）的关系，则显然研究不够。

有学者以为《中国新文学大系》中"朱自清的《诗集》比较中规中矩"，是"《大系》中最'规矩'的'选本'"，其理由是"朱自清没有那么多诸如'三代以上古人'、'大品/小品'等现实落寞的感慨，他也不是如茅盾那样欲说还休。朱自清首先考虑的是现今没有好的'新文学''选本'"。① 这样说当然没问题，但需要注意的是，这种"好的'新文学''选本'""好"在哪里？朱自清编《中国新文学大系·诗集》前，白话新诗已经有好几种选本了。比如许德邻编有《分类白话诗选》（崇文书局，1920年），北社编有《新诗年选（一九一九）》（亚东图书馆，1922年），卢冀野编有《时代新声》（泰东图书局，1928年），沈仲文编有《现代诗杰作选》（青年书店，1932年），刘半农编有《初期白话诗稿》（星云堂

---

① 杨志：《选家眼光与史家意识——〈中国新文学大系〉的编选与出版》，夏晓虹、王风等：《文学语言与文章体式——从晚清到"五四"》，安徽教育出版社，2006年版，第510—511页。

书店影印,1933年),薛时进编有《现代中国诗歌选》(亚细亚书局,1933年),赵景深编有《现代诗选》(北新书局,1934年),王梅痕编有《注释现代诗歌选》(中华书局,1935年),等等。就"选时"论,朱自清编《中国新文学大系·诗集》与薛时进编《现代中国诗歌选》两部诗选相近,都可以看成十年诗选①,但后者规模较小,选诗87首,入选诗人42人。就规模论,朱自清编《中国新文学大系·诗集》与许德邻《分类白话诗选》相当,前者选诗400首,选录诗人59位;后者选诗500首。三者间的关联表明,对朱自清编《中国新文学大系·诗集》的考察分析,有必要放在三部诗选的比较中展开②。但仅仅比较朱自清编《中国新文学大系·诗集》和这些新诗选本是远远不够的,因为新诗选本的出现,除表明新诗创作的"实绩"外,还表明选本编纂的现代转型,这就需要将其置于和古代诗歌选本的复杂关联中加以把握。

一

许德邻在《分类白话诗选》的"自序"中说:"至于分门别类的编制,原不是我的初心,因为热心提倡新诗的诸君子,恰好有这一个模范。我就学着步武,表示我'同声相应'的'诚意'。"③朱自清在《中国新文学大系·诗集》的"导言"中最后补充道:"若要强立名目,这十年来的诗坛就不妨分为三派:自由诗派,格律诗派,象征诗派。"④这里,一个是"学着步武",一个是"强立名目",两者的差异,正好可以用来分析《中国新文学大系·诗集》之于选本编纂的开创性意义。即是

---

① 薛时进在《现代中国诗歌选·序》中说"新诗发展至今,已有十余年的历史了"。见薛时进编:《现代中国诗歌选》,亚细亚书局,1933年版,"序"第1页。
② 《中国新文学大系·诗集》"编选用诗集及期刊目录"部分提到许德邻编有《分类白话诗选》,两者间有内在的关联。
③ 许德邻编:《分类白话诗选》,人民文学出版社,1988年影印版,"自序"第4页。
④ 朱自清编选:《中国新文学大系·诗集》,上海文艺出版社,1981年影印版,"导言"第8页。

说,《中国新文学大系·诗集》有明显的建构之意在。这种建构表现在流派的构筑,而非体式的梳理上。古代诗歌选本,有以体式的梳理为己任的,即王瑶所谓的"文体辨析":"选本序跋中的分类说明,溯源解释;都是这时候文体辨析的历史影响。"[1]体式表明的是沿袭、继承和发展。体式指向过去,它是封闭的。比如说桐城派及其《古文辞类纂》的编选者是通过编选古文来作为自己的摹本,其立意或指向是向后转的,通过传统的学习来做指导并回到传统。这仍是一种体式的演变模式。流派构筑则不同。它突出的是新意和全新的时空观念:面向未来的,和变动不居的,没有定规的;多变的,传统所无法框定的。比如朱自清在所编《中国新文学大系·诗集》的"导言"中这样说胡适,"那正是'五四'以后,刚在开始一个解放的时代。《谈新诗》切实指出解放后的路子,彷徨着的自然都走上去。乐观主义,旧诗中极罕见;胡氏也许受了外来影响,但总算是新境界"[2],"乐观主义"显然是一种现代性的线性时间观的集中体现,其呈现出来的是对未来的信心,而这,正是自由诗派所传达出来的:一切都处于未定状态,但也是希望状态。比如说到郭沫若,"他的诗有两样新东西,都是我们传统里没有的:——不但诗里没有——泛神论,与二十世纪的动的和反抗的精神","看自然作神,作朋友,郭氏诗是第一回。至于动的和反抗的精神,在静的忍耐的文明里,不用说,更是没有过的。不过这些也都是外国影响。——有人说浪漫主义与感伤主义是创造社的特色,郭氏的诗正是一个代表"[3]。

这种全新的时空观还表现在流派的流动性特征上。在朱自清这里,每一流派,也都是有变化的,不能且不是固定的。比如说把彼时通常意义上的创造社诗人分成两类,郭沫若是一类,属于自由诗派;而后

---

[1] 王瑶:《文体辨析与总集的成立》,《中古文学史论》,北京大学出版社,1998年版,第88页。
[2] 朱自清编选:《中国新文学大系·诗集》,上海文艺出版社,1981年影印版,"导言"第2页。
[3] 朱自清编选:《中国新文学大系·诗集》,上海文艺出版社,1981年影印版,"导言"第5页。

期创造社诗人如冯乃超,则被定位为象征诗派。之所以这样分类,是因为朱自清看到了创造社诗人创作的流动性特征。他们虽然以创造社名世,但其流派性却是变动的。他们的作品并不必然都属于一种风格。其中,诗人与诗人之间有区别,同一诗人的前后时期也有区别。其流派性,需要由诗歌作品来定位,而不是由诗人群来定位。这应该说是朱自清这一选集特别有创造性的地方。他既建构了诗人的主体性——将同一诗人的作品放在一起排列,又把这种主体性置于一种流动的状态和脉络中加以把握和认识。

  之所以这样做,某种程度上还是要从"强立名目"上入手。从当时公认的流派社团看,郭沫若、冯乃超、田汉等可以称为创造社派,徐志摩、闻一多等可以称为新月派,冰心、宗白华可以称为小诗派,叶绍钧、郑振铎、朱自清等则可以称为文学研究会派,冯雪峰、应修人、潘漠华、汪静之等可以称为湖畔诗派,这样一来,诗歌流派就与小说流派具有了趋同性(创造社和文学研究会,主要以小说为主),但同时也会造成分类的混乱。名目既多,有些诗人,比如说胡适、鲁迅,就不好归类。而自由诗派、格律诗派和象征诗派这种分类,则具有最大的概括力,能把几乎所有诗人囊括其中,从中亦能看出新诗的发展路径——新诗是由自由诗派发展而来的,先是自由的、不讲章法的,它是被解放了的诗歌,解放之后"自由"则适当后撤,开始探讨新诗的格律及新诗的表现力(即比喻和象征),这后两者正好可以看成前者的延续和发展。可见,这里的"强立名目",并不仅仅要构筑新诗十年的格局,还在于建构新诗的发展路径及脉络。"学着步武"则显然做不到这点。

  但还要看到,朱自清所谓的"强立名目"也并不是随意而为,他的这一"强立名目"中有时人对新诗的普遍看法的投影。比如说薛时进所编《现代中国诗歌选》中,薛时进从"进化论"入手[①],把十年来的新诗

---

 ① 薛时进在《现代中国诗歌选·序》中这样说:"至所选各家的诗,排列及分卷,虽不敢言尽善,却很可以看出现代中国诗歌进化的轨迹"(见薛时进编:《现代中国诗歌选》,亚细亚书局,1933年版,"序"第3页)。这种"轨迹"的由来,显然源自其新诗发展的三阶段说。

分为"尝试时期""自由诗时期"和"新韵律诗时期"三个时期。这样一种进化论的观点,使得这一诗选选诗时并不顾及文学史格局的平衡,而偏向第三个时期。其选文中,虽然选了李金发等人的诗歌,但常常忽略其所代表的象征主义。朱自清把十年来的新诗分为自由诗派、格律诗派和象征诗派的做法,暗含进化论观点在内,其同薛时进的三阶段说有颇多类似处,但更多的是不同。进化论的观点决定了编选者薛时进的个人判断的好恶和选择上的取舍:他不仅要构筑文学史脉络,更要凸显个人的偏好。他选了徐志摩诗 10 首,而郭沫若诗只选 5 首,主观性颇为明显。朱自清的流派构筑,既暗含时间上的先后顺序和进化的观点,即"看看启蒙期诗人'怎样从旧镣铐里解放出来,怎样学习新语言,怎样寻找新世界'"①;又不因为诗歌向前发展了就否定或轻视前人的努力,所以选诗中自由诗派的诗人作品也并不少,比如说郭沫若 25 首,仅比徐志摩少 1 首,比闻一多少 2 首。其他如冰心、俞平伯、刘大白、汪静之、康白情、朱自清等诗人的入选诗歌数,不论是从整体上,还是从个人上,都并不比格律诗派要少。可见,这是一种史的态度和进化论观点的结合。

按主义和社团分类,是当时流行的做法。这种分类的好处是阵线之间壁垒分明,但对于认识"新诗的进步"和发展之脉络线索却是无益的。流派的落脚点在作品,是作品的趋同构筑了流派。流派的流动性和复杂性,能弥补主义、社团分类的不足。而事实上,从文学创作,特别是诗歌创作的具体情况来看,流派间也并不总是这么界限分明的。这反映出朱自清的清醒的历史意识,所以他才会在结尾处来一句"若要强立名目",因为他十分清楚诗歌创作实际情况的复杂,但作为诗歌研究者,又必须做一文学史式的梳理。②

---

① 朱自清:《新诗的进步》,《朱自清全集》第 2 卷,江苏教育出版社,1988 年版,第 319 页。
② 这种清醒,集中表现在他的《新诗杂话》诸篇中。他一方面清楚地看到新诗艺术(如从对敏锐的感觉的表现出发,他特别推崇卞之琳和冯至)发展进化的精进轨迹,一方面又充分认识到新诗发展受制于时代的必然性和必要性,不能把发展绝对化成评判的标准。参见朱自清《诗与感觉》《抗战与诗》,载《朱自清全集》第 2 卷,江苏教育出版社,1988 年版,第 326—332、345—348 页。

二

朱自清编《中国新文学大系·诗集》，与同一大系其他卷的不同之处在于，除了有"导言"之外，还附有"编选凡例""编选用诗集及期刊目录""选诗杂记"和"诗话"四部分。五个部分的功能不同。"导言"建构了新诗十年的概貌和格局，"编选凡例"部分介绍编选情况，"编选用诗集及期刊目录"框定选源，"选诗杂记"介绍选诗的缘由及编选者感想，"诗话"服务于对入选诗歌作品的阅读。这样一种编选方式，相较古代诗歌总集，既有保留、延续，又有创新。

保留和延续表现在三个方面。第一，古代诗歌总集多有序跋，比如沈德潜编《唐诗别裁集》，其"序"意在对诗歌发展脉络进行溯源。这是辨体功能的体现，是对诗歌创作"流别"的梳理；朱自清编《中国新文学大系·诗集》的"导言"即体现此功能。第二，古代诗歌总集多有"凡例"或"例言"，如沈德潜编《唐诗别裁集》《古诗源》，其意既在介绍、评价所选诗歌，又在介绍编选情况。朱自清编《中国新文学大系·诗集》的"编选凡例"即体现此功能。第三，古代诗歌总集多有评点和作者介绍，这表现在《中国新文学大系·诗集》中的"诗话"部分。这一部分，既有诗人小传，又有诗人的诗话或别人对诗人的评点文字，这里的评点文字，有点类似于古代诗歌总集中的"笺注"。创新则表现在"选源"的实证性考察上。朱自清编《中国新文学大系·诗集》，其所选诗歌作品，大凡能标明出处的，尽量标明出处。古代的诗歌总集则不能做到这点。这与新诗的发表机制息息相关。这种实证性表现在《中国新文学大系·诗集》中，有两种方式。一种方式是在"导言"之后有一部分专门论及"编选用诗集及期刊目录"，另一种方式是在每一首或多首诗后注明出处。

朱自清所编《中国新文学大系·诗集》的编选体例并非横空出世，但也不能忽视其意义。此前的众多新诗选本，如许德邻编《分类白话诗选》、刘半农编《初期白话诗稿》，都未注明出处。沈仲文所编《现代诗杰作选》，收入的诗歌作品均有出处，但并未标明具体时间（即哪一期、出版年月及相关信息），只有诸如"新月""新青年"这样宽泛的名目。北社编《新诗年选（一九一九）》中，所录诗歌作品绝大部分都注明出处，而且多附写作时间；但这一年选中，偶有未标明出处的，比如傅彦长的《回想》一诗。朱自清编《中国新文学大系·诗集》，所录诗歌皆为正式发表或出版的，且都注有出处。应该看到，标明出处有现代的标志意义，其不仅是现代实证精神的体现（所选皆有出处，以方便查考），更是现代选本的诞生的标志。现代选本所选作品，都是已经出版或公开发表过的，是通过现代媒介传播的，选本所选属于第二次或多次发表。相比之下，古代诗歌总集，多带有保存文献的功能，而且流传的广度也有限。这里可以以刘半农编《初期白话诗稿》为例。刘半农说："这些稿子，都是我在民国六年至八年之间搜集起来的。当时所以搜集，只是为着好玩，并没有什么目的，更没有想到过了若干年后可以变成古董。"①这一诗稿编辑是在"民国六年至八年之间"即1917年至1919年，正式影印出版则在1933年。从编辑时间看，其入选作品收录时并不都发表过，有些是以通信的方式传播，然后被刘半农收录。比如胡适的《鸽子》一诗，是附在胡适的书信手稿之中的。可见，刘半农编《初期白话诗稿》虽于1933年正式出版，但并不能看成现代意义的选本。

　　许德邻编《分类白话诗选》，不仅是要编选诗集，还要证明新诗的合法性和优越性。他使用选文互证的方式，前言部分意在证明新诗的优越性，选文部分则以作品编选的方式印证前言中的观点。因此在编选上，这一选本特别注意编的意义。其表现是，除了许德邻的"自序"外，前言还有"刘半农序"以及《白话诗的研究》，共三部分。许的"自序"说明了编选的用意："现在正在创造的时代，总得要经过多数人的

---

① 刘半农编：《初期白话诗稿》，星云堂书店影印，1933年版，第3页。

研究和多数精神的磨练,然后能够达到圆满的目的。要求经过多数的研究和磨练,第一步的办法须要把白话诗的声浪竭力的提高来,竭力的推广来,使多数人的脑筋里多有这一个问题,都有引起要研究白话诗的感想,然后,渐渐的有'推陈出新'的希望。这个就是我编这一部白话诗稿的本意。至于分门别类的编制,原不是我的初心,因为热心提倡新诗的诸君子,恰好有这一个模范。我就学着步武,表示我'同声相应'的'诚意'。我更盼望白话诗的成稿'与时俱增',居然达到圆满的目的。那时我国的文学想想看已到了什么程度?……呀,岂不快乐……"①编选这本诗集即是要"提高"白话诗的"声浪",从而达到"推广"的目的。本着这样一种意图,"刘半农序"和"白话诗的研究"两部分,大都有许德邻的"编者按"。

但在朱自清编《中国新文学大系·诗集》时,新诗的合法性已不成问题。朱自清编选的目的在于"历史线索的勾勒"②,构筑新诗十年的发展图景及为文学史"定序"。即是说,朱自清这时需要做的,是总结和论定。这看似编选体制的演变,背后却是诗歌选本的功能变迁:"保存文献"的功能似乎已不再重要③。《分类白话诗选》是通过展示以壮声势,遴选的功能不是很明显;其遴选功能只表现在分类原则上。朱自清编《中国新文学大系·诗集》则是展示和遴选的结合。

更重要的是,这是十年诗选。因此,它通过选的行为,建构了文学史秩序:以诗人入选诗歌作品的多寡表明秩序。这种秩序表现为(括号内为选诗数量,下同):闻一多(29首)、徐志摩(26首)、郭沫若(25首)、李金发(19首)、冰心(18首)、俞平伯(17首)、刘大白(14首)、汪静之(14首)、康白情(13首)、朱自清(12首)、何植三(12首)、潘

---

① 许德邻编:《分类白话诗选》,人民文学出版社,1988年影印版,"自序"第3—4页。
② 温儒敏:《论〈中国新文学大系〉的学科史价值》,《文学评论》2001年第3期。
③ 虽然当时有人评价《中国新文学大系》有"保持文献的用意"(参见姚琪:《最近的两大工程》,《文学》1935年第5卷第1号),但这一功能更多体现在许德邻编《分类白话诗选》中,而不是《中国新文学大系》中。

漠华（11首）、冯至（11首）、徐玉诺（10首）、蓬子（10首）、朱湘（10首）、胡适（9首）、周作人（9首）、冯乃超（9首）、刘复（8首）、陆志韦（7首）、应修人（7首）、冯雪峰（7首）、戴望舒（7首）、朱大枬（7首）、宗白华（6首）、穆木天（6首）、王统照（5首）、田汉（5首）、梁宗岱（5首）、于赓续（5首）、王独清（4首）、成仿吾（3首）、鲁迅（3首）。

对这一秩序的理解，应结合朱自清写的"导言"。"导言"结尾处，朱自清说道："若要强立名目，这十年来的诗坛就不妨分为三派：自由诗派，格律诗派，象征诗派。"①这样就可以把上述诗人大致分为：

自由诗派：胡适、周作人、郭沫若、刘复、冰心、俞平伯、何植三、潘漠华、汪静之、康白情、宗白华、田汉、梁宗岱、鲁迅等

格律诗派：闻一多、徐志摩、朱湘、陆志韦、于赓续等

象征诗派：李金发、王独清、穆木天、戴望舒、冯乃超、蓬子等

通过"导言"和选文，可以看出朱自清的评价倾向——他倾向于格律诗。因为选诗最多的诗人闻一多和徐志摩都属于格律诗派。朱自清十分清楚，十年诗坛虽主要由自由诗派主导（这从其选入的自由派诗人的人数可以看出），但真正代表新诗成就的却是格律诗派。相比之下，朱自清对象征诗的评价不太高。李金发、戴望舒等人选诗都不是太多，这可能与象征诗派在1927年这一编选时间下限时还未及充分发展有关。

同是十年诗选，《现代中国诗歌选》构筑秩序的意图并不明显。虽然薛时进在"序"中构筑了新诗十年发展的三阶段论，但从其所选诗歌作品中看不出十年新诗发展的格局和秩序，更看不出文学史的区分意识来。入选诗人42人中，22人都是选诗1首，选诗2首的有10人，徐志摩选诗最多，有10首，其次分别为：冰心（5首）、郭沫若（5

---

① 朱自清编选：《中国新文学大系·诗集》，上海文艺出版社，1981年影印版，第8页。

首)、闻一多(5首)、汪静之(4首)、王独清(4首)、胡适(3首)、宗白华(3首)、冯乃超(3首)、饶孟侃(3首)。这里,没有选鲁迅、冯至、冯雪峰、应修人、潘漠华等新诗十年时期诸多重要诗人的诗,李金发的诗歌也只选了1首。这一十年诗选中,诗歌史上的重要诗人得不到凸显,甚至有很大的遗漏,这不能不说其文学史意识不强和区分意识不足。要想确立新诗发展的轨迹和脉络,仅仅立足于进化论观点梳理新诗十年的发展远远不够,还必须意识到新诗发展的差异性格局。文学史家戴燕指出:"文学史描述的对象既是文学的又是历史的:首先,它要绘制一个文学的空间,展示发生过的文学现象,并为它们的产生和联系提供合理的解释。在文学史里,文学固然不能完全恢复其自然存在的样态,但千差万别之中,它依然呈现为一个完整生动的有机体,无数作品无数作家仿佛如约而至,并且各归其位,井然有序。其次,它也要采取历史学的方法,使文学在时间上也表现得富有秩序,文学的历史仿佛随着时间的递进而演进,在文学史里,作家、作品会依次从时间隧道的那一端走出来,陆续登上长长的文学历史剧舞台,在一幕幕戏中扮演角色,时间的流程决定了他们的前后源流关系。中国文学史怎样写,能否写成,最终离不开这样的语言。"① 显然,朱自清在这方面有他的自觉意识。

通过前面的分析可以看出,朱自清的"导言"和选文相结合,其实是确立了新诗文学史格局的模式,这表现在互有联系的三方面:第一,从流派的角度梳理把握新诗;第二,诗人的地位,由流派格局确定;第三,建立起新诗发展的差异格局。朱自清构筑了新诗的自由诗派、格律诗派和象征诗派间承续竞争的格局,在这一格局的基础上,才是诗人和作品的地位的确立。在这里,诗人和作品也有其秩序:这是在流派竞逐的格局中确立的,首先建立起来的是诗人的位置,其次才是作品的价值。这是一种全新的时空观念。其背后不仅有进化论的线

---

① 戴燕:《文学史的权力》,北京大学出版社,2018年版,第33—34页。

性时间观念作为"认识论基础",还有共时性空间观念的建立。对于文学史秩序而言,仅有进化论的线性秩序远远不够——这种线性发展看不出诗人成就的高低,还必须建立历时和共时交错的时空关系轴。正是这样一种历时和共时交错的时空关系轴的建立,才使朱自清得以展现新诗发展的复杂性:虽然象征派诗稍后于格律诗派出现,但代表新诗成就的却是格律诗派。诗歌艺术的发展与时序的先后之间并不是简单的一一对应关系。

三

《分类白话诗选》出版于1920年8月,是"草创的时代"[①]的白话新诗的首次全面集结,某种程度上这可以看成1917—1920年的即时性选本。彼时,文学研究会还未成立,更不用说创造社了。这与朱自清编《中国新文学大系·诗集》时不同,其时,新诗的发展已初具规模且格局相对分明(即诗歌社团流派林立)。这样来看,《分类白话诗选》与《中国新文学大系·诗集》就不仅仅有"选时"的区别(即三年和十年),还有编选时空意识的区别。就后者而论,《分类白话诗选》是身处诗歌创作现场的编选实践,《中国新文学大系·诗集》则属于事后的回顾性总结和历时性概括。即是说,《中国新文学大系·诗集》更能体现出事后的人为的构筑性,《分类白话诗选》中的时空意识则有含混性:它既有努力挣脱旧诗的区分意识,同时又深陷在旧诗的"影响的焦虑"的框架内。

许德邻编《分类白话诗选》把新诗分为"写景类""写实类""写情类""写意类"四类,并说"分门别类的编制,原不是我的初心,因为热心提倡新诗的诸君子,恰好有这一个模范"[②]。可以看出,这里的分类虽说有现代性的意味,但仍与旧诗有不可分割的联系。古代诗歌选

---

① 许德邻编:《分类白话诗选》,人民文学出版社,1988年影印版,"自序"第3页。
② 许德邻编:《分类白话诗选》,人民文学出版社,1988年影印版,"自序"第4页。

本,比如《唐诗别裁集》《唐诗三百首》,大都从体裁分类入手,即所谓古诗、律诗;或者像《诗经》那样,按照风格分为风、雅、颂。古代诗歌选本的这一分类了然明晰,但具体诗人间的区别不明显,比如《唐诗别裁集》将李白、杜甫的诗既放入五言古诗,也放入七言古诗、五言律诗、七言律诗。这样一种编排,自然为认识某一诗体的流变提供了明晰的线索,但对于认识整个诗歌发展的流变和诗人的地位而言却有内在的缺陷。

朱自清编《中国新文学大系·诗集》时虽然在编排上采用人名编排的方式,但其人名编排体现的是线性时间观念,"作家以诗的时日为序。别集以第一集中所记最早的时日为准。不记时日的,以作序时日为准。没有序或有序而无时日的,设法查考;无从查考的,以集子出版时日为准","作家序列,照上条,在同年同月内,以有日数的居前;在同年内,以有月份的居前。诗的序列,照原集或原刊物"①。可以看出,它在编排上虽与很多古诗选本中以人名排列相似,但两者间已有质的区别。古诗选本,比如《唐诗别裁集》,虽在每一个诗体比如"五言律诗"中按诗人生卒年排列,但这种分类并不严苛。这是一种诗体和诗人相结合的编排方式。整体上按照诗体分类,每一诗体内则按诗人排列,其结果是某一诗人的作品散列在不同诗体之中。也就是说,在古代诗歌选本中,诗人的形象其实是模糊的和片段化的,诗集塑造的诗人形象不是整体的形象。这样一种编排方式,某种程度上与古代的循环时间观息息相关;即认为体例或体式具有超越时间的历史轮回性,因此,在这一体式内按照诗人生卒年排列只是为了说明这种循环的大致进程,至于这一进程中谁先谁后并不是太重要。

不难看出,古代诗歌总集对于认识单个诗体(或文体)的"流别指

---

① 朱自清编选:《中国新文学大系·诗集》,上海文艺出版社,1981年影印版,"导言"第10页。

归"①有其历史意义,却无助于认识某一个时代诗坛的整体格局。即是说,古诗总集多具有通史的意义,断代史的意义不大。它建构的是一种循环时间观,这一时间观下,横截面意义上的整体空间意识不强,换言之就是当代性不足。即使是断代史性质的选本,诸如《花间集》,也按照词牌名排列诗歌,它对于构筑断代诗歌创作格局的意义并不明显。这样来看,《分类白话诗选》虽不断刻意凸显区分意识,但其"分类"方式体现出的却是古代时空意识的遗留。各种"分类"之下,我们看不出白话新诗的发展轨迹,看到的只是古代诗风的痕迹。

相比之下,朱自清编《中国新文学大系·诗集》的时空意识明显不同。他采用两种方式。一是选文借助线性时间,按照作家/作品的先后顺序排列。但这里也有一个矛盾:是按作品发表或出版的时间先后排列呢,还是以作家出版别集的时间排列呢？选择前者,其好处在于一目了然,但不足是作家个体的重要性体现不出来,或者说作家的整体形象不突出。选择后者,诗集中所选作品发表时间的先后顺序得不到呈现。朱自清采取的是折中的办法,即在作家排列框架下排列作品,优先突出作家别集的出版时间。先按作家出版别集的时间排列作家,每一作家之内则按作品发表或出版的时间排列。其历时性表现在作家的历时性排列和作品的历时性序列两个方面。二是通过"导言"对这一历时进程进行整体建构。他把这一历时进程放在流派竞逐的角度加以重构,流派即自由诗派、格律诗派和象征诗派;而且这三派的出现,有其时间的先后顺序可循。比如说自由诗派起始于民国"七年""新诗第一次出现在《新青年》四卷一号上",格律诗派起始于"十五年四月一日,北京《晨报诗镌》出世",象征诗派起始于"十四年十一月"李金发《微雨》的出版。

应该看到,这样一种时空意识是古代诗歌选本所没有的。诗体的

---

① 王瑶:《文体辨析与总集的成立》,《中古文学史论》,北京大学出版社,1998年版,第103页。

历时性演变,与流派的演变不一样。在诗体的历时性演变之下,诗人的独特贡献会被忽略,诗人的主体性不明显。流派的演变,则首先关注诗人及其创作和主张,其次才是同一流派作品的汇聚。在流派的构筑中,作家(诗人)的重要性总是大于作品的重要性。为构筑流派,同一诗人的某些诗可以归置在一处。正是这点内在地决定了朱自清要优先考查诗人的别集出版时间。因为诗人的别集多是有流派特征诗歌作品的结集,它既突出诗人的个体性,又能彰显流派特征。虽然按照别集排列作家会给人以无序之感,但这一不足可以通过序言弥补。这标志着诗人的主体性的诞生:这是具体时空背景下对个人的主体性的张扬,它把诗人置于特定历史时空中定位。古代的诗歌选本,比如按诗人编排的《花间集》,虽然在同一诗人名下把各种词牌的作品汇聚一处,但这一汇聚没有时空限定。换句话说,古代诗歌选本中的诗人编排方法,在时间和空间上是模糊的,看不出这些诗词作品的创作年限,后世的"笺注""汇评"也不考查诗歌作品的创作年限。于是,它建构起来的诗人形象也是模糊的。这样的诗人形象常常只有文体学的意义,是在文体学的意义上建构起来的。一个是文体学意义上的诗人形象,一个是特定时空背景下的诗人形象,两者的差异,体现出选本的现代转型。

《分类白话诗选》又名《新诗五百首》,这种取名,体现其与《诗经》《唐诗三百首》等古诗选本的对话关系。编选者在"自序"中试图表明一点:白话诗既与古诗有联系,又有区别。联系表现在"自然"这一点上,凡是"自然的"的古诗都是好诗,凡是不"自然的"都是"假的诗"。[①]"五四"时期提倡白话诗的两种逻辑是互逆的:拿西方的诗歌理论来批评古诗,同时从古诗中寻找符合西方诗歌理论的作品。正是在这种双向运动中,白话新诗的提倡才成为可能。许德邻编《分类白话诗选》,正体现这一意图。在《分类白话诗选》中,选诗的标准,即

---

① 许德邻编:《分类白话诗选》,人民文学出版社,1988年影印版,"自序"第1—3页。

"纯洁""真实"和"自然":"我们要研究白话诗,要先晓得白话诗的'原则'是'纯洁'的,不是'涂脂抹粉',当作'玩意儿'的;是'真实'的,不是'虚'的;是'自然'的,不是'矫揉造作'的。有了这三种精神,然后有做白话诗的资格。有了三种精神,然后一切格律音韵的成例都可以打破。"①这样一种精神,其实就是现代意义上的"人"的观念的表现:"纯洁"的白话诗是目的和手段的同一,其核心是背后的"人"的存在。"人"的存在赋予白话诗以"真实"而"自然"的品质,它是外露的和向外扩展的,是动的和自由的。因此,在确立了"人"的主体性之后,作为其相对应着的"他者"式构成的白话诗表现对象就可以分为"景""实""情"和"意"。这些都是主体存在的显影,反映着主体的存在,显示着主体的存在。它们都是背景,凸显"人"的存在的"他者"式构成。这一点对于理解《分类白话诗选》很重要。"写景"是为了写人,"写情"也是为了写人,而不像古代,情景交融下是"人"的作用的降低(沦为点缀)及其最终消失(王国维在《人间词话》中,对"无我之境"推崇备至)。同样,"写实"和"写意",都是为了表现"人"的主体性,而不是相反。

《分类白话诗选》通过对"景""实""情"和"意"的分类建立起"人"的主体性,朱自清编《中国新文学大系·诗集》则试图建立诗人的主体性,这是两者的区别和联系:联系表现在对"人"的主体性的强调,区别则是侧重点不同。诗人的主体性得以建立,意味着新诗史的真正诞生。"五四"时期提倡文学革命,部分意在塑造新人,但从新人到新文学史(新诗史)却有一段距离。诗人的主体性的建构正可以看成新诗诞生的标志。从这个角度看,朱自清编的《中国新文学大系·诗集》是一部真正意义上的新诗史,《分类白话诗选》的重要意义则在于白话新诗的现场构筑。《分类白话诗选》只是构筑抽象意义上的"人",因而其分类和编选看不出时间的痕迹,只是空间上的分类。

---

① 许德邻编:《分类白话诗选》,人民文学出版社,1988年影印版,"自序"第3页。

抽象意义上的"人"必须放在具体的时空背景下观照才可能显影；新诗发展的具体时空中，这具体意义上的"人"就是"诗人"，新诗的发展史也就成了"诗人"主体显现的历史。古代诗歌选本，重视文体的流变，诗人的作用是次要的。现代诗歌选本，有意构筑诗人的主体性和"人"的主体性。在这方面，朱自清编选的《中国新文学大系·诗集》可谓集大成者。

第一章　选本批评、史学叙述与20世纪中国新诗

第一节　选本编纂与当代诗歌发展变迁

诗歌(包括词)选本自古发达,近现代以来亦是如此。就中国现当代文学的发展而言,1949年前后情况有所不同。同样,1949—1978年和1979—2009年,这前后两个时间段也有不同。1949—1978年的诗歌选本与中华人民共和国成立前解放区的诗歌选本①有一脉相承之处,即偏向于民歌或诗歌的大众化。这一时段的诗歌选本也与小说、散文等选本颇不相同。这种倾向在1979年后才有大的改变。1979—2009年这三十年的诗歌选本编纂,接续1949年以前的倾向,诗歌创作回归精英化的同时,诗歌选本的精英化趋势也日趋明显。

一

诗歌的大众化与中国的民歌传统有关。20世纪50—70年代的诗歌选本中,文人诗歌选本很少。其中有代表性的是臧克家编选的《中国新诗选(1919—1949)》(中国青年出版社出版,有1956年、1957年、1979年三个版本)。相比之下,工农兵诗歌则数量甚巨。郭沫若、周扬编的《红旗歌谣》(红旗杂志社,1959年)之外,较有代表性的有

---

①　比如说东北新华书店(沈阳)编辑出版的工人诗歌选集《钢铁的手》(1949年8月)等。

《新民歌百首》(共三集①,诗刊社编,中国青年出版社,1958—1959 年)、《新民歌三百首》(诗刊社编,中国青年出版社,1959 年)、《上海新民歌选》(上海人民出版社编,上海人民出版社,1975 年)、《莺歌燕舞:新民歌选》(农村版图书编选小组选编,农村读物出版社,1977 年)等。

20 世纪 50—70 年代的诗歌选本中,新民歌占所选诗歌总数的绝大多数。这一情况的出现,固然与新民歌运动的全国推广密不可分,另一方面也与诗歌容易大众化有关。与此相关的,是新民歌的无名化倾向。很多新民歌都没有具体作者。比如收录于《新民歌三百首》中的那首著名的新民歌《我来了》:"天上没有玉皇,/地上没有龙王,/我就是玉皇,/我就是龙王,/喝命三山五岳开道,/我来了!(陕西)"②在这里,作者的无名化其实是作者名字泛化的另一种表现。即是说,作者的无名背后有一个共同的大写的人名——人民——作为背景式存在。这是"人民"在写作,其主体是工农兵。在这一逻辑下,很多时候有没有作者或者说署不署作者名,其实没有区别,某种程度上,也是不证自明的。

但是,就选本编纂而言,诗歌创作出现无名化倾向有一过程。以 20 世纪 50 年代中后期的几个诗歌选本为例。《诗选(1953·9—1955·12)》可以看成建国初期诗歌创作的总结和精选。"这本集子里的作者有年长一辈的和在历次战争时期中出现的诗人,也有在不久以前刚刚显露才能的青年作者;有专业的诗人,也有农民、工人和部队中的诗人;有汉民族的诗人,也有少数民族的诗人。"③既然是总结和回顾,这一诗集就体现出构筑诗坛格局和秩序的意识形态功能。从前面所列举的作者构成中可以看出中华人民共和国成立后诗人群体的构成。在这一群体中,工农兵诗人占了一定比重,出现农民诗人王老九、工人诗人李学鳌、军人作者李志明,还出现了不知名的作者。此外也有集体创作的痕

---

① 第一集书名为《大跃进民歌选一百首》,后两集改为《新民歌百首》。
② 诗刊社编:《新民歌三百首》,中国青年出版社,1959 年版,第 57 页。
③ 袁水拍:《诗选(1953·9—1955·12)·序言》,中国作家协会编:《诗选(1953·9—1955·12)》,人民文学出版社,1956 年版,"序言"第 1 页。

迹,比如《青年农民和布谷鸟》的署名作者是"青罕农村俱乐部集体创作 故城县文化馆王德通执笔"。总体上,这部诗选仍旧以专业作者为主。这是就诗歌作者队伍而言。就形式而言,值得注意的一个现象是诗歌创作的民歌化,比如说苗得雨、张庆田的诗,以"民歌形式"写就①。这一选本的另一个明显特点是收录了一定数量的民歌、快板、歌词和唱词,比如说《民歌八首》,以及署名"重山"的唱词《工地两姑娘》,署名"佟志贤"的歌词《勘探队之歌》,山歌《蓝天高来绿水长——山歌联唱》,等等。其中还出现经过专业作者整理过的诗歌,比如说《阿细的歌》,由彭肃非整理。相比之下,《诗选(1956)》(中国作家协会编,人民文学出版社,1957年)则有过渡性质。这一过渡性质表现在文人参与到了民歌的整理中。其中有署名"山川搜集"的《陕西新歌谣》。搜集新歌谣,常常只要做搜集工作,很少对民歌进行改动。周良沛整理的《藏族情歌》则带有文人化的倾向。此外,《诗选(1956)》收录了旧体诗。这里的旧体诗不能简单地看成旧文学,而应视为新文学的一部分,这是旧瓶装新酒。这与毛泽东的论述(即提倡所谓古典加民歌的新诗发展道路)有关。《诗选(1956)》的编选,某种程度上可以看成对毛泽东诗歌发展道路提倡的呼应,这里的诗歌主体仍旧是知识分子作家。从前面两部诗选可以看出,中华人民共和国成立后(特别是20世纪50年代中前期)诗歌创作有两种明显的倾向——文言化和民歌化,而这恰好对应毛泽东提出的新诗发展道路的两端——古典和民歌。中华人民共和国成立后的诗歌创作主要由三部分构成——民歌(新民歌、工农兵诗歌)、旧体诗词和文人新诗(专业作者诗歌)。这在《诗选(1957)》(作家出版社编,作家出版社,1958年)中有明显的表现。较之前面两部诗选,这一诗选的不同之处在于,民歌选入的数量有较大幅度提高,专业作者整理的民歌越来越多;旧体诗词创作蔚然成风,其所占篇幅也从《诗选(1956)》中的24页(占比5.8%)增加至61页(占比12%)。

---

① 袁水拍:《诗选(1953·9—1955·12)·序言》,中国作家协会编:《诗选(1953·9—1955·12)》,人民文学出版社,1956年版,"序言"第5页。

问题是,这三部分构成中,应由哪一部分主导诗歌创作格局呢?《诗选(1958)》(《诗刊》编辑部编选,作家出版社,1959年)的编选很有症候性。这一选集的目录中,标明作者的有114人次(除毛泽东的《蝶恋花》和《送瘟神》外),未标明作者的有35首。翻开内容会发现,这35首并不都没有作者,其中很多有署名,或标明集体创作。那么,为什么会出现目录中不标明作者,内容中却注明作者这一现象呢?应该说,标与不标,并非无意为之,而是有深意在的。目录中未标明的作者,大都没有名气,刚刚从事创作,或者是来自生产第一线的工农兵作者。标明了的作者,则是专业诗人,或者是早有名气的工农兵作者,如王老九。从这种区别可以看出,《诗选(1958)》的意图在于表明诗歌创作的主流仍旧要以专业诗人(包括那些成名的工农兵作者)来主导,虽然这些专业诗人也都在从事古典加民歌的诗歌写作。而这也意味着,在普及和提高的关系命题中,编选者仍旧侧重于提高,尽管这里的提高并不真正有多高。同时也意味着,社会主义文化领导权争夺中的主导力量仍是专业作家(诗人),而非普通工农兵大众。毕竟,这一系列诗选的编选者是由中国作协主管的《诗刊》编辑部。

正是这种分野,构成了20世纪50—70年代诗歌选本的两种景观:一是以专业诗人为主的诗歌选本,除了前面提到的中国作协编选的诗歌年选,还有各地作协编选的诗歌年选、阶段诗选,如《上海十年文学选集·诗选(1949—1959)》(上海文艺出版社,1960年)、《江苏诗选(1949—1959)》(江苏人民出版社,1962年)、《山西诗选(1949—1959)》(山西人民出版社,1960年)。《上海十年文学选集·诗选(1949—1959)》所选诗歌中都有署名,《江苏诗选(1949—1959)》同《诗选(1958)》类似,《山西诗选(1949—1959)》则在目录中的作者前面标明作者身份,如农民、工人。另一类诗歌选本则专注工农兵作者或新民歌,这类选本数量很大。如周扬、郭沫若编的《红旗歌谣》(1959年),北京人民出版社编辑出版的《北京的歌——工农兵诗选》(1973年),贵州人民出版社编辑出版的《工农兵诗选》(1972年),湖南新苗月刊文学社编、作家出版社出版的《跃进山歌满洞庭:湖南新民歌选》(1959年),暨南大学中文系编、作家出版社出版的《荔枝满山一片红:华南新民歌选》(1959年),山西火花文艺月刊社编、作家出版社出版的《粮棉堆成太行山:山西新民歌选》(1959年),中共安徽省委宣传部编、作家出版社出版的《唱得长江水倒流:安徽新民歌选》(1959年),上海人民出版社编选出版的《上海新民歌选》(1975年),《山西群众文艺》编辑组编,山西人民出版社出版的《山西新民歌选》(1974年),广西人民出版社出版的《莺歌燕舞:农业学大寨新民歌选》(1977年),农村读物出版社出版的《莺歌燕舞:新民歌选》(1977年),等等。

二

虽然说20世纪50—70年代的诗歌创作有专业诗人选本和工农兵诗歌选本的分野,但要注意时间上的先后关系。专业诗人的选本主要出现在20世纪50年代,在此期间是专业诗人选本和工农兵诗歌选本两分天下;但自20世纪60年代以后,专业诗人选本逐渐被工农兵诗歌选本或新民歌选本取代。这种情况的改变要到"新时期"以后。"新时期"以来,诗歌选本中仍可见民歌选本,但它们这时是作为通俗文学出现的,其地位也由主导降为附属和补充。

这一转换的完成有赖于"新时期"以来启蒙主义的重提和知识分子地位的提高。而在大众化的20世纪50—70年代,不论是民歌还是新民歌,都不存在雅俗之分,当时的主要区别是普及与提高。关于这点,可以以贾平凹的长篇《秦腔》为佐证。这部小说反映了秦腔在20世纪80年代以来所遭受的极大冲击,这正说明民间文学的式微,其中既有市场原因,也有文学上雅俗对立格局重建的影响。这种转换,在人民文学出版社出版的《诗选(1949—1979)》中有明显表现:"除《天安门诗选》部分包括若干旧体诗外,旧体诗、儿童诗、歌词、民歌一律未选。"[①]这里,表面上看只是选或不选的问题(即除《天安门诗选》部分外,不选旧体诗和

---

① 诗刊社编:《诗选(1949—1979)》,人民文学出版社,1980年版,"编选说明"第17页。

民歌),但其深层次的意味却是,旧体诗和民歌不属于主流诗歌文体,它们是作为民间文学或旧文学被指认的。诗歌创作主要指新诗,此前诗歌创作的三部分构成,此时变成一部分。但问题是,既然不选民歌,新民歌应不应该选,它属不属于主流诗歌？从这一诗选的编选篇目来看,其态度和立场较为模糊,这一诗选选入了部分工农兵诗人的诗作,比如说农民诗人王老九的《想起毛主席》。王老九在20世纪50年代常常被作为民歌诗人即"民歌手"①,他的诗某种程度上可以纳入"新民歌"的范畴,这些诗人的作品,《诗选(1949—1979)》收入其中,这一行为正透露出当时选本的矛盾态度和过渡色彩。再来看《诗选(1949—1979)》的姊妹篇《诗选(1979—1980)》(四川人民出版社,1982年)。这是由诗刊社编选的,与《诗选(1949—1979)》有"衔接"关系②,其中所选诗歌,不见民歌和新民歌的影子,更不用说旧体诗。

民歌和旧体诗在诗歌选本中的消失表明诗歌创作的精英化,而这也预示着诗歌选本编纂功能的新变,主要表现为:第一,通过诗歌选本的编选以达成诗歌经典化的文学史建构目的;第二,通过诗歌选本建构诗歌流派或通过诗歌年选的编选建构文学现场。第一类选本的代表是谢冕、杨匡汉主编的《中国新诗萃》两卷(包括20世纪初叶—40年代和20世纪50—80年代两卷,人民文学出版社1988年、1985年出版),周良沛选编《新诗选读111首》(花城出版社,1983年),张永健编《中国当代短诗萃》(长江文艺出版社,1983年),吕进主编《新诗三百首》(河北人民出版社,1996年),张永健、张芳彦主编《中国现代新诗三百首》(长江文艺出版社,1992年),牛汉、谢冕主编《新诗三百首》(三卷,中国青年出版社,2000年),上海辞书出版社文学鉴赏辞典编纂中心编《新诗三百首鉴赏辞典》(上海辞书出版社,2008年),上海文艺出版社编《八十年代诗选》(上海文艺出版社,1990年),江水

---

① 郑伯奇:《农民诗人王老九和他的诗》,《读书》1959年第17期。
② 诗刊社编:《诗选(1979—1980)》,四川人民出版社,1982年版,"编者的话"第1页。

选编《二十世纪九十年代诗选》(上海文艺出版社,2000年),程光炜编选《岁月的遗照》(社会科学文献出版社,1998年)等。第二类诗歌选本主要以思潮流派诗歌选本为主。这一类选本很多,有辛笛等人的《九叶集》(江苏人民出版社,1981年)、绿原和牛汉编《白色花——二十人集》(人民文学出版社,1981年)、彼德·琼斯编《意象派诗选》(漓江出版社,1986年)、吴欢章主编《中国现代十大流派诗选》(上海文艺出版社,1989年)、周良沛编《七月诗选》(四川人民出版社,1984年)、钱光培选编评说《中国十四行诗选》(中国文联出版公司,1990年)等等。这一类选本中,尤以朦胧诗、新潮诗歌选本为最多。20世纪80年代,朦胧诗选为数不多,最有代表性是阎月君等人编选的《朦胧诗选》(春风文艺出版社,1985年)①和作家出版社出版的《五人诗选》(1986年)。还有中国作家协会江西分会和《星火》文学月刊社联合编选的《朦胧诗及其他》(内部出版,1981年),喻大翔、刘秋玲编选的《朦胧诗精选》(华中师范大学出版社,1986年),等等。新潮诗歌选本则有上海文艺出版社编《探索诗集》(上海文艺出版社,1986年),唐晓渡、王家新编选《中国当代实验诗选》(春风文艺出版社,1987年),朱先树编《未名诗选》(人民文学出版社,1988年),唐晓渡选编《灯芯绒幸福的舞蹈——后朦胧诗选萃》(北京师范大学出版社,1992年),李丽中选评《骚动的诗神——新潮诗歌选评》(花山文艺出版社,1988年),溪萍编《第三代诗人探索诗选》(中国文联出版公司,1988年),徐敬亚、孟浪等编《中国现代主义诗群大观(1986—1988)》(同济大学出版社,1988年),《情绪与感觉——新生代诗选》(人民文学出版社,1989年),等等。其中,谢冕、唐晓渡主编的"当代诗歌潮流回顾·写作艺术借鉴丛书"共六卷(北京师范大学出版社,1993年),包括《苹果上的豹:女性诗卷》《鱼化石或悬崖边的树:归来者诗卷》《与死亡对称:长诗、组诗卷》《在黎明的铜镜中:"朦胧诗"

---

① 这一诗选有三个版本,另两个版本是辽宁大学中文系1982年版和春风文艺出版社2002年版。

卷》《以梦为马:新生代诗卷》《磁场与魔方:新潮诗论卷》。另外还有黄祖民编《超越世纪——当代先锋派诗人四十家》(山西高校联合出版社,1992年)等等。相对而言,诗歌年选则带有阶段性特征。诗歌年选在20世纪80年代成为常态,而后逐渐消失,21世纪重又出现。一定程度上,诗歌年选的编选具有建构文学现场的意义,主要意在构筑代表性诗人的位置,而不在诗歌经典作品的选择。

就文学现场的参与方式而言,诗歌选本与小说选本编纂实践颇为不同。小说选本除了年选和思潮流派选外,还有争鸣作品选和获奖作品集两大门类。获奖诗歌选(集)20世纪80年代偶有出现,比如《诗选(1979—1980)》,其中"上辑"部分收录"全国中青年诗人优秀新诗评奖获奖作品"。另外还有蓝棣之选编的《当代诗醇——获奖诗集名篇选萃》(北京师范大学出版社,1989年)和《我常常享受一种孤独——获奖诗人诗歌选萃》(北京师范大学出版社,1992年)。诗歌争鸣作品选则更少,有代表性的是丁国成主编《中国新时期争鸣诗精选》(时代文艺出版社,1996年)和河北大学出版社编选《当代争鸣爱情短诗抄》(河北大学出版社,1991年),即使是综合性的争鸣作品选,如北京市文联研究部编的《争鸣作品选编》,入选的争鸣诗歌(朦胧诗潮除外)也只有2首,小说则有17篇。如果说争鸣主要发生在小说领域,争鸣诗歌选的量少相对还好理解,但诗歌评奖是20世纪80年代文学评奖的重要组成部分,而获奖诗歌选(集)却很少,这说明了什么?可能这与诗歌和小说体裁的不同特点有关。诗歌是主情的,小说则倾向于叙事。争鸣主要针对小说叙事及其所反映的社会问题,相比之下,除了作为写作风格曾引发激烈争论(朦胧诗最初被批判即与其写作风格上的"朦胧"有关)外,诗歌很少以其内容引起争议。获奖诗歌选,比如说蓝棣之选编的《当代诗醇——获奖诗集名篇选萃》和《我常常享受一种孤独——获奖诗人诗歌选萃》,后者只是打着"获奖诗人"的名号,其实并不是获奖诗歌选,其某种程度乃20世纪80年代诗歌选①;前者也只是以"文学性"的名义对获奖诗集进行再度精选。简言之,这两部诗集的编选,与获奖的关系都并不大。即是说,获奖诗歌选的编选,与获奖本身并无多大关系。获奖诗歌选与文学现场之间也无内在的关系。不难看出,主情的诗歌,决定了诗歌选本参与现场的方式,它多以思潮流派诗歌选本和诗歌年选的面目呈现。

诗歌流派选本的编选,最开始以文学史选本的名义出现,这时出现的诗歌流派选本主要是现代诗歌流派选本,而非当代诗歌流派选本,比如说前面提到的《九叶集》《七月诗选》《白色花——二十人集》。这说明,前面所说的两种倾向,只是一种大致的分类。事实上,现代诗歌流派选本,作为文学史式选本,仍旧以批评的方式参与着文学现场的建构。比如说周良沛编的《七月诗选》,周良沛是诗人,诗人编诗选,其意味格外耐人寻味。按他自己的话说,这"完全是从文学史的角度编选的'七月'派的诗"②,但换一个角度看便会发现,这里的"文学史的角度"其实很可疑,因为这是以选本编纂的方式对"七月派"进行命名和正名,以恢复它在文学史上的地位③。"文学史的角度"其实是循环论证,如若联系周良沛编选的《新诗选读111首》便可看出,周良沛倚重"七月派",其实仍是一种新诗批评观。在《新诗选读111首》中,周良沛并未选入"五四"以后的现代主义诗歌流派的代表诗人、诗作(比如李金发、穆旦等九月派诗人),即使是戴望舒和冯至,也大都选择他们的现实主义风格的作品。冯至的入选作品是《雪中》《饥兽》《人皮鼓》,戴望舒的是《雨巷》《我用残损的手掌》《示长女》。这一诗选中也收入朦胧诗人的作品,比如舒婷的《祖国呵,我亲爱的祖国》和

---

① 蓝棣之的"选编者序"说:"本书将所选中、老年两代诗人和新时期开始时年纪尚轻的朦胧诗人群中那些更富于艺术活力、艺术创新和实验的诗人三十家,介绍给海内外读者,希望与本丛书中的'后朦胧诗选'一书结合起来,为各界提供一个80年代诗坛富于活力和生命力的整体面貌。"蓝棣之选:《我常常享受一种孤独——获奖诗人诗歌选萃》,北京师范大学出版社,1992年,"选编者序"第2页。
② 周良沛编:《七月诗选》,四川人民出版社,1984年版,"序"第27页。
③ 周良沛编:《七月诗选》,四川人民出版社,1984年版,"序"第2页。

北岛的《回答》,但周良沛解读的角度却与一般解读截然不同:"人民正义凛然的气概,通过缜密的诗的结构表现出来……这首诗和《扬眉剑出鞘》,是诗的气质极其相似、艺术风格又迥然不同的作品。"①周良沛并不是从朦胧诗流派的角度,而是从北岛这首诗思想内容的表现方式的角度高度肯定这首诗的。可见,周良沛仍旧是现实主义诗歌风格的提倡者。他编选《七月诗选》,很大程度上意在通过诗歌选本的编选宣扬他对现实主义诗歌风格的肯定,这一点亦体现在他另一本带有诗歌史性质的诗歌选本《新诗选读111首》中。联系此时的语境便可判断,周良沛通过诗歌选本的编选提出了自己的诗学观点,表明了对当前诗歌创作的批评态度:"对任何诗人都是这样:个人的艺术个性在思想感情通向人民时表现出来,就可能写出被人称道的好诗;否则,目光短视于个人狭小的天地,就只能只是自私、阴暗、卑琐的感情的表现。"②这段话紧接在对舒婷的《祖国呵,我亲爱的祖国》的高度肯定后。在这句话之前,周良沛指出:"这首诗,从一些意象与抒情的方式,更看到这种影响(即外国诗的影响——引注)的作用。但'飞天'袖间的花朵,总蕴含着对我们民族文化的感情,才使这种作用成为有益的。"③周良沛对朦胧诗的批评态度,至此已是呼之欲出。

诗歌选本编纂的大盛是在21世纪以后。特别是21世纪10代年,诗歌选本编选出现高峰期,这时出现了三套有代表性的大型选本。一套是谢冕总主编的《中国新诗总系》十卷(人民文学出版社,2009年),一套是洪子诚、程光炜主编的《中国新诗百年大典》三十卷(长江文艺出版社,2013年),一套是谢冕主编的《百年新诗》十卷(百花文艺出版社,2012—2013年)。三套之外,值得注意的还有洪子诚、奚密主编的《百年新诗选》上下两册(生活·读书·新知三联书店,2015年),李朝全主编的《诗歌百年经典(1917—2015)》(中央编译出版

---

① 周良沛选编:《新诗选读111首》,花城出版社,1983年版,第284页。
② 周良沛选编:《新诗选读111首》,花城出版社,1983年版,第293页。
③ 周良沛选编:《新诗选读111首》,花城出版社,1983年版,第293页。

社,2016年),陈超编著的《20世纪中国探索诗鉴赏》上下两册(河北人民出版社,1999年),柯岩、胡笳主编的《与史同在:当代中国新诗选》上下两卷(作家出版社,2005年),长江文艺出版社出版的"名家经典诗歌系列"(其中诗歌包括《九叶派诗精编》《朦胧诗精编》《新月派诗精编》《湖畔社诗精编》《最美诗精编》等),安琪、远村、黄礼孩主编《中间代诗全集》(海峡文艺出版社,2004年),唐晓渡、张清华编选《当代先锋诗30年——谱系与典藏》(江苏文艺出版社,2012年),吕叶主编《70后诗选编》(长江文艺出版社,2016年),张清华主编《中国当代民间诗歌地理》(东方出版社,2015年)等。另外,新诗年选重又恢复,并且出现好几种版本。

  这样一种大盛,显然与新诗的百年历程有关。新世纪以来的诗歌选本虽然仍旧可以从批评性选本和文学史选本两个层面来考察,但其时代性特征却又很明显。其时代性表现在,这些综合性或大型诗歌选本,是在"百年诗歌"的层面上展开的经典构筑、文学史重述和文学观表达。比如说李朝全主编的《诗歌百年经典(1917—2015)》就把歌词也纳入选本,其中收入光未然的《黄河颂》、乔羽的《让我们荡起双桨》、王莘的《歌唱祖国》、晓光的《在希望的田野上》;还收录了毛泽东的两首词《沁园春·雪》和《忆秦娥·娄山关》。这也是一种新的文学史观,即百年诗歌不仅仅是新诗的历史,也是白话歌词的历史。但在这里,歌词只是点缀和补充,选本选入的都是流传很广、影响很大的歌词,但其实这样的歌词百年来有很多。从这个角度看,把歌词纳入其中就带有权宜色彩,并不能真正改写百年诗歌史的脉络和走向。但若比较洪子诚、奚密主编的《百年新诗选》和李朝全主编的《诗歌百年经典(1917—2015)》便会发现,前者学术性更强,更注重文学史意识和美学价值,就像其"编选说明"中所说,"编选者对新诗历史和美学自然拥有广泛共识"[①],而后者则倾向于以流传和影响度为编选标准。

[①] 洪子诚、奚密主编:《百年新诗选》,生活·读书·新知三联书店,2015年版,"编选说明"第2页。

虽然李朝全列举了经典的五种标准,但他最注重的还是最后一种标准——"时间和读者的检验"①,也就是流传和影响度。大体上看,洪子诚等人和李朝全的选本反映了两种诗歌经典观。在李朝全看来,经得起时间和读者检验的文学作品就是好的和经典的作品,而在洪子诚等人眼里,文学史的地位仍是文学经典的重要表征。

再比如《中国新诗总系》和《中国新诗百年大典》,这两套大型选本各有侧重。前者侧重从阶段性的角度考察百年新诗,把20世纪新诗发展叙述为大致十年一个发展阶段的演变史。后者则从代表性诗人的角度,把百年诗歌按诗人出生年月梳理出300余人规模的诗人群图谱。这两套诗歌选本,虽也注重诗歌经典的构筑和诗歌流派的梳理,但它们的意图更在于从诗歌史的角度看待百年诗歌的发展,这对此前从流派或诗歌经典的角度构筑百年新诗传统的选本编纂是一种补充。重评不是其意图所在,这两套诗歌选本,通过选本编纂的形式表达了这样一种观念,即对于诗人,应从百年诗歌发展的阶段性和个人创作的整体历程去理解和把握,而不应特别突出其流派性或个人独创性。历史地看,这或许也是更为稳妥和公允的文学史观。一直以来,诗歌史或文学史的书写,总是倾向于在流派的脉络中定位诗人或者强调诗人的独创性,而不太注重两者间的平衡。两套选本,在这方面应该是有益的尝试。从这个角度看,这两套选本其实也是在展开一种新的诗歌史叙述。

三

通过对当代诗歌选本的大致梳理不难看出,就数量而言,诗歌选本可能不及小说选本,但就种类而言,诗歌选本却要多于小说选本。这可能与诗歌作品比较短小有关。小说选本主要就那几种类型——主题题材选本、思潮流派选、年选、阶段选、获奖作品选、争鸣作品选。

---

① 李朝全:《编者的话——选编一部经得起读者检验的经典》,李朝全主编:《诗歌百年经典(1917—2015)》,中央编译出版社,2016年版,第2页。

诗歌选本的类型却颇多,小说选的主要类型,诗歌选本基本都有。诗歌选本还可以按诗人性别和身份划分,如《苹果上的豹:女性诗卷》、未凡编《当代女诗人情诗选》(中国文联出版公司,1989年)。诗歌选本中有一种是小说选本所没有的,那就是"百首"选本。新诗"百首"选本有诗刊社编《新民歌三百首》,牛汉、谢冕主编《新诗三百首》,吕进主编的《新诗三百首》,周良沛选编《新诗选读111首》,张永健、张芳彦主编《中国现代新诗三百首》,蔡天新主编《现代汉诗110首》(生活·读书·新知三联书店,2017年),等等。这一方面与其篇幅短小有关,另一方面这也是新诗经典化的重要方式。其中,取意"三百"的显然有与所谓《唐诗三百首》《宋词三百首》的编选对话的意图在,但它们与古代这类选本又有不同。其不同在于,这类新诗选本大都具有建构新诗史的意图,既要注重名家(代表诗人)又要注重名作,是两方面的综合与平衡,而不像《唐诗三百首》那样,杂糅性较强,所谓三教九流皆选入其中①,或者像《宋词三百首》以某一风格为旨归,虽也具有史的气度,但难免有所偏废和偏颇②。不难看出,古代所谓的"三百首"之类的选本,诗史建构方面的功能较弱。

另外,有时就同一类选本而言,比如说思潮流派选本,诗歌选本的数量要多于小说选本。以朦胧诗的选本为例,截至目前初步统计有30余种之多。小说选本中按年龄划分在特定年代较为突出,比如说20世纪50—70年代,当时叫"新人"(20世纪80年代也有"青年佳作")。但诗歌选本分类中,年龄划分却是常态。20世纪80年代以来,以"青年"为编选原则的诗歌选本数量众多,除了中国青年出版社出版的诗歌年选《青年诗选》外,还有如谢冕编的《中国当代青年诗选(1976—1983)》(花城出版社,1986年),牛汉、蔡其矫主编的《东方金字塔——中国青年诗人13家》(安徽文艺出版社,1991年),周俊编的

---

① 金性尧:《唐诗三百首新注·前言》,蘅塘退士编选,金性尧注释,金文男辑评:《唐诗三百首新注》,上海古籍出版社,2016年版,"前言"第2页。
② 唐圭璋笺注:《宋词三百首笺注》,人民文学出版社,2005年版,"原序"第1页。

《当代青年诗人自荐代表作选》(河海大学出版社,1989年),朱先树、周所同编的《当代中青年抒情诗选》(中国和平出版社,1991年),《花瓣·露珠(青年诗选)》(四川人民出版社,1981年),宗鄂编的《当代青年诗100首导读》(安徽文艺出版社,1988年),阿人编的《写给男人的情诗——当代青年女诗人爱情诗选》(人民文学出版社,1989年),等等。20世纪50—70年代的选本编纂中,"青年"或"新人"主要指青年工农兵,而在20世纪80年代的语境下,"青年"则指专业诗人。

诗歌选本中主题、题材选本需要特别注意。这类诗歌选本包括各种名目繁多的爱情诗、爱国诗、田园诗。比如《恋歌:爱情诗选》(人民文学出版社,1981年),尹仲晞选编的《爱情诗选》(广西人民出版社,1982年)、李发模、陈春琼选编的《中国百家爱情诗选》(贵州人民出版社,1989年),林贤治编选的《金葵花焚烧的土地:新乡土诗选》(漓江出版社,2013)等。按照主题、题材划分编选诗歌的集大成者,是谢冕主编的《百年新诗》,这是一套十卷的百年诗歌选本,包括"人生卷""情爱卷""女性卷""社会卷""情谊卷""家国卷""都市卷""乡情卷""咏物卷""艺文卷"。但这一大型选本,分类上其实存在重叠和矛盾之处。其中既有题材上的分类,又有诗人身份的区分,又有表现方式上的分野,如"咏物卷"。

应该看到,主题、题材诗歌选本,不同于百年诗歌选,也不同于诗歌年选。如果说诗歌年选的意义在于建构经典诗人身份,百年诗歌选的意义在于构筑诗歌作品的经典化,主题、题材诗歌选本的意义则在于诗歌主题的经典化。比如说,前面提到的爱情诗选和爱国诗选,这都是历来就有的。而像谢冕主编的《百年新诗》的十大卷其实构筑了百年新诗的几大核心主题,其中有爱情、爱国主义、亲情、乡情等等。谢冕主编《百年新诗》的意义体现在,通过某一主题或题材,比如"情爱"主题,可以看出百年来的诗人围绕"情爱"的不同表达,这种不同的诗歌表达,其实反映了百年中国人的情感史。可见,诗歌主题、题材选本仅仅以一两本的篇幅,就可以浓缩百年来的情绪表达,而要了解同类主题、题材小说的情况需要大型的系列选本(比如乡土小说大系)来揭示。另外,主题、题材选本也让我们看到,这些人类生命中的永恒的主题,也是诗人写作的惯常的主题,例如"情爱"主题,诗歌史上的名家,几乎没有谁没写过爱情或情爱诗。主题、题材诗歌选本让我们感到,我们和诗人、诗人和诗人之间,其实心意相通:时间或空间的距离,微不足道。这也告诉我们,与同类小说选本相比,诗歌主题、题材选本的地域性分别往往并不明显。比如说乡土诗,虽然其中也会出现具体的地名或地方风物,但它们在诗歌中往往只是符号性或心象性的存在,只是为表达乡情或为乡愿服务。

第二节 选本批评与中国当代诗歌场域的建构

虽然说文学批评常被区分为多种,比如说"有教养者的批评、专业工作者的批评和艺术家的批评"[①],当代中国也有不同划分,诸如学院派批评和作协派批评、专业批评或非专业批评等,但这些划分都忽略体裁方面的规定性。这些批评种类涉及的对象,主要是小说等叙事文本。很少有专门涉及诗歌文本的批评分类。事实上,在当代中国,诗歌批评与小说等叙事文本批评,已然出现两种不同的走向和趋势——诗歌批评日益走向小众化、圈子化和独异化。某种程度上,诗歌批评已经形成迥异于小说等叙事文学批评的一整套方式方法。在这当中,诗歌选本批评非常重要但也常被忽略。

之所以说选本批评是当代诗歌批评的重要方式,是因为当代(特别是20世纪80年代)以来,诗歌批评家和诗歌创作者们自觉地、大量地通过编选诗歌选本的方式参与诗歌创作现场的构筑。他们常常以编选诗歌选本的方式表明自己对诗歌的看法、态度和立场。这些诗歌

---

① 蒂博代:《六说文学批评》,赵坚译,生活·读书·新知三联书店,2002年版,第46页。

选本与诗歌创作现场之间构成有益的互动或者说语境上下文关系。

就当代中国诗歌创作场域的构筑而言,选本批评的意义主要表现在三个方面:一是青年主体的呼唤,二是诗学观念的表达,三是诗歌流派的建构。对这样一种意义的概括,是从共时性的考察得出的,而不是针对特定时段。其作用一以贯之,若隐若现始终存在。

一

虽然小说、散文、诗歌和戏剧共同构成"文学场",但在这当中,诗歌是非叙事文体,有其独特性,诗歌批评明显有别于其他文类批评;诗歌场作为文学场的独特分支被特别提出,有其现实的合理性。布迪厄提出"场的自主程度"①和"自主的场"②,也为诗歌场域这一范畴的提出提供理论依据。为建构诗歌场域,诗歌选本通过选和编的方式,通过处理选源与选域的关系,构筑了诗歌场域的独特空间:选本编纂构筑的场域,有共时和历时相统一的特点。这是历时性和共时性关系在选本之"选"所构筑的共时性空间中的呈现。

诗歌场域的建构,与小说、戏剧等叙事文体场域和散文文体场域的建构不同。因为诗歌篇幅较小,一般诗歌选又以短诗为主,诗歌选本中入选诗人数较多,这是其他体裁选本所无法比拟的。选本编纂之于文学现场构筑的不同,在于选的空间的大小不同。这是一种相对空间,也就是说入选作品的内部空间(即"选域")同外部空间(即"选源")之间的比例不同。入选作品与选源之间的比例小,选的空间就大;入选作品同选源之间的比例大,选的空间就小。小说、戏剧和散文选本,特别是小说选本,因为其篇幅较长,入选作品数较少,入选作品与选源之间的比例较大,选的空间相对就较大。与之相比,诗歌选本选的空间相对较小。空间较小,则与文学现场有同构性关系。选的空

---

① 布迪厄:《艺术的法则:文学场的生成和结构》,刘晖译,中央编译出版社,2001年版,第268页。
② 布迪厄:《艺术的法则:文学场的生成和结构》,刘晖译,中央编译出版社,2001年版,第76页。

间较大,其与文学现场的关系就两极分化。一极是过度建构,即把"潜流派"建构为显流派①,把倾向建构成现象,这是一种凸显建构性的做法,就像吴亮、章平、宗仁发编"新时期流派小说精选丛书"(时代文艺出版社)。一极是窄化建构。比如说 20 世纪 80 年代中后期,各种新潮小说选本涌现,给人的感觉是彼时的小说创作现场以新潮小说(或探索小说)为主。但事实上,当时传统现实主义小说作品仍旧占数量优势的主流,是创作上的主导倾向,只是这一部分在各种新潮选本中被有意遮蔽。

虽然说诗歌选本之于文学现场也有过度建构和窄化建构的倾向,但毕竟其入选诗人数和作品数较多,选的空间相对较小。因此不难看出,小说选本的建构,是不充分和不完全建构,诗歌选本则是充分和完全建构。比如说当时的争鸣小说选,选本数量和种类虽然很多,但其中收入作品的重复率亦很高。这说明,当时争鸣作品空间的建构是选本编纂实践"叙述"出来的效果,而实际情况并不完全相符。有些诗歌选本动辄收入诗人两三百位,而系列选本中,《中国新诗人诗选》编辑中心编选的《中国新诗人诗选》五卷系列,仅第二卷就收入 187 位诗人,就这一系列选本而言,其选的空间并不太大,可以说很大程度上囊括了彼时的诗人群。

选本种类的不同,决定了诗歌选本建构场域的不同方向和侧重。这里以流派诗歌选和诗歌年选为代表。流派诗歌选,对文学现场的建构有现场建构和事后建构的区别。现场建构,是诗歌选本批评性的最集中表现。比如说阎月君等编《朦胧诗选》(辽宁大学中文系,1982年)就是对当时尚在进行中的诗歌创作的编选实践,它既具有建构诗歌流派的意义,又以建构流派的做法表达选本批评的姿态和立场,即通过作品编选的方式表达对朦胧诗派的支持和肯定。这样一来,选本与其上下文语境间有互文关系。事后建构,与文学史建构不同,追求

---

① 吴亮、章平、宗仁发编:《意识流小说》,时代文艺出版社,1988 年版,"编者的话"第 1 页。

自洽和自圆其说,虽然带有回顾性,但仍意在建构诗歌现场。比如谢冕、唐晓渡主编,北京师范大学出版社出版的"当代诗歌潮流回顾·写作艺术借鉴丛书",其中《鱼化石或悬崖边的树:归来者诗卷》和《在黎明的铜镜中:"朦胧诗"卷》是其典型(其中《以梦为马:新生代诗卷》,则属于现场建构)。像蓝棣之编选的《九叶派诗选》(人民文学出版社,1992年)把9位诗人20世纪40年代的诗歌、20世纪50—70年代的诗歌和20世纪80年代以来创作的诗歌并置在一起,就属于两者的结合。对流派作品选而言,其建构诗歌现场的努力发生在两个方面:一是入选诗人的选择,一是入选代表作品的选择。哪些诗人入选,哪些诗人不入选;哪些作品入选,哪些作品不入选,其分歧体现了诗歌现场丰富的复杂性。

诗歌年选也有建构文学现场的作用,但与诗歌流派作品选明显不同。诗歌年选构筑的是当年度诗歌创作的格局和秩序:

> 对于诗的年选集,我们设想,它应是新诗史中的一个横断面,应尽可能反映出新诗创作在这一年的概貌,有一定的史料性;同时力求成为可资作者借鉴和足堪读者欣赏的一个较好的读本。①

要想反映"概貌",老中青三代诗人,各种风格、各种倾向的诗歌作品要汇聚一起。这既是遴选肯定机制,也是集中展示机制。它虽然也以"佳作"为原则,但这里的"佳作"是被诗坛主流认可的,因而也是较为保守的。"本书编选原则:在坚持文艺为人民服务、为社会主义服务的前提下,反映现实生活、表现当前人民情绪的作品优先入选,尽量做到思想性和艺术性的和谐统一,题材、形式、风格的多样化。"②它不以诗歌的流派倾向为编选原则,它的这种原则,决定了诗歌年选虽也会

---

① 诗刊社编:《1981年诗选》,人民文学出版社,1983年版,第271页。
② 诗刊社编:《1982年诗选》,人民文学出版社,1983年版,"编者说明"第1页。

适当选择那些有流派倾向的诗人的作品,但选入的诗人或诗作却是相对容易被人接受或思想较为积极的。因此,《1981年诗选》和《1982年诗选》,两本诗选都选入的朦胧诗代表诗人(即舒婷、顾城、北岛、梁小斌、江河、杨炼等)只有舒婷(2首)和顾城、梁小斌(各1首),北岛缺席。这时,恰好是朦胧诗方兴未艾之时。可见,诗歌年选虽然以建构秩序和格局(即"概貌")为目标,但这里所说的秩序仍是被认可的秩序,有创新、叛逆色彩或较有争议的诗歌多不能收入。因此,所谓"概貌"云云,并不准确。

在关注诗歌选本批评的同时,还应注意到诗歌选本批评的重要性。选是一种文学遴选机制,与这一文学遴选机制相似的有排行榜和选刊。相对小说、散文等其他文类,选本批评是诗歌批评的重要方式。排行榜的门类中,最主要的,也是影响较大的,是小说(包括长篇、中篇和短篇)和散文(包括非虚构)排行榜,比如说"收获文学排行榜",主要由长篇小说、中篇小说、短篇小说、长篇非虚构四个榜单构成。《青年文学》杂志社发起的"城市文学排行榜"也主要包括中篇小说和短篇小说两个榜单。像中国小说学会举办的小说排行榜,就更不用说。排行榜中纳入诗歌榜单的很少,主要有由《扬子江评论》杂志举办的年度文学排行榜,包括长篇、中篇、短篇、散文和诗歌五个榜单。至于选刊批评,也以小说选刊为主,重要的有《小说选刊》(北京),《长篇小说选刊》(北京),《中篇小说月报》(北京),《当代·长篇小说选刊》(北京),《小说月报》(天津),《中篇小说选刊》(福州),《长江文艺选刊·好小说》(武汉),《思南文学选刊》(上海,诗歌在其中占比很小)。散文类则有《散文选刊》(郑州),《杂文选刊》(长春)。诗歌选刊,只有《诗选刊》(月刊,石家庄)。综合比较不难看出,在文学遴选机制中,诗歌选本批评是诗歌遴选机制中最为重要的,占据诗歌遴选的关键一环。这种诗歌遴选机制,主要体现在两个层面和两个方面。两个层面是诗歌年选和时段诗歌选。两个方面是诗歌作品的经典化和诗人的经典化。

二

方孝岳说:"自从《隋书·经籍志》立'总集'一类,把挚虞《文章流别》、昭明《文选》、刘勰《文心雕龙》、钟嵘《诗品》这些书,都归纳在里头,我们于是知道凡是辑录诗文的总集,都应该归在批评学之内。选录诗文的人,都各人显出一种鉴别去取的眼光,这正是具体的批评之表现。再者,总集之为批评学,还在诗文评专书发生之先。挚虞可以算得后来批评家的祖师。他一面根据他所分的门类,来选录诗文;一面又穷源溯流,来推求其中的利病。这是我国批评学的正式祖范。"①这是就古代"总集"诗文评而言,对于现代特别是当代的"总集"或选本批评而言,情况则又有变化。其变化表现在,今天的选本批评,特别是诗歌选本批评,特别注重时间意识。即是说,时间意识在当代诗歌选本中是非常关键的因素。这种时间意识的最明显表现是对当下性的强调。诗歌选本虽然也"穷源溯流","推求""利病",但它的落脚点却是在当下,它是从当下来看历史。比如说谢冕、孟繁华编《中国百年文学经典文库·诗歌卷》(海天出版社,1996年),虽立意百年,但针对的是当下的诗歌创作,"在变得越来越抽象的诗美原则中","本书编者依然坚守如下的信念(而且相信这些信念将永不过时):基于人类崇高精神的对于土地和公众命运的关切;丰沛的人生经验与时代精神的聚合;充分的现实感和历史深度的交汇。当然,这一切的表达应当是诗性的,它断然拒绝一切非诗倾向的侵入与取代"。②正是基于这一原则,这一诗歌选本收录的第三代诗并不是很多;此时正是第三代诗歌创作方兴未艾之际,这种选择不多不难看出编选者的态度。这样一种时间意识上的当下性,使得当代诗歌选本编纂特别强调诗歌主体的"青年"身份。因而,关于"青年"的诗歌选本

---

① 方孝岳:《中国文学批评 中国散文概论》,生活·读书·新知三联书店,2007年版,第19页。
② 谢冕、孟繁华编:《中国百年文学经典文库·诗歌卷》,海天出版社,1996年版,第624页。

也相对最多。20世纪50—70年代如此,20世纪80年代以来亦然。其最有代表性的是,20世纪80年代的诗歌年选中特辟出一类,即中国青年出版社出版的"青年诗选"系列(小说年选中也有"青年佳作"系列)。

说"青年诗选"是文学当代性的集中体现,是因为"青年"这一范畴体现了当代性和互文性特征。当代性指"青年"具有"青年"被命名时的当前时代的时效性特征。就编选实践的当下而言,诗人主体是"青年",但过了一段时间,诗人主体可能就不是"青年",而是中年了。可见,"青年"有流动性特征,它是特定时代的身份特征。互文性指,"青年"与他们所属的特定时代有互文关系。"青年"是他们那个年代时代主题或时代精神的最鲜明的表征和代表。这就涉及"青年"的现代性内涵。对20世纪80年代以来的文学界而言,"青年"这一范畴的当代性还有另一重含义,即创新性、探索性、实验性和先锋性。青年有打破成规的创新性特征,因此,大凡对文学创新的呼唤,都会集中到"青年"这一范畴的名下。同样,对创新的吁求,也会不约而同地倾向于对"青年"的呼唤和想象上。因此,"青年"诗选,一定程度上,就成为对诗歌创新的想象和建构方式。

正如谢冕所说,"诗属于所有人,但诗归根到底属于青年"[①],"诗歌永远是青春的化名,而'雏凤清于老凤声'则是一代代身处历史发展链条上的人们由衷的愿望"[②],这里要注意两点:一是诗歌与青春的关联,二是青年的现代性内涵。所有"'雏凤清于老凤声'则是一代代身处历史发展链条上的人们由衷的愿望",带有明显的后设逻辑。就古代而言,显然不是这样的。青年的现代性内涵是在现代才出现的,其最明显的是"五四"时期。这主要与经验在现代的贬值有关,经验的贬值导致年龄与现代社会呈反比例关系:越年轻越能适应现代社

---

① 谢冕编:《中国当代青年诗选(1976—1983)》,中国青年出版社,1986年版,"导言"第2页。
② 谢冕编:《中国当代青年诗选(1976—1983)》,中国青年出版社,1986年版,第474页。

会的快速发展。诗歌的创新正是在这点上与青年的现代性内涵契合:"青年诗人们于此充当着某种前卫和主体的角色,他们的生命和存在状态几乎直接决定了这一点:敏感、多思、灵魂骚动、渴望探险却又困阻重重,未及的成功以至可能获得的更大成功,如此等等,使得他们成为保守者的天敌。"①"青年"和诗歌的关联,可以肯定,这里说的"诗歌永远是青春的化名"中的"诗歌"应指新体自由诗,而非旧体诗。在这当中,诗歌的青春(或青年)气质,与现代个体的发现和诞生息息相关。新诗自诞生第一天起,就被赋予自由的气质,这一气质在郭沫若那里有淋漓尽致的表征。自由主义而兼浪漫主义气质,又有开创探索精神,最后统摄于"青年"这一范畴上。因此可以说,在所有的文类中,诗歌应是最富有探索精神和青春气质的。

当代诗歌选本对青年的塑造体现在三个方面:一是从年龄上(宽泛的意义上)塑造青年诗人形象;二是在不加区分的意义上,突出青年诗人的创新性、探索性、实验性和先锋性;三是从探索性的层面,突出青年诗人的层次性。

第一方面,从年龄上(宽泛的意义上)塑造青年诗人形象,它有两种倾向。一是从主题题材的角度编选,如夏雨主编《当代中国青年新诗》(山东文艺出版社,1991年),尽管这一诗选标榜"当代性""青年性""探索性"和"多样性"②,但它把"情诗新诗"按主题分为六辑:"深情的热土""爱情快班车""诗林女部落""盗火者之歌""闪光的星座"和"青春风景线"。这样一种主题分类,对于任何时段的诗人主体来说都可以,即是说,其之于青年并不具有独特性。事实上,这些入选诗人也都不具有流派性。诗人群体的身份的混杂使得这一诗选只建构了"青年"这一身份,而不是其他。二是就抽象意义上的"青春"这一角

---

① 唐晓渡:《中国当代实验诗选·序》,唐晓渡、王家新编选:《中国当代实验诗选》,春风文艺出版社,1987年版,"序"第1页。
② 夏雨:《走向那片芳草地(代后记)》,夏雨主编:《当代中国青年诗选》,山东文艺出版社,1991年版,第310页。

度展开编选,比如王一萍、冯起德、陈刚、沈伟麟编《青春诗选》(上海教育出版社,1982年),把现代以来各个时期以及各个国家的诗人中关于"青春"主题或与"青春"主题相关的诗歌作品结集一起。

第二方面涉及20世纪80年代诗选中的主体构成。谢冕编的《中国当代青年诗选(1976—1983)》是其代表。《中国当代青年诗选(1976—1983)》有把新时期诗歌的探索放在"青年"这一共同身份上的意图:"尽量做到从总体上,从运动和发展中,从新诗创作的多种多样的联系和中介中,来把握浩如烟海的这些作品。"①因此,这一选本中,"青年"的构成比较驳杂,不具备流派性和区别性。同类选本还有如宗鄂编的《当代青年诗100首导读》、杨晓民主编的《中国当代青年诗人诗选》(河北教育出版社,2004年)等。这一类选本中,"不同风格的作品并陈"②。

事实上,选本对当时的青年诗人更愿意区分出"青年"的层次,也就是上述的第三方面。比如说老木编《青年诗人谈诗》(北京大学五四文学社,1985年,内部出版)和《中国现代主义诗群大观(1986—1988)》,他们既区分出现实主义诗歌和现代主义诗歌,又区分出青年的两个层次:后崛起的一代在年龄上更年轻,也更有创造性和冲击力。从这两个选本可以看出当时针对"青年"诗人的想象方式,一种是总结式的规约和梳理,一种是介入式的推动和建构。这一类诗歌选本较多。有些选本虽然书名上没有"青年"等字样,但其立足于青年诗人或青年诗人的探索精神,比如说唐晓渡、王家新编《中国当代实验诗选》,把青年诗人们的"生命和存在状态"同"诗的可能性"耦合一起,实验诗正是这一意义上显示其价值③。溪萍编的《第三代诗人探

---

① 谢冕编:《中国当代青年诗选(1976—1983)》,中国青年出版社,1986年版,第473页。
② 邹荻帆:《当代青年诗100首导读·序》,宗鄂编:《当代青年诗100首导读》,安徽文艺出版社,1988年版,"序"第4页。
③ 唐晓渡:《中国当代实验诗·序》,唐晓渡、王家新编选:《中国当代实验诗选》,春风文艺出版社,1987年版,"序"第1页。

索诗选》则是把"青年诗人"同"艺术上的因循守旧"对立起来①。

　　虽然说对"青年"的塑造存在三种取向,但有一点却贯穿始终:主流意识形态询唤和自我塑造的内在矛盾。中国青年出版社出版的"青年"诗歌年选属于前者,"不管是讴歌的也好,鞭挞的也好,诗作都有一个共同的特点,就是用多彩的颜色,涂描生活的画面,从充满创伤的过去,抒发我们今天时代的具有无限生命力的喜人图景。它鼓舞了人民,推动了思想解放和'四化'建设"②。基于这一原则和标准,这一诗歌年选选择朦胧诗人的诗作时就有侧重。这是一种具体的肯定和整体的否定的态度,即肯定其中的部分朦胧诗人和他们的部分作品。就前者而言,舒婷和梁小斌是当时较为容易受认可的诗人。以 1981 年中国青年出版社的《青年诗选》为例。舒婷部分选择的是"反映比较好"③的《致橡树》《祖国呵,我亲爱的祖国》,还有《这也是一切》《思念》和《当你从我的窗下走过》。梁小斌部分,选择的是"评论界和读者反映较好"④的《中国,我的钥匙丢了》以及《雪白的墙》。徐敬亚部分,选的是《早春之歌》。王小妮部分,选择的是《是我!》《我感到了阳光》《农场的老人》。这些都是有正面意义的诗歌,要么思想感情积极健康,要么风格清新,几无当时朦胧诗论争中提到的思想或语言的"朦胧""晦涩"等问题。北岛、顾城、杨炼和江河等人的诗歌,则未收入其中,尽管他们也属于青年之列。可见,《青年诗选》体现的是规训和引导的意识形态功能,以及认可的姿态。这些选本中,"青年"都是被塑造的。如果对照周俊编的《当代青年诗人自荐代表作选》会很有意思。其中,舒婷自己选的是《一代人的呼声》,梁小斌自己选的是《回忆》,王小妮自己选的是《在错杂的路口遇见一个错杂的问路人》。这里,显然是青年诗人的自我形象的塑造。他们通过选择诗歌显示出来

---

① 溪萍编:《第三代诗人探索诗选》,中国文联出版公司,1988 年版,第 634 页。
② 中国青年出版社编:《青年诗选》,中国青年出版社,1981 年版,第 434—435 页。
③ 中国青年出版社编:《青年诗选》,中国青年出版社,1981 年版,第161页。
④ 中国青年出版社编:《青年诗选》,中国青年出版社,1981 年版,第394页。

的是另一种形象。试看梁小斌的《回忆》一诗：

你难以吞咽
吐出来的部分
即是我的希望所在
人,是否能做为一堆碎骨头去幻想着征服
环绕着肠胃的蠕动
胃酸在溶解我
我是机密
我了解我不属于被消化之列一个内情
但你被击中时
慌里慌张吞咽下去
需要在沉思时消化
腐蚀文字
和壳下软组织
我的亲爱的柔软
在被摩擦过程中感到特别柔软

咀嚼诗歌的牙齿
胃酸难以腐蚀
你吐出来的部分
在那个草丛里闪闪发光

就像编选者周俊所说"每一片都是一个独特的世界","呈现出各种奇异的光彩"[①],与《青年诗选》中的风格和主题的趋同性截然不同。

围绕"青年"的塑造与被塑造,诗歌选本编纂展开了各自不同的话

---

① 周俊编：《当代青年诗人自荐代表作选》,河海大学出版社,1989年版,"序"第2页。

语实践。塑造与被塑造的矛盾集中体现在诗歌选本中选家的身份和立场上。诗歌选家是青年,他们就会倾向于自我塑造;选家的身份不是青年,则倾向于塑造。诗歌年选属于第一种,《中国现代主义诗群大观(1986—1988)》则属于第二种。对于青年选家而言,青年诗人并不仅仅想显示他们的独特性,他们通过青年诗选的编选,想介入当代诗歌创作的姿态。这在那些编选者是青年人的诗歌选本(不限于青年诗歌选)中特别明显。比如说唐晓渡、王家新编选的《中国当代实验诗选》。比如说杨晓民主编的《中国当代青年诗人诗选》,虽然把青年严格限定在45岁以下,但带有明显的"个人趣味",其入选青年诗人并不多,将近600页的篇幅,入选诗人仅有43人。这一选本的编选,与选家杨晓民对当前诗歌创作中"当下性的严重缺席"的相关批评有关。①

三

小说选本批评和诗歌选本批评虽然都有构筑流派的诉求,但这种诉求在两类选本那里程度不同。在诗歌选本中,构筑诗歌流派的诉求是其选本批评的重要体现,在小说选本批评那里则不是。从诗歌创作的发展流变史可以看出,诗歌流派更迭是推动诗歌创作的重要因素。诗歌篇幅体制较小,仅仅靠某篇诗歌作品,或某个人的创作而把诗歌创作向前推动,是难以达成的。诗歌创作的推动需要的是集团作战。诗歌选本中的辩体功能,某种程度上正是为推动诗歌创作服务的:把某一类体例相近的作品并置一处,很多时候是为了表示对这一体例的推崇,以纠时弊。比如说"清初,王士禛主盟诗坛,为了纠正明代前后七子的肤廓和公安派的浅率,倡导神韵之说。他所选的《唐贤三昧集》,专取王、孟、韦、柳等清微淡远之作,是鼓吹神韵说的标本"②。再比如说《九叶集》,其把20世纪40年代具有共同倾向的九位诗人的具

---

① 杨晓民主编:《中国当代青年诗人诗选》,河北教育出版社,2004年版,第582页。
② 富寿荪:《唐诗别裁集·前言》,沈德潜选注:《唐诗别裁集》(上),上海古籍出版社,2013年版,"前言"第2页。

体现代主义倾向的诗歌作品并置一处编辑出版有两个方面的意味。一是对20世纪50—70年代诗风的批评。这一选本不把他们20世纪50—70年代的诗歌作品(并不是每个人都有创作)纳入其中,而只想突出他们在20世纪40年代诗风的独特性:九位诗人20世纪50—70年代创作的诗歌与他们20世纪40年代的诗风不尽一致。二是对现代主义诗风的推崇。这种独特性,在袁可嘉为《九叶集》写的"序"中就是现代主义:"他们在古典诗词和新诗优秀传统的熏陶下,吸收了西方后期象征派和现代派诗人如里尔克、艾略特、奥登的某些表现手法,丰富了新诗的表现能力。"①

就选本编纂而言,辩体往往是第一步,流派构筑或诗歌观念的表达,才是其要旨所在。如果仅止于辩体,像《新民歌三百首》这样的选本,就只是总结性的选本,仅具有集中展现的意义,结合辩体和集中展现功能。诗歌选本要想介入或推动诗歌创作向前发展,还必须诉诸诗歌观念的表达或诗歌流派的构筑,特别是后者。就当代诗歌选本而言,诗歌观念的表达很多时候是为建构流派服务的。对诗歌选本而言,观念的表达当然是其批评性的重要表现,但诗歌观念的表达却并非诗歌选本批评的独特性之所在。最有代表性的是《中国现代主义诗群大观(1986—1988)》,其中每一个诗歌流派都有自己明确的看似标新立异的诗歌观念的自释或他释,但其落脚点却是诗歌流派的构筑。这些诗歌观念只有从诗歌流派的角度才能显示存在的价值,而非相反。

对于诗歌写作而言,建构流派的意义不同于小说创作。我们衡量一个小说家,往往看其有无长篇小说代表作。某种程度上,长篇小说是文学史定位小说家的重要因素。小说的影响往往与其体量的大小相对应,影响大的作品总是那些长篇小说。诗歌体制短小,限制了影响力的发挥,这种情况下,建立流派,就成为诗歌显示其存在和影响力的重要方式,而这恰恰也可能是现代诗歌所陷的悖论式情境。速朽的

---

① 袁可嘉:《九叶集·序》,辛笛、陈敬容、杜运燮等:《九叶集》,江苏人民出版社,1981年版,"序"第16页。

现代性焦虑,促使诗人更倾向于团体作战。古代的诗歌选本,构筑流派时往往从对前人的诗歌作品的重新选择入手,选家们把前人的作品作为自己主张的例证,钟惺、谭元春编《诗归》,"以古人为归"①;选取"时贤"的作品的选本在古代所占比重不大,其较有代表性的是赵崇祚编的《花间集》,唐人选唐诗中也有一些。对于当代诗歌选本而言,其构筑流派的立足点却在于当代。最有代表性的是蓝棣之编选的《九叶派诗选》,把九位诗人各个时期的作品并置一处,而不仅仅取他们20世纪40年代的作品。更多的诗歌选本选取当下的诗人作品,这时起作用的是诗歌观念或主张,与当前诗歌作品的相互印证。

总体上看,古代诗歌选本表达诗歌观念的诉求大于构筑诗歌流派。古代诗歌选本更倾向于表达具体的诗歌观念,构筑流派则是派生性的或附属性的诉求。但对于现代以来的诗歌选本而言,表达观念是其次,立派或团队作战是他们的首选。他们想以团队的方式建立自己的身份,只有这样才能与现代性的线性发展逻辑和时间观相抗衡,这是现代性的短暂与永恒之间矛盾的体现。

这样来看,当代诗歌选本,特别是20世纪80年代以来的诗歌选本,大量以团体命名的形式出现,就带有这方面的意味。即是说,身份是当代诗人们更注重的话题,也是各类选本所特别凸显或聚焦的。这不是个体意义上的身份,而是团体意义上的身份认同的建构。比如说性别,当代有大量的女性诗歌选本,郭良原编《中国当代女青年诗人诗选》(长江文艺出版社,1988年)、未凡编的《当代女诗人情诗选》,甚至谢冕主编的《百年新诗》,也要特别辟出"女性卷",这都表明诗歌创作中团体身份的重要性。其中透露出现代性的身份意识:诗歌创作虽没有性别之分,但由男性主导,女性诗人必须以团队的身份出现才能显示其独特的存在。《中国当代女青年诗人诗选》的"编后记"中,编选者发出这样的质疑:

---

① 邹云湖:《中国选本批评》,上海三联书店,2002年版,第176页。

谈起社会上对写小说的青年女作家的偏爱,竟都有些愤愤不平。是的,女青年诗人的成就不是同样应该为全社会所荣耀么?新时期文学的繁荣,女青年诗人的成批涌现不也是不可忽视的现象之一么?不也同样应该进行总结、分析、研究么?①

从这里可以看出两点。一是小说对诗歌有压迫性优势,女小说家对女诗人有压迫性优势。二是女诗人对自身女性身份有焦虑性体验。女性身份的焦虑,在古代是不存在的。文学创作中女性身影的增多,是文学的现代性的重要表征,但在这样一种框架下,女性身份仍有可能被忽略。这种情况下,凸显性别就成为凸显存在的策略所在,这样就能理解这部诗集中的女诗人写信给郭良原,觉得她们"应该以女性的名义谢我"②。这背后,无疑是被现实和历史遗忘的焦虑。

凸显本身就是言说,是对诗歌创作的批评姿态:既表明反抗遗忘的焦虑,也表明有意的建构。对于诗歌选本而言,除了性别意识的凸显和区分之外,其表现还主要体现在身份、年龄(代际区分)、地域等时空特征上。比如说各种青年诗选、地域文学选本、大学生诗选。在这方面,构筑流派可能更有积极意义,影响也更大。流派的构筑,往往具有凸显年龄、身份、性别和地域等综合因素,是单方面凸显某一因素的选本所不能比的。这方面的诗歌选本,最有代表性的是《中国现代主义诗群大观(1986—1988)》。就诗歌选本批评的影响来看,单独凸显年龄、身份、性别和地域等因素的作用总是相对有限。因为,单方面凸显其中某一因素,比如说身份,既相对模糊抽象,又与文学现场的距离较远。因为这些因素,每一个诗人、每一个时代都有,强调这些因素并不能揭明选本收入诗人诗作的独特性。强调某一因素的选

---

① 郭良原编:《中国当代女青年诗人诗选》,长江文艺出版社,1988年版,第245页。

② 郭良原编:《中国当代女青年诗人诗选》,长江文艺出版社,1988年版,第245页。

本,比如说地域文学选本,多试图构筑历时性的创作格局,而不针对诗歌创作现场。要影响创作现场,更应依靠与当前文学创作具有同构性的流派诗歌选本。并非任何诗歌流派选都有构筑现场和介入现场的意义。万夏、潇潇主编的《后朦胧诗全集》(四川教育出版社,1993年)这样的诗歌选本,就更像是集中展示,而不可能或很少可能介入现场。

四

通过前面的分析不难看出,诗歌选本批评的独特性在于它有敞开性、阐释性和有效性。对于诗歌选本而言,其批评性常常体现在能够容纳新的诗歌创作,否则,其介入诗歌创作现场的意义就不明显。这是由选本中选域与选源的关系所内在决定的:选本中永远存在部分与全体的关系问题。其敞开性体现在选本之"选"的有限性和不完全性上,诗歌选本批评的特点在于它有召唤结构,能够召唤新的作家和作品加入。就流派诗歌选而言,这种敞开性集中表现在流派成员的构成上的敞开性和入选作品的敞开性两个方面,第二方面从属于第一方面。流派成员的构成上存在三个层次,一是核心成员,二是基本构成,三是边缘构成。对诗歌流派作品选而言,核心成员的构成基本上不存在分歧,若存在分歧,其选本批评的意义就不明显。诗歌选本批评的批评性主要表现在两方面,一是对基本构成成员的地位的认识,一是对边缘成员的不同看法。

以朦胧诗派为例。朦胧诗选本(指批评性的朦胧诗选本,而非文学史意义上的朦胧诗选本)中,朦胧诗的核心代表诗人是北岛、舒婷和顾城。当时最有代表性的选本是作家出版社出版的《五人诗选》,这一诗选构筑了朦胧诗的五位代表——北岛、舒婷、顾城、杨炼和江河。这一五人构成,被齐峰等编的《朦胧诗名篇鉴赏辞典》(陕西师范大学出版社,1988年)延续。但这一五人构成,在当时并不为其他评论家和选家所认可。阎月君等人编的《朦胧诗选》(春风文艺出版社,1985年)中,排在第4位到第6位的分别是梁小斌、江河、王小妮;李丽中的

《朦胧诗·新生代诗百首点评》(南开大学出版社,1988年)中,则是杨炼、梁小斌和江河。柳槐选评的《朦胧诗赏析》(华岳文艺出版社,1988年)中,排在第4位的是梁小斌,江河、杨炼、傅天琳、芒克、李钢、徐敬亚、王小妮、李小雨、昌耀等排在并列第5位。可以看出,在当时有关朦胧诗的选本中,分歧主要表现为核心成员之外的基本构成成员有不同。对其基本构成成员,当时有两种看法:一种是较为大家认可的构成名单,其焦点在看待杨炼、江河、梁小斌和王小妮等四个基本构成成员的关系上;另一种是对昌耀和李钢的认识不同。在朦胧诗代表诗人中,李钢和昌耀是争议较大的两位。阎月君等编的《朦胧诗选》中,李钢的地位颇高,排在第7位(收录了8首),超过杨炼(收录5首)。但在《朦胧诗·新生代诗百首点评》中,李钢是以"新生代诗"代表诗人身份出现的;在这一选本看来,李钢的作品不属于朦胧诗。这一认识也体现在唐晓渡编的《在黎明的铜镜中:"朦胧诗"卷》中。而昌耀的诗在喻大翔、刘秋玲编选的《朦胧诗精选》中选了6首,排在第5位,仅次于江河,位列江河之后,杨炼之前;但在《朦胧诗选》和《在黎明的铜镜中:"朦胧诗"卷》中昌耀是缺席的。这两位诗人,在《中国现代主义诗群大观(1986—1988)》和有文学史倾向的《朦胧诗新编》(洪子诚、程光炜编选,长江文艺出版社,2004年)中也是缺席的。

这是就与朦胧诗争论具有现场互文性的诗歌选本而言的。而那些与朦胧诗现场稍微滞后的选本,比如说《在黎明的铜镜中:"朦胧诗"卷》,情况则略有不同。这一诗歌选本对朦胧诗的核心成员有了新的认识。其中,多多的地位被极大提高,提到了与顾城和舒婷同等的位置,三人的诗都入选了12首,而北岛入选了15首。其余被吸纳的基本构成成员则有芒克(11首)、食指(10首)和黄翔(9首)。虽然唐晓渡把这一选本视为"回顾性的选本"[1],但它与文学史式的选本如《朦胧诗新编》终究不同。毕竟与朦胧诗潮相隔时间不长,其批评性仍

---

[1] 唐晓渡:《编选者序:心的变换:"朦胧诗"的使命》,唐晓渡编选:《在黎明的铜镜中:"朦胧诗"卷》,北京师范大学出版社,1993年版,第16页。

旧很明显。最有症候性的是把王家新放入朦胧诗代表诗人行列,收入其诗6首,排在第12位。而实际情况是,王家新更多被视为第三代诗人。

至于边缘构成成员,各个选本之间差异较大,其批评性表现在新增的诗人成员上。即以《朦胧诗选》《朦胧诗·新生代诗百首点评》《朦胧诗精选》三个选本为例,其中无重合的情况如下:

《朦胧诗·新生代诗百首点评》:姚莽、白渔、郑玲、杨献瑶、雁北、微茫和李元胜等。

《朦胧诗精选》:梅蓉、谢颐城、韩东、陈仲义、孙中明、李静、马丽华、孙昌建、汪戴尔、姚大侠、黑大春、多多、牛波、欧阳江河、一禾、林珂等。

《朦胧诗选》:骆耕野、邵璞、叶卫平、程刚、谢烨、林雪、曹安娜、孙晓刚等。

除了代表诗人和代表作品的入选敞开性方面,诗歌选本批评的敞开性还表现在诗歌选本中入选对象的敞开性和诗歌观念表达的敞开性上。就前者而言,集中体现在"青年"的构型上。简言之,青年在年龄上可以变老,但青年的特质是一以贯之的。这一具体而抽象的结合,使得聚焦或指涉"青年"的诗歌选具有敞开性。就文学观念的表达而言,也是如此。内部编印的《汉诗:二十世纪编年史(1986)》和《汉诗:二十世纪编年史(1987—1988)》中提出的"汉诗",并不局限于"莽汉主义""整体主义"两个流派,还选入宋渠、宋炜、石光华、廖亦武、万夏、刘太亨、潘家柱、欧阳江河、张枣、张渝、周伦佑、岛子、翟永明、孙文波、赵野、李亚伟、杨黎、柏桦、陈东东、陆忆敏、海子、西川、王寅、韩东、肖开愚等人的作品。虽然《中国现代主义诗群大观(1986—1988)》把《汉诗:二十世纪编年史(1986)》视为"莽汉主义""整体主义"的集结,但其选入的诗歌作品及诗人群体涉及新传统主义(廖亦武、欧阳江河)、非非主义(杨黎、周伦佑)、"他们"文学社(韩东)、海上诗群(陈东东、陆忆敏)、"现身在海外的青年诗人"(张枣)、四川"无派"(肖开愚)、陕西"太极诗"(岛子)、"四川七君"[孙文波、柏桦)等(这些派别名及其代表成员,均参照《中国现代主义诗群大观(1986—1988)》]。可见,"汉诗"这一概念虽然由这两个诗歌流派提出,由他们所主导,却并不仅限于他们的创作。"汉诗"是一个包容性的概念,有超越具体诗歌流派的特点,这种特点决定了它的召唤结构——召唤更多诗人参与"汉诗"的创作。

《九叶集》把入选的九位诗人视为带有共同倾向的诗歌创作团体,这与事实并不完全相符,因为20世纪40年代具有这一共同倾向的诗歌创作并不仅出自这九位诗人,这表明了它的敞开性:这只是九人特定时代(即20世纪40年代)的诗歌作品结集,既不是他们全部创作的精选集,也不是特定时代所有有共同倾向的诗歌创作的精选集。这也意味着,九位诗人中华人民共和国成立后和20世纪40年代前的某些作品,甚至具有同一倾向的其他诗人的作品,也都可以纳入这一选本——如果这一选本具有构筑诗歌流派的意图。可以说,正是在这一意义上,才有了后来蓝棣之编选的《九叶派诗选》:为了构筑文学史意义上的九叶诗派,蓝棣之把九位诗人中华人民共和国成立后和20世纪40年代前的某些作品都收入其中。

诗歌选本的敞开性是与封闭性相对而言的。只有具备敞开性的诗歌选本,才能有效构筑文学现场并介入现场。阎月君等编的《朦胧诗选》的三个版本(辽宁大学中文系1982年版、春风文艺出版社1985年版和春风文艺出版社2002年版)中,最具批评性的是前两个版本,而非第三个版本。第三个版本是封闭性的诗歌选本,前两个版本则属于敞开性的诗歌选本,能随时容纳进新的诗歌作品或诗人。一旦诗歌选本从敞开状态向封闭状态靠拢,像阎月君等编的《朦胧诗选》2002年版那样,虽然编选更严谨、客观和科学,但这时更多是文学史意义上的选本,已经不具有构筑文学现场和参与文学现场的变革的意义,其批评性已然减弱。

阐释性指编选方式的阐释空间的大小,阐释性与敞开性密不可分。诗歌选本虽能囊括一定的诗歌作品,但总存在一定的局限和阐释上的空间。具言之,有些作品或诗人,既可以纳入这个选本,也可以纳入其他选本,这为批评上的阐释留有余地,围绕某些诗人或作品,形成了一定的阐释空间。此种现象,在20世纪80年代的思潮流派作品选身上比较普遍,在诗歌选本中尤其明显。这是诗歌选本批评性的集中体现。比如说王家新,《在黎明的铜镜中:"朦胧诗"卷》选入其诗6首;《东方金字塔——中国青年诗人13家》收入其诗25首;两个选本中都收入组诗《从石头开始》。一般认为,《东方金字塔——中国青年诗人13家》是第三代诗人的诗歌选集①。从这两个选本可以看出:第一,当时评论界对王家新的看法是有分歧的,有些评论家把他放在朦胧诗人群中,有些则把他置于第三代诗人之列;第二,有些诗歌作品,比如组诗《从石头开始》,到底是朦胧诗,还是第三代诗,当时评论界也有不同看法。这两个选本都选择了王家新的作品,集中反映了当时批评界对王家新和朦胧诗与第三代诗的不同看法。选本的阐释性正体现在这种分歧和争论上。

某种程度上,选本批评的阐释性,是文学批评复杂性的呈现。比如说上海文艺出版社编辑出版的《探索诗集》。这一选本既收录了北岛、王小妮、江河、多多、杨牧、顾城、梁小斌、舒婷等公认的朦胧诗人的作品,也收录了于坚、宋渠、宋炜、宋琳、海子、廖亦武、潞潞等第三代诗人的作品,还收入韩东、王家新、徐敬亚等处于中间形态的诗人的作品。这种朦胧诗潮兴起之后带有现代主义诗风的作品杂处的情况,正说明当时诗歌创作中的"探索"的复杂性。很多诗人,例如朦胧诗人,其诗歌作品也不都划归朦胧诗风中;韩东、王家新、徐敬亚等人的创作就介于朦胧诗和后朦胧诗之间。诗歌创作的复杂形态为文学史

---

① 洪子诚、程光炜编选:《第三代诗新编》,长江文艺出版社,2006年版,第334页。

叙述所难以呈现,从这个角度看,诗歌选本批评的阐释性,其价值正体现在对文学史叙述贫乏的有效"还原"上。

选本批评的有效性指阐释空间的大小及其契合度。单个选本追求自圆其说,自足性是选本批评的重要特点,但换一个角度或从另一个选本看,则会出现矛盾甚至相互抵牾。单个选本的自足性与多个选本之间的互相抵牾,两者间的矛盾导致选本阐释空间的彼此交错和相互叠合。选本批评的有效性正体现在这种阐释空间的大小及其重叠度上。同一类型选本之间重合的作家、作品,构筑了选本批评特别是诗歌批评的对象。围绕这些共同的对象,形成了一定的共识,但也存在彼此冲突之处。批评空间就在这种状态下被建构起来。可见,选本批评,其实是一种阐释空间的建构方式,它以共同的作家和作品为谈论的对象和空间,彼此争论。但这种阐释空间的建构,在诗歌选本中与在小说等其他体裁选本中是不一样的。诗歌的篇幅相对较小,一个选本就能完成这种构建,小说等其他体裁的篇幅较大,多个系列选本才能完成阐释空间的建构。从这个角度看,选本批评的有效性更集中体现在诗歌选本身上。

同一类型的选本,重合率是衡量其批评有效性的标志。同一类型的选本之间的重合率(作家的重合和作品的重合)必须控制在合适的范围内,既不能过高,也不能过低。重合率过高,选本批评的有效性会降低,重合率过低,则导致批评自说自话,难以形成共识或塑造批评的对象。《中国新诗人诗选》编辑中心编选的《中国新诗人诗选》,有五卷,仅第二卷就收入187位诗人的作品,这些诗人里,很多没有名气或不太为各种诗歌选本所关注。展示这样一个庞大的作者群体,虽对中国当代新诗人的"探索性劳动"[①]是一种肯定,但其展现和集中的功能要大于批评的功能,对于构筑诗歌创作现场的意义不大。比较好的做法是,各个同类选本之间彼此补充,相互阐释,共同建构。比如说唐晓

---

① 《中国新诗人诗选》编辑中心编:《中国新诗人诗选(三)》,辽宁作家协会图书编辑部,1991年版,"编者的话"第1页。

渡选编的《灯芯绒幸福的舞蹈——后朦胧诗选萃》和溪萍编的《第三代诗人探索诗选》,其中所选诗人互有补充,所选作品相互阐发。例如李亚伟的作品,《第三代诗人探索诗选》中选入《我是中国》《硬汉们》《老张和遮天蔽日的爱情》三首,《灯芯绒幸福的舞蹈——后朦胧诗选萃》选入《硬汉们》和《中文系》两首。两个选本收入的李亚伟诗歌既有重叠,又不完全重叠,这种不一致正表现出选本批评所建构的批评空间的立体与丰富:展示对李亚伟诗歌的探索的深入。

五

如果说批评的作用体现在判断、分类和解释这三个方面[①],选本批评特别是诗歌选本批评应该集中展示批评的作用。选本以编和选创造了"判断—分类—解释"的独特链条。"判断"体现在"选"的行为及其正面肯定的意义上。选本之"选"多是正面判断,表达对所选内容价值的肯定。但这种判断,在选本中又有不同表现。选本以作品选择的多少表明判断的高下和主次。选本之"选"中,入选作品的多寡与作家的地位的高下相对应。同一选本中,入选作品的多寡相应地表明作家地位的高低。而这也意味着,选本中的"判断"有一定的模糊性:选本对作品的评价与对作家的评价联系在一起。表面上在"选"作品,其指向却往往是对作家的评价和定位,在这当中,入选作品的高下难以区分。它常常以入选作品的并置和共处的方式表明"共存的秩序"的存在。

这就涉及批评的第二个作用——"分类"。选本的"分类"作用很好理解,即常常体现在辨体上,具体呈现在选本的"编""选"方式中。有些选本的"分类"表现明显,比如说郭沫若和周扬编的《红旗歌谣》,把新民歌按主题题材分为"党的颂歌""农业大跃进之歌""工业大跃进之歌""保卫祖国之歌"四部分。

[①] 蒂博代:《六说文学批评》,赵坚译,生活·读书·新知三联书店,2002年版,第146页。

第一章 选本批评、史学叙述与20世纪中国新诗

有些选本的"分类"体现在选本的名称上,可能涉及性别、年龄。如人民文学出版社编辑出版的《女性五人诗》(2019年),这里的"分类"较为宽泛,看不出为什么要选"五人"(可能与作家出版社1986年编辑出版的《五人诗选》影响过大有关),为什么是此"五人",而不是另外的"五人",有些选本的"分类"体现得较为含蓄,态度隐设在编排上,比如说程德培、吴亮评述,上海文艺出版社出版的《探索小说集》(1986年),以行距中间隔一行的形式表明探索小说的九种倾向或类别。有些选本的"分类"体现为"卷""辑"或"集"的分类编排。老木编选《新诗潮诗集》就以"上集"和"下集"的方式来分类。对于这种分类,需要结合前言、后记之类的文字,才能清楚地分辨其内在逻辑。《新诗潮诗集》中,"上集"倾向于朦胧诗风,"下集"倾向于比朦胧诗人"更年轻的诗人们"的诗歌作品,该书"后记"中称他们"已经走得更远、更迅速,他们的歌声更加缤纷,更加清澈"①。可见对于选本而言,如要区分入选作品的高下,也要借助选本的前言、后记之类的文字,去考察批评的第三个作用——"解释"。选本之"选",常常需要借助这类文字加以"解释"才能更其明晰。选本的"解释"作用主要发挥在两个方面:一是有声的解释,一种是无声的"声明"②。有声的解释,体现在前言和后记的表述中,体现为其与入选作品的互文性关系。无声的"声明"则主要体现为选和编的相互阐发,还体现在入选作品的排列上。选本通过选和编的方式,通过作品排列,构筑起秩序和格局,批评的"解释"作用就体现在这种秩序和格局的构造上。

相比其他类选本,诗歌选本的"判断、分类和解释"作用更为集中而明显。尤其在古代,这种作用特别明显。萧统编的《文选》和蘅塘退

---

① 老木编选:《新诗潮诗集》,北京大学五四文学社未名湖丛书编委会,1985年版,第812页。
② 关于"声明"概念可参考米歇·傅柯(即米歇尔·福柯):《知识的考掘》,王德威译,麦田出版社,1993年版。

士编选的《唐诗三百首》，都直接以"卷"的形式标明"分类"原则（《唐诗三百首》中，类别有"五言律诗""五言绝句""七言律诗""七言绝句""乐府"）。这可能与古代的文体（特别是诗体）分类明确且种类多样有关。现代以来，新诗体式分类虽不及古代那样细致繁多，但并不表明诗歌选本的"分类"作用有所减弱，其区别只在于"分类"作用的表征方式略有变化。有些分类原则，比如按朝代或阶段分类原则（如沈德潜编选《古诗源》）、按人名排列原则（如赵崇祚编《花间集》），以现代的方式（十年、二十年等时段选形式，和按姓氏笔画或首字母音序排列）被延续继承；有些分类原则，比如说古诗的体式分类原则，则消逝不见，代之以新诗的体式分类原则（如以叙事诗或抒情诗为原则）。

  新诗选本的"分类"作用需参照小说等其他体裁选本才能更好地理解。小说等其他体裁的选本，因入选篇目相对有限，呈现宽选源和窄选域的反比例关系，"判断、分类和解释"三者的关系失衡。小说选本的分类功能是次要的，主要功能是"判断"或经典化，其次是"解释"，最后才是"分类"。诗歌选本的"分类"作用是首要的。诗歌选本虽然也涉及判断上的高下之别，但因入选作品数量偏多，分类展示意义上的秩序建构是其更为主要的诉求。谢冕编《中国当代青年诗选（1976—1983）》，意在构筑1976—1983年"青年诗"创作的全貌，突出"青年"这一分类原则，"青年诗"中诗风的区别及其诗风的高下则是次要的。阎月君等编《朦胧诗选》，虽也涉及朦胧诗代表诗人的建构，但它凸显的是"朦胧诗"这一整体群，"分类"作用体现在名单的排列上。可见，诗歌选本的批评功能，凸显的是整体上的效果，而不是对个别诗人的判断。对个别诗人的判断，从属于整体效果的营造，脱离整体，其判断就不准确了。谢冕编《中国当代青年诗选（1976—1983）》，在"青年诗"的秩序下凸显了舒婷的活跃度，选了舒婷13首诗，名列首位。舒婷的地位，在"青年诗"这一分类"装置"下才显示出来。而在另一个选本阎月君等编的《朦胧诗选》中，舒婷则排在第二位，入选30首，第一位是顾城，入选33首。此处，舒婷的地位是在"朦胧诗"这一分类"装置"下显示出来的。两个选本中,舒婷的地位不同,概因分类"装置"不同所致。

第三节 选本编纂与20世纪中国新诗的评价问题

随着20世纪末和21世纪初的到来,20世纪中国文学的评价逐渐成为学术命题被提出。虽然说此一话题早在20世纪80年代中叶就已屡被提及,但在彼时还处于未完成时态(或状态),这一话题的重要性,在20世纪末才逐渐凸显。各种形式的"百年文学书系"应时而生,在这次重评和再评价中,选本编纂发挥了重要作用,其中,尤以百年诗歌作品选的编选最为瞩目且具有代表性。它以相对短小的篇幅把百年这一较长时段纳入其中,常常有"一编(套)在手,应有尽有"的感觉;以选的方式完成了对20世纪诗歌史的评价,而不像小说或戏剧等叙事文类选因篇幅局限而常常难以做到这点。这决定了百年诗歌选本不论是品种还是数量,都是最多(册数除外)的。

就百年诗歌选本编选的阶段性特征及其类别而言,大致可以分为四类。第一类是20世纪90年代中后期的百年诗歌选本。这一类诗歌选本以张同道、戴定南主编的《二十世纪中国文学大师文库·诗歌卷》(两卷,海南出版社,1994年),谢冕、孟繁华编的《中国百年文学经典文库·诗歌卷》,谢冕、钱理群主编的《百年中国文学经典》(北京大学出版社,1996年),白桦主编的《20世纪中国名家诗歌精品》(广州出版社,1996年),姜耕玉选编的《20世纪汉语诗选》(上海教育出版社,1999年)为代表。第二类,以牛汉、谢冕主编的《新诗三百首》,谢冕主编的《相信未来》(天津教育出版社,2002年),谭五昌编选的《中国新诗三百首》(北京出版社,1999年),上海辞书出版社出版的《新诗三百首鉴赏辞典》,蔡天新主编《现代汉诗100首》(生活·读书·新知三联书店,2007年)及其修订版《现代汉诗110首》(生活·读书·新知三联书店,2017年)为代表。第三类,以洪子诚、奚密主编的《百年新诗选》，李朝全主编的《诗歌百年经典（1917—2015）》，张贤明编著的《百年新诗代表作》（两卷，现代出版社，2017年），谭五昌主编的《新诗百年诗抄》（浙江人民出版社，2017年）和李少君、张德明主编的《中国好诗歌·你不能错过的白话诗》（现代出版社，2016年）为代表。第四类，属于总系或大系，有代表性的是谢冕总主编的《中国新诗总系》，谢冕主编的《百年新诗》和洪子诚、程光炜主编的《中国新诗百年大典》。这里面，第一类和第三类的区别在对百年的认定上。第一类以20世纪90年代末作为百年的终点，第三类以2015年或2017年作为百年的终点。第二类，侧重于诗歌经典的遴选和认定；第四类，则倾向于突出流派和思潮。

一

如果说20世纪80年代的百年文学论的提出带有文学史的重写或重评的意味，百年诗歌选本的编选则不仅限于此，而是涉及多方面议题，比如"百年"的认定（即起点和终点）、百年诗歌的阶段划分及其评价、诗歌流派特征、诗歌经典、诗人的经典化以及如何看待当前诗歌创作等。

关于"百年"的认定，其关键在于确定起点和终点，厘清其两者间的关系。在这当中，起点和终点的关系可能更重要。确定起点和终点，首先要处理好两者的关系，了解落脚点在哪里。百年说或世纪说，并不始自中国，而是源自西方，有着宗教时间观背景。这种时间观有着世纪末的意味，这是从时间的终点——末日救赎的角度展开的百年论述。这当中，关键在于如何对待和叙述终点。一个世纪的终点，既是此一世纪的终点，也是下一世纪的起点。这同时意味着，如何看待终点，关系着是否能更好地看待起点。

就百年诗歌选本的编纂而言，这同样是核心问题，而这里有着不同的处理起点和终点两者间关系的方式。其方式主要有三种。第一种是先有起点再有终点，起点是其叙述的前提，比如谢冕、孟繁华编《中国百年文学经典文库·诗歌卷》和谢冕、钱理群主编《百年中国文学经典》。第二种是先有终点再有起点,终点是其叙述的前提,比如张同道、戴定南主编《二十世纪中国文学大师文库·诗歌卷》和牛汉、谢冕主编的《新诗三百首》。第三种,以1915年或1917年为起点,遵循文学史的通例,即把1915年或1917年视为中国新文学的起点。洪子诚、奚密主编的《百年新诗选》,李朝全主编的《诗歌百年经典(1917—2015)》,谭五昌主编的《新诗百年诗抄》,张贤明编著的《百年新诗代表作》,就属于这种情况。其终点基本上都是2017年或前几年,如2015年。

  三种起点,应该说,代表三种"百年文学观"。《中国百年文学经典文库·诗歌卷》和《百年中国文学经典》中的百年有其贯穿始终的主题和时代精神,百年诗歌的发展就是这一百年主题的表现。这在某种程度上,是陈平原、钱理群和黄子平于1985年提出的"百年中国文学"观的发展。在这一百年诗歌发展中,主导精神在式微,其梳理出的是日渐式微的百年心灵脉络。以1900年为起点,则是以世纪划分的做法,虽看似取巧,论述也方便,但其实是典型的现代性论述框架:以世纪作为分析的时段,与以年、十年、三十年为时段,本质上并没有区别。这都是以时间段作为衡量评判文学的标尺,其区别只在于,以世纪的长时段看,可以进行总结,对经典展开从容客观的判定:"现在,我们站在世纪的尽头,蓦然回首,在中西文化的辉煌景幕上,穿越历史的误区与人工的偏见,悚然惊醒:20世纪中国文学已经是总结的时候了,还文学以文本,还历史以公正——我们没有权利把旧世纪的紊乱与偏见带进新世纪。"①可见,总结是为了未来。这是典型的现代性的时间观——总结是为了更好地继往开来。某种程度上,这是"告别"的逻辑在发挥作用,或者说,这是20世纪80年代的"告别"逻辑在选本编纂中的世纪末延伸。以1917年为起点的诗歌选本,则介于前面两类之间,混杂性是其最大的特点。但混杂并不等于没有标准,而意味

---

  ① 《世纪的跨越——重新审视20世纪中国文学》,张同道、戴定南主编:《二十世纪中国文学大师文库·诗歌卷》,海南出版社,1994年版,第1页。

着没有贯穿始终的标准或标准呈多样化。比如说《百年新诗代表作》，既兼顾时代的主题，又兼顾流派和诗歌的篇幅，这一选本是三方面结合的产物。

谢冕主编《中国百年文学经典文库》的百年为1895—1995年①。这一划分以中日甲午战争为起点。这是先确定起点的做法，选本的落脚点在起点这里。1995年在这里没有特别的意义，只因1895年到这一年恰好一百年。但就像我们说到1895年的时候，常常会说到1898年一样，当我们谈到1995年的时候，也可以往前回溯到1993年。这可以从谢冕、孟繁华主编《百年中国文学总系》时对时间的选择上看出来。1898年和1993年是这一套总系选择的两个时间点，比如说谢冕著《1898：百年忧患》和张志忠著《1993：世纪末的喧哗》。因为，1895年更具政治军事外交内涵，它对文学的影响要到1898年这一年才集中体现出来；同样，1995年作为"百年"文学终结点的意义更体现在1993年，或者说在1993年已充分呈现，这是一个"众语喧哗的年代"②，它与"百年"前的凝重、沉重的风格特征截然不同。在谢冕的百年起点里，1898年是重要的一年，刘鹗完成《老残游记》，《天演论》翻译出版，更重要的是戊戌变法的发生。但在谢冕的逻辑里，与1898年的精神血脉直接关联的，是1895年甲午海战的失败。这一失败彻底震惊和警醒中国人，虽然这种思考自1840年以来就已经存在。③ 1895年具有阿尔都塞意义上的"问题总领域"转变和柄谷行人意义上的"风景之发现"的象征功能，它使得此前未得到凸显的问题凸显出来，使得此前不成其为问题的问题成为问题。

---

① 孟繁华：《〈百年中国文学总系〉的缘起与实现》，张志忠：《1993：世纪末的喧哗》，山东教育出版社，1998年版，第11页。正如孟繁华所说："谢冕的'百年中国文学'的思路，将视野前移至1895年前后。在他看来，发生于1898年的戊戌变法，开启了中国知识分子思考中国变革的先声，它极大地启发了后来者，或者说，那一事件作为重要的思想资源，不断地鼓舞、感召了富有忧患传统的中国知识界。因此，他的'百年中国'，大体指的是1895年至1995年。"
② 张志忠：《1993：世纪末的喧哗》，山东教育出版社，1998年版，第1页。
③ 谢冕：《1898：百年忧患》，山东教育出版社，1998年版，第32—38页。

但若以为谢冕只是在强调历史的意义,或纠缠于历史的沉重,则是对他的误解。谢冕提出"百年中国文学"这一口号,可能意在批评当前的文学,这在他的另一篇谈论百年文学的文章中有互文:"摆脱了沉重负荷的文学,一下子变得轻飘飘的,它的狂欢纵情的姿态,表现了一种对于记忆的遗忘。上一个世纪末的焦虑没有了,上一个世纪末那种对于文学的期待,也淡远了。在缺乏普遍的人文关怀的时节,倡导重建人文精神;在信仰贫乏的年代,呼吁并召唤理想的回归;这些努力几乎无例外地受到嘲弄和抵制。这使人不能不对当前的文化趋势产生新的疑虑。""我们曾经自觉地让文学压上重负,我们也曾因这种重负而蒙受苦厄。今天,我们理所当然地为文学的重获自由而感到欣悦。但这种无所承受的失重的文学,又使我们感到了某种匮乏。这就是这个世纪末我们深切感知的新的两难处境。"①联系这两段话,我们就能明白谢冕主编《中国百年文学经典文库》的潜在意图。他通过提倡经典作品,来说明"何为文学"以及"文学何为"。谢冕始终是有现实情怀的学者,所以才不断倡导这样的诗歌经典观:"在变得越来越抽象的诗美原则中,本书编者依然坚守如下的信念(而且相信这些信念将永不过时):基于人类崇高精神的对于土地和公众命运的关切;丰沛的人生经验与时代精神的聚合;充分的现实感和历史深度的交汇。当然,这一切的表达应当是诗性的,它断然拒绝一切非诗倾向的侵入与取代"②,"就我个人对诗的信念而言,我在选诗的时候较为重视诗的现实感与历史深度的结合,较为重视现代精神的引入与传扬,以及较为重视个性化的艺术追求、个人创造性的才情与文采的显示"③。

这里需要注意,20 世纪 90 年代末以来的百年诗歌选本编纂与 80

---

① 谢冕:《辉煌而悲壮的历程》,张志忠:《1993:世纪末的喧哗》,山东教育出版社,1998 年版,第 7 页。
② 谢冕、孟繁华编:《中国百年文学经典文库·诗歌卷》,海天出版社,1996 年版,第 624 页。
③ 谢冕:《新诗三百首·序二》,牛汉、谢冕主编:《新诗三百首》,中国青年出版社,2000 年版,"序二"第 18 页。

年代提出的"二十世纪中国文学"论之间的异同。百年诗歌选本用把各个不同时段的诗歌并置在一起的编选方式,显示出来的不仅是重评历史的问题,还有如何评价或看待当前诗歌创作的问题。相比之下,李泽厚、陈平原等人当初提出"二十世纪中国文学",则意在通过突出"五四"重提启蒙。在李泽厚、陈平原等人的逻辑中,"五四"被推举得很高:"五四时期是二十世纪中国文学的第一个辉煌的高潮……'科学'与'民主',遂成为二十世纪政治、思想、文化(包括文学)孜孜追求的根本目标","就这样,启蒙的基本任务和政治实践的时代中心环节,规定了二十世纪中国文学以'改造民族的灵魂'为自己的总主题,因而思想性始终是对文学最重要的要求,顺便也左右了对艺术形式、语言结构、表现手法的基本要求"①。这一百年文学,虽然仍被限定在19世纪末20世纪初开始的,"至今仍在继续的一个文学进程"②中,却无与"至今仍在继续的"文学进程进行对话的意图。而这或许也是文学选本特别是诗歌选本特有的功能。谢冕的百年诗歌选本以其对经典作品的遴选表达对当前创作的批判态度。这是其一。其二,百年文学作品选本特别是诗歌选本,通过对经典作品的遴选,也打破或突破了陈平原等人设置的框架。在陈平原等人的"二十世纪中国文学"框架中,"五四"是一个高峰,而在谢冕等人的编选实践中,"五四"的意义并不凸显,它只是百年诗歌发展史上的一个阶段,甚至可以说是并不特别起眼的起始阶段。此外,就"80年代"而言,"20世纪"还处在进行当中,这是以进行时态中的20世纪参与对20世纪的重构、塑造和期冀。"90年代"末以来的选本编纂则不同,此时,"20世纪"已逐渐进入尾声。随着尾声而来的是对百年文学的总结之意的凸显,20世纪文学几乎落下帷幕,塑造之议

---

① 黄子平、陈平原、钱理群:《论"二十世纪中国文学"》,《文学评论》1985年第5期。
② 黄子平、陈平原、钱理群:《论"二十世纪中国文学"》,《文学评论》1985年第5期。

题逐渐被总结之议题所取代。

陈平原等人的论述框架内始终有一个隐藏的矛盾:他们一方面突出"整体意识"①,并不刻意凸显20世纪中国文学的阶段性特征,另一方面对"五四"评价很高。这种矛盾表明,他们在格外突出"五四"的高峰意义。陈平原等人所做的是文学史的总体论述,可以不涉及具体分期及阶段性的评价,但在百年文学选本,特别是诗歌选本中,这一问题无法回避。因为选本编纂是通过对作家和作品的遴选,通过展示作品入选数的多寡来表明其态度和立场。某一时段的作品选入较多,无疑表明这一时段的文学成就相应较高,反之亦然。

百年诗歌选本中,较早提出这一问题的,是张同道、戴定南主编的《二十世纪中国文学大师文库·诗歌卷》。这一选本把百年新诗的发展划分为"创生期(1900—1921)""发展期(1922—1937)""成熟期(1938—1948)""挣扎期(1949—1978)""再生期(1979—1994)"这五个时期。这一分期固然挣脱了现代和当代的两分法,没有故意抬高"五四"的意义,而把百年新诗的发展看成一个整体过程,但因其理论上的进化论预设,其实是把百年新诗看成有机体的循环生长过程。这是典型的进化论和系统论相结合的表征。新诗发展是一个自足的系统,有其自身完备的系统性,虽然不时被外在因素所干扰,但因其自足性的系统值,而能保持相对自足的循环自生状态,向前发展和演化。

不难看出,百年新诗的评价,涉及的是如何看待百年文学这一问题域。在这方面,《二十世纪中国文学大师文库·诗歌卷》和《中国百年文学经典文库》代表两种倾向。前者更多持系统论观点,后者则倾向于整体论,认为百年文学有其总的主题和目标(即"时代精神"说),是一个整体进程,"以十九世纪的结束和二十世纪的开始为标志,中国社会进入了有别于以往数千年的令人感奋的新阶段","百年文学记载了这个阶段的曲折艰辛……中国人争取合理生活秩序的历

---

① 黄子平、陈平原、钱理群:《论"二十世纪中国文学"》,《文学评论》1985年第5期。

程,百年梦想的确立、追求、幻灭及其有限的实现,都在这一阶段文学中得到鲜明生动的展示"①。这一时代精神,奠定了百年文学的整体基调,并确立了总的主题:"特殊时代给予文学的是,激愤多于闲适,悲苦甚于欢愉,嬉游和消遣从来没有成为、或从来不被承认为文学的主潮。中国文学家的写作活动总与道义的期许、使命的承诺攸关。即使有人因而在文学中表现了颓唐、避隐、或游戏的态度(这往往是极罕见或例外的),也多半由于争取和投入的受挫。"②这是时代主题下的文本表现观。

对百年文学的不同评价,体现了两种文学史观,也使得他们在选录作品时相应持两种倾向。诚如贺桂梅曾经指出的:"作为一种文学史论述,'20世纪中国文学'论的最基本诉求,'首先意味着文学史从社会政治史的简单比附中独立出来,意味着把文学自身发展的阶段完整性作为研究的主要对象'。要求文学获得'独立性'的表述,显然也是整个80年代文化变革中最响亮的声音之一……'20世纪中国文学'对文学史独立性的强调自然也是这些变奏中的主要形态。"③具体而言,诗歌选本中的系统论和整体论倾向也有细微的差别。谢冕和孟繁华所代表的整体论虽然也追求"独立的诗性原则""艺术的完美与纯净",但总不脱离具体时代的规定性:"诗人讲述的总是当代的声音,正因为它真切地传达了他生活的那个时代的灵魂的颤栗与呼唤,他于是成为永恒。脱离了现实的关怀而追求久远,总是一种虚幻。"④这里强调的是文学与时代社会的互文关系。就20世纪这一整体进程而言,文学和社会虽分属两个子系统,但彼此有互文关系,不能

---

① 谢冕:《回望百年文学》,谢冕、孟繁华编:《中国百年文学经典文库·诗歌卷》,海天出版社,1996年版,第1页。
② 谢冕:《回望百年文学》,谢冕、孟繁华编:《中国百年文学经典文库·诗歌卷》,海天出版社,1996年版,第2页。
③ 贺桂梅:《"新启蒙"知识档案——80年代中国文化研究》,北京大学出版社,2010年版,第280页。
④ 谢冕、孟繁华编:《中国百年文学经典文库·诗歌卷》,海天出版社,1996年,第624页。

割裂开来看待。

张同道等所代表的系统论者则从系统论的角度出发,更强调文学史的独立价值,文学史作为独立的系统,有其自身的系统值,不需要外部赋值:"谁是20世纪中国的大诗人?我们选用了一个最为朴素也最行之有效的标准:诗歌文本的审美价值及其对诗史的影响。一部作品是否拥有美学价值,它为现代诗的发展提供了什么,它为现代诗发展带来了什么样的影响。用这种尺度去衡量,我们依次获得这样的名字:穆旦、北岛、冯至、徐志摩、戴望舒、艾青、闻一多、郭沫若、舒婷、纪弦、海子、何其芳。这些名字象征了20世纪中国现代诗纯洁的榜样,构成了现代诗史的主脉,并将代表这个世纪与另外的世纪会见。"①

从这一前言的论述不难看出其中的内在矛盾——这一套选本想评选出20世纪文学大师,但其立足点却在作品,文学大师的认定仍旧体现在作品上。随之而来的问题就是,如何在经典作家和经典作品之间达到平衡?有些诗人,可能以一二首诗名世,其他的诗则可能平平或不太好,这样的诗人该如何看待,要不要选入?如果倚重前者,强调突出经典诗人,可能遮蔽诗歌史上的其他诗人。这可能也是重新评价20世纪文学(特别是诗歌)时遇到的最大难题。选本编纂通常采取两者兼顾的做法,比如牛汉、谢冕主编《新诗三百首》,既注重经典诗人,也注重经典诗作。这是文学经典和文学史经典兼顾的做法。《二十世纪中国文学大师文库·诗歌卷》则采取先确定经典诗人,再从经典诗人的作品中遴选部分作品的办法。可以说,这两个选本代表了百年新诗选本和评价的两种倾向。

选本的文学史论述主要体现在诗人诗作的数量的选择上。入选诗作数量多的诗人,一般都被认为成就较高,《中国百年文学经典文库·诗歌卷》中收入诗作最多的是艾青(7首),其次是穆旦(6首)、何

---

① 《纯洁诗歌》,张同道、戴定南主编:《二十世纪中国文学大师文库·诗歌卷》,海南出版社,1994年版,第3页。

其芳（6首）、牛汉（6首）、郑敏（6首）、痖弦（6首）、苏曼殊（5首）、徐志摩（5首）、冯至（5首）、北岛（5首）、蔡其矫（5首）、余光中（5首）、卞之琳（4首）、闻一多（4首）、臧克家（4首）、曾卓（4首）、舒婷（4首）、海子（4首）、黄翔（4首），此外，郭沫若选了3首，戴望舒2首。从名单可以看出，获得评价最高的是艾青，其后是穆旦、何其芳、牛汉、郑敏、痖弦、苏曼殊、徐志摩、冯至、北岛、蔡其矫、余光中等11位，这与《二十世纪中国文学大师文库·诗歌卷》确定的顺序不同，其前12位是穆旦、北岛、冯至、徐志摩、戴望舒、艾青、闻一多、郭沫若、舒婷、纪弦、海子、何其芳。其中，重合的有6位，重合率50%。这里除了《中国百年文学经典文库·诗歌卷》中收录了旧体诗人如苏曼殊的诗歌外，主要不同还体现在对牛汉、郑敏、蔡其矫、余光中、郭沫若和戴望舒的评价上。谢冕等人虽然曾对朦胧诗潮有过推动之功①，但他们对朦胧诗的整体评价并不高，12位代表诗人中只选了北岛，舒婷和黄翔等人只选了4首，顾城、江河和杨炼则落选。相反，谢冕对牛汉评价颇高，选了6首。把牛汉、曾卓、艾青（艾青的7首诗中，中华人民共和国成立后的选录了3首）和蔡其矫放在现实主义脉络中来定位的话，可以肯定，谢冕等人的诗歌观更倾向于现实主义，而非现代主义。因为，同是现代主义诗人，戴望舒只选了2首，与李金发诗歌的作品数目相同。不难看出，谢冕等人更注重考察诗歌情绪表达与时代之间的互文性关系，即"丰沛的人生经验与时代精神的聚合；充分的现实感和历史深度的交汇"②。

二

虽然百年诗歌选本的编选中存在阶段论的划分问题，但其核心问

---

① 谢冕曾为朦胧诗的合法化做了一系列工作，比如说《在新的崛起面前》(《光明日报》1980年5月7日)、《失去了平静以后》(《诗刊》1980年第12期)等文章的写作发表，以及为阎月君等人编《朦胧诗选》的正式公开版（即春风文艺出版社，1985年版）和姚家华编《朦胧诗论争集》(学苑出版社，1989年版)写序。

② 谢冕、孟繁华编：《中国百年文学经典文库·诗歌卷》，海天出版社，1996年版，第624页。

题还是如何看待现代时期诗歌和当代时期诗歌的关系。这是每一个百年诗歌选本都无法绕开的,因为,这一百年的分期中,1949年恰好处在前后两个"五十年"的分界线上。因此,阶段论的背后,其实隐藏着如何评价现代时期和当代时期的诗歌创作这一命题。从其"大诗人"的选取和分期来看,《二十世纪中国文学大师文库·诗歌卷》这一选本对"前五十年"(1900—1948)的评价要高于"后五十年"(1949—1994)。① 其中,所选诗歌作品尤其集中于"成熟期"。穆旦、冯至、艾青和戴望舒这四个"大诗人",选诗多集中于"成熟期"。穆旦入选诗歌的创作时间集中于1937—1949年,只有《冬》和《友谊》两首创作于1976年。冯至入选的36首诗歌中,创作于1937年前的只有7首(包括两首叙事诗),其余皆为20世纪40年代所作。艾青的入选诗歌也多创作于1937—1949年。

对于选本收入的作品而言,是否标注作品创作或发表时间,意义是不一样的。看似"无意"的编选方式背后呈现了一种言说,内含时间对于选本编纂实践的言说意义。对这样一套企图重新评价20世纪中国新诗的选本而言尤其如此。因为,具体作家的创作经历20世纪的各个阶段,有些诗人,比如冯至、艾青,甚至经历五个分期中的四个阶段,即"发展期(1922—1937)""成熟期(1938—1948)""挣扎期(1949—1978)"和"再生期(1979—1994)"。这些诗人虽然被称为"大诗人",但其作品在创作的各个时期却是不均衡的,甚至可以说前后变化很大。选本编纂以"编"和"选"的方式,呈现出对这些诗人一生创作的总体评价,呈现其对各个阶段的诗歌创作的具体评价。比如对艾青,《二十世纪中国文学大师文库·诗歌卷》的编选者是这样评价的:"30年代的艾青以独立的思考和独特的诗学为20世纪中国现代诗增加了光辉的一章。然而,艾青也是颂歌的始作俑者,浮夸诗风的推动者,这是20世纪中国现代诗在50年代到70年代步入迷途的

---

① 为方便论述,文中有时对年数采用概略的说法,如这里的"前五十年""后五十年"实际为四十八年和四十五年。下文不再对此一一说明。

开始……即使晚年复出后的《归来的歌》,不少篇章依然匮乏个人之思考,居多是观念的演绎。这不是艾青个人的悲剧,而是一代人的集体悲剧。"①选本选择作品的偏重——每个时期选入的作品多少——正是为了应和这个观点。这一选本中,选入艾青 27 首诗,其中创作于"发展期"的收入 7 首,"成熟期"的收入 12 首,"挣扎期"的收入 3 首,"再生期"的收入 5 首。

这一选本虽然区分了 20 世纪诗歌发展的五个时期,但对每个时期的看法不一样:现代时期的诗歌创作成就要高于当代时期;20 世纪诗歌创作经历了从发生、发展到成熟,然后衰败,而后重生的过程,在这一过程中,三四十年代是其高峰期。

这一选本虽然坚持纯美的标准,但在诗歌文本的选择上和对诗人创作历程的分析上,常常前后矛盾、游移不定,比如艾青,评价他仍然侧重于分析其作品同 20 世纪的总的主题的关系密切程度:"他(指艾青——引注)与穆旦、北岛、闻一多一起,构成了 20 世纪中国现代诗最雄浑的风景。他们的声音不仅仅是个人的,也是民族的、历史的,是中华民族情感积淀的迸发。当戴望舒洒泪花间、彳亍山径之际,艾青宽阔而忧郁的目光正穿越整个国土,把广袤的苦难转化为诗的力量。艾青所关注的不是个人的幽怨与卿卿我我的情感,而是太阳、民众和整个受难的国土。"②从这段引文不难看出,这里对比戴望舒和艾青,是想突出一点——所谓"艺术的完美与纯净",提倡的是把个人的感情融入"民族的、历史的"层面,这样诗歌才能够是有价值的和真正"完美"的。这里的"纯净"并非或不仅仅是"个人的幽怨与卿卿我我的情感"的表达。艾青的诗歌取得如此高的艺术成就与他"把广袤的苦难转化为诗的力量"的能力有关。而这也决定了这一选本在选入戴望舒的诗

---

① 张同道、戴定南主编:《二十世纪中国文学大师文库·诗歌卷》,海南出版社,1994 年版,第 336—337 页。

② 张同道、戴定南主编:《二十世纪中国文学大师文库·诗歌卷》,海南出版社,1994 年版,第 336 页。

歌时,虽然收录了不少"个人的幽怨与卿卿我我的情感"的表达之作,如《雨巷》,但收录更多的是他那更具宽广深厚情感表达的20世纪40年代的作品。戴望舒一生的诗歌创作,大部分在全面抗战前,全面抗战时期写有诗歌24首。这一选本收入戴望舒诗歌29首,占其整个诗歌创作103首的28%;其中写于全面抗战时期的有8首,占其这一时期的创作总数(24首)的三分之一。从这个比例不难看出这一选本对戴望舒诗歌创作的整体评价——全面抗战时期诗歌创作在戴望舒的诗歌创作中占有重要地位。

但在评价何其芳时,这一选本却表现出前后矛盾。这里并未突出何其芳"成熟期(1938—1948)"的创作,而对何其芳诗歌创作"发展期(1922—1937)"的作品评价甚高:"一本薄薄的《预言》令人发生数量上的疑问,但是,《预言》确实是篇篇精品,让人无法保留赞美的热情……《预言》之后,何其芳此后大量号称为诗的作品已面目全非。"①何其芳延安时期的创作,从小我转向大我,无论是诗作的社会内容,还是思想深度,都有所推进。这一选本收入何其芳其时创作的诗歌33首,"发展期(1922—1937)"选入23首,"成熟期(1938—1948)"收入8首,"挣扎期(1949—1978)"只选了《解释自己》和《回答》两首,后者还是节选。这样的选择很能说明态度。这说明,编选者虽然苛责何其芳20世纪40年代以后的作品,但选择作品时,兼顾到了作者一生的创作轨迹。这正可以说是选本批评的矛盾或优势所在——入选作品和前言、后记之类的文字表达间总是存在裂隙。也就是说,编选者在前言或编者按语中表现观点时,可以或可能很激烈,但选择具体作品时,却要兼顾作者一生的诗歌创作轨迹。因此可以得出结论,这一选本,既是在选择20世纪的中国大诗人,也是在对这些大诗人进行文学史式的评价,至于编选者提倡的"中国现代诗纯洁的榜样",更多是标榜和炒作,并不用太当回事。

---

① 张同道、戴定南主编:《二十世纪中国文学大师文库·诗歌卷》,海南出版社,1994年版,第720—721页。

与《二十世纪中国文学大师文库·诗歌卷》偏重肯定现代时期的诗歌创作的做法相比,《中国百年文学经典文库·诗歌卷》则倾向于把百年中的"前五十年"和"后五十年"放在同一层面(即各占整个选本的一半篇幅)上来看待。从入选作家作品看,它虽然采取混排的方式,即在上下两编(上编 1895—1949 年和下编 1949—1995 年)各按照诗人姓氏音序排列,看不出诗人的所属时代和阶段性,但其所彰显的仍旧是对 1978 年以后的"新时期文学"的高度评价。这一选本虽然不凸显百年诗歌发展史的阶段性演变路线图,但从各个阶段诗人诗作的入选情况仍不难看出其评价。1978—1995 年约占百年时间进程的五分之一,入选诗人作品却占整个选本篇幅的三分之一。另外,上编中把长期以来被忽略的旧体诗(主要是"五四"前的)也收入进来。这种对照说明,这一选本其实在以"选"和"编"的方式强调百年诗歌发展历程中新时期以来诗歌创作成就最高。

不难看出,《二十世纪中国文学大师文库·诗歌卷》的编选虽带有炒作的倾向,但其文学史意识很强,其编选百年诗歌选本的做法比较客观。相比之下,有些百年诗歌选本则带有强烈的批评性和当代意识。比如说谭五昌编选《中国新诗三百首》,500 余页篇幅中,现代诗歌部分只占了 100 页左右篇幅,呈现出贵今薄古的态度及现代时间观,这使得这一选本的当代意识淹没了文学史意识。因此,很难说这是一部公允的百年诗歌选本,虽然编选者信誓旦旦地表示要"选编一部足以展示 20 世纪中国新诗创作最高水准的《中国新诗三百首》,以严谨的艺术尺度从大量的新诗佳作中遴选出 300 首左右的精品"①。

三

百年诗歌选本的编选,另一个重要的问题是经典诗人和经典作品的

---

① 谭五昌:《百年新诗的光荣与梦想》,谭五昌编选:《中国新诗三百首》,北京出版社,1999 年版,第 19 页。

认定。这是密切相关但又有不同指向的两个问题。说一位诗人是经典诗人,举不出他的经典诗歌作品是说不过去的;但说一首诗是经典作品,却并不一定意味这首诗的作者是经典诗人。

经典诗人和经典作品的关系问题,集中体现在对那些文学史上具有重要地位,但诗歌创作却甚平平的诗人的评价上。比如胡适,其诗歌创作就呈现典型的"有名著而无名篇"①。其《尝试集》的文学史地位已获得公认,任何现代文学史的写作都无法绕开这部诗集,但对其诗歌艺术成就的认定却让文学史教材(特别是诗歌选本)颇为头疼。不选,似乎说不过去,于是百年诗歌选本采取的做法通常如下:作为百年新诗的鼻祖,胡适的诗当然是无法绕开的,但篇数应控制,视选本的篇幅容量而定,篇幅容量较大的,适当多选,篇幅容量(主要体现在数量或页码上)小的,一般选1首。白桦主编的《20世纪中国名家诗歌精品》有1210页,胡适的诗有5首;洪子诚、奚密主编的《百年新诗选》上下两册,有1000余页,收录胡适的诗4首;《中国百年文学经典文库·诗歌卷》有600余页篇幅,胡适的诗收录3首;上海辞书出版社编选的《新诗三百首鉴赏辞典》有600余页篇幅,胡适的诗入选3首;牛汉、谢冕主编的《新诗三百首》,李朝全主编的《诗歌百年经典(1917—2015)》400余页篇幅,收录其诗1首;谭五昌编选的《中国新诗三百首》有500余页篇幅,收录其诗1首。这样一种"适度",是通过比较体现出来的。白桦主编的《20世纪中国名家诗歌精品》,收录最多的是牛汉的诗,19首,其次是艾青的,有17首。《新诗三百首鉴赏辞典》,徐志摩的诗收入最多,有7首;牛汉、谢冕主编的《新诗三百首》,选入诗最多的是郭沫若、艾青、北岛等人,各有4首;洪子诚、奚密主编的《百年新诗选》,收入诗最多的是痖弦和商禽,各有11首。选本编纂中,对经典诗人的认定通过入选诗人作品的多寡来体现,入选的数量多,评价就高,反之亦然。就选本编纂而言,胡适作为经典诗人的

---

① 陈平原:《经典是怎样形成的——周氏兄弟等胡适删诗考(一)》,《鲁迅研究月刊》2001年第4期。

地位始终被限定在一定程度上,即不使其跻身大诗人或一流诗人的行列,充其量认定其二流诗人。

关于百年诗歌的经典诗人的认定,《二十世纪中国文学大师文库·诗歌卷》的前言说得直截了当:"我们依次获得这样的名字:穆旦、北岛、冯至、徐志摩、戴望舒、艾青、闻一多、郭沫若、舒婷、纪弦、海子、何其芳。"编排方式只意在呼应这种认定,这是以明确的方式表明其立场和态度的。大多数选本则采取间接的说明和"声明"揭明其态度和立场,即以选入诗歌数量的多少表明其评价方式和经典诗人的排序。有些选本貌似客观,以编排方式掩盖这种评价,例如牛汉、谢冕主编的《新诗三百首》和谢冕、孟繁华编的《中国百年文学经典文库·诗歌卷》都以诗人姓名的音序排列。牛汉、谢冕主编的《新诗三百首》,按照收入诗歌数的多少,将经典诗人的头衔分别赠予艾青、北岛、郭沫若、海子、穆旦、牛汉、舒婷、西川和于坚,都选了4首;其次是卞之琳、昌耀、戴望舒、多多、冯至、顾城、韩东、何其芳、纪弦、江河、李金发、芒克、欧阳江河、食指、王家新、闻一多、徐志摩、杨炼、翟永明,各3首。《中国百年文学经典文库·诗歌卷》对艾青的评价最高,选入诗歌7首;其次是穆旦、何其芳、牛汉、郑敏和痖弦,各选6首;然后是冯至、苏曼殊、徐志摩、北岛、蔡其矫、余光中,各选5首;再然后是卞之琳、林庚、闻一多、于右任、臧克家、曾卓、黄翔、海子、舒婷等,各选4首。

对这个经典诗人名单,应该注意四点。第一,对经典诗人的确认,各个选本基本上没有太大的异议,这些选本通过编选,确立了20世纪经典诗人的序列和范围,区别只在于对部分诗人的评价高低上。比如冯至、何其芳、纪弦、闻一多和徐志摩这几位诗人,在《二十世纪中国文学大师文库·诗歌卷》中是第一梯队,但在牛汉、谢冕主编的《新诗三百首》中则属于第二梯队。

第二,20世纪的诗歌选,一般都把台湾地区的诗人纳入其中,因此,也就涉及台湾诗人的入选、评价问题,以及将其与大陆诗人进行比较等问题。这里有一个基本共识,即1949年是一个分界线,此前,台湾诗坛基本默默无闻,其兴盛是1949年以后的事情,因此,台湾诗人的入选,基本上集中在1949年以后这一时段。选本间的分歧体现在对大陆诗人和台湾诗人的艺术成就高低的评价不同。有些选本,比如洪子诚、奚密主编的《百年新诗选》,对台湾诗人的评价比大陆诗人要高,台湾诗人的个人入选作品最多,痖弦和商禽有11首,周梦蝶选入9首;大陆诗人收入最多的是艾青,选入9首;闻一多、戴望舒、卞之琳等只有8首。牛汉、谢冕主编《新诗三百首》时虽然也选录台湾诗人的作品,但大陆诗人得到的评价更高,艾青、北岛、郭沫若、穆旦、牛汉、舒婷、西川和于坚都选了4首,纪弦选了3首,余光中2首,商禽只选1首。

第三,这里的区别反映出的是诗歌观、编选标准和编选方式的不同。编选者人数较多的,诗歌观一般芜杂,其对经典诗人的认定体现出一种平衡,编选者人数较少的,诗歌观则相对要简单明了,其选入诗人及诗作基本能体现其诗歌观。编选标准越纯粹单一,其入选诗人诗作越能体现编选者的诗歌观。反之亦然。李朝全主编的《诗歌百年经典》虽然由他一人负责,"不可避免地会打上选编者个人思想、阅历、艺术及审美观点、人文品格的烙印",但因为编选标准相对含糊,即"参考借鉴诸多选家和文学史家们对大量文学作品的判断与评价,尽量尊重专业读者群体淘选出来的各种经典或精品"①,这一选本成了大杂烩。这方面,《中国百年文学经典文库·诗歌卷》相对纯粹。《中国百年文学经典文库·诗歌卷》由谢冕和孟繁华编选,相比《诗歌百年经典(1917—2015)》,其最大不同是郭沫若"名落孙山",不在经典诗人行列(只选3首),臧克家则选了4首。这不仅意味着郭沫若很难算是20世纪中国的经典诗人,还意味着臧克家诗歌的艺术成就也要高于郭沫若。《诗歌百年经典(1917—2015)》虽然也认为臧克家的诗歌成就在郭沫若之上,但郭沫若仍旧属于经典诗人行列,该选本收入

---

① 李朝全:《编者的话——选编一部经得起读者检验的经典》,李朝全主编:《诗歌百年经典(1917—2015)》,中央编译出版社,2016年版,第3页。

其诗 3 首,收录 3 首的诗人还有卞之琳、穆旦、郭小川、蔡其矫、食指、牛汉、舒婷、顾城、多多和余光中。收入诗歌多于 3 首的,则有艾青(6 首)、闻一多(5 首),徐志摩、戴望舒、冯至、臧克家、海子等人选入 4 首。这种情况的出现,与《中国百年文学经典文库·诗歌卷》的诗歌观和编选标准有关——"丰沛的人生经验与时代精神的聚合;充分的现实感和历史深度的交汇"①。

第四,对经典诗人的认定,也暗含对 20 世纪诗歌发展阶段的评价。《中国百年文学经典文库·诗歌卷》更注重新时期的诗歌创作,评价很高。郑敏的创作贯穿现代时期和当代时期,这一选本中收入其当代时期(新时期)以来的诗歌 4 首。而艾青诗歌创作的黄金期为现代时期,因此,其收入艾青现代时期的诗歌 4 首。即使如此,这一选本看重的仍旧是艾青当代时期的创作,收录的 7 首诗歌,20 世纪 30 年代创作的有 2 首,20 世纪 40 年代的 2 首,当代时期的 3 首。不难看出,这一选本认定经典诗人时,仍旧有对阶段的评价隐含其中。同样,认定经典作品时也如此。这些选本对经典作品的认定基本上没有什么区别。比如戴望舒,选本总会选他的《雨巷》《我的记忆》《我用残损的手掌》(《新诗三百首鉴赏辞典》,牛汉、谢冕主编的《新诗三百首》,以及《诗歌百年经典(1917—2015)》,《百年新诗选》),《中国百年文学经典文库·诗歌卷》也收入戴望舒《雨巷》和《我的记忆》两首诗歌。对于徐志摩,一般都选其《再别康桥》和《沙扬娜拉》(《新诗三百首鉴赏辞典》,牛汉、谢冕主编的《新诗三百首》,《中国百年文学经典文库·诗歌卷》,《诗歌百年经典(1917—2015)》)。这些选本在认定经典诗人的经典作品时总包括一些最基本的和最核心的篇目,区别只在于这些核心篇目之外的作品。只有考察这些核心篇目之外的篇目选择,才能辨识这些选本的独特性或其文学观。

这些选本对经典作品的认定,离不开对经典诗人的指认和对文学

---

① 谢冕、孟繁华编:《中国百年文学经典文库·诗歌卷》,海天出版社,1996 年版,第624 页。

史的倚靠,三方面紧密联系在一起。三者结合,形成相对稳定的范式。增加或减少的诗人诗作,并不影响到这一范式的演变。《中国百年文学经典文库·诗歌卷》和《诗歌百年经典(1917—2015)》都想有所创新或创见,前者收入旧体诗,后者收录歌词,它们都更新或者说拓展了对"诗歌"的认识,但其收入诗歌仍旧以新诗为主,整体来说仍旧限定在自 20 世纪 80 年代以来形成的现代文学评价范围之内,这并不可能有大的改变。

关于选本编纂的范式,有必要补充一点,即它并不形成于 20 世纪 80 年代,而要追溯到 20 世纪 50 年代中期臧克家编《中国新诗选(1919—1949)》时。臧克家结合诗人作品的选择、对诗人的评价和文学史脉络的梳理,确立了诗歌选本的编选范式。虽然自 20 世纪 80 年代以来,关于中国现代诗歌作品的选本数不胜数,对诗人经典作品的认定屡有变动,也出现重评现代诗歌史的浪潮,但诗歌选本的范式并未发生过根本上的动摇。

四

对选本编纂而言,体量篇幅问题可能是贯穿始终且常被忽略的问题。百年诗歌选本合适的篇幅在多少页码,选择多少首诗,以短诗为主还是可以适当地选择一些长诗,等等,这些都是值得注意的问题。表面看来,这些都是空间问题,但实际上它们与时间的内在焦虑缠绕在一起。这一焦虑折射出篇幅的长短和"选时"(即选本选域的时间段)长短之间的矛盾。十年选、三十年选、五十年选与百年选,如果在篇幅上差不多,那么时段越长的选本,对经典化的要求相应就越高,反之亦然。同样,还有诗人群选域宽窄的问题。容量篇幅相当的选本,所选诗人减少,则所选诗人的作品相应地增多,反之亦然。

这一方面体现"选时"的长短与经典化诉求之间的关系:"选时"时段越短,经典化程度越低;时段越长,经典化程度越高。另一方面,也体现了经典化程度和文学史叙述之间的平衡问题。倾向于文学史,就会要求入选诗人和入选作品多;倾向于经典化,则要求入选诗人和入选作品少。后者如蔡天新的《现代汉诗 110 首》(及其初版本《现代汉诗 100 首》),是典型的只侧重于经典作品而不顾及经典诗人的做法。这一选本一个诗人只选择一首诗,这样看不出哪个诗人更重要,也分不清重要诗人与次要诗人。这样的诗歌选本还有杨晓民主编的《百年百首经典诗歌(1901—2000)》(长江文艺出版社,2003 年)、谭五昌主编的《新诗百年诗抄》等。"百年,百位诗人,百首诗作"①、"百年百首"的做法体现了作品大于诗人的观念。虽然这可以看成平等意识,即诗人不分大小,都可以在历史上留下痕迹,作为百年诗歌选,应负起相应责任:"在选择一百位诗人时,既充分考虑到大多数入选诗人的经典性地位(即已经被人们广泛公认的著名现当代诗人),也考虑到部分入选诗人当下旺盛的创作活力及可观的艺术潜力,故而,该诗集也呈现出其应有的文学史价值。"②但这背后还体现出编选者经典化当代诗人的诉求——既然是百年诗选,而且每人一首,"当下"的诗人自然也可以入选。可见,百年诗选很多时候还负责评论,通过把当下活跃的诗人诗作放在历史的脉络中进行评价和定位,来表现其诗歌批评的经典化冲动。

但这类选本间也有区别,主要体现在"当下"的认定及其比重这一问题上。谭五昌主编《新诗百年诗抄》意在"编选一部中国现当代知名诗人的作品手稿集"③,因此,编选诗选的时候会倾向于选示"当下"仍然健在的诗人(已故的现代诗人作品,一般则以绘画作品替代手稿),因此,这一选本中,"当下"——如果可以把 20 世纪 90 年代以来至 2016 年看成"当下"的话——诗人作品的比重占三分之二左右。百年诗选中,"当下"二十多年就占三分之二,可见,这一诗选其实是借百年诗选这一经典化选本以使"当下"的诗人经典化,其主观性或者说批评性十分鲜明。相对而言,杨晓民主编的《百年百首经典诗歌

---

① 谭五昌主编:《新诗百年诗抄》,浙江人民出版社,2017 年版,第 206 页。
② 谭五昌主编:《新诗百年诗抄》,浙江人民出版社,2017 年版,第 207 页。
③ 谭五昌主编:《新诗百年诗抄》,浙江人民出版社,2017 年版,第 206 页。

(1901—2000)》则比较客观。虽然也选录"当下"活跃的诗人,甚至选录选编者自己的诗,但这一"当下"的比重不高。其重点如选编者所言:"整个20世纪,就整体而言,新诗的兴盛出现在20至30年代前期,40年代中后期和80年代后至世纪末三个阶段,新诗中的许多优秀作品也基本上产生在这三个时期。因此,这三个时期的诗人及其作品,自然是我编选的重点。"①这一选本,虽含有促使"当下"诗歌作品经典化的诉求,但仍旧可以看成诗歌史的一种不同形态。

应该看到,百年诗选对当代诗歌作品的选择彼此差异较大。大体上,对现代诗人的选择不容易引发争议,毕竟经过了长时间的历史淘汰和文学史的反复叙述,经典诗人名单已基本确立。其争议很多时候只在于要不要纳入旧体诗词或歌词,比如《诗歌百年经典(1917—2015)》纳入歌词,《中国百年文学经典文库·诗歌卷》纳入旧体诗词。争议的核心是对于当代诗人特别是当下诗人的选择。在这方面,一般百年诗歌选本都比较谨慎。很多百年选本其实是几乎不选当前的诗歌创作的,如李朝全主编的《诗歌百年经典(1917—2015)》,虽然时间标明截至2015年,但所选诗歌大都发表在2010年以前,只有少数几首发表在2010年以后。就入选的当下诗人而言,选本间也有差异。《中国百年文学经典文库·诗歌卷》虽然也收录了一些在诗歌史上名气不大的当代诗人,比如郑玲、非默、俞心焦(也作俞心憔)、林子、高平,但占比很小。除了收录的朦胧诗人群体外,其余的入选诗人,如王家新、西川、欧阳江河、周佑伦、翟永明、韩东、李亚伟,认可度较高。在这方面,谭五昌主编的《新诗百年诗抄》属于极端情况,其中收入的很多诗人,都还没有被经典化,比如曾凡华、刘以林、梁平、骆英、大解、莫非、耿占坤、姚风、杨志学、高兴、华清、沙克,这一选本个人的主观性和随意性较强。蔡天新主编《现代汉诗100首》时虽然也有同样倾向,但终究谨慎许多,其中所选当代诗人多是活跃度较高且影响较大的诗

---

① 杨晓民:《写在前面的话》,杨晓民主编:《百年百首经典诗歌(1901—2000)》,长江文艺出版社,2003年版,第2页。

人。洪子诚、奚密主编《百年新诗选》时则兼具这两种倾向,既注重诗歌史的特点,也有诗歌批评的倾向。这一选本体量较大,介于"诗三百"和十几卷本乃至几十卷本的宏大规模之间。

　　就诗歌选而言,"诗三百"是普遍认同的体量。"诗三百"的体量,能兼顾经典诗人的确认和经典作品的确认两个方面。在这样一个体制内,经典诗人的序列,通过入选诗人作品数体现出来。入选诗人作品数最多的,毫无疑问就是最重要的或最经典的。这样的选本有多部,除了前面提到的牛汉、谢冕主编的《新诗三百首》和上海辞书出版社编辑出版的《新诗三百首鉴赏辞典》外,代表性的还有谭五昌编选的《中国新诗三百首》和灵焚主编的《诗歌中国——百年新诗 300 首》(海峡文艺出版社,2015 年)等。有些选本,虽然未标明规模,但基本在 300 首左右,比如《中国百年文学经典文库·诗歌卷》,收入诗歌 258 首左右(其中有些诗歌题目是诗两首,但作为一首诗编排)。

五

　　百年诗歌选本的编选,很难摆脱文学史的框架。牛汉、谢冕主编的《新诗三百首》,李朝全主编的《诗歌百年经典(1917—2015)》,洪子诚、奚密主编的《百年新诗选》,虽然坚持诗歌的"经典化"原则,但这一经典化仍只能在文学史框架内取得平衡,尽量兼顾诗歌史中的重要诗人及其公认的名作。百年诗歌选本可以看成诗歌史的一种不同形态。百年诗歌选,某种程度上充当了百年诗歌史的替代功能。概言之,就选本编纂而言,其诗歌史的意义表现在三个方面,一是对整个百年诗歌发展概貌的理解和阶段性分期,二是经典诗人的认定,三是经典作品的认定。

　　余华在《文学和文学史》中曾感叹道,"文学史总是乐意去表达作家的历史,而不是文学真正的历史,于是更多的优秀作家只能去鳄鱼街居住,文学史的地图给予他们的时常是一块空白,少数幸运者所能得到的也只是没有装饰的简单的字体",本着这一理解,余华提出"阅读的历史":"事实上,一部文学作品能够流传,经常是取决于某些似乎并不重要甚至是微不足道而却又是不可磨灭的印象","每一位阅读者都以自己的阅读史编写了属于自己的文学史。"①余华的这一设想,虽然很纯粹,但几乎无法达到。选本通过"选",某种程度上能建立余华意义上的"阅读的历史",但就像福柯所说,其看似客观中立的作品排列,体现出来的仍旧是言说和"声明",因而总也无法摆脱文学史秩序。

余华提出"作家的历史"和"文学的历史"命题,其实指向作家和作品的关系。这与前面提到的"胡适现象"相似,究其实质,它们反映出的是文学史叙述的悖论和内在矛盾,这一矛盾指向作家和作品的平衡关系:文学史应以作品为主,还是以作家为主。应该说,这是困扰文学史写作的一个恒久命题。选本编纂,特别是诗歌选本编纂,在这方面进行了自己的思考。通行的文学史写作,一般都是从思潮史和流派的角度入手,梳理出文学发展的脉络和轨迹来,这是王瑶的《中国新文学史稿》(开明书店版,1951年)所确立的原则,洪子诚的《中国当代文学史》(北京大学出版社,1999年)也遵循这一原则。虽然陈思和主编的《中国当代文学史教程》(复旦大学出版社,2000年)有意从作品的角度梳理出当代文学发展的脉络,但这一文学史仍旧在作品的分类的框架内展开叙述。这里的症结还是个体与类的关系问题,文学史总要通过一篇篇作品建构出一个脉络来,这是文学史写作无法回避的问题。

选本编纂虽很难挣脱文学史的框架和束缚,但它在处理作家和作品时总有自己的方式方法。通行的做法是先确定作家的文学史等级和秩序,再确定作品的入选数量的多少。这是在文学史的框架内展开选本编纂的做法。与之相反,先确定作品,再确定作者,就能打破文学史框架的束缚。谢冕主编的《相信未来》的"编后记"说,"我们舍弃了先确定作者那样通常的做法,而是先筛出好的作品。作品定了,作者

---

① 余华:《文学和文学史》,《温暖和百感交集的旅程》,上海文艺出版社,2004年版,第117、118、119页。

也就定了。也就是说,开始时选谁不选谁,没有框框,首先考虑的是他的作品是否可以入选","现在选出的作品,就作者的作品来说有多有少,这也不是按作者的影响所定,而是依作品的艺术层面和题材、手法的特异性。这样的选法是我们的一个尝试"。① 联系谢冕的其他选本编纂实践便会发现,这一选本有意突破其此前的编选实践。这一选本中,虽然诗人入选诗作有多有少,但这一数量上的多少并不与其文学史地位和评价必然对应。比如艾青,在谢冕主编的其他百年诗选中,基本都是选诗最多的,但这里只选择了《大堰河——我的保姆》1首,张志民、梁上泉、徐迟等诗人却选了2首。这样一种错位,反映的是编选者的诗歌观和诗美原则。

可以说,只有在对经典作品的认定上摆脱文学史的束缚和经典诗人的指认,才可能真正形成自己的风格,表达自己独特的文学观。蔡天新《现代汉诗100首》的"后记"中说:"偶然性无疑是存在的,这或许也是本选集的特色之一,而与文学史无关。"②这一诗选的基本原则是每位诗人只收入一首诗,其中很多诗歌作品与大多数选本重合,比如艾青的诗选入《我爱这土地》,穆旦选入《春》,食指选入《相信未来》,北岛选入《宣告》,翟永明选入《独白》。这种重合只能说明,这些诗符合这一选本的选诗标准。这一选本与其他选本的最大不同表现在两个地方。第一,鲁迅、周作人、朱自清、舒婷和江河等人都被排除在外。第二,很多诗人的入选诗作是文学史上不太被关注到的,以前很少被选本收入,比如郭沫若的《笔立山头展望》、冯雪峰的《孤独》、李金发的《夜之歌》、朱湘的《一个省城》、戴望舒的《秋》、何其芳的《季候病》、曾卓的《我遥望》、芒克的《阳光中的向日葵》、多多的《阿姆斯特丹的河流》、于坚的《在漫长的路途中》、顾城的《丧歌》、韩东的《温柔的部分》、李亚伟的《苏东坡和他的朋友们》、海子的《最后一夜

---

① 谢冕主编:《相信未来》,天津教育出版社,2002年版,第325页。
② 蔡天新主编:《现代汉诗100首》,生活·读书·新知三联书店,2007年版,第338页。

和第一日的献诗》。以上提到的这些诗人的诗,如果只能选择一首作为代表,按照通行的文学史和一般选本的做法,它们无疑是不会入选的。它所收入的戴望舒的诗,既不是那首广为人知的《雨巷》,也不是他的后期凝重之作,如《狱中题壁》或《我用残损的手掌》,而是发表于1929年的《秋》,这首诗很少被各种选本收入,如牛汉、谢冕主编的《新诗三百首》,李朝全主编的《诗歌百年经典(1917—2015)》,洪子诚、奚密主编的《百年新诗选》,都未收入该诗。

早在20世纪80年代,李泽厚的《二十世纪中国(大陆)文艺一瞥》和陈平原、黄子平和钱理群的《论"二十世纪中国文学"》这两篇文章就不约而同地把20世纪中国文学(文艺)的起点放在19世纪末,具体而言,就是1895年前后。这一年的意义被特别凸显,"尽管自鸦片战争、太平天国以来,已不断有先进的士大夫知识者开始具有新的思想、观念、论议、主张,但不仅为数极少,有如凤毛麟角;而且这些思想、主张也仅仅停留在理知认识的水平,尚远未构成为某种真正的心态变化。这种变化开始于1894年甲午战争中国战败割地求和所掀起的爱国热情"[1],"1895年的甲午战争是中国近代史的一大转折,因太平天国失败而造成的相对稳定和长期沉闷萧条被打破了,'中学为体西学为用'被证明不过是一种愚妄的'应变哲学'"[2]。应该看到,这是身处20世纪80年代回望百年文学时所建立起来的对"二十世纪中国文学"的认识框架,其认识论基础是"启蒙"与"救亡"的二重变奏。这一认识论框架,在选本编纂中通过入选诗歌作品(经典作品)、入选诗人(经典诗人)和文学史论述三方面的结合而体现。只要三方面之间互为前提和结果的循环论证逻辑不能打破,这一认识论框架就不会从根本上破除。虽然说"百年""百位"和"百首"这一"三百"原则对这一认识论框架是一个很大的冲击,但并不能从根本上摆脱其束缚。无论

---

[1] 李泽厚:《中国思想史论》,安徽文艺出版社,1999年版,第1034页。
[2] 黄子平、陈平原、钱理群:《论"二十世纪中国文学"》,《文学评论》1985年第5期。

怎么"选"和"编",某些经典诗人的经典作品的地位无可撼动,就像前面所引《现代汉诗100首》中的许多名诗那样。所谓"脍炙人口的名诗"这一说法本身,就值得细细分析。名诗之"名"的形成,就是经典诗人的认定、经典作品的确认和文学史叙述三方面合力的结果。蔡天新主编的《现代汉诗100首》,虽然选入郭沫若、戴望舒等人不常被人援引的作品,但这些作品的选择也表明,这些诗人的经典地位不可撼动,区别只在于选择哪首。对于具体名诗的选择,在认定上会有不同和变化,但它从根本上来说并不撼动三方面的紧密关系。彻底抛开名家的选本,自然又只能是自说自话,影响自然极其有限。

不难看出,选本编纂,特别是百年诗歌选,其"选"和"编"涉及文学评价的一系列问题。百年文学的提出也是一种批评,即对当前诗歌创作的"轻浮"之风的批评。从百年文学发展的总体脉络出发可以重构当前的诗歌创作,或者说可以把当前的诗歌创作放在百年诗歌的发展脉络中来考察和定位。

第二章 20世纪50—70年代文学体制与诗歌选本

第一节 《中国新诗选(1919—1949)》与"十七年"时期新诗体制的建立

20世纪50—70年代,臧克家编的《中国新诗选(1919—1949)》是一个很重要的选本。说它重要是因为,它是彼时关于中国现代新诗最重要、最具症候性和最有代表性的选本。同时,这一选本以其编选探索出一种具有典型意义的评价模式,这一评价模式,并不随着时代的转折变迁而失效,即使在当前,仍在或隐或显地发挥作用。

中华人民共和国成立后,现代文学方面出版过一些选集,并以延安文艺作为新中国文艺的方向,如何对延安文艺之外的现代文学(包括新诗)进行评价一直是个问题,出版这方面的选本更是少见。在此前后,很少见到相关的诗歌选本,《中国新诗选(1919—1949)》是其中最重要的选本。直到1979年,才见上海教育出版社出版《新诗选》三册。

一

编选《中国新诗选(1919—1949)》首先涉及现代新诗的评价问题。1949年以后,对现代文学进行评价提上日程,同时,重新出版现代时期文学作品的工作相应启动,但综合性选本的出版却比较少见。小说方面,有周扬编的《解放区短篇创作集》,这一选本于1946年初版,1950年6月新华书店重印。另外还有邵荃麟选注的《创作小说选》(1947年)和《文学作品选读》(和葛琴合编,1949年6月)。这些都是中华人民共和国成立前出版的,选域上,前者指向解放区,后者指向解放区外,也包括苏联的作家作品。1949年后的一段时间,关于现代文学的选本极少,且大多是解放区文学选本,"中国人民文艺丛书"和"文艺建设丛书"中有部分这类选本。从这些选本的情况不难看出,选本所承担的功能中,有一个是肯定机制。选本之"选",首先是肯定,"选"体现肯定态度。这样来看,现代文学(包括诗歌)在当代面临着被重新评价的处境,评价的复杂性及其不确定性,构成选本编纂的上下文语境。这种情况下,编选现代文学方面的选本,就成为一个问题。

但选本编选终究不同于文学史论述——虽然它不可避免地有文学史叙述的功用。就选本编纂的体制而言,《中国新诗选(1919—1949)》创造了一种新诗编选模式。这一模式体现在前言、后记和入选作品的相互阐释和不同分工上。前言、后记从诗歌流派斗争史的角度梳理中国新诗的脉络,确立秩序和格局,确立经典诗人。经典作品的确认则留给正文——入选的诗歌作品。什么作品才是好的作品,好的作品的标准是什么,这些都是选本正文所要解决的问题。

在这里,前言、后记相当于文学史叙述,即一部诗歌史。从思潮流派斗争的角度梳理文学发展历程,并不是臧克家的独创或首创。从思潮流派及流派斗争史的角度梳理中国新诗发展历程,是20世纪50—70年代文学史写作的典型模式。最有代表性且出现时间较早的,是丁易的《中国现代文学史略》(作家出版社,1955年)。就时间而论,这一文学史的出现要比臧克家编《中国新诗选(1919—1949)》略早一年,二者间有无关系,不必纠缠。但从当时那种以论代史,从文学论争和思潮流派的角度构筑文学发展脉络,并对作家政治立场进行判断(即革命作家、进步作家和反动作家)的做法来看,两者一脉相承。在这种框架内,反动流派或反动作家没有地位,其论述的比重自然也极小,在《中国现代文学史略》450余页、十二章的规模中,作者对此只在第八章"革命文学作家、进步作家以及没落的资产阶级文学流派"第三节用不到10页的篇幅简要谈及。"没落的资产阶级文学流派"中的诗歌流派,仅以4页的篇幅一带而过,其中提及"新月派""象征派"和"现代派"。它对徐志摩等人的作品虽然采取辩证的态度,却始终不提具体作品,而只是就诗人的资产阶级思想的两面性展开简要论述。这是当时的文学史写作的典型特点:论述革命作家和进步作家时,例举作品,论述反动作家时一般对其进行抽象的否定,即使提到作品,也是以否定的口吻提及。王瑶《中国新文学史稿》、刘绶松《中国新文学史初稿》(作家出版社,1956年)等都有这种倾向。《中国现代文学史略》论述徐志摩是这样说的:

> 他的思想是一个十足的英美资本主义下的产物,他企图英美式的民主政治能在中国实现,这种单纯的信念,使得他初期的诗充满了资产阶级新兴期的乐观和热情。……但是,他的这种政治理想,终究不过是理想而已,他没有认识到中国是个半殖民地半封建社会,旧民主主义革命道路是早就走不通的了,因此,他的理想一接触到复杂的中国现实,便立刻碰壁。这碰壁以后,他只剩下了两条路可走:一是走入现实之中更进一步的去认识现实;另外呢,便是颓唐下去,做资产阶级的孤臣孽子。不幸得很,他的阶级限制了他,不容许他走向第一条路,终于他只好在第二条路上叹息起来……这以后,他便尽可能地回避现实,心情十分苦闷、矛盾……不过他终于在"怀疑颓废"中睁开了眼睛,要看一看这"劳苦社会",总还是好的。然而不幸得很,当他刚刚希望"复活"还没有移动脚步的时候,他却于一九三一年在飞机上失事身死了。①

至于新诗发展脉络,该书则没有进行系统分析,而是将相关论述散落在各章中展开。比如说第七章"郭沫若和'五四'前后的作家"第

---

① 丁易:《中国现代文学史略》,作家出版社,1955年版,第288—289页。

三节"'五四'前后的现实主义诗歌和戏剧"的第一小节"白话诗运动"用了4页篇幅论述。

从这种文学史论述可以看出,当时对于中国新诗的处理方式大致如下,即从文学论争的角度梳理线索,定位流派,确定作家的政治身份,然后再从诗人的创作中寻找具有"人民性"的因素,议论其人民性的强弱。具体而言,对资产阶级作家,以毛泽东的经典论述中关于资产阶级两面性的论断具体分析其进步性和软弱性的表现,辩证地分析后,确立起好与坏的标准及等级秩序来。臧克家的《中国新诗选(1919—1949)》的序言完成的正是这样的工作。选本间的区别主要体现在对两面性的不同侧重。环境宽松时,侧重其进步性,环境稍微紧张时,则凸显其软弱性。

《中国新诗选(1919—1949)》的主体是具体的入选作品,其功能比文学史复杂得多。选本常常以"选"的方式表明态度,谁入选、谁不入选是很有讲究的。胡适要不要入选,是一个绕不过去的问题。丁易的做法是,肯定其部分作品如《人力车夫》的人民性,但这种肯定是有限的:"一九一八年胡适在《新青年》发表的《人力车夫》,表示他对劳动者的同情,但是'同情'最后却是'点头上车',吩咐'拉到内务部西',他是坐在车子上面来同情'人力车夫'的。"①可见,胡适的阶级出身限制了文学史对其的定位与评价。这是文学史的做法,文学史中涉及具体作品时可以采取辩证的立场,但作为选本中的入选作品,肯定机制仍对其发挥作用,因此,对资产阶级诗人的作品,选本基本上采取整体否定的态度,只选取其中较有进步倾向的诗作。闻一多、徐志摩就是在这样的逻辑下被臧克家选中的。

即使是这样,《中国新诗选(1919—1949)》对徐志摩诗歌的选择也十分谨慎。《中国新诗选(1919—1949)》1956年版未选入徐志摩的诗,只在1957年出修订版的时候才加进其《大帅(战歌之一)》和

---

① 丁易:《中国现代文学史略》,作家出版社,1955年版,第249页。

《再别康桥》。因为 1956—1957 年间的环境相对宽松,处于百花开放时期;《再别康桥》入选体现了对诗歌的形式的重视和强调。丁易在《中国现代文学史略》中肯定了"新月派"的形式追求:"徐志摩和初期闻一多的一部分诗,在形式上的确是做到了:章法整饬,音节响亮,辞藻别致,处处都显得独具匠心……在当时诗坛也起了一定的影响。到了末流,他的同派诗人更变本加厉,模仿西洋资产阶级诗歌的格律,写出些空洞的没有内容的'十四行'和'豆腐干块'的诗。"①这里的逻辑很明显,对形式的肯定,在 20 世纪 50—70 年代的语境中始终是次要的,只有先肯定其思想内容上的进步,才能肯定其形式上的可取,对形式的肯定必须放在思想内容的肯定性框架内进行。

二

这里有必要明确,评价新诗是一回事,编选新诗选是另一回事,两者有本质区别。编选新诗是为了学习和借鉴,就像《中国新诗选(1919—1949)》的"内容提要"中所言:"这是一本以青年读者为对象的诗选……从这些作品里,可以看出新诗发展的一个轮廓来。并有序言一篇,具体地分析了新诗发展各个历史阶段的情况,扼要地论述了某些诗人作品的时代意义和艺术价值,帮助读者阅读这本选集里的诗篇。"②从这个简要的"内容提要"可以看出两个问题。第一,选集是有针对性的,其目标读者群是"青年读者",选集是供他们学习借鉴用的。这样一种意图,决定了这一选本一方面要介绍"新诗发展"的"轮廓",另一方面要有针对性地进行指导。"轮廓"的介绍起文学史叙述的功能,指导则意味着要说明什么该读,什么不该读,该怎么读?什么该读,通过对入选作品的选择可以确定;而该怎么读,则要序言来引导。序言的写作,不仅要梳理诗歌史的脉络,还要告诉青年读者,该怎么读其中的作品,指导青年阅读。诗歌选本的主体部分,通过作家作

---

① 丁易:《中国现代文学史略》,作家出版社,1955 年版,第 289 页。
② 臧克家编选:《中国新诗选(1919—1949)》,中国青年出版社,1956 年版,"内容提要",第 1 页。

品的选择,确立好的作品的序列,以供青年读者阅读和学习。第二,既然是学习借鉴用,选本中所选诗歌就不仅要政治正确,还要有较高的艺术性。两者结合,形成这一选本的编选标准。

先看第一个问题,即序言要负责指导阅读。面对入选的作品,青年读者该怎么读?直接读作品,还是有其他的方法?序言要告诉读者怎么读作品,这是选本编纂不同于文学史的地方。文学史可以"以论代史",像张毕来的《新文学史纲》(第一卷,作家出版社,1955年)和丁易的文学史那样,但选本不行。选本之"选"首先是肯定机制,因此面对入选作品该一种什么样的立场、姿态去阅读也是需要被追问的:是听任读者自行阅读,还是对他们的阅读加以引导?就20世纪50—70年代的选本而言,显然属于后一种情况。《中国新诗选(1919—1949)》的序言告诉青年读者,创作是思想的表现,作品是隶属于思想的第二位的东西,不能孤立地看待。比如胡适,臧克家就说"胡适的思想和他对诗的主张,鲜明具体地表现在他的诗创作的实践上"[1],言外之意是,胡适虽然对白话新诗的诞生有功劳,但他从资产阶级立场出发,一开始就走入歧途,因此给人们以"不良的影响":"他的这种资产阶级的唯心论的论调,给予当时的新诗创作以不良的影响。"[2]读者首先要从作家的阶级身份和立场出发,确认其阶级属性和所属阵营,了解其是革命作家、进步作家还是资产阶级反动作家,而非相反,即努力从作家的创作中寻找出具有人民性或积极性的内容。这里有一个孰先孰后的问题,不能也不容许颠倒。胡适的诗歌作品,比如说《人力车夫》,有一定的人民性,但其人民性局限在固有的阶级属性之内,不能被夸大。这里的逻辑很明显,在中华人民共和国建立后的语境里面,需要把作家和作品结合起来进行重新阐释,不能片面强调作品的

---

[1] 臧克家:《"五四"以来新诗发展的一个轮廓(代序)》,臧克家编选:《中国新诗选(1919—1949)》,中国青年出版社,1956年版,第4页。
[2] 臧克家:《"五四"以来新诗发展的一个轮廓(代序)》,臧克家编选:《中国新诗选(1919—1949)》,中国青年出版社,1956年版,第4页。

进步性或人民性,不能片面强调作品的形式创新,而不顾作家的阶级属性。关于这点,可以结合张毕来《新文学史纲》(第一卷)中的相关部分来说明。张毕来在谈到《人力车夫》时说"它是新的形式,语言平易,句法自然",但"它跟坏的内容(即'庸俗而虚假的资产阶级老爷式的"人道"主义思想感情'——引注)结合在一起,只发生了宣传坏内容的效果。这'好'实际上便是'不好'"。① 可见,臧克家的序言告诉我们,面对作品时,应该把对作品的解读放在对作家的解读的基础之上进行,而不是相反。

把解读作品放在解读作家的基础上也就意味着:第一,必须把作品放在作家的阶级属性中去把握;第二,必须把作品放在作家所处的流派中去把握;第三,必须把作家放在阶段性演变的中来把握。三者的结合,形成选本中诗歌作品的重要入选标准和阅读方法。借此,臧克家构筑了一条资产阶级文艺路线同无产阶级文艺路线斗争的脉络和流派斗争的路线图,在这条路线图中,臧克家构筑了无产阶级"革命文艺"②和"革命诗歌"③主线(代表诗人郭沫若、蒋光慈、殷夫、蒲风、臧克家)、现实主义诗风主流(代表诗人刘半农、刘大白、艾青、田间、蒲风、臧克家、柯仲平、力扬、袁水拍、李季、阮章竞),以及现实主义诗歌流派(主要有"中国诗歌会",代表诗人蒲风、臧克家;"政治讽刺诗"④,代表诗人袁水拍;"民歌体"⑤,代表诗人李季和阮章竞)的正统地位,至于新月派、象征派和现代派,则因其对形式的片面注重和思想内容上的颓废而在整体上被否认。

---

① 张毕来:《新文学史纲》(第一卷),作家出版社,1955年版,第87、88页。
② 臧克家:《"五四"以来新诗发展的一个轮廓(代序)》,臧克家编选:《中国新诗选(1919—1949)》,中国青年出版社,1956年版,第10页。
③ 臧克家:《"五四"以来新诗发展的一个轮廓(代序)》,臧克家编选:《中国新诗选(1919—1949)》,中国青年出版社,1956年版,第16页。
④ 臧克家:《"五四"以来新诗发展的一个轮廓(代序)》,臧克家编选:《中国新诗选(1919—1949)》,中国青年出版社,1956年版,第30页。
⑤ 臧克家:《"五四"以来新诗发展的一个轮廓(代序)》,臧克家编选:《中国新诗选(1919—1949)》,中国青年出版社,1956年版,第31页。

作为"新月派"主要诗人的徐志摩、朱湘等,在他们的政治思想和文艺思想上,一开始就表现了同无产阶级思想和文艺观的对立……他们在自己的诗创作上,宣露这种资产阶级的个人主义的思想情感,把人们从阶级斗争里引开,使读者们回避眼前血淋淋的现实,趋向消极甚至反动方面去。在他们初期的作品里,还流露过一星半点的站在资产阶级立场上对封建社会不满的思想,但由于存在在他们身上的封建士大夫思想,使得徐志摩同情被赶出宫门的溥仪,写下了他的情调凄伤的"残春"。到了一九二七年大革命时代,他愤愤于"思想被主义奸污得苦";指责革命者"借用普罗列塔里亚的瓢匙"喝"青年的血"。这种反动思想遗留给青年以很深的毒害。

一九二一到一九二七年间,和革命诗歌对立而发生了很大影响的,除了"新月派"的诗,就要算以李金发为创始人的"象征派"诗了……李金发不单单是因为看中了法国象征派诗的那种形式,才拿它来在中国实验,首先是法国象征派诗那种逃避现实的以幻梦为真实、以颓废为美丽的"世纪末"的颓废思想和他的思想起了共鸣……许多人目李金发为"诗怪",嫌他的诗太朦胧神秘,有人认为这是由于他的表现方法的关系(例如"省略法"、"观念联络的奇特"、"藏起串儿"的"一串珠子"种种说法),其实这种表现方法是决定于它所要表现的内容的。像他那样一种恍惚迷离、神秘过敏的颓废的感觉和情调,根本就不能把它们放在一个"明白的间架"里去。怎样的内容就需要怎样一种形式去装它,这不是很明白的吗?

作为现实主义诗歌对立物的"新月派"诗衰落下去之后,"现代派"诗像一股逆风一样的紧接着吹了起来。……轰轰烈烈的阶级斗争和民族斗争的现实,他们不敢正视,却把身子躲进那样一条"雨巷"里去;不是想望一个未来的光明的日子,而把整个的精神放在对过去的追忆里去,这是个人主义的没落的悲伤,这是逃避现实脱离群众的颓废的哀鸣。①

这些流派在整体上被否定,因此,体现其流派特征的诗歌作品,诸如徐志摩的《残春》、戴望舒的《雨巷》和《我的记忆》,也就被否定了。同样,如果诗人的创作未发生阶段性变化,其诗歌作品也不可能被收入其中,比如朱湘、李金发。这些都是对作家进行评价的前提和重要依据。比如胡适,阶级性的限制决定了对其作品的基本否定;而一个诗人即使曾经属于某一派别,比如闻一多曾属于"新月派",戴望舒曾经是"现代派"的重要代表,但由于他们的诗歌创作到后来突破了自己而向前发展,思想倾向进步了,这些诗歌作品仍旧应该或可以得到认可。

"死水"作者闻一多,虽然曾经是"新月派"的一分子,但他的情况和徐志摩、朱湘等是不同的。一九二七年大革命之后,他对于胡适、徐志摩的文艺观点和生活作风就表示不满。他的诗里贯彻着爱国主义的精神……但可惜,这种爱国主义没有能够和当时人民的革命斗争相结合,而在夸示中国历史的"家珍"的时候,也免不了带一点怀古的情调,反映出狭隘民族主义思想的局限性。有些描写现实的题材也还仅是零星的,立场观点上当然也超不出个人主义人道主义的同情。那时候,他的思想情感还是资产阶级性质的,他对诗的看法和创作实践,也显然还带着"唯美主义"的倾向……到了后来,现实打开了他广阔的眼界和伟大的心灵,愤怒的火花爆炸了这座火山,他终于以自己的生命写出了有力的反抗的伟大诗篇。

---

① 臧克家:《"五四"以来新诗发展的一个轮廓(代序)》,臧克家编选:《中国新诗选(1919—1949)》,中国青年出版社,1956年版,第14、16、21—22页。

> 但是现实作用于人的力量是伟大的……抗战之后就连戴望舒也不得不面向不容逃避的血肉现实用另一种腔调发出他的"元旦祝福"、"狱中题壁"和"我用残损的手掌"这一类带着民族反抗意志和要求自由解放的歌声了。①

何其芳也属于这一类,即诗风后来有所改变,而现实的影响是其改变的原因。卞之琳虽然作为后期"新月派"被认定,而且臧克家也尖锐地指出,后期"新月派""有的诗成了谜语,像卞之琳的某些作品,有的只剩了一个'美丽'的形式,如同一朵纸花。它的所有的诗……真是达到了陈梦家在'新月诗选'序言中所要求的那个'纯'的火候了"②,但这一选本中仍旧选了卞之琳全面抗战时期的两首诗。其原因仍在于卞之琳在这一时期的诗风转变了,转到现实主义诗风上去了。"抗战初期,许多诗人,都各以自己的声音,表现了抗日战争这伟大现实的一些侧面,写几行诗需要几千字去解释的卞之琳,抗战不久即进入解放区,写出了他的歌颂八路军和解放区革命现实的新作品'慰劳信集'。"③

诗人阶级属性的确立,其实也就意味着确立了诗人的等级秩序,这样一种等级秩序,既体现在序言的写作中,也体现在诗人入选作品的多寡上。即是说,诗人入选作品的多寡,对应着的是作家的等级秩序。在这里,入选篇数的多寡,不仅仅依据其艺术成就的高低。《中国新诗选(1919—1949)》中,诗人的入选篇数依次是:郭沫若9首,艾青7首,闻一多、殷夫、田间各5首,康白情、刘大白、蒋光慈、柯仲平、臧克家、蒲风、何其芳、袁水拍各4首,朱自清、刘复(刘半农)、萧三、

---

① 臧克家:《"五四"以来新诗发展的一个轮廓(代序)》,臧克家编选:《中国新诗选(1919—1949)》,中国青年出版社,1956年版,第15—16、22—23页。
② 臧克家:《"五四"以来新诗发展的一个轮廓(代序)》,臧克家编选:《中国新诗选(1919—1949)》,中国青年出版社,1956年版,第20—21页。
③ 臧克家:《"五四"以来新诗发展的一个轮廓(代序)》,臧克家编选:《中国新诗选(1919—1949)》,中国青年出版社,1956年版,第28页。

严辰、李季各 3 首,冰心、冯至、戴望舒、卞之琳、阮章竞各 2 首,力扬和张志民各 1 首。①

对于这个"榜单",应注意四点。第一,所谓的"胡风集团"诗人是全体缺席的,因为彼时,"胡风集团"被定性为反革命集团。这一群体,常常被称为"七月派",总体上也属于现实主义诗歌流派。重新确认它的价值和流派地位,是在 20 世纪 80 年代,这与选本编选有一定的关系,相关选本有绿原、牛汉编的《白色花——二十人集》(这一选集也收入了这些诗人于中华人民共和国成立后创作的一小部分作品)和周良沛编的《七月诗选》(所选作品皆为 1949 年以前的诗歌)。第二,有些诗歌流派是后来重构的,比如说 20 世纪 40 年代以冯至为代表的"中国新诗"派,以及穆旦等人构成的"九叶诗人"。其代表诗歌作品,因为无法定位(既不是现实主义诗歌,又不纯粹是以戴望舒为代表的"现代派"诗歌),也都未纳入其中。第三,这些诗人,虽然在身份地位上有等级差异,但其入选的诗歌,却大都属于现实主义诗歌作品。这是诗人等级秩序和现实主义诗歌作品标准的结合。第四,在这些诗人中,冰心和朱自清属于有阶段进步性的进步诗人,因此对其作品的入选,有寻找其进步性的倾向在。这本书的序言中未提到康白情、张志民、严辰等人,却选了他们的作品,这些诗人及其作品,也应该放到那个框架和脉络中去定位。也就是说,他们不属于具体哪一诗歌流派,但属于现实主义诗风作家和进步作家或革命作家。

确立了等级秩序和格局,其实也就是确立了青年读者的阅读和所借鉴对象的等级,即哪些诗人是可以主要学习借鉴的,哪些诗人是需要批判继承的,哪些诗人是需要批判对待的,等等。在这里,需要强调一点,所谓革命诗人、进步诗人、反动诗人只是笼统的划分,具体到诗人的创作历程和作品,还应具体对待,不能一概而论。即是说,需要从辩证和发展的角度看待诗人。

---

① 依据《中国新诗选(1919—1949)》1956 年版。

辩证的观点是指在认定一个作家的阶级属性的基础上进行的历史分析,其思想依据是毛泽东的新民主主义论中关于资产阶级的"两面性"的判断:"由于中国民族资产阶级是殖民地半殖民地国家的资产阶级,是受帝国主义压迫的,所以,虽然处在帝国主义时代,他们也还是在一定时期中和一定程度上,保存着反对外国帝国主义和反对本国官僚军阀政府(这后者,例如在辛亥革命时期和北伐战争时期)的革命性,可以同无产阶级、小资产阶级联合起来,反对它们所愿意反对的敌人。""但同时,也即是由于他们是殖民地半殖民地的资产阶级,他们在经济上和政治上是异常软弱的,他们又保存了另一种性质,即对于革命敌人的妥协性。"①即是说,资产阶级诗人"在一定时期中和一定程度上"是有其进步性的,所以王瑶的《中国新文学史稿》(1951年和1954年两个版本,1954年版由新文艺出版社出版)在分析胡适时,也认为他的作品并非毫无可取之处,而只是资产阶级属性限制了或束缚了他的创作,使得他的作品不能向前发展。徐志摩也是如此。但这也带来了具体操作上的空间和对尺度的不同把握。这也是当时的分歧所在,即该如何看待这"两面性"中进步性和软弱性的先后和比例:应该突出其进步性,还是更应该凸显其局限性。这主要是针对资产阶级诗人的评价而言的。条件和社会环境的宽松,会使得凸显其进步性成为可能。比如说徐志摩的作品就具有两面性:资产阶级的进步性和软弱性。因此,《中国新诗选(1919—1949)》在1957年出版修订版的时候,才加进了他的《大帅(战歌之一)》和《再别康桥》。

　　发展的角度是指,对一个诗人,应该从发展的角度看待。这不仅针对资产阶级或小资产阶级知识分子,还针对"小资产阶级革命知识分子"(即所谓的进步作家)。戴望舒和卞之琳属于前者,何其芳、臧克家等则属于后者。比如说何其芳,早期就属于小资产阶级知识分子,但后来他的思想出现巨大的改变,写出了《夜歌和白天的歌》这样

---

① 毛泽东:《新民主主义论》,《毛泽东选集》(第二卷),人民出版社,1991年版,第674、673页。

的"觉醒了的小资产阶级革命知识分子向无产阶级思想意识转变的歌唱"①。对于这样一个诗人,就应该看到其创作经历及其转变。

这就要求把作品放在作家的创作历程中去看待。确定了作家的阶级属性,并不意味着万事大吉,这里的问题是,哪些作品可以借鉴,哪些不可以借鉴。这些问题是选本主体部分的任务,它通过遴选作品得以完成;而序言必须告诉读者,怎么去读这些作品。因此,对于选本的编选而言,这里有一个互为前提和结果的结构关系。即是说,选本的前言和入选作品之间,就逻辑上说,并没有谁先谁后的关系,并不是先写了序言再去遴选作品,二者间是一种互相说明和互相阐释的关系。也就是说,对于选本而言,我们不仅要看选家选择了哪些作家作品,还要看他不选哪些作家作品。而且,就《中国新诗选(1919—1949)》而言,更重要的是看哪些作家没有入选而又必须在序言中涉及和论述。胡适显然就是这样的作家。

选本中所选作品,只是作家的部分作品,而不可能是全部。比如说郭沫若,选本中收入其9首诗歌,创作时间分布于1919年至1945年之间。那么,这时看待序言,就应该结合入选作品来分析,而不是仅仅看序言自身,因为如果这样,就不能解释作品的选择了。臧克家的序言,只重点谈郭沫若"五四"时期的诗歌创作,这当然是从诗歌发展史的角度对郭沫若的定位,但对于选本编选而言,还必须兼顾郭沫若的创作历程。因此,选本中收入的郭沫若的诗歌贯穿1919年到1945年这近三十年。这9首及其创作时间分别是《立在地球边上放号》(1919年9、10月间),《地球,我的母亲》(1919年12月末),《凤凰涅槃》(1920年1月20日初稿),《炉中煤》(1920年1、2月间作),《黄浦江口》("五四"后一年4月3日),《天上的市街》(1921年10月24日),《上海的清晨》(1923年4月1日),《诗的宣言》(1928年7月1

---

① 臧克家:《"五四"以来新诗发展的一个轮廓(代序)》,臧克家编选:《中国新诗选(1919—1949)》,中国青年出版社,1956年版,第28页。

日)、《站立在英雄城的彼岸》(1945年7月)。序言中,臧克家提到《立在地球边上放号》和《匪徒颂》,但《匪徒颂》却未选入其中。这说明了什么？从臧克家对郭沫若的分析可以得知:"'五四'当时的郭沫若在日本的博多湾上,并没有参加这一历史性的伟大运动。他置身在一个资本主义国家,看到了科学文明的发达,也看到了资本主义这条'毒龙'的罪恶。他初步接触了新的社会主义思想,他在'匪徒颂'里歌颂了政治革命伟大的导师马克思和列宁……作者说自己是'无产阶级者',那时候,他当然还不是的。他当时所想望所要创造的'未来'也还仅只是一个模糊的影子。在这时期,他的思想里也含有着杂质。"①即使是革命作家如郭沫若,也并不是没有阶段性的。这样一种"杂质"性,表现在《匪徒颂》里就是对各种"匪徒"的泛泛的没有区别的歌颂,而这毫无疑问是有缺陷的,所以《中国新诗选(1919—1949)》并未选录这首;同样,1951年开明书店版的《郭沫若选集》也未选入这首。而前面所列9首,都在《郭沫若选集》的46首诗歌之中。即是说,对作家创作历程的追溯,也必须以思想的进步性为准绳,那些异质性的内容或者说杂音不被纳入其中。

这里,臧克家把中国新诗的发展划分为四个时期,分别是"五四"时期、1921年至1927年大革命失败前、1927年大革命失败到1937年全面抗日战争爆发前、1937年全面抗战爆发至1949年。其中,郭沫若"五四"时期的诗歌选了5首,第二阶段2首,第三和第四阶段各1首。这说明,这一选本更多是肯定其"五四"时期的诗歌创作,他此后几个时期的诗歌创作,不被特别重视。这种态度,与同是现代时期诗歌的选本《中国新诗萃(20世纪初叶—40年代)》(谢冕、杨匡汉主编)明显不同,后者也把现代新诗的发展分为四个时期,但将郭沫若第二个时期的诗歌创作,放在与第一个时期同等的地位,都分别选了3首。不过,这第二时期,选择的是他的《天狗》《我是个偶像崇拜者》《瓶·第十六

---

① 臧克家:《"五四"以来新诗发展的一个轮廓(代序)》,臧克家编选:《中国新诗选(1919—1949)》,中国青年出版社,1956年版,第8页。

首》,而不是前面提到的《天上的市街》《上海的清晨》以及《诗的宣言》。《中国新诗选(1919—1949)》选择这些诗,是因为:"郭沫若的'前茅'和'恢复'里面的许多诗篇,比他'五四'时期的作品更前进了一步,无产阶级思想成分起着有力的作用,发挥了诗的革命的社会性能。"①但即使如此,也只选了2首,而且还有一首思想感情不太先进的《天上的市街》。可见,选本之选与对作家的定位和评价终究还是有差别的。

这种对诗人创作历程的评价,一般反映在侧重选择诗人哪一时段的诗歌的上。比如说何其芳,《中国新诗选(1919—1949)》一般不选择其早期诗歌,而把选择范围锁定在延安时期。卞之琳的诗,只选了他抗战时期的两首。冯至的诗,只选了他20世纪30年代的两首,他全面抗战时期的十四行诗都不入选。至于艾青,一般会凸显其风格风味浑厚的20世纪40年代的诗,而对其全面抗战以前的诗歌关注不多。这里选择了艾青的7首诗,全面抗战以后的占了6首,前期只有《大堰河,我的保姆》这样一篇具有人民性的诗歌。这种侧重,表现了某种评价。这种评价,是与诗人作品的人民性和进步性息息相关的。如冯至全面抗战时期的十四行诗,在人民性上不如他20世纪30年代的诗歌创作;卞之琳的早期创作有唯美主义倾向,全面抗战时期则有很大的变化;等等。

最后,才是如何阅读入选诗歌作品的问题。对于这些作品,需要青年读者在确立了诗人的阶级属性、诗歌作品的风格和流派特征之后,从作品中寻找人民性。这一人民性主要表现在革命性和现实性两个方面,革命性指思想倾向上的共产主义倾向,这很大程度上是一种重新赋予和确认。也就是说,要在确认了诗人的阶级属性之后,再去确认其作品的人民性问题,这里是有先后和主次的,不能颠倒顺序,不能主次不分。比如说,对待胡适,他的作品不能说没有人民性,但其人民性是包裹在其资产阶级属性之中的,因此,其诗歌作品也不能选入。而像朱自清和冰心,他们都是思想上有进步倾向的诗人,因此,需要对

---

① 臧克家:《"五四"以来新诗发展的一个轮廓(代序)》,臧克家编选:《中国新诗选(1919—1949)》,中国青年出版社,1956年版,第10页。

他们的作品进行"风景的发现"后的重新追认。"像朱自清的'送韩伯画往俄国',把革命成功后的苏俄比作'红云',对于这'红云',诗人表示了殷切期待的情怀。这也是共产主义思想影响的一个实证。""冰心的那些歌颂大自然的诗篇……和那些滥调的旧诗把'春花''秋月''枯树''寒鸦'作为死人身上的葬衣一般的装点品的情况已经不同。"①对诗歌作品中的人民性的寻找和确认分为两方面,一方面是选家对诗歌作品的再解读和对人民性的重新赋予,另一方面是读者通过阅读后的再度确认。只有这样,才能完成指导青年读者的阅读。

不难看出,《中国新诗选(1919—1949)》某种程度上发挥了阿尔都塞意义上的意识形态"主体"之"询唤"功能。读者应在阅读过程中,把选家在序言中确立的指导原则内化为自己的准则,并在对诗歌作品的阅读中完成这种确认。某种程度上,这是一种意识形态询唤的镜像结构关系,而不仅仅是诗歌史的梳理和秩序的建构。关于选本的意义,吴亮在《新小说在1985年》的"前言"中有一个最简洁而鲜明的说法:"小说是供阅读的!"②这里的意思很明显,选本中所选的小说如果不能在读者的心中造成影响,不论选家吴亮自己对1985年小说的新变做了多么热情洋溢的肯定,这样的肯定也都是没有意义的或者说意义相当有限的。就选本而言,其意义建立在对入选作品的阅读上。

但是这里还要注意一点,即虽然《中国新诗选(1919—1949)》是针对青年读者的,但在当时,这样一种针对性常常并不十分明确。关于这点,王瑶曾经感慨道:"按道理说,介绍给青年人看的文学知识总应该是一些有正确结论的一般性的内容,不必介绍一些过于琐细的或学术界还有争论的专门性问题,但今天学术界对很多问题都还没有比较一致的看法,包括对许多重要作家作品的评价。"③这是王瑶在《中国

---

① 臧克家:《"五四"以来新诗发展的一个轮廓(代序)》,臧克家编选:《中国新诗选(1919—1949)》,中国青年出版社,1956年版,第5—7页。
② 吴亮:《新小说在1985年·前言》,吴亮、程德培选编:《新小说在1985年》,上海社会科学院出版社,1986年版,"前言"第4页。
③ 王瑶:《中国诗歌发展讲话》,中国青年出版社,1956年版,"前记"第2页。

诗歌发展讲话》的"前记"中的话。这里有两个关键词:一个是"知识",一个是"有正确结论的一般性的内容"。王瑶的苦恼,其实正说明一点,即"知识"虽貌似"正确"而具有"一般性",但其实有权力作用于其间。而且,这种权力并不仅仅是压迫性的权力,而毋宁说是"生产性的权力",它通过与知识的结合再生产自身,权力在其中具有隐蔽性特征。

《中国新诗选(1919—1949)》的选编当然是为了向青年读者介绍现代诗歌,具有"文学知识"的性质:"帮助青年读者丰富文学知识,了解'五四'以来中国新诗发展和成就的概况"①,既然是"知识",就应以"正确"和"一般性"为标准,所以臧克家在《中国新诗选(1919—1949)》1957年版中特别强调:"在这里,我必须再一次地郑重声明:这是专为青年读者编选的一个'读本',如果内容再扩大,按着新诗发展史把'五四'以来许多有成就的诗人们的作品统统包括进来,对于青年的消化力和购买力是不合适的;那样一个选本,应该由'人民文学出版社'考虑编选和出版。"②即是说,精选不仅仅涉及容量的问题,更涉及思想性的问题。入选的作品必须都是值得肯定的和应该肯定的。选本要体现"选",越是精选,越能体现出其正确性来。它不是大而全的,而是精要且能体现意识形态内涵的。但同时,它也在询唤主体,并通过阅读完成这种询唤,因而阅读在这里具有特别重要的意义。两者的统一,是我们今天重新看待这个选本时应该注意到的。而使二者统一,也恰恰是选本所独具的功能。

三

这一新诗选,还有必要被放到当时的具体语境里去考察。一旦历史语境发生变化——比如说在今天重新看待这一选本,其意义就不一样了。对于选本而言,它有一个接受语境的变化问题:选本出版时的

---

① 臧克家编选:《中国新诗选(1919—1949)》,中国青年出版社,1956年版,第312页。
② 臧克家编选:《中国新诗选(1919—1949)》,中国青年出版社,1957年版,第318页。

接受语境,和一段时间之后的接受语境是不同的。在当时,它需要对读者产生具体的影响,而在今天来看,它常常只具有史料的意义。关于这一选本的语境,可以分不同的方面来谈。

首先是选与不选的历史语境。《中国新诗选(1919—1949)》1956年初版,1957年再版,在这之前展开的批判有对俞平伯《红楼梦研究》和对胡适的批判(1954—1955年),以及对胡风"反革命集团"的批判(1955年),在此期间冯雪峰也曾受到过冲击。这些批判构成新诗选本不选的范围,也即不选胡适、胡风集团、冯雪峰等人的诗。此外,胡也频的作品也未入选。胡也频是"左联五烈士"之一,他的诗在新诗中也有一定的地位,但臧克家却未将其作品选入其中,也未进行论述。这是为什么?原因很简单,他的很多诗,在当时同李金发的一样,被指认为象征派诗,这在孙玉石编选的《象征派诗选》(人民文学出版社,1986年)和吴欢章主编的《中国现代十大流派诗选》中有所呈现。孙玉石指出:"在李金发'异军突起'的朦胧诗风引起人们的注视和纷争的同时,新诗的国土上崛起了一群年青的象征派诗人。""这里有两种情况……一种是受到李金发诗风的影响而开始象征派诗歌创作的,如胡也频、候汝华、林英强等人。"[①]

这样一种选择说明,对于作家(包括诗人),既要看其思想倾向和阶级属性,又要看其具体作品,两者的结合才形成评价他们的标准。而这某种程度也就是毛泽东在《在延安文艺座谈会上的讲话》中提出的"政治标准"和"艺术标准"的统一的表现。毛泽东并未提出具体的比重问题。因此,随着形势的变化,人们对这两条标准的理解和把握会有变化,其变化主要体现在对这两个标准的主次关系的认识及其比重问题的认识上。这里的微妙之处是,在政治标准框架内,该如何看待艺术标准问题?对艺术标准的侧重,应体现在多大程度上?而这,是与毛泽东提出的资产阶级的两面性的认识息息相关的。具言

---

① 孙玉石编选:《象征派诗选》,人民文学出版社,1986年版,"前言"第22—23页。

之,如果向资产阶级的进步性倾斜,资产阶级作家就能得到正面评价或部分肯定;而如果向资产阶级的软弱性倾斜,资产阶级作家的进步性只能得到极有限的肯定,甚至被彻底否定,其程度,与评价时的倾斜程度有关。同样,如果强调艺术标准,就会造成对政治标准的淡化,徐志摩等人就会得到正面肯定,反之亦然。这也使对资产阶级作家的评价表现出阶段性的特点。

其次是中华人民共和国成立后的阶段性语境。不同时期对某些作家的评价是不同的。即是说,20世纪50年代初期、20世纪50年代中期和后期,对某些作家的评价是有变化的。《中国新诗选(1919—1949)》初版本出版于1956年8月,《新文学史纲》1955年12月出版第一版,两书出版时间相近。两书的观点,在很多地方相似,彼此为互文关系,可以参照阅读。这也说明,臧克家的观点,在当时很有代表性,也具普遍性。比如其中论及胡适及徐志摩的部分。《新文学史纲》是先是对胡适和徐志摩进行阶级定性:

> 我们认为他们是"右"翼,因为他们跟封建势力和帝国主义势力有千丝万缕的联系,不会跟这些反动势力处于尖锐的对立中。当他们反对这些势力时,那火力是非常之轻微的,并且他们本身往往就带着反动的因素。这种右翼的特点,当然也在他们的作品中表现出来。主要表现为软弱、空洞和虚伪。①

然后把胡适的作品分为三类,一一批驳,在谈到他诗歌中看似具有进步意义的诗歌,如《人力车夫》时,说它是"庸俗而虚假的资产阶级老爷式的'人道'主义思想感情"②的表现。徐志摩则被放在同为新月派代表诗人的闻一多的对立面,后来不点名地把他纳入资产阶级作家队伍中:"又有一些资产阶级作家,一向歌唱着、用华美而奇巧的词句粉

---

① 张毕来:《新文学史纲》(第一卷),作家出版社,1955年版,第86页。
② 张毕来:《新文学史纲》(第一卷),作家出版社,1955年版,第87页。

饰着资产阶级的骗人的概念。这一因素的发展,就是'为艺术而艺术'或'无所为而艺术'的文学流派之形成。这些文学流派和公开投降的文学家们,就他们跟发展着的革命势力的关系说,在本质上是一样的。"①这样一来,徐志摩就和周作人、林语堂、杨振声被同等对待了。不难看出,张毕来的逻辑与臧克家的十分接近,但1951年版的王瑶《中国新文学史稿》对待胡适和徐志摩的态度和逻辑则截然不同。王瑶的做法是上来就谈作品。在第二章"觉醒了的歌唱"第一节"正视人生"开头,王瑶指出:"胡适的《尝试集》出版在一九二○年,是中国的第一部新诗集。"②王瑶并不上来就先扣一个大帽子,然后再谈作品,而是就作品谈作品,并把他们的创作放在当时的语境中辩证分析其进步性和局限性。在谈到那首著名的《人力车夫》时,王瑶是这样说的:

> 虽然也没有过分超越了人道主义和劳工神圣的这些概念,但那股乐观的气氛,那种反对旧礼教的坚决,是给了初期新诗以健康的血液的。尽管胡适同情"人力车夫"的办法只是"点头上车",但那点同情在后来也许就根本不会发生的。③

对徐志摩,王瑶则首先从历史发展的角度分析其思想的转变:"从高亢的浪漫情调到轻烟式的感伤,他经历了整个一个社会阶段的文艺思潮。到他对社会现实有了不可解的怀疑时,就自然追求艺术形式的完整了。在写作技巧上,他是有成就的,章法的整饰,音节的铿锵,形式的富于变化,都是他的诗的特点。"④不难看出,在这里,王瑶其实是在为徐志摩的"形式的追求"(第二章第三节名)辩护,即是说,徐志摩

---

① 张毕来:《新文学史纲》(第一卷),作家出版社,1955年版,第137页。
② 王瑶:《中国新文学史稿》(上册),开明书店,1951年版,第59页。
③ 王瑶:《中国新文学史稿》(上册),开明书店,1951年版,第62页。
④ 王瑶:《中国新文学史稿》(上册),开明书店,1951年版,第74页。

的形式追求反映出来的是对黑暗现实的不满。但在1954年再版时（修改是在1952年），王瑶对其中的观点有了一定的修正，比如对胡适，除了保留了前面的段落之外，还在后面紧接着补充道："至于就《尝试集》本身来说，那这点仅有的内容绝不占主要的地位，因为其中更多的是消极的不良因素，或毫无意义的语言。"①

这样一种阶段性特点，在"文革"结束后又有明显的变化。这一变化在王瑶《中国新文学史稿》和臧克家《中国新诗选（1919—1949）》再版时都有呈现。就《中国新诗选（1919—1949）》而言，到1979年再版的时候，其功能已经发生变化，虽然在"新版后记"中臧克家再次重申不扩大范围，但因为时移世易，有不少关于中国新诗的选本出现，此时选本的知识生产的功能已经弱化。如上海教育出版社出版的北京大学、北京师范大学和北京师范学院三校中文系中国现代文学教研室编的《新诗选》（三册，上海教育出版社，1979年），是中国现代文学史参考资料的组成部分，换言之，它也是知识生产的一部分，与《中国新诗选（1919—1949）》1979年版并无不同之处。事实上，《新诗选》选录了胡适的诗6首，穆旦的诗4首，这已是一部在当时看来相当全面的新诗选了。

《中国新诗选（1919—1949）》1979年版有较大的变动，这表现在对戴望舒的《雨巷》、卞之琳的《远行》（1930年）以及王统照的《这时代》《她的生命》《雪莱墓上》等的态度上。《雨巷》和《远行》一般认为是现代派时期的作品。臧克家的《"五四"以来新诗发展的一个轮廓（代序）》一文中就选入《雨巷》进行过说明："戴望舒的表现艺术是很高的，象《雨巷》一诗的旋律是铿锵动人的。值得我们学习借鉴，提高自己的表现技巧。"②这一段话，1956年版和1957年版中是没有的。但对于选择卞之琳抗战之前写的《远行》，该序未置一词。从增删情况

---

① 王瑶：《中国新文学史稿》（上册），新文艺出版社，1954年版，第62—63页。
② 臧克家：《"五四"以来新诗发展的一个轮廓（代序）》，臧克家编选：《中国新诗选（1919—1949）》，中国青年出版社，1979年版，第24页。

可以看出,《中国新诗选(1919—1949)》1979年再版时,臧克家开始有意识地突出诗歌创作中的"艺术技巧"。不过,这种突出仍旧是在20世纪50—70年代的评价框架内进行的,并未从根本上改变对新诗的总体评价。显然,《雨巷》和《远行》,特别是《远行》,思想感情上并不颓废和消极,太过消极与颓废,是不可能入选的。因此可以说,某种程度上,《中国新诗选(1919—1949)》1979年版,只是在争夺知识的建构权,它只是知识生产的一部分。

四

对于选本而言,序言只是概要性的,不可能对每一篇入选作品进行介绍和评价。选本编选有天然的裂缝:选本之选,不仅体现在序言的指导性上,还体现在作品之选的逸出上。这种逸出现象,可以从《中国新诗选(1919—1949)》的三个版本的变迁中观察得到。综合比较看来,三个版本对待徐志摩和戴望舒的态度变化极有症候性。徐志摩和戴望舒都是"反动"诗歌流派的代表作家,但这一选本对待他们的态度却并不一样。三个版本的《中国新诗选(1919—1949)》对待戴望舒的态度一以贯之,即充分肯定其后期创作的进步性,这是总体上的肯定和具体作品的正面评价的统一。而对于徐志摩,三个版本的态度则始终很微妙:1956年版是整体上的否定和极为有限的肯定的结合,1957年版和1979年版则是整体上的否定和对具体作品的肯定的结合。

1956年版和1957年版的区别主要体现在如何对待徐志摩上。先看1956年版序言对徐志摩的评价:

> 作为"新月派"主要诗人的徐志摩、朱湘等,在他们的政治思想和文艺思想上,一开始就表现了同无产阶级思想和文艺观的对立。他们和胡适的思想立场是一致的,把革命思想看作"过激"、"功利";把带革命性的诗歌看做"恶滥"的滥调,认作是标语派。他们在自己的诗创作上,宣露这种资产阶级的个人主义的思想情

感,把人们从阶级斗争里引开,使读者们回避眼前血淋淋的现实,趋向消极甚至反动方面去。在他们初期的作品里,还流露过一星半点的站在资产阶级立场上对封建社会不满的思想,但由于存在在他们身上的封建士大夫思想,使得徐志摩同情被赶出宫门的溥仪,写下了他的情调凄伤的"残春"。到了一九二七年大革命时代,他愤愤于"思想被主义奸污得苦";指责革命者"借用普罗列塔里亚的瓢匙"喝"青年的血"。这种反动思想遗留给青年以很深的毒害。在那样一个斗争极尖锐化的时候,徐志摩的思想表现得赤裸裸地,那就是站在和人民革命敌对的立场上,成为反动统治者文艺上的代言人了。而朱湘最后的结局是投水自沉,这正象征了资产阶级诗人的绝路。

  那些"新月派"的诗人们,一方面以他们的"超阶级"的其实是资产阶级的思想和"艺术至上论"模糊人民的阶级斗争意识,同时以"唯美主义"的形式诱导一般读者坠入形式主义的泥坑。①

再看1957年版本的改动:

  作为"新月派"主要诗人的徐志摩,在他初期的某些作品里,也曾表露过对当时黑暗社会的不满,对军阀混战的反对,站在资产阶级立场上,激情地要"冲破一切恐怖"前进,对于未来也怀着一个渺茫的"希望"。他的思想是杂乱的、矛盾的。他反对封建社会、反对军阀的黑暗统治,这表现了资产阶级思想向上的一面;而存在他身上的封建思想,却使他同情被赶出宫门的溥仪而写下了情调凄伤的"残春"。他一方面写了一些具有现实意义的不满黑暗社会、憧憬未来的诗篇;另一方面,却在一九二七年大革命时代,愤愤于"思想被主义奸污得苦";指责革命者"借用普罗列塔

---

① 臧克家:《"五四"以来新诗发展的一个轮廓(代序)》,臧克家编选:《中国新诗选(1919—1949)》,中国青年出版社,1956年版,第14—15页。

里亚的瓢匙",喝"青年的血"。他把革命思想看作"过激"、"功利";把革命诗歌看作"恶滥"的滥调、标语派。这种反动思想,给了青年们以很深的毒害。因此,对于资产阶级代表性的诗人徐志摩,我们应该肯定他那些具有现实意义的作品,同时要批判那些反动、消沉、感伤气味浓重的东西。徐志摩的诗,在艺术表现方面是有他自己的风格的。他追求形式的完美。他的诗,语言比较清新,韵律也比较谐和。他的表现形式对于他所要表现的内容,大致是适合的。在今天,这一点还是值得我们借镜的。①

比较两个版本的序言可以发现,两个版本的思路和逻辑明显不同。1956年版的思路是这样的:首先确认徐志摩的反动阶级属性,即确认其政治思想和文艺思想的反动属性,然后揭示其创作的整体局限性。在这种框架下,再辩证地看待具体诗歌作品的可取之处。但这种可取之处,从作者的创作历程看,仍旧是有限的,是不足观的:因为徐志摩后来不是走向进步,而是趋向反动了。1957年版序言的思路则不同:首先从创作历程上肯定徐志摩诗歌的进步性,在这个基础上,指出其思想有两面性。这就要求用辩证的眼光看待他的思想和诗歌作品:既要肯定其作品的现实意义,又要批判其阶级局限性。不难看出两个版本的序言的态度、逻辑差异。1956版在整体否定下进行部分肯定;1957年版则先肯定,再进行部分批判。这里的先后关系及侧重点,是理解这两个版本的差别的关键。

1956年版,整体否定"新月派",否定其代表诗人徐志摩的政治和思想。1957年版,虽然仍旧是整体否定"新月派",但并不强调其代表诗人一无是处。如上文所述,1956年版,是整体否定下的部分肯定,1957年则是抽象否定和具体肯定的辩证结合。具体肯定的结果,就是徐志摩的两首诗歌入选。其中《大帅(战歌之一)》有反对军

---

① 臧克家:《"五四"以来新诗发展的一个轮廓(代序)》,臧克家编选:《中国新诗选(1919—1949)》,中国青年出版社,1957年版,第14页。

阀统治的认识价值,而《再别康桥》则有"形式"上的借鉴意义。

1957年版的态度转变,还体现在关联词、句式等措辞的变化上,比如1956年版中用了"一开始就表现出了同无产阶级思想和文艺观的对立"这样的话,"一开始"其实就是总体地定调了,而且把徐志摩同胡适联系在一起。1956年版中,使用的是并列逻辑关系,层层并列下,徐志摩的价值是很值得怀疑的。其间,虽偶尔使用了"还",但这种转折语气,在层层并列的否定的气势下,显得很微末。1957年版的序言中则使用了"也""而""却",以及"一方面……另一方面"这样的转折句式。这里,转折语气词多次出现,冲淡了对徐志摩的否定,徐志摩诗歌值得肯定的因素及其正面价值在这种转折语气中逐渐凸显。转折语气的使用,在两个版本中的效果明显不同。

《中国新诗选(1919—1949)》的1957年版会出现这种变化,与对徐志摩的评价史有关。1957年,曾就徐志摩及其《志摩诗选》的出版有过短暂的讨论。①虽然这一选集最终没有出版,但讨论表明了一点,即对徐志摩的评价已经出现松动,臧克家的《中国新诗选(1919—1949)》中选入徐志摩的两首诗正表明了这种松动。但问题是为什么只增加徐志摩的诗呢?这里面可能既有臧克家个人的原因(臧克家是闻一多的学生,既想把自己同"新月派"剥离,时机允许的情况下又想为其正名),也有历史的原因。关于这点,可以结合选本对徐志摩态度的变化和对戴望舒态度的变化来分析。《中国新诗选(1919—1949)》1979年版中增录戴望舒的《雨巷》,为什么1957年版中不这样做?

关于对徐志摩的评价,在当时一直比较敏感,但对于诗歌史的论述而言,他又是十分重要的诗人。徐志摩不像胡适。对待胡适,当时基本上有一个共识,在尺度上比较好把握。而对于徐志摩的评价,则主要与环境的松弛和紧张有关。关于这一点,还可以王瑶为例。王瑶《中国新文学史稿》(上册)1951年版和《中国诗歌发展讲话》1982年

---

① 陈改玲:《重建新文学史秩序——1950—1957年现代作家选集的出版研究》,人民文学出版社,2006年版,第87—92页。

版观点相似,都采取辩证的态度,部分肯定其艺术成就,这也同《中国新诗选(1919—1949)》1957年版相似。但是《中国诗歌发展讲话》1956年版对徐志摩的批判大于肯定。《中国诗歌发展讲话》1956年版与《中国新诗选(1919—1949)》1956年版出版时间相近,前者是5月,后者是8月,两者可以做互文性解读。

  这里形成一种有趣的对照关系。《中国新诗选(1919—1949)》1957年版同王瑶《中国新文学史稿》1951年版之间,《中国新诗选(1919—1949)》1956年版同《中国诗歌发展讲话》1956年版之间,都是对应关系。这说明,语境的变化,决定了对徐志摩的态度的变化。1951年和1956年(《中国新诗选(1919—1949)》1957年版的修改时间是1956年,这里有一个时间差),环境相对宽松,对徐志摩的评价相对要高。

  这样的变化揭示着,对于选本而言,作品的收入不仅仅涉及对收入作品本身的评价,还涉及对作家的整体上的评价。即是说,在20世纪50—70年代,一个作家的作品被收入选本中,关系到两个方面的问题,首先是对作家总体上的评价,其次是对入选作品的正面肯定。换言之,如果作家不能从总体上得到正面积极的评价,是不可能被收入选本之中的。这是总体上的逻辑。相反,如果一个作家的作品能被收入选本,同样也潜在地意味着对其整体上的肯定态度。20世纪50—70年代,对待作家还有一个倾向,即从阶段性的角度对待。这样一种对待作家的态度,与毛泽东的新民主主义论相一致,即应辩证地历史地看待作家的创作。一个作家,即使属于小资产阶级作家,如果其创作呈现发展的阶段性特征,即后期表现出对前期的扬弃,他仍会被肯定。相反,如果不能做到这一点,则多不被肯定。徐志摩属于后者,他的早期作品有一定的进步性,但这种进步性并未随着时代的向前发展而继续发展,其作品思想反而越来越落后和反动;戴望舒属于前者,即后期作品相较于前期作品,在思想倾向上有明显的进步。这是毛泽东《在延安文艺座谈会上的讲话》中提出的政治标准和艺术标准关系的体现:艺术标准只能是从属性的。这样一种总体态度,决定了戴望舒能被收入《中国新诗选(1919—1949)》之中,即是说,对于戴望舒而言,并无选入和不选入的问题,只有侧重哪一个时期或阶段的问题。就当时的语境看,对于戴望舒的评价基本上不变,即充分肯定其后期作品,而多忽略、否定其前期作品。对徐志摩则不同,其能不能被选入选本本身就是问题。《中国新诗选(1919—1949)》1957年版中收入徐志摩的两首诗,不仅意味着这两首诗有正面价值,更暗含着对徐志摩的总体评价。徐志摩诗歌创作的阶段性特征,使得他很难在20世纪50—70年代的语境中被总体上加以肯定。从这个角度看,《中国新诗选(1919—1949)》1957年版通过选入徐志摩的两首具有进步倾向的诗歌,具有总体上正面肯定徐志摩的潜在意味。同样,《中国新诗选(1919—1949)》1979年版中增录《雨巷》一诗,并不表明对戴望舒前期创作的肯定,而只表明其艺术上的成就。

(本节由徐勇、王冰冰合写)

第二节 《红旗歌谣》、新诗的出路与文学格局问题

20世纪50—70年代的文学选本中,郭沫若、周扬编的《红旗歌谣》是一个重要的文本。说它重要,不仅因为编者身份特殊,也因为这一选本所具有的代表性和典型性。《红旗歌谣》不仅仅是文学选本,更是围绕选本编纂展开的话语实践。不能简单把《红旗歌谣》仅仅看成新民歌的汇编、经典、榜样、标杆、旗帜和方向,还应该通过它,还原语境,以此为核心,还原围绕《红旗歌谣》选编和新民歌的讨论展开的话语实践。《红旗歌谣》的出现并不是孤立的,必须置之于历史语境加以考察。具言之,应注意到四个方面的问题。一是中国新诗的出路问题,新民歌和新诗的关系问题。二是新民歌与旧民歌的区别。三是文学生产方式的变革与社会主义文学的思考。四是文人写作与民间写

作的关系。这时的诗人,比如说郭沫若,既写古体诗词,也写新诗,同时也在创作新民歌。这三者的关系为何?这一诗歌选集,有没有选入诗人创作的新民歌?

一

《红旗歌谣》与《大跃进民歌选一百首》(即《新民歌百首》第一集)、《新民歌百首》第二集、《新民歌百首》第三集、《新民歌三百首》和《诗选(1958)》关系密切,可以加以比较。

出版时间上,《红旗歌谣》与《诗选(1958)》《新民歌三百首》彼此接近。《红旗歌谣》由郭沫若、周扬编选,1959年1月编辑,9月出版;《诗选(1958)》由《诗刊》编辑部编选,作家出版社1959年8月出版;《新民歌三百首》由诗刊社编选,1959年3月编辑,中国青年出版社6月出版。即是说,三部选本几乎同时出版,因此,可以说不存在彼此影响的相互关系(《新民歌三百首》和《诗选(1958)》都由诗刊社编选,两个选本在选录诗歌时有很大的趋同性)。不同于彼时数量庞大的由各个地方一级出版社出版的民歌选(比如说1958年由中共陕西省委宣传部编、东风文艺出版社出版的《陕西新民歌三百首》),三个选本都由中央一级的出版社出版,三个选本的"选源"上也有相似性——编选范围涉及全国。因此,《红旗歌谣》同另外两个选本之间的不同,也就格外具有症候性了。

《红旗歌谣》中的入选诗歌,一律没有署名。但这并不意味着这些民歌就没有作者或收集者。只要比较《诗选(1958)》《新民歌三百首》和《红旗歌谣》就能说明问题。比如说《太阳的光芒万万丈》,在《诗选(1958)》和《新民歌三百首》中,署名"山东郭澄清",但在《红旗歌谣》中,这首诗名只标注"山东",并不署作者名字。再比如,《顶住日不落》,《诗选(1958)》中署名"李崇高",《红旗歌谣》中是"湖北大冶"。《羞月亮》在《诗选(1958)》和《新民歌三百首》中署"四川营山张云生",在《红旗歌谣》中署"四川营山"。《堆稻》在《诗选(1958)》和《新民歌三百首》中署"安徽谢清泉",在《红旗歌谣》中署"安徽枞阳"。《是谁绣出花世界》在《诗选(1958)》和《新民歌三百首》中署"安徽夏云扬",在《红旗歌谣》中署"安徽"。《白云看见不想走》在《诗选(1958)》和《新民歌三百首》中署"四川刘奇",在《红旗歌谣》中署"四川"。《山南山北一家人》在《诗选(1958)》中署"广西僮(壮,旧作僮——引者)族王达冕"(在《新民歌三百首》中是"广西僮族王达冕"),在《红旗歌谣》中署"僮族"。《东风歌》在《新民歌三百首》中署"江西贺一清",《红旗歌谣》中署"江西"。《这间屋》在《新民歌三百首》中署"湖北任县孙华",在《红旗歌谣》中署"湖北任县"。《放水谣》在《新民歌三百首》中署'北京昌平区白水洼焦志新',在《红旗歌谣》中署"北京"。《满山秧苗笑呵呵》在《新民歌三百首》中署"四川邛崃唐蕴绪",在《红旗歌谣》中署"四川邛崃"。《与北风斗狠》在《新民歌三百首》中署"湖北麻城陈道信",在《红旗歌谣》中署"湖北麻城"。《找替工》在《新民歌三百首》中署"山西黎城于文相",在《红旗歌谣》中署"山西黎城"。《要学蜜蜂共采花》在《新民歌三百首》中署"广东大埔张喜广",在《红旗歌谣》中署"广东大埔"。《再走还是公社田》在《新民歌三百首》中署"江西任梦萍",在《红旗歌谣》中署"江西"。《哪里飞来一座山》在《新民歌三百首》中署"湖南湘潭何新波",在《红旗歌谣》中署"湖南湘潭"。《月下水底掏黄金》在《新民歌三百首》中署"江苏江都陈树林",在《红旗歌谣》中署"江苏"。《我和爷爷数第一》在《新民歌三百首》中署"吉林张世麟",在《红旗歌谣》中署"吉林"。《勘探队来到金子河》(《勘探队员来到金子河畔》)在《新民歌三百首》中署"黑龙江李志",在《红旗歌谣》中署"黑龙江"。另外,《红旗歌谣》把搜集整理者也删掉了。比如说,《绳儿扯到北京城》在《新民歌三百首》中的署名"青海藏族马秉祖搜集整理",在《红旗歌谣》中为"青海藏族"。《我们说了算》在《新民歌三百首》中的署名"辽宁朝阳宋瑞麟搜集",在《红旗歌谣》中为"辽宁朝阳"。《田似绿毯河似线》在《新民歌三百首》中署名"湖南武冈曾莺搜集",在《红旗歌谣》中为"湖南武冈"。

从前面的例举可以大致判断：新民歌很多是有作者或搜集者的，他们都属于口传文学中的原生作者，但这些作品在收入《红旗歌谣》时进行了处理，作者或搜集者的名字被删掉了。

这种编选上的特定处理还体现在以下五个方面：

第一个方面是地名改动，这里有两种情况。第一是地名上的差异，比如说《花也舞来山也笑》，在《红旗歌谣》中，地名是"安徽全椒"，而在《新民歌三百首》和《诗选（1958）》中是"江苏江浦"。《渠水绕村转》，在《诗选（1958）》中是"河北沧县"，在《红旗歌谣》中是"河北河间"。第二是流传地名的删减。比如《露水哪有汗珠多》的流传地名，在《新民歌三百首》中是"江苏盐阜"，在《红旗歌谣》中是"江苏"。《犀牛山》的流传地名，在《新民歌三百首》中是"四川燕山"，在《红旗歌谣》中变成"四川"。徐迟在《诗选（1958）》中曾说，"有一些已象传统的民歌那样，发生了地区的争夺了"①，前面这些选本虽然都属于官方出版，但因为《红旗歌谣》有权威性（由文化领域的权威郭沫若和周扬编选，权威杂志社《红旗》杂志社出版），所以它其实是以编选的方式把这种"地区的争夺"确定下来。能确定下来的，就署上具体的地点，诸如《花也舞来山也笑》是"安徽全椒"；而《露水哪有汗水多》之所以不定名为"江苏盐阜"，而定名为"江苏"，是因为这些民歌确实难以确定主要流传地区，故而就用这种既模糊（不确定具体哪一市县）而又有确指的省名作为地名。

第二个方面是诗歌内容上的改动。比如说《花也舞来山也笑》在《新民歌三百首》和《诗选（1958）》中作"四十条纲要传到乡"的，在《红旗歌谣》中作"四十条纲要放光芒"。《山南山北一家人》中最后一行在《诗选（1958）》中作"心里话而听得真"，在《红旗歌谣》中作"心里话而听的真"。《赞群英》在《诗选（1958）》和《新民歌三百首》中作"干部计策胜诸葛"的，在《红旗歌谣》中作"干部计策胜孔明"。《羞

---

① 徐迟：《诗选（1958）·序言》，《诗刊》编辑部编选：《诗选（1958）》，作家出版社，1959年版，"序言"第8页。

月亮》,在《诗选(1958)》和《新民歌三百首》中作"打起夜灯笼"的,在《红旗歌谣》中作"打起红灯笼";在《诗选(1958)》中作"就往床上梭"的,在《红旗歌谣》中作"就往铺里梭"。《渠水绕村转》在《年诗选(1958)》中作"今晨旭日升"的,在《红旗歌谣》中作"今晨旭日红"。《稻堆》在《诗选(1958)》和《新民歌三百首》(《堆稻》)中作"稻堆脚儿摆得圆"的,在《红旗歌谣》(《稻堆》)中作"稻堆堆得圆又圆"。《东风歌》在《新民歌三百首》中作"世上东风压西风"的,《红旗歌谣》中作"地上东风压西风"。《这间屋》在《新民歌三百首》中作"这间屋里受过罪"的,变成"这间屋里流过泪";在《新民歌三百首》中作"这间屋成了机器房,/马达昼夜轰轰响,/'跃进跃进再跃进'"的,在《红旗歌谣》中作"这间屋里成了机器房,/马达轰轰歌声扬:/'跃进,跃进,更跃进'"。《放水谣》在《新民歌三百首》中作"锣鼓响"的,在《红旗歌谣》中作"敲鼓响"。《天塌我们顶》在《新民歌三百首》中作"修的是环山堰"的,在《红旗歌谣》中作"修的是环山库"。《与北风斗狠》在《新民歌三百首》中作"要它碰上就融化"的,在《红旗歌谣》中作"碰上它来就融化"。《走上鸡心岭》在《新民歌三百首》中作"修田修在鸡心岭,/八月稻香飘三省"的,在《红旗歌谣》中作"修田鸡心岭,/稻香飘三省"。《找替工》在《新民歌三百首》中作"啊!我替不了,替不了"的,在《红旗歌谣》中作"啊,我替不了来替不了"。《一座粮山高万丈》在《新民歌三百首》中作"太阳累得汗直淌"的,在《红旗歌谣》中作"太阳累得汗长淌"。《大海我们填》,在《新民歌三百首》中有6行,在《红旗歌谣》中有8行,最后2行是《新民歌三百首》中没有的;另外,在《新民歌三百首》中作"干部能下海,/我们能擒龙。/干部能移山,/大海我们填"的,在《红旗歌谣》中作"干部能下海,/大海我们填。/干部能翻山,/我们把山翻。/村看村,户看户,/群众看的是好干部"。这种内容上的改动,正如《红旗歌谣》中"编者的话"所说:"在编选上,我们尽可能照原辞直录,不加修改。但在不损害原作风貌的条件下,我们也作了一些个别字句上的改动和润色。"①这种改动,既可能是编选者进行的,也可能因为民歌搜集上来时就有多种版本,《红旗歌谣》选择了其中一个版本。比如说《羞月亮》中的一行诗,在《诗选(1958)》中作"就往床上梭",在《红旗歌谣》和《新民歌三百首》中作"就往铺里梭"。同是诗刊社编选的《羞月亮》,有两个版本,这说明《红旗歌谣》选择了其中一个。

第三个方面是诗歌节数上的增删。比如说《唱得长江水倒流》,在《诗选(1958)》中有 8 节,而《红旗歌谣》中删掉前 4 节,只保留后 4 节。《绳儿扯到北京城》,在《新民歌三百首》中只有 1 节,在《红旗歌谣》中有 2 节,第 1 节是新增加的。《与北风斗狠》,在《新民歌三百首》中是 1 节,在《红旗歌谣》中是 4 节。《我和爷爷数第一》,在《新民歌三百首》中是 6 行,但在《红旗歌谣》中加进 1 行:《新民歌三百首》中的"老公鸡,/你还啼?/我家捡了一筐粪",在《红旗歌谣》中是"老公鸡,你还啼?/我们已早起。/我家捡了一筐粪"。

第四个方面是简单的编排。比如说《羞月亮》,在《诗选(1958)》和《新民歌三百首》中不分节,而在《红旗歌谣》中分为 4 节。

第五个方面是新民歌篇名的改动。在《诗选(1958)》和《新民歌三百首》中名为《堆稻》的,在《红旗歌谣》中名为《稻堆》。在《新民歌三百首》中名为《社是山中一株梅》的,在《红旗歌谣》中名为《社是山中一枝梅》(诗中"一株"也变成"一枝")。在《新民歌三百首》中名为《燕儿莫往田中飞》的,在《红旗歌谣》中名为《燕儿莫往田间飞》(诗中"田中"也变成"田间")。在《新民歌三百首》中名为《勘探队来到金子河》的,在《红旗歌谣》中名为《勘探队员来到金子河畔》。

为了进一步说明问题,还可以比较《红旗歌谣》同《诗选(1958)》和《新民歌三百首》的编排情况。《诗选(1958)》的编排表现出混杂性,首先是分类"混杂"。从编排上看,这一选本主要分为 8 部分(部

---

① 郭沫若、周扬编:《红旗歌谣》,红旗杂志社,1959 年版,"编者的话"第 3 页。

分与部分之间由一空行隔开),这 8 个部分从表面看是按题材分类(第 2 部分是"大跃进诗歌",第 4 部分是工业题材,第 6 部分是国防题材,第 7 部分是少数民族题材,第 8 部分属于国际题材),但又不全然,因为第 1 部分是毛泽东的 2 首词,第 3 部分和第 5 部分题材不明,包容性较大。

徐迟在"序言"中说,"大批诗人响应了党在文艺界反右斗争以后提出来的深入生活的号召,纷纷下放到人民群众的火热的斗争生活中去了","他们下乡、下厂,建立生活根据地,决心长期和劳动人民生活在一起,在劳动中、斗争中和群众结合;劳动、工作和写作同时进行"。① 徐迟提到的诗人有田间、李季、闻捷、阮章竞、严辰和戈壁舟。② 其中,大部分诗人——如阮章竞、闻捷、李季、严辰——的作品被置于第 3 部分。这说明,这一部分作品主要是专业诗人深入生活后"劳动、工作和写作"的结合之作,但戈壁舟的诗被置于第 5 部分,田间的诗也收入两首,分别置于第 5 和第 6 部分。第 5 部分主要包括三类主题——"公社的诞生、大炼钢铁、高产丰收"③,这些主题可以分属不同题材。

不难看出,题材划分混乱造成同一诗人的不同作品被分置于不同部分。光未然的《塞上行》被置于第 3 部分,《三门峡大合唱》被置于第 4 部分。田间的《1958 年歌》被置于第 5 部分,《厦门歌》被置于第 6 部分。这是同一诗人被置于不同部分的情况。题材的划分,还会造成入选作品诗人身份认定和区分上的混乱,诗人的身份在其中是不具备区分度的或者说是彼此混杂的。第 4 部分 21 位诗人中,19 人都是工人诗人,另外 2 人是贺敬之和光未然。第 7 部分,除了最后 2 首诗

---

① 徐迟:《诗选(1958)·序言》,《诗刊》编辑部编选:《诗选(1958)》,作家出版社,1959 年版,"序言"第 4 页。
② 徐迟:《诗选(1958)·序言》,《诗刊》编辑部编选:《诗选(1958)》,作家出版社,1959 年版,"序言"第 5 页。
③ 徐迟:《诗选(1958)·序言》,《诗刊》编辑部编选:《诗选(1958)》,作家出版社,1959 年版,"序言"第 9 页。

的作者不是少数民族身份,其余都是少数民族诗人。另外值得一提的是,第8部分中,既有古体诗,又有新诗。

前面讨论的是编排上的特点,而从"选"的角度看则发现,《诗选(1958)》突出专业诗人,而非无名诗人(民间诗人),这是其与《红旗歌谣》截然不同的地方。徐迟在"序言"中说,"1958年的诗歌界却出现了普遍繁荣的、盛况空前的图景","对我国的诗歌创作来说,1958年乃是划时代的一年","到处成了诗海。中国成了诗的国家。工农兵自己写的诗大放光芒。出现了无数诗歌的厂矿车间;到处皆是万诗乡和百万首诗的地区;许多兵营成为了万首诗的兵营","生产劳动产生了诗歌,诗歌推动了生产,推动了生活向前进"。① 不过,收入《诗选(1958)》中的这些"人民群众自己创作的新民歌,大跃进民歌"②却只有35首,占收入诗歌总数152首的23%。既然已形成新民歌的诗的海洋,选本中却仅仅收入35首,这说明了什么?

关于这点,可以先看看这些新民歌的编选方式。这里收入的35首新民歌中,有名有姓的有21首(包括创作和收集整理),占全部35首的60%。但问题是,这些诗歌的作者并不出现在目录上。目录上有署名的是这些新民歌之外的其他诗歌(除了《哈萨克族新民歌》和《哈尼族新年歌》)。一个署名,一个不署名,说明什么?还有,既然目录上不署名,为什么不可以像《红旗歌谣》中那样,在选本主部中相应的诗歌部分,也不署作者名?这样一种矛盾表明,署名或不署名,对于《诗选(1958)》的编选十分关键。在编选者眼里,一首诗有没有作者至关重要,确定作者的话,就应该加上作者名。这样也就能理解,在这一选本中,同样属于群众创作的工人诗歌19首(主要分布在第4部分),都有署名。但这仍旧不能解释,新民歌中作者名何以不出现在目

---

① 徐迟:《诗选(1958)·序言》,《诗刊》编辑部编选:《诗选(1958)》,作家出版社,1959年版,"序言"第1页。

② 徐迟:《诗选(1958)·序言》,《诗刊》编辑部编选:《诗选(1958)》,作家出版社,1959年版,"序言"第3页。

录中。答案或许就隐藏在徐迟的"序言"中。

"序言"中徐迟特别提起王老九、温承训、李学鳌、韩忆萍、刘勇和刘章等工农诗人,他们的名字也出现在目录中,"温承训、李学鳌、韩忆萍等是已经写作了好几年的工人诗人","刘勇、刘章等等,许多农民诗人的声名越出了本村本县本省。许多农民诗人出了诗集"①。这些诗人,虽然是工人或农民出身,但因为努力和有意识地写作,他们已经不再是普通工人和农民了,而是工人、农民中自觉从事写诗的诗人。换言之,他们具有专业诗人的身份,可以出版个人作品集。《王老九诗选》就由延河文学月刊编辑部编选,东风文艺出版社1959年出版。因此,不难判断,35首入选的新民歌未在目录上署名,而其他工农群众创作的民歌却有署名,其原因就在于这些诗人的身份不同——他们是专业诗人,还是业余诗人? 入选的35首新民歌的作者,显然属于后者。这一选本看重的是作者的身份,所以这样"编"和"选",旨在表明,主导诗歌创作格局的仍旧是专业作者,虽然专业作者的创作仍旧不免受到新民歌创作的影响。所以,紧接着前面所引的"序言"的话之后,徐迟补充道:"而在这多民歌的影响下,诗人的作品也有了很大改变,很大提高,有了新的面貌,新的风格,新的声音。"②这里的转折词"而"字十分关键,选本中收录的有名有姓的诗人作品(毛泽东诗词除外)正是这"而"的产物。它们都是作为"新的面貌,新的风格,新的声音"出现的。

联系当时围绕中国新诗的发展道路的讨论不难得出结论,《诗选(1958)》其实在以编选的方式做出回应:新诗的道路,虽然走的是古典加民歌的诗歌发展模式(体现在编选方式上是毛泽东的三首词+新民歌+有名有姓的作者创作的诗歌),但诗歌创作的主体仍旧是有名

---

① 徐迟:《诗选(1958)·序言》,《诗刊》编辑部编选:《诗选(1958)》,作家出版社,1959年版,"序言"第9页。
② 徐迟:《诗选(1958)·序言》,《诗刊》编辑部编选:《诗选(1958)》,作家出版社,1959年版,"序言"第1页。

有姓的诗人,而非普通群众。主导诗歌格局的,也是这些专业作者。

这样也就能理解《红旗歌谣》中收入的诗歌作品何以一律不署名了——即使能确定作者的诗歌作品,比如说《诗选(1958)》中35首中的15首,和《诗选(1958)》中第4部分工业题材中的工人诗歌《我把黑龙献亲人》等,在收入《红旗歌谣》时也都被删掉了署名。不难看出,《红旗歌谣》追求新民歌创作的无名化特征。从另外一个方面看,这种无名化只是表象,无名化揭示的其实是"意识形态崇高客体"的诞生,因为无名化背后矗立着的是人民大众,是大写的工农兵主体。其认识论基础是,诗歌创作的主体是人民大众,是工农兵主体,至于具体某一首诗要不要署名,或者说有没有作者,其实无关紧要,因而也就不必追究。关于这点,通过比较《诗选(1958)》和《红旗歌谣》便可以看出。《诗选(1958)》中收录了不少著名诗人的仿民歌体,可以称为新民歌,比如郭沫若的《遍地皆诗写不赢》和郭小川的《鹏程万里》。前面的分析已经指出,《诗选(1958)》中选择仿民歌体并非看重其内容和形式,而是这些仿民歌体的创作者身份——他们都是专业诗人或专业作者,是当时所谓的文艺工作者。但《红旗歌谣》对这些仿民歌体诗歌一律不收。《红旗歌谣》中入选诗歌不署作者名字,一律不选专业诗人的诗歌作品,这样的"选"和"不选",说明了什么?

当时,关于内容和形式等问题,讨论的空间并不大,虽然当时围绕新民歌、古典格律诗发生过一场持续的讨论。这场讨论的文章,包括一系列重要文献,后来由《诗刊》编辑部编辑、作家出版社结集,收录在《新诗歌的发展问题》四集中,郭沫若和周扬为《红旗歌谣》写的"编者的话",也收入《新诗歌的发展问题》第四集中。正如《新诗歌的发展问题》第四集中的"编辑说明"所指出的:"本集讨论新诗歌的格律问题的文章较多,讨论新诗应如何向民歌和古典诗歌学习的文章也有不少;可以说是本集的一个特点。虽说意见还不一致,但参加讨论者,大都主张新诗应有格律,新诗应在民歌和古典诗歌的基础上来发展。对这两个问题,还没有听到分歧意见。"①对于新民歌、新诗和古典诗歌的关系问题,讨论的分歧一般在如何以及怎样学习,而非要不要学习。新民歌和新诗的题材内容和主题也基本上不在讨论范围之列。

问题在于,新民歌运动已经浩浩荡荡地开展起来了,阐释它并赋予其意义才是最为根本的问题。这里有必要引用金克木《诗歌琐谈》中的一段话:

> 知识分子诗人无疑地要学习民歌,以民歌为源泉,并且吸收,提炼,发展。可是这又和以前大有不同。现在的知识分子不再是高高在上,只想到收为己有,而是深入民间,自己化为劳动人民,参加人民的诗的创作。同时,劳动人民也不会只停止在创始阶段,而要自己加以提高。知识分子的诗人和劳动人民的民歌手化而为一,都是劳动人民的诗人。这是社会主义时代以前决不可能的,却又是社会主义时代必然会出现的。不过,目前劳动人民还没有完全掌握传统的和现代的文化,从工农中涌现大量有更高文学修养能满足更高要求的诗人,还需要一段时间。知识分子诗人更加迅速改造自己,结合工农,使自己的诗结合民歌,使自己的文学修养为人民的诗歌创作服务,以促进劳动人民的社会主义诗歌的发展,自然是当前的一件重要的事情。人的关系摆对了,诗体的关系才好摆对。②

这段话极有症候性。金克木提出的"人的关系"问题,才是当时新诗发展道路涉及的关键问题,即所谓的领导权问题。关于新诗的争

---

① 《诗刊》编辑部编:《新诗歌的发展问题》(第四集),作家出版社,1961年版,"编辑说明"第1页。
② 金克木:《诗歌琐谈》,《诗刊》编辑部编:《新诗歌的发展问题》(第四集),作家出版社,1961年版,第93—94页。

论,涉及的其实是争夺社会主义文化领导权的问题。"知识分子诗人更加迅速改造自己,结合工农,使自己的诗歌结合民歌,使自己的文学修养为人民的诗歌创作服务,以促进劳动人民的社会主义诗歌的发展,自然是当前的一件重要的事情。"即是说,新诗的形式,虽然是古典加民歌,但主体却应该是"知识分子诗人"。金克木用了抽象的肯定和具体的否定的策略。民歌是好的养料,需要学习,这是没有疑义的;但因为"目前劳动人民还没有完全掌握传统的和现代的文化",所以广大民众创作的新民歌,虽然数量巨大,但因为其劳动人民本身的"文学修养"的限制,其价值也是可疑的,而"从工农中涌现大量有更高文学修养能满足更高要求的诗人,还需要一段时间",所以目前紧要的任务在于"知识分子诗人"自身。从这个角度看,《诗选(1958)》建构的正是这样的文学格局和秩序,即由"知识分子诗人"和有"更高文学修养",能"满足更高要求"的"工农兵"诗人主导的诗坛格局,它并非那些一般意义上的新民歌汇编。以此观之,《红旗歌谣》的编选意图则截然相反。《红旗歌谣》想建构新的诗坛格局和新的文学秩序,它表现在脱离和建构两个方面:通过脱离"五四"以来形成的新文学格局和秩序而建构新的"范式"。这种脱离和建构,通过往回追溯到《诗经》而彰显。这一意图,通过比较《新民歌三百首》可以更清楚地看出。

二

《新民歌三百首》和《红旗歌谣》都选诗三百首,都属于新民歌"总集",都由中央一级的官方机构编选,都是带有总结性的新民歌选本,不同于各个地区的地区新民歌选。但这两个选本的差异相当明显。

首先,两个选本收入的诗歌作品重合的不多。其次,二者的编排方式有重大差别。《红旗歌谣》按照主题和题材的分类标准,把三百首新民歌分为四大块,分别是"党的颂歌"(48首)、"农业大跃进之歌"(172首)、"工业大跃进之歌"(51首)、"保卫祖国之歌"(29首)。虽然第一部分同后面三个部分之间的部分诗歌重合,但整体分类明晰,层次分明。而且,从分类及其分布看,编造意图也十分明确——新民歌毫无疑问以农村新民歌为主,这说明"大跃进"新民歌的主战场在农村,且与农业"大跃进"息息相关。《新民歌三百首》虽然也有分类,分成10类(类与类之间以空行显示),但这10类之间的界限模糊不清。总体上,这一选本按照主题划分,比如说第1类,基本上同《红旗歌谣》一样,属于"党的颂歌",但第2—5类之间的差别非常模糊,都是农业题材,彼此之间很难截然区分。第7类,既有农业题材又有工业题材,第6类和第8类,基本上属于工业题材,但却分成两类,中间隔着第7类,第9类属于国防主题,第10类,则是民歌里的情歌。

表面看来,这两个选本显示出的是主题和题材的差别,但其深层差别是两种"知识型"。《新民歌三百首》把新民歌仅仅当作新民歌看待,这从其编选方式就可以看出。其"后记"很短,只是简要介绍编选这一选集的缘由,至于为什么是"三百首",这些新民歌有什么意义,都未提及:

> 1958年,全国民歌庆丰收。
>
> 这里的三百首民歌,是我们在去年编的"新民歌百首"一、二、三集三个选本的基础上,重新调整,大加增删,而后编成的。比起那三本来,这里又有了一些改进。但是全国民歌大丰收的面貌,恐怕这本集子还不能充分显示出来。我们只是选入了这一年来较为优秀的民歌。
>
> 由于这些民歌是在农业大跃进的情况下涌现的,题材内容广泛,气魄更是雄伟。我们还选入了一部分工人创作的民歌,也都是反映工业大跃进的刚强的声音。
>
> 这本选集里的大部分民歌是从全国各地编印出版的民歌集和报刊上发表的民歌中选出来的。我们接触的资料有限,不免有遗漏或错误,尚待读者指正。

在编选过程中,不断地收到全国各地有关单位寄来的资料。对他们的支持,我们十分感谢。

诗刊社

1959 年 3 月①

从"后记"中不难看出,《新民歌三百首》是"民歌大丰收"的结果,但它并未从中提炼出普遍意义来。"后记"并未对提到的"改进"进行具体说明,效果似乎也不明显。联系《新民歌百首》第一、二、三集看,《新民歌三百首》的改动发生在三个地方。第一,把《大跃进民歌选一百首》中臧克家的《跳进民歌的海洋里去吧(代序)》删掉了。《新民歌三百首》没有前言,只保留简要的后记(《新民歌百首》中也有编选说明之类的后记)。第二,《新民歌百首》中,第一集都是农业题材的"大跃进"民歌,第二集开始收入工人创作的新民歌,《新民歌三百首》中加进了工人创作的反映"工业大跃进"的新民歌,还增加了国防题材(主要是部队战士所写)的新民歌。《新民歌三百首》是人民大众中的"工农兵"新民歌的结集。第三,编排上,《新民歌百首》因为都是农业题材,基本按农业题材内的"题材内容"划分,而《新民歌三百首》在编排上要复杂得多。

从《新民歌三百首》的编排上的变化可以看出,这一选集是为了配合当时的政治或政策,为反映时代社会的变化而编选成的,就像《新民歌百首》第二集"编选说明"中所说:"这本选集里所选民歌一百首,主要是在全民水利化运动之后,工业遍地开花和小麦丰收这一新阶段涌现出来的。"②新的时代的内容和主题,决定了《新民歌百首》和《新民歌三百首》,必须收入工人创作的民歌。《新民歌三百首》主题表达上的多重性,很大程度上是为配合政治政策而导致的,是政治政策的产

---

① 诗刊社编:《新民歌三百首》,中国青年出版社,1959 年版,第 326 页。
② 诗刊社编:《新民歌百首》(第二集),中国青年出版社,1958 年版,第 64 页。

物,主题本身就具有时效性和暂时性的特征,超出特定阶段,其意义就不明显了。但《红旗歌谣》则明显不同。它的编选的最大不同,表现在对特定历史阶段的提升上。

郭沫若和周扬在《红旗歌谣》的"编者的话"中曾这样说道:

> 这本民歌选集,是大跃进形势下的一个产物。我国劳动人民在一九五八年以排山倒海之势在各个战线上做出了惊人的奇迹。劳动人民的这股干劲,就在他们所创作的歌谣中得到了最真切、最生动的反映。新民歌是劳动群众的自由创作,他们的真实情感的抒写。"诗言志,歌永言"。这些新民歌正是表达了我国劳动人民要与天公比高,要向地球开战的壮志雄心。他们唾弃一切妨碍他们前进的旧传统、旧习惯。诗歌和劳动在社会主义、共产主义新思想的基础上重新结合起来,正是在这个意义上,新民歌可以说是群众共产主义文艺的萌芽。这是社会主义新时代的新国风。这是作了自己命运的主人的中国人民的欢乐之歌,勇敢之歌。他们歌颂祖国,歌颂自己的党和领袖;他们歌唱新生活,歌唱劳动和斗争中的英雄主义,歌唱他们对于更美好的未来的向往。这种新民歌同旧时代的民歌比较,具有迥然不同的新内容和新风格,在它们面前,连诗三百篇也要显得逊色了。①

对于新民歌运动,文学史会说它"是当时政治、经济形势的产物,并反过来构成对1958年的'大跃进'的配合和支持,因而带有明显的政治性质"②。这种判断当然没有问题,但编选《红旗歌谣》的意义不仅如此。它一方面是新民歌运动的产物,另一方面也是对新民歌运动的超越。也就是说不能把它仅仅看成新民歌运动的产物,而应看成当代文学发展到一定阶段的产物,它带来阿尔都塞意义上的"总问题

---

① 郭沫若、周扬编:《红旗歌谣》,红旗杂志社,1959年版,"编者的话"第1—2页。
② 洪子诚、刘登翰:《中国当代新诗史》,人民文学出版社,1993年版,第163页。

领域"①的变化。如果说新民歌运动是对中国新诗出路的思考及新的实验的话,那么《红旗歌谣》的出现则是对这一新民歌运动的总结,内含对中国文学发展道路的思考。"诗歌和劳动在社会主义、共产主义新思想的基础上重新结合起来,正是在这个意义上,新民歌可以说是群众共产主义文艺的萌芽。这是社会主义新时代的新国风。"关于"共产主义文艺的萌芽"和"新国风"的评价,可以联系当时的相关讨论。《红旗歌谣》,不仅是"大跃进"的产物,也是当时关于诗歌发展道路的讨论的总结。它的编选从一开始就表现出超越具体历史语境的意图。

三

徐迟在《诗选(1958)》的"序言"中两次提到关于新诗的争论,这两次争论,一次发生在"大跃进"民歌运动前,是关于诗歌形式问题的大争论,一次发生在"大跃进"民歌运动后,是关于新民歌的讨论。徐迟并未就论争发表直接的看法,但他以民歌入选的方式表达了自己的观点:"论争现在还在继续。不同的意见很多。但尽管这样,诗风肯定的是变了。诗风大振。许多诗人改变了他们自己向来的风格,大家都在努力写中国作风、中国气派的诗歌,都努力在民歌和古典诗歌的基础上发展新诗。正是在'开一代诗风'和诗风的变化上,我们说1958年在我国诗歌创作中是划时代的一年。这里的所谓诗歌创作,中间包含大跃进民歌在内,就象这个选本那样的,是以它作为新诗歌的一部分,并以它作为这个时期的新诗歌的主要作品的。"②这一点,要结合选本里那些"选"出来的作品看,这是选本研究要特别注意的。对于选本而言,不仅要看前言、后记等说明性文字,更要看入选的作品;两者之间的关系,才是选本研究应关注的核心问题。就其"选"和"编"的关系而论,这段话表明了徐迟的观点,新民歌的出现改变了诗风,不容

---

① 路易·阿尔都塞、艾蒂安·巴里巴尔:《读〈资本论〉》,李其庆、冯文光译,中央编译出版社,2017年版,第145页。

② 徐迟:《诗选(1958)·序言》,诗刊社编:《诗选(1958)》,中国青年出版社,1959年版,"序言"第7页。

忽视；新民歌只是诗歌创作的一部分，甚至不是最主要的部分。虽然"序言"里说的是"主要作品"，但入选《诗选（1958）》的大部分诗歌的作者仍旧是有名有姓的。新民歌虽然代表诗歌发展的方向，但创作者主要是专业作家，而非无名作家。反过来说，关于诗歌形态的论争，仍旧由专业作家主导，与广大群众无关。可以看出，徐迟的逻辑很清晰，不管是诗歌形式的理论建设，还是诗歌创作，都由"专业诗人"主导。恰恰是在这点上，《红旗歌谣》与其明显不同。《红旗歌谣》既不谈诗歌形式的论争和关于新民歌的论争，也不谈当前的诗歌创作，而只就新民歌谈新民歌。

新民歌运动中涌现出一批工农兵诗人，除了徐迟在"序言"中提到的，还有黄声孝和韩起祥①这些诗人。《红旗歌谣》并不刻意忽略这些诗人，但只是把他们视为广大人民群众中的一员，即使收入他们的新民歌，也删去作者名。《我是一个装卸工》是黄声孝的名诗，在收入《红旗歌谣》时作者名被删掉了。

可以看出，《红旗歌谣》明显不同于一般意义上的新民歌选本。其不同表现在，它使用了剥离特定历史语境的做法：既不涉及当时的关于新诗歌的讨论，也不标明选入其中的作品的作者名姓，也不谈中国新诗的历史。它抽离具体历史语境后同古代对接：

> 历史将要证明，新民歌对新诗的发展会产生愈来愈大的影响。中国文艺发展史告诉我们，历次文学创作的高潮都和民间文学有深刻的渊源关系。楚辞同国风，建安文学同两汉乐府，唐代诗歌同六朝歌谣，元代杂剧同五代以来的词曲，明清小说同两宋以来的说唱，都存在这种关系。今天在建设社会主义总路线的光辉照耀之下，劳动人民这样昂扬的意志，跃进歌谣这样高度的热情，必然会在文艺创作上引起反应。我们的作家和诗人将从这里

---

① 中国科学院文学研究所《十年来的新中国文学》编写组编：《十年来的新中国文学》，作家出版社，1963年版，第95—98页。

得到启示,只要我们紧紧和劳动人民在一起,认真努力,就一定能够不断地产生出毋愧于时代的作品,把我们的文艺引向新的高峰。①

这段话有三点值得注意。首先,编选者从整个中国文学史的角度而不是新诗发展的角度出发看待新民歌,这背后体现出对新诗发展的批评。正是这种向古代历史脉络的回溯,否定了当代新诗同"五四"以来新诗的联系。新诗应从民歌中而不是从西方汲取养料。其次,这段话也暴露了编选者的矛盾,他们一方面说"新民歌可以说是群众共产主义文艺的萌芽。这是社会主义新时代的新国风",一方面却又强调新民歌作为资源和"渊源"的作用,新民歌仍旧是次一级的存在形态,是新诗的养料和补充。这里显然有内在矛盾。最后,这一选本的目标读者一直在游移。其目标读者显然包括作家和"专业诗人",因为当时要求作家和诗人向新民歌学习,但值得注意的是,这一选本除了出版正式版(即《红旗》杂志社编辑1959年版)外,稍后还出版了普及版(1962年由作家出版社出版)和特别做了注音的农村版(1961年由作家出版社出版,文字改革出版社注音)。这说明该书的目标读者也包括广大文化水平不高的工农大众,意在为他们的创作起到典范的作用。出版普及版和农村版的时候,"大跃进"新民歌运动已经结束。这时再版,就带有呼唤广大工农大众加入新民歌创作的潜在意图。也就是说,《红旗歌谣》还兼负普及和提高中的提高任务。

《红旗歌谣》有选本编纂的范式意义,它打破了此前选本编纂的范式并进行新选。此前的诗歌选本编选范式在臧克家编选的《中国新诗选(1919—1949)》中有集中表现,这是选本编纂的三位一体模式,即对入选诗歌作品的肯定、对诗人身份的认定和文学史论述框架三者间彼此印证、互相阐发。《红旗歌谣》则明显不同,其不同表现在,突出

---

① 郭沫若、周扬编:《红旗歌谣》,红旗杂志社,1959年版,"编者的话"第3页。

入选诗歌,弱化诗人身份,强调其断裂性(即非文学史脉络)。这是一种典型的剥离策略。

那么,《红旗歌谣》中"编者的话"为什么不提诗歌形式的论争和关于新民歌的论争,也不谈当前的诗歌创作?是因为这些问题并不存在,或者说问题已经获得解决?郭沫若和周扬在其他场合谈到过此话题并写有相关文章。周扬在《新民歌开拓了诗歌的新道路》中明确指出,新民歌很好地实现了革命现实主义和革命浪漫主义相结合,"开拓了民歌发展的新纪元,同时也开拓了我国诗歌的新道路"。① 周扬的意思很明显,新民歌不仅仅是民歌,更是"我国诗歌的新道路",这种观念在《红旗歌谣》的编选中有更为集中而具有象征意义的体现。这一选集中,作者不署名——选集不选有名有姓的专业诗人的新民歌作品,即使选了颇有名气的工农诗人的作品,也不署名。这种"无名化"是一种修辞策略,作者与"劳动人民""劳动群众"和"中国人民"②相等同,一旦具体署名,就不具有这种同构性了。这种同构性集中表现在"人民"这一范畴上。"人民"范畴抽象而具体,这决定了这是超越个体的、由无数个体组成的抽象的整体,这是一种"无名化"的、大写的主体构成。《红旗歌谣》的编选也试图"无名化",其意义正在于此。这是真正的有人民性的文艺创作,是人民大众所写,反映人民大众的豪情,是塑造人民大众的主体形象的文艺形式,所以才会说它是"群众共产主义文艺的萌芽"。今后的文艺要以"群众共产主义文艺"为目标的话,那么今后诗歌的发展就要以新民歌为主,而这当中,又以广大群众的作品为主,"专业诗人"的地位和作用则被忽略。这里之所以不提诗歌形式的论争,是因为这并不是一个问题,或者说不成其为问题;无数新民歌的涌现无疑已经说明了问题,《红旗歌谣》的编选就是最好的表现和回答。这些都是不需要争论的,潜在的分歧只在于,这一新民歌由谁主导?今后的诗歌发展由谁主导?在徐迟看

---

① 周扬:《新民歌开拓了诗歌的新道路》,《红旗》创刊号,1958年6月1日。
② 郭沫若、周扬编:《红旗歌谣》,红旗杂志社,1959年版,"编者的话"第1—2页。

来，新民歌就是新诗："新的民歌,是新时代的人民的诗歌。这不是新诗？民歌就是新诗;新诗就是民歌。""新的诗人(这不是指小部分的诗人)它(应为"他"——引注)们的新的任务就是采集民歌,学习古典诗歌,吸收它们的营养,写出新诗来。"①关于这点,还可以从臧克家为《大跃进民歌选一百首》的序言看出。臧克家在序言中呼吁道："爱好诗歌的青年同志们,请把你们的注意力转到民歌这方面来吧。这是取之不尽,用之不竭的源泉。"②

不难看出,徐迟和臧克家对新民歌的推崇,是将其放在"专业诗人"学习的对象这一落脚点上,是做借鉴用的,他们针对的是专业作家和"专业诗人"。他们建构的是以专业作家为主的文学格局和秩序。与这个问题相联系的是"五四"以来新诗的评价问题。卞之琳在自我辩论性质的文章《分歧在哪里？》中指出："我们的真正分歧究竟在哪里？""可能宋垒同志的意思是:要发展我们的'社会主义诗歌'就得把'五四'以来的新诗传统完全否定,抛开不管。我(和何其芳同志)不同意。这就值得大家来辩论。"③卞之琳等人强调"'五四'以来的新诗传统"不能完全否定,是基于这样一种逻辑,即"新诗传统"不能否定,那么,"专业诗人"的地位也就不能否定,"专业诗人"应该在新民歌以及新民歌代表的新诗发展格局中占有不可忽视的地位。

这样来看,《红旗歌谣》有它的含混性。它一方面强调诗歌创作的"无名化",一方面却又强调"专业诗人"们向新民歌学习。但这种含混性仍旧可以看成弥合的努力,它虽然不提"五四"以来的新诗,有隔断"新诗传统"的倾向,但却未否定"专业诗人"的地位:"我们的作家

---

① 徐迟:《南水泉诗会发言》,《诗刊》编辑部编:《新诗歌的发展问题》第一集,作家出版社,1959年版,第73—74页。

② 臧克家:《跳进民歌的海洋里去吧(代序)》,诗刊社编:《大跃进民歌选一百首》,中国青年出版社,1958年版,第11页。

③ 《诗刊》编辑部编:《新诗歌的发展问题》第一集,作家出版社,1959年版,第218页。

和诗人将从这里得到启示,只要我们紧紧和劳动人民在一起,认真努力,就一定能够不断地产生出毋愧于时代的作品,把我们的文艺引向新的高峰。"专业作家和诗人,只有抛开"新诗传统",努力投身新民歌的海洋,才可能重新占领文学的领导权。这样看,就能理解《红旗歌谣》的"编者的话"中何以说到诗歌和劳动的"重新结合"问题:"诗歌和劳动在社会主义、共产主义新思想的基础上重新结合起来。"新民歌的出现,使得"五四"以来"新诗传统"中被分隔开来的"诗歌和劳动""重新"结合起来。这是把颠倒了的重新颠倒过来。"重新"是针对"专业诗人"而言,而不指新民歌和民间诗人,他们身上并不存在这些问题。这也意味着,"专业诗人"要想在这一"群众共产主义文艺"中占有一席之地,就必须"重新"把"诗歌和劳动"结合起来,只有这样才能创造出"毋愧于时代的作品"。"编者的话"中说的"紧紧和劳动人民在一起",实际包含两层含义:第一,通过劳动,使诗歌和劳动重新统一;第二,通过劳动和经由此而完成的诗歌和劳动的统一,使"专业诗人"和作家最终成为"劳动人民"的一员。

《红旗歌谣》的含混性反映出 20 世纪 50—70 年代对新民歌的认识的复杂性和多重性。这种复杂性表现在选本的不同做法中:一种做法是,把新民歌视为民间文学的构成部分,以此区分民间文学和专业创作,这样一来,新民歌就是从属于专业诗人的创作的。前面提到的《诗选(1958)》《新民歌百首》《新民歌三百首》等属于这种。《十年来的新中国文学》(作家出版社,1963 年)也是如此,选本的诗歌部分分两节,分别是"诗人们的创作"和"民间诗歌创作","大跃进民歌"就放在"民间诗歌创作"部分来论述。[①] 另一种做法是,一方面高度评价新民歌,把它视为中国新诗的发展道路,一方面又试图把它纳入专业诗人主导的创作架构中去,还原其民间性。《红旗歌谣》属于此类。

比较臧克家写于 20 世纪 50 年代的两篇文章,可以很好地看到这

[①] 中国科学院文学研究所《十年来的新中国文学》编写组编:《十年来的新中国文学》,作家出版社,1963 年版,第 68—102 页。

点。一篇是《中国新诗选(1919—1949)》的序言,一篇是《大跃进民歌选一百首》的序言。这两本诗选,都是给青年读者看的。但在两个选本的序言中,臧克家的态度却截然不同。在《中国新诗选(1919—1949)》的序言中,臧克家指出:"新诗,在每一个历史时期,留下了自己的或强或弱的声音,对于人民的革命事业作出了一定的贡献。从诞生的那一天开始,它就肩负着反帝反封建的历史任务,在阻碍重重的道路上艰苦地努力地向前走着。它的生命史也就是它的斗争史。在前进的途程中,它战胜了各式各样的颓废主义、形式主义,克服着小资产阶级的个人主义情调,一步比一步紧密地结合了历史现实和人民的革命斗争,扩大了自己的领域和影响。"①说这段话的时候是1956年,而他给《大跃进民歌选一百首》写序是在1958年。它们可以看成有逻辑上的起承转合关系的两个序言。在《中国新诗选(1919—1949)》中,臧克家认为中国新诗是在同各种不良倾向做斗争的过程中成长起来的。他指出,新诗创作不可避免地带有各种不良倾向,社会主义时代的新民歌则不存在这样的问题:"中国人民在共产党、毛主席的领导下,在干着前人没有干过的英雄事业,同时,也在唱着前人没有唱过的雄壮的歌。这些社会主义时代的新国风,象风一样清,象火一样明,象山一样雄伟,象青草一样遍地生。它,有气魄,有豪情,生动活泼,激发人心,是革命浪漫主义和革命现实主义的结晶。"②从这些溢美的词汇和《中国新诗选(1919—1949)》对新诗不良倾向的忧虑中,不难看出臧克家的态度:新民歌没有新诗中的那种不良倾向,正好可以作为青年读者的学习对象。这里,其实建构了一个从现代新诗到新中国新民歌的诗歌发展等级格局和进化模式,新民歌是诗歌发展的更高阶段。新民歌只有"气魄""豪情",没有矫揉造作,没有颓废主义

---

① 臧克家:《"五四"以来新诗发展的一个轮廓(代序)》,臧克家编选:《中国新诗选(1919—1949)》,中国青年出版社,1956年版,第1—2页。

② 臧克家:《跳进民歌的海洋里去吧(代序)》,诗刊社编:《大跃进民歌选一百首》,中国青年出版社,1958年版,第9页。

和形式主义，更没有"小资产阶级情调"，这些所谓的不良倾向，恰恰是青年读者所要极力避免和克服的。

如何克服呢？要做到诗歌与劳动结合，诗人与劳动结合。这也是《在延安文艺座谈会上的讲话》提出的文艺方向。新民歌很好地做到了这点，它是诗歌和劳动的"重新结合"。"重新结合"的含义，只有放在"五四"以来的新诗发展史上才可以理解，此前的中国新诗，很大程度上脱离劳动和对劳动的讴歌，它们表达资产阶级和小资产阶级的情绪，直到新民歌出现，才使得诗歌和劳动的"重新结合"得以实现，而青年读者，特别是青年诗歌写作者，要想向新民歌学习，也必须先同劳动结合，在劳动中改造自己，才能创作出新民歌式的中国新诗，所以臧克家才会在《跳进民歌的海洋里去吧（代序）》中提出："学习这些民歌，首先就应该把自己变成劳动人民中间的一个，不如此，就不能真正地了解这些诗歌，也就说不上真正向它学习了。"①

明白了这点，再来看《红旗歌谣》的版本差异。20世纪50—60年代的各种版本的《红旗歌谣》，虽然存在版本差异，但编选内容和编选方式上没有什么变化。1979年由人民文学出版社再版时（即人民文学出版社1979年版），《红旗歌谣》有了较大幅度的改变。首先是总数上有了变化。1979年版收入诗歌总数256篇，1959年《红旗》杂志社版（简称1959年版）收入诗歌总数是300篇，1979年版又减少44篇，占比14.67%。这样一种总数上的减少并不是平均分布于每一部分。1959年版中，"党的颂歌"部分48首，"农业大跃进之歌"172首，"工业大跃进之歌"51首，"保卫祖国之歌"29首；到了1979年版中，这几部分相应变成59首、133首、40首和24首。虽然总数减少，但其中"党的颂歌"部分却增多。

再来看增删情况。1979年版，"党的颂歌"部分，删掉11篇，新增22篇。删掉的3篇文章都出自少数民族，分别为维吾尔族、甘肃藏族

---

① 臧克家：《跳进民歌的海洋里去吧（代序）》，诗刊社编：《大跃进民歌选一百首》，中国青年出版社，1958年版，第11页。

和苗族。新增部分，有13篇属于少数民族，分别属于四川康定藏族、彝族(2首)、新疆维吾尔族(2首)、哈萨克族、塔吉克族、水族、广西大苗山苗族、云南傈僳族、佤族、布依族、畲族。1959年版中，这一部分涉及的少数民族有9个，共13首；1979年版中则有17个，共23首。可见，1979年版，选择新民歌时，在民族的分布和构成上有所扩大。修订后的版本更具广泛性，更具典型性。第二部分"农业大跃进之歌"，1959年版中，少数民族收入8首，1979年版则减为7首。"工业大跃进之歌"中不变，仍旧是1首少数民族诗歌；"保卫祖国之歌"既不注明地区，也不注明民族。

这一修改意在表明，新民歌运动中，各民族、各地区都在参与对党的歌颂。农业"大跃进"的地域性较强，且涉及不少少数民族，而在工业领域和国防领域，则几乎感受不到民族的差异，特别是在国防领域，地区的差异没有那么重要。由此可以看出这样一种编排的构成图，即从"党的颂歌"到"农业大跃进"、"工业大跃进"到"保卫国家"，越往后，民族的差异、地区的差异越加不明显和不重要了，这时重要的是超越民族和地区的阶级身份，这时各民族、地区的作者得以在劳动人民这一总的概称上被全部囊括进来。这既是各个地区、各个民族的大合唱，更是超越地区和民族的劳动人民的大合唱。两者的统一，是《红旗歌谣》所呈现出来的或者说"声明"的意识形态内涵，这一内涵，在1979年版中更明显了。

而从300首跌至256首，不只是数量上的变化，二者的意义也截然不同。最明显的一点是，篇数300的象征意义在256这个数字中荡然无存了。《红旗歌谣》1959年版，有把新民歌同《诗经》重新接续和一比高低的意思。1979年版中，周扬在"重版后记"中虽然特别强调其当代意义，但不可忽略的是，它被视为特定时代的产物，这里强调的是它作为新民歌汇编的意义。

《红旗歌谣》1979年版，仍旧保留了"编者的话"，但它是作为"中国民间文学丛书"在人民文学出版社出版的。而这也意味着，作为"民间文学"的一部分,新民歌已经失去其在 20 世纪 50—70 年代的重要意义。文学主要由专业创作构成,民间文学很大程度上只是其次要和从属性的存在。这与郭沫若和周扬的"编者的话"中对新民歌的评价明显不符。在他们曾高度赞扬说新民歌是"群众共产主义文艺的萌芽",把新民歌放在文学的发展的中心地位。可见,将《红旗歌谣》1979 年版作为"中国民间文学丛书"之一,意在还原新民歌的"新民歌"性。这样一来,新民歌自然也就成为"民间文学"的一部分了。更重要的是,《红旗歌谣》1979 年版中只选了 256 首,作品有较大的变动,但《编者的话》一仍其旧。"编者的话"与入选作品之间有冲突,"编者的话"同"重版后记"有冲突,可见,选文和选编之间有着难以调和的矛盾。这裂隙的存在,放大了《红旗歌谣》在 20 世纪 50 年代所具有的含混性。

第三章 朦胧诗潮与
20世纪80年代诗歌选本编纂

第一节 《朦胧诗选》的版本差异与
朦胧诗派的三种形态

就今天的文学史看来,20世纪80年代的朦胧诗潮,当然有其来路和去路,有其谱系和代表作家作品,这些似乎都是一清二楚的,但事实是,20世纪80年代以来,我们对朦胧诗始终没有统一的认识:不同阶段或不同时代,对朦胧诗的认识不同。这种不同,在20世纪80年代初关于朦胧诗的争论中就已经表现出来,"朦胧"这一命名的指涉对象十分模糊。可以说,正是这种认识上的模糊,决定了此后建构"朦胧诗派"的不同的方向和取向。在这一过程中,阎月君等人编选的《朦胧诗选》至关重要。因为这是最早从选本的角度构筑"朦胧诗派"的尝试,但这种构筑,就《朦胧诗选》的编选而言,又具有时代阶段性的差异。这是因为,这一诗选在不同阶段有不同版本(共1982年、1985年、2002年三个版本),版本的差异不仅仅关乎编选者编选标准和审美观的演变,更与其所属的时代构成互文。即是说,围绕这一选本的编选而展开的话语实践,使得"朦胧诗派"的构筑在历时和共时两个层面上进行着,所以《朦胧诗选》的版本变迁就有研究的重要价值。

比较三个版本的《朦胧诗选》可以发现,1985年版十分关键,它相对于1982年版增删较大,而2002年版则变化不大,只是增录了食指(18首)和多多(22首)的诗歌,其他均未改动。可见,1985年版《朦胧诗选》较为稳固。这种不同,一方面要在具体历史语境中考察,一方面也要注意到其选本编纂的表意方式。本节将以1985年版《朦胧诗选》为中心,考察其版本变迁,揭示朦胧诗派的构筑过程的复杂性和多面性。

一

三个版本的《朦胧诗选》,除了诗作增删上的不同,另一个最大的不同是1985年版和2002年版的《朦胧诗选》删除了1982年版《朦胧诗选》的辅文,把"朦胧诗讨论索引""出版前言""情况简介"一并删掉,增加了谢冕的"序"。

1985年版和2002年版之所以这样做,是想构筑一个时空模糊的朦胧诗的流派作品选。1982年版的《朦胧诗选》则意在呈现有关朦胧诗的争论的现场。换言之,1982年版的《朦胧诗选》与有关朦胧诗的争论之间关系密切,构成互文,收入杜运燮的《秋》是其最鲜明的表征,编选者阎月君说:"当时在油印版(即《朦胧诗选》1982年版——引注)中选了杜运燮的诗(即《秋》——引注)是因为杜的诗中有一篇在当时是有争议的,被划在朦胧诗的范畴里,好像是在《令人气闷的朦胧》里被章明举例子批评了。"①这样一种互文关系,从编选方式中更明显地显示出来。其"出版前言"这样说:

  近来,国内诗坛对朦胧诗展开了热烈讨论,也发表了一些值得注意的诗作和理论文章。许多同学要求参加这一讨论,但因缺乏参考资料,不能深入开展。

---

① 转引自叶红:《重读〈朦胧诗选〉——不该尘封的历史记忆》,《文艺争鸣》2008年第10期。

> 中文系七八年级阎月君、梁云、高岩和进修生顾芳等同学,在课业之暇,编选了朦胧诗的部分作品和有关论文索引,虽不完备,尚可窥见概貌。现在作为中文系师生教学参考资料,少量刊印,在内部发行。①

可以认为,编选这部朦胧诗选是为使"讨论""深入开展"。但若仅仅以为这是为了讨论的开展,则又是误解。因为显然,这一《朦胧诗选》中并未选入讨论文章(虽然篇末有索引),而只选诗歌作品。这一"选"和"不选"说明什么?考察其他争论作品选或争鸣作品选便能发现,"选"和"不选"其实包含着编选者的倾向。中国作家协会江西分会和《星火》文学月刊社编的《朦胧诗及其他》也是内部出版的读物,也是为了深入讨论朦胧诗而编选的,但其编选方式截然不同。《朦胧诗及其他》由"文选""诗选""附录"和"后记"四部分组成,而《朦胧诗选》有五部分——"出版前言"、"情况简介"、诗选、"青春诗论"和"朦胧诗讨论索引"。就篇幅而言,《朦胧诗及其他》中"文选"有222页,"诗选"60页,"附录"10页,"后记"1页,"文选"和"诗选"占比分别为75.8%和20.5%。《朦胧诗选》中,诗选159页,"青春诗论"18页,"朦胧诗讨论索引"13页,占比分别为82%、9.3%和6.7%。

从篇幅可以看出,《朦胧诗及其他》中,"文选"是重点,而"诗选"是次要的。也就是说,"诗选"是为"文选"服务的。这一选本中,"诗选"部分选录的也并不都是朦胧诗,也包含郭沫若、李金发、徐志摩、何其芳、卞之琳和戴望舒在内的现代诗人诗作,"附录"部分还选录了部分西方的"意象派诗"和对意象派的介绍文字(即赵毅衡的《意象派》一文)。这样编选意在表明,当时有关朦胧诗的讨论必须放在中外诗

---

① 阎月君、梁芸、高岩等选编:《朦胧诗选》,辽宁大学中文系,1982年版,"出版前言"第7页。

歌的发展历史上来进行。而这样一种编选方式,不仅仅为"文选"服务,还以编选的方式参与了有关朦胧诗的争论。这一编选方式表明,朦胧诗并不是无源之水,而是其来有自。中外诗歌的发展历史证明了朦胧诗创作的合法性。

这样来看,《朦胧诗及其他》以选本编纂的方式参与讨论,《朦胧诗选》的编选则不尽然。《朦胧诗及其他》中仅收入舒婷(12首)、顾城(20首)和北岛(2首)三人34首诗。《朦胧诗选》(1982年)中收入舒婷(31首)、北岛(15首)、顾城(29首)、梁小斌(12首)、江河(4首)、杨炼(1首)、吕贵品(6首)、徐敬亚(3首)、王小妮(5首)、芒克(1首)、李钢(2首)和杜运燮(1首)的诗。对比可知,《朦胧诗及其他》收入这些诗人诗作只为了参与讨论,考虑代表性即可,事实上,舒婷、顾城也是在争论中被谈论最多的诗人①。《朦胧诗选》中收入12位诗人的110首诗,不仅仅为了参与讨论,还有其他诉求,即为朦胧诗确立流派及其流派构成图。

讨论之初,"朦胧"指涉的主要是诗歌风格,即"某些诗作中的思想感情以及表达那种思想感情的方式"②,章明写那篇著名的文章《令人气闷的"朦胧"》,其意也在于此。这时,"朦胧"是被作为诗风对待的,这一诗风,既与中老年作家诸如杜运燮有关,也与青年诗人有关,并更多与后者(即青年诗人)联系在一起。随着争论的深入,"朦胧"诗风逐渐固定在"青年诗人"群身上,于是"朦胧"一词就具有了一代人的诗歌创作倾向的指涉,因而也就具有了流派的意义。讨论的复

---

① 有些争论文章直接以舒婷、顾城为讨论对象,这些文章有:公刘的《新的课题——从顾城同志的几首诗谈起》(《星星》复刊号)、孙绍振的《恢复新诗根本的艺术传统——舒婷的创作给我们的启示》(《福建文艺》1980年第4期)、顾工的《两代人——从诗的"不懂"谈起》(《诗刊》1980年第10期)、刘登翰的《一股不可遏制的新诗潮——从舒婷的创作和争论谈起》(《福建文艺》1980年第12期)、周良沛的《殊途同归——读舒婷的几首诗有感》(《当代文艺思潮》1983年第3期)等。

② 公刘:《新的课题——从顾城同志的几首诗谈起》,《星星》复刊号。

杂性和多面性表明,"朦胧"的含义从一开始就不是单一的。就诗歌风格而论,章明的文章《令人气闷的"朦胧"》提到的两首诗《秋》(杜运燮)和《海南情思·夜》(李小雨)当属于此,事实上,当时的讨论者或者说支持者也有从诗歌风格的角度立论的,前面《朦胧诗及其他》的编辑方式是这种风格论的最好说明。周良沛的《说"朦胧"》一文就对当时以流派来定位"朦胧"诗感到忧虑:"但是,评论家不是以诗论诗;过早地在评论中把他们当作一家来褒来贬,确实为时过早,害了他们。当他们在还不是很成熟时,硬以一家来树自己,就不免装模作样了。年轻人的可塑性是很大的。我们的评论就他们的诗指出那点好那点坏,该发扬什么克服什么,不就很好吗?一开始就视为一个流派的开拓者,捧的要把人捧煞,打的要把人打煞。这样对年青人,不是太粗暴了吗?"①周良沛的意思很明显,就是好处说好,坏处说坏,不要做引申或延伸理解;就诗作谈诗作,不需要上升到潮流或流派的高度。对于"朦胧"诗,更应注重个体的意义,一旦把各个诗人的诸多作品并列或编排在一起,情况就不一样了。诗歌选本的意义就在这里体现出来。《朦胧诗及其他》把现代以来的不同诗人的诗作汇聚在一起,意在说明当前朦胧诗的源与流的问题,并无建立流派的倾向。它还把争论的文章置于首位,意尽可能提供关于朦胧诗争论的情况,让读者自己判断。相对而言,《朦胧诗选》的倾向很明显,它只选择当下活跃的有朦胧诗倾向的诗歌作品,将其排列在一起,有为朦胧诗建构流派的意图。相对于争论中流派建构时的零散的例举,《朦胧诗选》是对诗作的一次集中的呈现,并且还试图构筑朦胧诗派的代表诗人、代表诗作及其流派构成图。从这个角度看,《朦胧诗选》其实是把关于朦胧诗的争论的复杂性给固定化和简单化了,它比争论文章更具有建构流派特征的功能和效果。

---

① 周良沛:《说"朦胧"》,《文艺报》1981年第2期。

正如谢冕在为1985年版《朦胧诗选》所写的序中所说:"当时辽宁大学中文系四位同学阎月君、梁云、高岩、顾芳,在该校老师的支持下,编选印行了《朦胧诗选》。这是当代新诗有特色的一个选本:它集中显示了新诗潮主要的组成部分的创作实力。诗选对这些有着大体相同的追求目标和在这一目标下表现了大致相近的创作倾向的诗人群,作了最初的总结与描写。"①这一建构流派的策略体现在几个方面。首先是确认流派和建构流派特征,即认定作者构成及其诗歌创作的共同倾向,这在"情况介绍"中有所表现:

  一九七九年下半年以来,我国诗坛上出现了一种与传统诗在题材、内容、表现手法上都形成对照的新的诗歌现象,一般统称之为"朦胧诗"。其作者大都是十年文化大革命中过来的青年人,代表人物和创作成就以舒婷、北岛、顾城、梁小斌等为突出。
  这些诗之所以引起较大反响,是因为内容上更多和更深地表现了这一代人的思考和内心的感受、矛盾和奋进的决心。形式上,由于表现内容决定,倾向于探索一种新的表现手法,有些诗吸收了某些西方现代派的表现手法,特点大致是:感受、观察和进入的角度新,象征派、意象派手法的吸收,行进节奏快,意象的组合及跳跃的空间大,电影蒙太奇手法的运用等。所达到的效果,扩大了诗的概括力和容纳量,增强了诗歌的表现力,尤其是对于人的内心世界的表现力。同时,也有一些不成熟之处,出现某些问题。②

---

① 谢冕:《历史将证明价值——〈朦胧诗选〉序》,阎月君、高岩、梁云等编选:《朦胧诗选》,春风文艺出版社,1985年版,第5页。
② 阎月君、梁芸、高岩等选编:《朦胧诗选》,辽宁大学中文系,1982年版,"情况简介"第8页。

其次是建构作家群和秩序格局。从前引《朦胧诗选》收入的作家作品可以看出，舒婷、顾城、北岛、梁小斌和吕贵品，是朦胧诗派的主要代表作者。这个时候，江河和杨炼的地位并不高。他们成为朦胧诗派的代表（五个），显然是1985年以后的事情，即作家出版社出版《五人诗选》之后。换言之，在1981年前后的关于朦胧诗的争论中，江河和杨炼并不是主要的讨论对象。

二

1982年版《朦胧诗选》虽然意在建构朦胧诗派，但它与1985年出版的《朦胧诗选》不太一样。1982年版是在争论的背景下构筑诗派，其编选虽不是为了进一步展开讨论，但也是通过讨论来构筑诗歌流派的。相对而言，1985年版《朦胧诗选》则有意同这种争论保持一定距离。其最具象征性的举措，是把杜运燮的诗《秋》删掉了。关于朦胧诗的争论，最开始与《秋》有密切关系，把这一首诗删掉，其实也就是把《朦胧诗选》从争论的语境中剥离出来。这样一种剥离意图，在其编选方式中也表现明显。1985年版《朦胧诗选》中把1982年版的《朦胧诗选》的附录部分——"朦胧诗讨论索引""出版前言"和"情况简介"一并删掉，其意义在于模糊朦胧诗出现的特定语境，脱离其引起的持久的争论，而仅凸显其诗歌流派特征，展现其共同的倾向性。这样一种去语境化的做法，体现在每首诗的编排上。1982年版中，每首诗的后面均有出处（即选自哪一刊物或诗选），但1985年版中，这些全部删掉了。可见，《朦胧诗选》1985年版意在构筑作为诗歌流派的朦胧诗，而不是作为争鸣对象的朦胧诗。把出处删掉，是在试图赋予这一选本脱离具体语境的超时空感。1985年版的这种貌似客观的无言——只留下诗歌作品，而无"出版前言"和"情况简介"，以及增加谢冕的序，都只是想制造朦胧诗的流派感，及其与特定历史的脱语境关系。

但是不是意味着《朦胧诗选》1985年版就与关于朦胧诗的争鸣无关呢？显然不是这样的。关于1985年版，这里有一个数据对比。

1985 年版中新增的诗人及其诗歌数量为:

傅天琳 6 首、骆耕野 3 首、邵璞 7 首、王家新 1 首、孙武军 2 首、叶卫平 1 首、程刚 1 首、谢烨 3 首、路辉 1 首、岛子 1 首、车前子 1 首、林雪 3 首、曹安娜 3 首、孙晓刚 2 首。

再来比较一下徐敬亚那篇引起较大反响的文章《崛起的诗群——评我国诗歌的现代倾向》,其中提道:"全国涌现出了一大批青年诗人:北岛、舒婷、顾城、江河、杨炼、梁小斌、王小妮、孙武军、傅天琳、骆耕野……同属于这一倾向的年轻人名字可以排出一串长长的队形。"①这些诗人,都是朦胧诗争论中被多次提及的诗人,其中,除了傅天琳、孙武军和骆耕野等以新增的诗人身份出现在《朦胧诗选》1985 年版外,其他都是《朦胧诗选》1982 年版中的主要诗人(杨炼稍微少些,只选了 1 首诗)。这一重叠情况表明,《朦胧诗选》1985 年版的编选虽然有脱离具体历史语境的倾向,但其与争论的密切关系却是显而易见的。

对 1985 年版《朦胧诗选》而言,值得玩味的还有朦胧诗主要诗人(即与 1982 年版重合的诗人)的作品增删情况(见表 3-1):

表 3-1 《朦胧诗选》1985 年版对 1982 年版主要诗人作品保留及增删情况

诗人	1982 年版中被保留的诗歌	1982 年版中被删诗歌	1985 年版中新增诗歌	备注
北岛	《回答》、《无题》(把手伸给我)、《红帆船》、《宣告》、《界限》、《迷途》、《习惯》、《陌生的海滩》、《古寺》、《走吧》、《雨夜》、《睡吧,山谷》、《你说》	《桔子熟了》《无题》(我已不再年轻)	《一切》《岛》《是的,昨天》《船票》《结局或开始》《枫叶和七颗星星》《十年之间》《恶梦》《明天,不》《彗星》《走向冬天》《黄昏·丁家滩——赠一对朋友》《爱情故事》《岸》	北岛诗作收录数量从 1982 年版中的第 2 位提至首位,诗从 15 首增加至 27 首。1982 年版按发表时间顺序编排诗歌,1985 年版所选诗歌顺序被打乱

① 徐敬亚:《崛起的诗群——评我国诗歌的现代倾向》,《当代文艺思潮》1983 年第 1 期。

(续表)

诗人	1982年版中被保留的诗歌	1982年版中被删诗歌	1985年版中新增诗歌	备注
舒婷	《祖国啊,我的母亲》、《海滨晨曲》、《无题》、《一代人的呼声》、《这也是一切》、《致橡树》、《船》、《雨别》、《也许》、《赠》、《兄弟,我在这里》、《落叶》、《童话诗人》、《还乡》、《中秋夜》、《四月的黄昏》、《诗三首》(即《暴风雨后》《土地情话》《赠别》)、《呵,母亲》、《往事二三》、《墙》、《路遇》	《献给我的同代人》《馈赠》《心愿》《流水线》《秋夜送友》《自画像》《当你从我的窗下走过》《在潮湿的小站上》	《珠贝——大海的眼泪》《双桅船》《春夜》《黄昏里》《枫叶》《神女峰》	1982年版31首,1985年版30首。1982年版中的《诗三首》在1985年版中,三首诗单独在目录中列出
顾城	《一代人》《在夕光里》《远和近》《雨行》《泡影》《感觉》《弧线》《沙滩》《雪后》《梦痕》《年青的树》《规避》《你和我》《昨天,象黑色的蛇》《我和你》《小花的信念》《草原》《赠别》《小巷》《游戏》	《星月的来由》《再见》《眨眼》《留学》	《我是一个任性的孩子》《生命幻想曲》《水乡——赠X》《不要说了,我不会屈服》《我们去寻找一盏灯》《生日》《回归》《初夏》《收获》《不要在这里蹀步——给厌世者》《案件》《不是再见》《我唱自己的歌》	1982年版29首,1985年版38首。1982年版中的《年青的树》,在1985年版中,改名为《年轻的树》
梁小斌	《雪白的墙》《中国,我的钥匙丢了》《大街,象自由的抒情诗一样流畅》《少女军鼓队》《玫瑰花盛开》	《金苹果》《练习曲猜想》《我认得出……》《早熟的孩子》《我的虔诚的双手》《爱情和理想》《拖地板》	《你让我一个人走进少女的内心》《这是晚风》《青春协奏曲》《我曾经向蓝色的天空开枪》《我热爱秋天的风光》《发现》	1982年版12首,1985年版25首

（续表）

诗人	1982年版中被保留的诗歌	1982年版中被删诗歌	1985年版中新增诗歌	备注
			《节奏感》《家乡的草堆》《钢琴不再为我伴奏》《大地沉积着黑色素》《前额上的玫瑰》《用狂草体书写中国》《集邮迷的心思》《日环蚀》《我属于未来》《彩陶壶》《爷爷的手杖》《无题》《心灵上的雪花》《在我雪白的衬衫上》	
江河	《星星变奏曲》《星》《纪念碑》《我歌颂一个人》	无删除	《没有写完的诗》《我听到一种声音》《从这里开始——给M》《祖国啊，祖国》《让我们一起奔腾吧》	1982年版4首，1985年版9首
杨炼	无保留	《沉思》	1985年版5首全为新增，分别是：《海边的孩子——一本新诗集的序言》《我们从自己的脚印上》《自白——给圆明园的废墟》《神话的变奏:给一个歌唱的精灵》《诺日朗》	1982年版1首，1985年版5首
王小妮	《印象二首》（即《我感到了阳光》《风在响》）《孩子们》《地头，有一双鞋》《碾盘》	无删除	《往事·友谊》《假日·湖畔·随想》《我和他的故事》《送甜菜的马车》	1982年版5首，1985年版9首

（续表）

诗人	1982年版中被保留的诗歌	1982年版中被删诗歌	1985年版中新增诗歌	备注
吕贵品	《献给我的祖国》《中国的一条街》《黄昏》《呵，城市》《小镇人物》	无删除	《小镇人物》	1982年版6首，1985年版7首
徐敬亚	《既然》	《谁见过真理》《我，沿着长城疾走》	《夜，一个青年在海滨》《别责备我的眉头》	1982年版3首，1985年版3首
芒克	无保留	《十月的献诗》	《城市》《太阳落了》《葡萄园》	1982年版1首，1985年3首
李钢	《山中（二首）》（即《思念》《樵夫石》）	无删除	《山中》《在山上》《舞会》《海上发出的信》《舰长的传说》《老兵箴言录》	1982年2版首版，1985年版8首。1985年版把原来的《山中》两首，拆分为《思念》《樵夫石》

　　这里有必要对这些新增的诗歌做一考古学式的考察。比如北岛的《是的，昨天》原刊于《诗刊》1982年第5期；《结局或开始》原刊于《上海文学》1980年第12期；《彗星》原刊于《青年诗坛》1983年第3期。舒婷的《珠贝——大海的眼泪》原刊于《福建文艺》1980年第1期；《神女峰》原刊于《绿洲》1982年第1期。顾城的《回归》原刊于《文学报》1983年3月10日。杨炼的《海边的孩子——一本新诗集的序言》，原刊于《诗刊》1982年第5期；《诺日朗》原刊于《上海文学》1983年第5期。江河的《让我们一起奔腾吧》原刊于《上海文学》1981年第3期。梁小斌的《大地沉积着黑色素》原刊于《丑小鸭》1982年第10期。王小妮的《假日·湖畔·随想》原刊于《长春》1980年第9期。徐敬亚的《别责备我的眉头》原刊于《诗刊》1980年第5期。

　　北岛的《黄昏·丁家滩——赠一对朋友》原刊于《今天》第1期，后被《中国现代爱情诗选》（长江文艺出版社，1981年）收入。这首诗被

《中国现代爱情诗选》收入时并未公开发表过。

这些代表诗人新增的作品,很多发表在1982年版《朦胧诗选》的编辑之前。新增的这些诗当时未被1982年版收入,因何为1985年版所收？为什么要删除那些曾经选入的诗作？1985年版中主要诗人的入选诗歌之所以出现较大增删,据阎月君说,与入选诗人如北岛、顾城、杨炼等向选家阎月君等人提供的诗稿有关①。但究其根本,还应考虑到诗选首先是一种选择,选或不选不在于是不是诗人自己供稿。诚然,当时"能找到的实在太少"②,1982年版所选诗人诗作并不是很多,但从前面的例举可以看出,除了选本中收入的诗歌,王小妮、杨炼、江河等人的一些其他诗作当时都已正式发表,而且发在《诗刊》这样的主流刊物上。这些诗作编选者不可能看不到。这些诗,之所以没有被《朦胧诗选》1982年版收入,只能说明,编选者当时未认识到这些诗的流派性质。可见,对于这种增删,不能简单地把原因归于诗人供稿,还应该从编选者对朦胧诗的理解的角度展开分析。

这里可以以洪子诚、程光炜编选的《朦胧诗新编》为参照。洪子诚和程光炜是当代诗歌研究领域的重要学者,他们编选的《朦胧诗新编》可说是有关朦胧诗派的最权威和最具文学史意识的选本。通过比较两书的增删情况便会发现,被删除的诗歌并不能代表诗人的诗歌成就,或者说并无朦胧诗派的流派特征。1985年版删掉的顾城的四首诗,均未出现在洪子诚、程光炜编选的《朦胧诗新编》中,新增的13首中,《我是一个任性的孩子》《我们去寻找一盏灯》《回归》被收入《朦胧诗新编》。北岛被删掉的《桔子熟了》《无题(我已不再年轻)》,也未被《朦胧诗新编》收入,新增14首诗中,《一切》《是的,昨天》《船票》《结局或开始》《枫叶和七颗星星》《明天,不》《彗星》《走向冬天》

---

① 叶红:《重读〈朦胧诗选〉——不该尘封的历史记忆》,《文艺争鸣》2008年第10期。

② 阎月君语,转引自叶红:《重读〈朦胧诗选〉——不该尘封的历史记忆》,《文艺争鸣》2008年第10期。

《黄昏·丁家滩——赠一对朋友》(《朦胧诗新编》中,题名改为"黄昏:丁家滩")被《朦胧诗新编》收入。再看舒婷。舒婷被删掉的8首诗中,《流水线》《秋夜送友》《自画像》《当你从我的窗下走过》被《朦胧诗新编》收入,新增的6首诗《珠贝——大海的眼泪》《双桅船》《春夜》《黄昏里》《枫叶》《神女峰》全被收入。梁小斌被删除的7首,及新增的20首均未被《朦胧诗新编》收入。从主要代表诗人的诗歌增删情况可以看出,被删除的诗歌,很多都不是朦胧诗派的代表诗作。至于被保留的部分,北岛被保留的13首中,有9首被《朦胧诗新编》收入;舒婷被保留的21首诗中,15首被《朦胧诗新编》收入;顾城被保留的20首诗中,有7首被《朦胧诗新编》收入;梁小斌被保留的5首诗中,有2首被《朦胧诗新编》收入;江河被保留的4首诗中,有3首被《朦胧诗新编》收入;王小妮被保留的5首诗中,有3首被《朦胧诗新编》收入。从以上列举可以看出,保留下来的主要诗人的诗作,大部分都被《朦胧诗新编》收入。

比起1982年版,《朦胧诗选》1985年版对代表性诗人或诗作的认定更准确且更有历史感。这也说明,1982年版《朦胧诗选》更具现场感。这一现场感,既与关于朦胧诗的争论有关,也与编选者的个人审美趣味密不可分。但这种现场感,与彼时另一种形式的文学现场——大量的民间刊物和民间出版物所构筑的现场——无关。1982年版《朦胧诗选》中所选诗歌大都是期刊上公开发表的,但也有部分诗歌选自内部读物,如福建三明地区《希望》编辑部编的《青春协奏曲》(1982年)。这里需要注意,这一选源中有内部读物《青春协奏曲》,却没有《今天》杂志及相关选集。原因可能在于《青春协奏曲》与《今天》杂志的发表方式不同。1982年版《朦胧诗选》之所以倾向于选择《青春协奏曲》,某种程度上与《青春协奏曲》带有半官方性质有关。这一民间诗歌选本(不是朦胧诗派选本)由《希望》编辑部编选,《今天》杂志则是纯粹民间刊物及油印出版物。即是说,《朦胧诗选》性质与《青春协奏曲》一样,都带有半官方性质,印刷方式(都是铅印的)也介于正式出版物和油印出版物之间。这是《朦胧诗选》1982年版的保守性所在①。这样来看就会发现，两个版本的《朦胧诗选》收入的诗歌，虽然很多都在《今天》杂志上首发，但却不选自《今天》。因此，其所选诗人，也不以《今天》诗人群为主。这说明，两个版本的《朦胧诗选》的编选都与《今天》杂志无关。

关于这一点，可以考察1985年版新增诗人的情况来佐证。1985年版《朦胧诗选》中，新增加诗人傅天琳、骆耕野、邵璞、王家新、孙武军、叶卫平、程刚、谢烨、路辉、岛子、车前子、林雪、曹安娜、孙晓刚。这些诗人无一出现在《今天》的作者名单上，《今天》中出现次数较多的诗人，除了北岛、舒婷、顾城和江河外，还有杨炼和芒克，但这两人的诗，《朦胧诗选》1982年版只收入1篇。情况表明，《朦胧诗选》1982年版的主要诗人虽然与《今天》杂志诗人群有很大重合，但没有直接关系。两者之间直接关系的建立有待其他朦胧诗选来完成，比如唐晓渡编选的《在黎明的铜镜中："朦胧诗"卷》。

即使如此，我们仍应看到两版《朦胧诗选》与《今天》之间有密切关系。这是因为，这一诗选的入选诗歌虽大都取自正式出版或半公开印刷的出版物，但它们却多首发于《今天》杂志。其中有舒婷的《致橡树》《啊，母亲》，北岛的《回答》（第1期）；芒克的《十月的献诗》（第2期）；江河的《纪念碑》，舒婷的《中秋夜》《四月的黄昏》，和北岛的《走吧》（第3期）；北岛的《雨夜》《陌生的海滩》（第4期）；北岛的《睡吧，山谷》（第5期）；舒婷的《也许》，北岛的《无题》《桔子熟了》《红帆船》《习惯》《迷途》《宣告》《无题》，和江河的《星》（第8期）；顾城的《赠别》和《小巷》（《今天》文学研究会资料之一）。以上是1982年版《朦胧诗选》中收入的发表在《今天》上的诗歌的情况。1985年版新增

---

① "据阎月君回忆：当年从出版安全的角度考虑，入选的诗最好是在公开发行的报刊上发表过的，而食指和多多那时几乎没有诗作见诸公开出版的报刊，所以就没有入选，并不是今天许多人猜测的，认为他们不属于朦胧诗派，这是历史的遗憾，也是历史的真实。"叶红：《重读〈朦胧诗选〉——不该尘封的历史记忆》，《文艺争鸣》2008年第10期。

的诗歌中,发表于《今天》上的有:北岛的《黄昏:丁家滩》(第1期);芒克的《太阳落了》和北岛的《一切》(第3期);江河的《祖国啊,祖国》(第四期);江河的《没有写完的诗》和北岛的《是的,昨天》(第5期);北岛的《岸》(第6期);芒克的《城市》和江河的《从这里开始》(第8期);北岛的《结局或开始》、芒克的《葡萄园》和杨炼的《我们从自己的脚印上》(第9期);北岛的《枫叶和七颗星星》(《今天》文学研究会资料之三)。可以看出,尽管两版《朦胧诗选》的编选实践与《今天》无关,但它所构筑的朦胧诗流派却与《今天》杂志密切相关。

三

相对于1982年版,1985年版《朦胧诗选》虽然增加了不少诗人的作品,但这些诗人并不常被认为是朦胧诗人,《朦胧诗新编》也未选入这些诗人的诗作。仅骆耕野和王家新被《在黎明的铜镜中:"朦胧诗"卷》收入。这说明,在对朦胧诗代表诗人的认定上,不论是在当时还是后来,都存在一定分歧。

对朦胧诗派的认定,当时有三种主要倾向。一种是以1982年版《朦胧诗选》为代表,即以朦胧诗的论争为背景,把朦胧诗派主要局限于青年诗人群体,以公开发表的诗歌作为其选源。一种是以喻大翔和刘秋玲编选的《朦胧诗精选》(1986年)为代表。这一朦胧诗的构筑,也以朦胧诗的论争为背景(附录中也有"关于朦胧诗争论文章的目录索引","前记"和"编辑赘语"中均提及朦胧诗论争),但其诗歌选源综合《新诗潮诗集》,所选诗人很多并不被认为是朦胧诗代表诗人,诗歌作者包括老中青三代人,有杜运燮、昌耀、蔡其矫,也有更年轻的潞潞、欧阳江河、黑大春。这一诗集中的"朦胧诗"只是广义的诗歌风格,与我们通常认定的朦胧诗不一样。还有一种,以《在黎明的铜镜中:"朦胧诗"卷》为代表,这一朦胧诗选的意义在于构筑了另一个朦胧诗的脉络,即以《今天》为核心,关注集结在《今天》杂志周围的诗人群。其编选者唐晓渡的"编选者序"明确认为,"'朦胧诗'的涌流期可以1978年底《今天》的创刊为标志,前后经历了近四年的时间","主要集合在《今天》旗帜下的'朦胧诗'最初是作为一场伟大诗歌复兴运动的组成部分登上诗坛的。北岛的《回答》、舒婷的《致橡树》……一经见诸报刊,就理所当然地立即引起了广泛的关注、反响和赞誉"①。阎月君等编《朦胧诗选》则构筑以朦胧诗论争为核心的朦胧诗派,其中涉及的主要诗人王小妮、梁小斌都与《今天》无关。不难看出,这三类选本的契合点即朦胧诗论争。朦胧诗论争,是朦胧诗派的建构中至关重要的因素。没有这个论争,这一诗歌流派就不能进入视野,一旦进入视野,其建构又会沿着不同的方向展开。

这种方向上的不同决定了朦胧诗派有三种形态,一种是以青年诗人为主的,作为争论对象的朦胧诗派(《朦胧诗选》1982年版),一种是以《今天》诗人群体为主的朦胧诗派(《在黎明的铜镜中:"朦胧诗"卷》),一种是作为诗歌风格的朦胧诗派(《朦胧诗精选》)。在这三种形态中,《朦胧诗选》的编选实践贯穿其中,1982年版主要是在争论的背景中,把朦胧诗主要固定在青年诗人群身上。《朦胧诗选》1985年版,一方面有从具体争论语境中剥离出来的意图,一方面又把1984年前后发表的诗歌也纳入进来,比说车前子的《我的塑像》(发表于《青春》1983年第3期),岛子的《大地·森林·我们》(发表于《青春》1984年第3期),其结果是将选诗范围向更年轻的一代人延伸,因而把后来被称为第三代诗人的某些诗人,如岛子、王家新、车前子、孙武军等纳入其中,《朦胧诗选》(1985年)显示出其包容性和敞开性的面向。这样一来,《朦胧诗选》1985年版就具有与《朦胧诗精选》和《在黎明的铜镜中:"朦胧诗"卷》的互文性关系。

第二节 选本编纂与朦胧诗的建构及其衍化

自20世纪80年代初期以来至今,以"朦胧诗"命名的选本,屡有

---

① 唐晓渡:《编选者序:心的变换:"朦胧诗"的使命》,唐晓渡编选:《在黎明的铜镜中:"朦胧诗"卷》,北京师范大学出版社,1993年版,第5、6页。

出现,种类甚多①,且不断再版或重印。数量众多的诗歌选本,很多只是打着"朦胧诗"的旗号,并非真正意义的流派选本,刘飞茂、王荣起编的《爱情朦胧诗选》(1989年),孙琴安选评的《朦胧诗二十五年》(2002年),倪伟李、沈丙龙编的《中国朦胧诗》(2017年)等三个不同时期的诗歌选本,之所以打着"朦胧诗"的旗号,显然与这一名称的影响力及其"象征资本"密不可分。事实上,在这一"象征资本"的构筑过程中,指向朦胧诗的选本编纂实践功不可没。甚至可以说,朦胧诗的文学史地位的确立,与指向朦胧诗的选本编纂实践之间,是互为前提和结果的关系。这样一种影响力,仅有关于朦胧诗的争论,而无相关的诗歌选本的大量出现,或者仅有相关的诗歌选本,而无争论产生,都是很难形成的。这点向来不为研究者所重视,研究者们多从朦

---

① 据不完全统计,这方面的选本,主要有阎月君等编《朦胧诗选》(1982年辽宁大学中文系版、1985年春风文艺出版社版和2002年春风文艺出版社版);中国作家协会江西分会、《星火》文学月刊社编《朦胧诗及其他》(内部出版,1981年);福建省文学讲习所编《南风——抒情诗、朦胧诗选》(鹭江出版社,1985年);喻大翔、刘秋玲编选《朦胧诗精选》(华中师范大学出版社,1986年);《五人诗选》(作家出版社,1986年);李丽中著《朦胧诗·新生代诗百首点评》(南开大学出版社,1988年);齐峰等编《朦胧诗名篇鉴赏辞典》(陕西师范大学出版社,1988年);章亚昕、耿建华《中国现代朦胧诗赏析》(花城出版社,1988年);肖野编《朦胧诗300首》(花城出版社,1989年);路易·勒维约诺瓦等著,李玉民等译《爱的梦呓——法国当代爱情朦胧诗选》(花城出版社,1989年);王幅明著《中外著名朦胧诗赏析》(四川文艺出版社,1989年);刘飞茂、王荣起编《爱情朦胧诗选》(农村读物出版社,1989年);古远清著《台湾朦胧诗赏析》(花城出版社,1989年);飞茂编《爱情朦胧诗选》(中国妇女出版社,1990年);鲁玛编《外国朦胧诗150首》(花城出版社,1990年)、艾子编《现代朦胧诗150首》(花城出版社,1990年)、徐荣街、徐瑞岳主编《古今中外朦胧诗鉴赏辞典》(中州古籍出版社,1990年)、王葆娟编《海外华人朦胧诗精选》(黑龙江人民出版社,1990年);非鸥译《当代美国女诗人朦胧诗选》(湖南文艺出版社,1990年);古远清著《海峡两岸朦胧诗品赏》(长江文艺出版社,1991年);叶准编《谁知我心——中学生朦胧诗选》(南海出版公司,1991年);唐晓渡编选《在黎明的铜镜中:"朦胧诗"卷》(北京师范大学出版社,1993年);黎华选编《外国朦胧诗精选》(百花文艺出版社,1994年);孙琴安选评《朦胧诗二十五年》四卷(上海社会科学院出版社,2002年);洪子诚、程光炜编选《朦胧诗新编》(长江文艺出版社,2004年);杨克、陈亮编选《朦胧诗选》(中国青年出版社,2009年);海啸编《朦胧诗精选》(黑龙江科学技术出版社,2010年)、《朦胧诗经典》(长江文艺出版社,2011年);李少君、吴投文主编《朦胧诗新选》(现代出版社,2017年)和倪伟李、沈丙龙编《中国朦胧诗》(海峡文艺出版社,2017年)等。

胧诗引起的争论的角度立论,很少有人注意到这一指向朦胧诗的选本编纂实践有重要意义。

一

诚如洪子诚所说:"朦胧诗在传播、论争中确立其地位,也同时建构自身的'秩序'……影响、制约建构的主要因素有:论争中某一作品引例的'频率';重要批评家和当事人的观点;作品'性质'(思想与艺术方法)与当时社会、诗歌主潮的切合程度;作品发表的时间和发表方式;诗人与当时诗歌运动的关系;诗歌选本的编选、流通情况等等。"① 换言之,朦胧诗的建构,其实是多种因素合力的结果。在这当中,朦胧诗论争和有关朦胧诗选本的编选是其关键的两端。

"朦胧诗"这一称号,与章明那篇批评文章《令人气闷的"朦胧"》有关:"经过拨乱反正,如今诗风大好……但是,也有少数作者大概是受了'矫枉必须过正'和某些外国诗歌的影响,有意无意地把诗写得十分晦涩、怪僻,叫人读了几遍也得不到一个明确的印象,似懂非懂,半懂不懂,甚至完全不懂,百思不得一解……这种诗体,也就姑且名之为'朦胧体'吧。"② "朦胧体"的代表,作者只列举了《秋》(杜运燮)和《海南情思·夜》(李小雨)两首。尔后,张炯写文章提出商榷,他不同意章明对《海南情思·夜》的看法:"这首诗,感受是独特的,想象也是优美的……象以清冷的绿作为底色的小画,即使不具深意,却表达了一种静谧、悠遐的情思,读后给人以恬适的美感。如果硬要从这样写景抒情的小诗中找寻'微言大义',探究每个形象都代表什么'思想',那倒真要弄得不懂了。"③ 不难看出,关于朦胧诗的争论,最开始时与其说指向舒婷、顾城等人,不如说更是针对诗歌风格上的"朦胧"倾向。作为风格,"朦胧体"的作者并不限于青年诗人。

---

① 洪子诚:《朦胧诗新编·序》,洪子诚、程光炜编选:《朦胧诗新编》,长江文艺出版社,2004年版,"序"第7页。
② 章明:《令人气闷的"朦胧"》,《诗刊》1980年第8期。
③ 张炯:《也谈诗的"朦胧"及其他》,《诗刊》1980年第10期。

在列举了《秋》和《海南情思·夜》两首诗后,章明这样说道:"比这更朦胧的还大有诗在,它们简直是梦幻,是永远难以索解的'谜'。"①既如此,作者为什么只列举这两首,而不列举"更朦胧的"诗歌作品?"更朦胧的"不是更能说明问题吗?从章明的话可以看出,他已经意识到"朦胧"诗风的普遍性。他之所以特别列举这两首诗,不外乎强调一点,即所谓的"朦胧体"主要是就诗歌风格而论的,与诗人年龄无关,否则他尽可以列举"更朦胧的"诗作。关于这点,在谢冕的《在新的崛起面前》中也有体现,"一些老诗人试图作出从内容到形式的新的突破,一批新诗人在崛起,他们不拘一格,大胆吸收西方现代诗歌的某些表现方式,写出了一些'古怪'的诗篇。越来越多的'背离'诗歌传统的迹象的出现,迫使我们作出切乎实际的判断和抉择","在重获解放的今天,人们理所当然地要求新诗恢复它与世界诗歌的联系,以求获得更多的营养发展自己。因此有一大批诗人(其中更多的是青年人),开始在更广泛的道路上探索……他们是新的探索者"②。与章明不同的是,谢冕特别强调区分,"'背离'诗歌传统的迹象"分别体现在"老诗人"和"新诗人"身上,而且他们在数量构成上也有明显区别,前者是"一些",后者是"一批"。即是说,探索其实更多体现在"新诗人"和"青年人"身上。如此比重,使得争论者把目光逐渐转移并聚焦于青年诗人身上。这样一来,论争焦点的转移是在不自觉中完成的。谢冕另一篇肯定朦胧诗风的文章《失去了平静以后》,虽然也提到"几代人都在探索:老的、中的、特别是青年人"③,但其列举的诗人却主要限于"青年人",包括舒婷(3次)、顾城(2次)、江河(2次),以及陈所巨、北岛、梁小斌、杨炼、王小妮、高伐林、徐敬亚等(1次),这大部分是朦胧诗派的代表诗人。方冰的《我对于"朦胧诗"的看法》④一

---

① 章明:《令人气闷的"朦胧"》,《诗刊》1980年第8期。
② 谢冕:《在新的崛起面前》,《光明日报》1980年5月7日。
③ 谢冕:《失去了平静以后》,《诗刊》1980年第12期。
④ 《光明日报》1981年1月28日。

文提到的诗人有梁小斌（2次）、顾城（2次）等。徐敬亚写作《崛起的诗群——评我国诗歌的现代倾向》（1982年9月写毕）时，更是直接把这一"崛起的诗群"几乎等同于"青年诗人"，称"近年来，各种风格的诗人都在探索，有些人试图在'古典+民歌'的基础上对新诗进行改良，但却久久地苦于徘徊，几乎没有一点儿突破"，"青年，成了新倾向的热烈追求者和倡导力量。中国诗坛找到了一种新形式的喷发口，全国涌现出了一大批青年诗人：北岛、舒婷、顾城、江河、杨炼、梁小斌、王小妮、孙武军、傅天琳、骆耕野……同属于这一倾向的年轻人名字可以排出一串长长的队形"。①

其结果是，有关"朦胧"诗风的讨论很少再以杜运燮和李小雨为例，而主要被限定在舒婷、顾城等青年诗人及其"新人新作"上（这里考虑的不是时间上的先后，而是逻辑上的顺序关系）。这种情况下，朦胧诗才和舒婷、顾城等人联系在一起。也就是说，朦胧诗风引起的争论，涉及整个诗坛，而后聚焦于青年诗人的创作，最后才被确认为朦胧诗潮。这样一种聚焦青年人的做法，在当时有关朦胧诗的选集《朦胧诗及其他》中有集中呈现。《朦胧诗及其他》选取了郭沫若（4首）、李金发（5首）、徐志摩（3首）、何其芳（14首）、卞之琳（3首）、戴望舒（5首）、舒婷（12首）、顾城（20首）、北岛（2首）的诗，以及外国意象派诗7首。这里选入顾城的诗歌最多，北岛只有2首，其他朦胧诗人则没有入选。这与当时朦胧诗论争的核心集中在顾城和舒婷身上有关。可以看出，这一选本并不是要为朦胧诗派选诗，而是要建立朦胧诗的谱系。就像选本"后记"中所说的："书中收集了近年来诗坛上有关对新诗发展的一些看法和朦胧诗的一部分探讨文章。这些文章有不同的观点，各自阐明了自己的意见。我们认为这是必要的，也是有益的。为了便于深入探讨，我们还选收了五四以来几位名家早期诗作和近年来诗坛新人的作品，从中可以看出某些发展情况。对何其芳的作品选

---

① 徐敬亚：《崛起的诗群——评我国诗歌的现代倾向》，《当代文艺思潮》1983年第1期。

得多些,从早期到中期都选有,更能明显地看出诗人的创作发展过程,对于新诗的探讨是有所裨益的。此外附录了英、美意象派几首诗及其简介,旨在了解该流派的一般状况。"①这一选本虽是半公开出版物,但其做法却极具代表性。它想以现代诗歌史上被肯定的诗人诗作来肯定朦胧诗,来建立朦胧诗的"期待视野"和"前理解"。其针对朦胧诗,采取了两种策略。第一,把朦胧诗与现代诗歌和外国诗歌置于一起,以建立起朦胧诗风的文学史脉络。第二,把朦胧诗限定在"近年来诗坛新人的作品"上,建立起其与"五四以来几位名家早期诗作"的对应关系,以凸显朦胧诗创作的合法性及其实验性。这虽属于创新的尝试,但其来有自,并不显得突兀,而且前人的创作也已获得文学史的认可。这里还特别提到何其芳,且只选何其芳的早期和中期的诗歌,而不选其后期的诗歌,显然是想告诉我们:这些都是青年诗人(或诗人青年时)的诗。杜运燮虽然也被论争涉及,但其诗歌与顾城、舒婷等人的终究不同,创作出《秋》时他已不是"新人"和青年人。我们(读者)应从新人的角度、发展的眼光去看待顾城、舒婷和北岛等"朦胧诗""新人",而不应局限于眼前。

这种把朦胧诗置于现代和外国的脉络中加以定位的做法,是当时朦胧诗派的支持者们普遍采取的策略。要想肯定朦胧诗,不能仅仅把他们限定在青年诗人身上,因为,当时还存在另一种肯定青年诗人诗歌作品的取向。最有代表性的就是中国青年出版社出版的《青年诗选》和谢冕编的《中国当代青年诗选(1976—1983)》,另外有四川人民出版社编辑出版的《花瓣·露珠(青年诗选)》(1981年)。《青年诗选》收入了徐敬亚、舒婷、王小妮、杨牧、傅天琳、梁小斌等青年诗人的作品,但这种收入以诗被纳入主流意识形态中和内容上的积极性为前提:"不管是讴歌的也好,鞭挞的也好,诗作都有一个共同的特点,就是用多彩的颜色,涂描生活的画面,从充满创伤的过去,抒发我们今天时

---

① 中国作家协会江西分会、《星火》文学月刊社编:《朦胧诗及其他》,内部出版,1981年版,第293页。

代的具有无限生命力的喜人图景。"①他们作为青年诗人的流派性并不突出。要想确立朦胧诗人青年属性的流派特征,还必须确立他们特有的谱系和脉络,并为之辩护。

除了建构现代以来的诗歌脉络以肯定朦胧诗人的诗歌创作外,另一种较为普遍的策略是把青年诗人的探索放在现代主义的脉络中来定位(最典型的就是徐敬亚1983年发表的《崛起的诗群——评我国诗歌的现代倾向》)。这在朦胧诗论争中,已有显示。1980年,孙绍振发表《恢复新诗根本的艺术传统——舒婷的创作给我们的启示》一文:"在舒婷的诗作中,不能说没有我国古典诗歌的影响,但是,外国诗歌,主要是西欧、北美、俄罗斯的诗歌,对她的影响,超过了我国民族传统诗歌对她的影响。在她那些写得最精彩的篇章和段落中,我们不但看到近代欧洲浪漫主义诗歌描绘生活和概括内心感情的方式,而且可以看到现代欧美从象征派到意象派的种种表现手法。"②《朦胧诗及其他》把外国意象派诗与朦胧诗人的诗歌作品置于一处,意在凸显"到目前为止,我们看到的较有影响的勇于探索的青年诗人,尽管存在着这样或那样不足和弊病,但还没有一个是原封不动地专把西方某一现代流派照搬过来的……他们不是亦步亦趋地步西方现代派的后尘,也不是钻进了与世隔绝的艺术之宫进行纯形式的探讨,而是力求从博采众长中建立自己的风格,为建立中国的现代诗而作出的努力,应予肯定"③。有关朦胧诗的讨论,构筑了一个以"朦胧"为指向的讨论对象和以"朦胧诗"命名的选本编纂范围,借此,朦胧诗人的谱系和脉络被建构起来。在这一脉络中,有现代的源头,也有对外国现代诗歌手法的创造性吸收。朦胧诗的历史合法性,正是在这一脉络中被确定的。

---

① 中国青年出版社编:《青年诗选》,中国青年出版社,1981年版,第434页。
② 孙绍振:《恢复新诗根本的艺术传统——舒婷的创作给我们的启示》,《福建文艺》1980年第4期。
③ 吴思敬:《时代的进步与现代诗》,《诗探索》1981年第2期。

二

可以看出,朦胧诗有两种意义:一个是作为争鸣对象的朦胧诗,一个是作为诗歌风格的朦胧诗。作为争鸣对象的朦胧诗,出现于 20 世纪 80 年代初,作为诗歌风格的朦胧诗引出话题,而后被聚焦于青年诗人群体。这时的朦胧诗人队伍里没有黄翔、食指、多多、严力和田晓青等人,《朦胧诗及其他》《朦胧诗选》(1982 年和 1985 年两个版本)、《五人诗选》以及《南风——朦胧诗、抒情诗选》等都属于此类,这是与文学现场有关的朦胧诗选本。作为风格的朦胧诗则不受争鸣现象限制,在时间上具有伸缩性,可以往前追溯和向后延展。这样的朦胧诗是文学史的建构物,与之有关的朦胧诗选本也是构造物。所以《朦胧诗新选》中收入了严力写于 2009 年的诗歌,《在黎明的铜镜中:"朦胧诗"卷》《朦胧诗新编》纳入了黄翔、食指、多多、严力和田晓青等人。这样就能理解《中国新诗百年大典》第十一卷,虽然入选的诗人大都是朦胧诗的代表诗人,但收入作品的创作时间却不限于 20 世纪 80 年代,而可以一直延续到当下。这是被称为朦胧诗人的诗歌创作历程的诗歌选集,因此并不能完全称为朦胧诗选。其在数量选择上,也与一般意义上的朦胧诗选不同。收入的诗人分别为黄翔(10 首)、食指(22 首)、北岛(28 首)、江河(10 首)、芒克(12 首)、多多(18 首)、根子(2 首)、舒婷(16 首)、严力(25 首)、杨炼(7 首)、王小妮(10 首)、梁小斌(7 首)、顾城(31 首)。其中前 5 位依次是顾城、北岛、严力、食指和多多,舒婷则排到第 6 位(可能与舒婷后来创作诗歌数量较少有关)。这与 20 世纪 80 年代所建构起来的《五人诗选》中的朦胧诗五人代表,以及洪子诚、程光炜编选《朦胧诗新编》中的前五位(即北岛、顾城、舒婷、多多、芒克)都不同。这样一种不同,显然与此一诗集的定位不同有关。它是朦胧诗人的诗选,不是朦胧诗选。

同样也能理解花城出版社出版的《朦胧诗 300 首》,这是一种建构现代以来的作为风格的朦胧诗的谱系的尝试。它选取了现代到当下的,包括朦胧诗潮代表作家和部分台湾诗人在内所作的 300 首诗。其编选标准是"朦胧美","是从'朦胧美'这一特定的角度编选的,共收入徐志摩、戴望舒、何其芳、北岛、舒婷、席慕蓉等中国现代诗人,包括台湾诗人的抒情诗 300 篇"①,"撇开史的意义,作为某种形式规范,'朦胧诗'的产生可以一直追溯到新文学运动的源头。二十年代的'新月派',三十年代的'现代派'、'象征派',四十年代的'九叶派',都有较集中的制作。五十年代基本上是'朦胧诗'的空白地带。六、七十年代,台湾诗人在这方面的诗作为多,他们在沿承上述新诗流派的诗艺传统的基础上,又有了新的发展"②。虽说,其意在建构"朦胧诗"的历史谱系,但重点还是在当代。现代部分仅占 69 页,当代部分则从第 70 页到 320 页为止,台湾部分从 321 页到 442 页。此外,这一诗集,虽然以所谓的"流派"如"新月派""现代派""象征派""朦胧诗派"为线索,但选诗人时却并不仅仅局限于上述流派,而且在对朦胧诗派的认识上,这一选本也有自己的看法。食指、黄翔、芒克就没有被选入;但选了田晓青(晓青)的《季节的传说》(这首诗也被洪子诚、程光炜编选《朦胧诗新编》收入)。另外,还选了杜运燮的《秋》。换言之,它通过对"朦胧美"的构筑,重构了中国新诗自现代以来的发展史,其纳入的诗人包括面很广,既包括朦胧诗派代表诗人,也包括归来者诗人,如曾卓及其《悬岩边的树》,还包括第三代诗人。从这个角度看,它具有泛朦胧诗的倾向。

如果说,20 世纪 80 年代中前期朦胧诗的相关选本是在构筑作为争鸣对象和思潮意义上的朦胧诗的话,20 世纪 80 年代中后期以来的相关选本,则主要是在参与文学史意义上和风格意义上的朦胧诗的构筑:作为流派特征的朦胧诗派的建构则贯穿始终。争论双方现场性地进行初步建构,而后文学史家及其与之相关的选本将其确定下来。不同时期的朦胧诗选,针对的对象不同,选择的对象也有区别。这样一种复杂性,集中体现在阎月君等编《朦胧诗选》的三个版本的变迁及

---

① 肖野编:《朦胧诗 300 首》,花城出版社,1989 年版,"内容介绍"第 1 页。
② 肖野编:《朦胧诗 300 首》,花城出版社,1989 年版,"序"第 2 页。

其同时代的互文性关系上。1982年版《朦胧诗选》(辽宁大学中文系,内部出版物)带有明显的争论痕迹,选本中收录的《令人气闷的"朦胧"》一文中特别提到的杜运燮的诗《秋》。这一诗选于1985年公开出版时却把《秋》删掉了,而增加王家新的《潮汐》等在朦胧诗论争中很少被特别关注的诗人诗作。这说明,1985年版的《朦胧诗选》是从流派建构的角度重新编选朦胧诗。2002年《朦胧诗选》出版时,又增选食指和多多,之所以增补,显然与文学史的重述和重构的努力密不可分:"在朦胧诗运动早期有过突出贡献的食指和多多的作品还是不可或缺的,这次增订补选了他们的作品。"①不难看出,三个版本的变迁,显现出来的是不同阶段对朦胧诗不同看法的鲜明表征。

作为争鸣对象的朦胧诗与作为风格的朦胧诗的区分,反映出来的是现场建构和历史建构的关系问题。这里对阎月君等编《朦胧诗选》的1982年版和1985年版略加比较就可以说明问题。1985年版中,收入诗歌最多的前5位诗人分别是顾城(33首)、北岛(27首)、舒婷(29首)、梁小斌(25首)和江河(9首)。1982年版中,收入诗歌最多的前5位诗人分别是舒婷(31首)、顾城(29首)、北岛(15首)和吕贵品(6首)。这两个名单中,北岛的位置变迁颇有意味。两个版本对待舒婷和顾城的态度几乎不变,收入诗歌数量相当,但对待北岛的态度相差悬殊。1982年版中,舒婷和顾城被收入的诗歌约是北岛的两倍,但在1985年版中,收入北岛的诗歌数已经接近顾城和舒婷。这种差异说明了什么?

1985年版《朦胧诗选》中北岛地位的提高,可以认为是该选本渐渐获得文学史意味的表征:它充分认识到北岛在朦胧诗潮中的重要性,并建立北岛、舒婷和顾城作为朦胧诗代表诗人的三足鼎立格局。而这一点在1982年版《朦胧诗选》中并不明显。这样分析当然没有问题,问题的复杂性在于,《朦胧诗选》1982年版中,北岛入选诗歌数量

---

① 阎月君、高岩、梁云等编选:《朦胧诗选》,春风文艺出版社,2002年版,第7页。

之所以不多,与他当时公开发表诗歌数量不多(《今天》属于油印非正式刊物,其发表诗歌未被《朦胧诗选》收入)有直接关系。统计数据显示,截至1981年(1982年版《朦胧诗选》的编选时间),舒婷和顾城公开发表的诗歌都在50首以上,北岛只有20首左右。公开发表诗歌数量的差别,某种程度上决定了他们诗歌入选数量的多寡。而到了1985年版公开正式版时,这一发表情况已经不对选本编纂构成重要影响,至此,从诗歌发展脉络和流派特征上编选朦胧诗派诗选就成为可能。即是说,1982年版《朦胧诗选》不仅可以看成朦胧诗现场构筑的表现,还可以看成当时能收集到的朦胧诗人作品的集中展现:"选"的功能并不突出。北岛、舒婷、顾城他们诗歌入选数量的多寡与他们公开发表作品的多寡有一定的对应关系。

因此可以进一步得出结论:对于不同时代的朦胧诗选的编选而言,入选诗人公开发表作品数量的多寡,一定程度上决定了其收入作品的多寡(有些诗选,比如说老木编选的《新诗潮诗集》,收入不少非公开发表的诗歌,这样的诗选数量不多),同时也在某种程度上决定了对朦胧诗核心成员认定上的差异。北岛、舒婷和顾城是朦胧诗派的核心成员,各种选本对此并无异议,但不同时期的选本认定的其他核心成员不同。20世纪80年代初期以及中期,梁小斌和江河被认为是核心成员(如《朦胧诗选》1985年版),而新世纪以来,这两个人被多多、芒克取代。洪子诚、程光炜编选《朦胧诗新编》,长江文艺出版社编辑出版《朦胧诗经典》,李少君、吴投文主编《朦胧诗新选》和杨克、陈亮编选《朦胧诗选》这四个选本,收入诗歌作品最多的前5位诗人都是北岛、顾城、舒婷、多多、芒克。这种差别,与朦胧诗人发表作品数量的多寡不无关系。20世纪80年代,芒克、多多公开发表作品甚少,所以很少被收入朦胧诗选本,同样也很少被收录于其他选本,例如谢冕的《中国当代青年诗选(1976—1983)》和上海文艺出版社编的《八十年代诗选》。而新世纪以来,随着他们作为被"埋葬"的诗人不断被挖掘,及其作品的重新发表和出版,他们的地位得到提升,他们作为朦胧诗派的核心成员也逐渐被认可,各种朦胧诗选本选入他们的诗也就自然而然了。

三

从话语实践的角度看,持续时间较长的朦胧诗论争虽未取得较为一致的共识,但它实际上创造了一个以"朦胧诗"为名的批评空间,在这个空间中,朦胧诗被命名和谈论,而作为流派却略显抽象和空洞:它常常只作为争论的对象存在,缺少指涉的具体性和完备性。要想使朦胧诗从争鸣对象具体化为流派意义上的现实存在,选本的编选起着至关重要的作用。朦胧诗选本的编纂通过"选"和"编"的方式,对其进行集中展现,把这一论争充分内在化,进一步强化和塑造了"朦胧诗派"的形象。

这样来看,把朦胧诗论争引入选本编纂中,就成为关键的一环。中国作家协会江西分会和《星火》文学月刊社编《朦胧诗及其他》,阎月君等编的《朦胧诗选》和喻大翔、刘秋玲编选的《朦胧诗精选》[①]等选本起承上启下的作用。这些选本,与一般意义上的文学选本颇为不同,它们不仅是作品的选编,还选入朦胧诗论争中的争鸣文章(或文章索引),这其实就是把朦胧诗论争引入选本编纂的形式之中,通过选本之"选"和"编"的方式使具有文学现场性的朦胧诗争论进一步流派化。朦胧诗论争中虽然也有"作品引例",但"引例"大都不完全,朦胧诗选本则不同,它通过"选"和"编"的方式,集中展现论争中经常提到的诗人及其作品,以获得流派构筑的直观效果。这是选本编纂实践与作品争鸣实践相结合的新的话语实践形式。它把争鸣文章和诗歌作品置于一处,以引起注意并邀请读者参与争论:"如果能有一个比较成形的集子,把'朦胧诗'从出现至今具有代表性的作品及评论文章的

---

① 另外还有福建文学编辑部编印的《新诗创作问题讨论集》(时间不明,应为1981年,书内责任者为"福建文艺编辑部"),它与上面提到的几个选本颇为不同,这一选本是1980年《福建文艺》上展开的"关于新诗创作问题的讨论"的集中展现,其讨论文章多与舒婷有关,因此所选诗歌也只是舒婷一个人的诗歌作品。

篇目索引和代表人物的诗论编印成集,那么,无论是对大学生和研究机关中的文学工作者,还是对社会上其他行业中的诗歌爱好者们都是一个很大的方便。"①更重要的是,这些选本中收入的重要诗人群,构成文学史特别是诗歌史中朦胧诗派的重要代表。阎月君等编《朦胧诗选》中重点收录的诗人舒婷、北岛、顾城、梁小斌、江河和王小妮,构成洪子诚、刘登翰著《中国当代新诗史》中朦胧诗人的代表诗人群的范围。

同时,《朦胧诗选》从内部出版物变而为公开出版物的过程,也反映了朦胧诗潮作为流派的历史命运之变迁:从被质疑到被认可。1985年版《朦胧诗选》的出现是一个重要的标志,这一年之后,众多以"朦胧诗"为名的选本相继出版。这有两个方面的含义:第一,朦胧诗潮和群体得到广泛认可。在 20 世纪 50—80 年代的当代中国,作为文学出版体制之一部分的选本出版,其重要的功能就是肯定:选本通过"选"的方式表明其肯定态度。朦胧诗诗潮处于论争阶段时,很难出版正式选本,因为彼时还存在争议。这时编选的朦胧诗选本,常常只能内部发行(一般都是铅印),比如中国作家协会江西分会和《星火》文学月刊社编《朦胧诗及其他》、《希望》编辑部编《青春协奏曲》、阎月君等编《朦胧诗选》以及福建文学编辑部编印《新诗创作问题讨论集》,甚至老木编选的《新诗潮诗集》。选本的正式出版则表明一种积极肯定的态度:这是以收入作品选的方式表明一种正式的、公开的和广为认可的肯定立场。与 1985 年版《朦胧诗选》几乎同时出版的还有福建省文学讲习所编选的《南风——抒情诗、朦胧诗选》(1985 年)。稍后出版的朦胧诗选还有作家出版社编辑出版的《五人诗选》(1986 年)和喻大翔、刘秋玲编选的《朦胧诗精选》(1986 年)②。这些选本的相继出版使得朦胧诗潮及其诗人群体的合法性得到彰显和凸现。另一个有代

---

① 阎月君、梁芸、高岩等选编:《朦胧诗选》,辽宁大学中文系,1982 年版,"情况简介"第 9—10 页。

② 老木编选的《新诗潮诗集》虽然也是 1985 年编辑出版,但是内部读物。

表性的选本是《青年诗选(1985—1986)》(1988年)。其"内容提要"中说:"这里有大气磅礴、直面人生之作,有冷峻、沉郁反思历史、文化、传统、民族心态之佳篇,有含蓄蕴藉、韵味无穷的抒情小诗,有慷慨豪放的边塞诗,有感情真挚、隽永优美的爱情诗,也不乏令人反复琢磨、意境扑朔迷离的朦胧诗。这些作品或显阳刚之美,或示婉约之状,均能给人以力的鼓舞和美的享受。"① 比较前后几部《青年诗选》的"编后记"或"内容提要"(《青年诗选(1983—1984)》和《青年诗选(1985—1986)》中没有"编后记","内容提要"相当于"编后记"),可以看出这里明显发生了变化:前面两部诗选(即《青年诗选》和《青年诗选(1981—1982)》)都在强调诗歌的正面的思想内容上的价值,很少提及"美的享受"。这种变化表明,《青年诗选(1985—1986)》中,"朦胧诗"是作为艺术上的"美"的表现,而不是从其思想内容层面,被主流意识形态认可的。这一选本收录了顾城5首,杨炼3首。有意思的是,其中还收录了唐亚平、韩东、陈染和翟永明等被称为"新生代"的诗人诗作。这说明,此一诗集的开放包容,不仅仅针对朦胧诗潮,还针对后朦胧诗潮。

第二,随着朦胧诗获得文学合法性,其"象征资本"形成并不断增值。这是由此前和仍在延续着的关于朦胧诗的论争,以及随后大量的诗歌选本,共同制造的话语实践空间,这一空间中不仅发生了从诗歌流派到诗歌风格这一指涉内容的转变,同时也存在关于朦胧诗潮及其代表诗人的认定上的分歧。1985年之前,获取文学合法性是"朦胧诗派"最主要的问题,各种选本的出现,帮助其建构了合法性。1985年之后,各种以"朦胧"为名的诗歌选本大量出现。除了前面提到的朦胧诗派选本,还有各种非朦胧诗派诗歌选本,诸如肖野编《朦胧诗300首》、章亚昕、耿建华编著《中国现代朦胧诗赏析》、王幅明编著《中外著名朦胧诗赏析》、鲁玛《外国朦胧诗150首》、艾子编《现代朦胧诗150首》、刘飞茂、王荣起编《爱情朦胧诗选》、飞茂编《爱情朦胧诗

---

① 中国青年出版社编:《青年诗选(1985—1986)》,中国青年出版社,1988年版,"内容提要"第1页。

选》、古远清著《台湾朦胧诗赏析》《海峡两岸朦胧诗品赏》、徐荣街和徐瑞岳主编《古今中外朦胧诗鉴赏辞典》、王葆娟编《海外华人朦胧诗精选》、黎华选编《外国朦胧诗精选》，这些都是借"朦胧"之名而展开的选本编纂实践，一方面借助朦胧诗这一象征资本抬高自己，另一方面也赋予朦胧诗以新的"象征资本"之价值。这些选本中，"朦胧诗"已经从特定时代的诗歌潮流和流派的代称剥离出来而成为一种具有宽泛概括性的诗歌风格。《朦胧诗300首》把现代时期至20世纪80年代末这一时段的具有"朦胧"诗风的作品（包括台湾地区的作品在内）纳入其中，某种程度上已经带有从朦胧诗风的角度重写诗歌史的味道了。这样一种重写诗歌史的倾向，建基于"朦胧诗"的强大影响力和广泛的合法性之上，不能认为它回到了朦胧诗论争初期的逻辑，即仅把"朦胧"视为诗歌风格。

朦胧诗"象征资本"的形成及其增值，使得朦胧诗作为超级能指拥有极大的言说空间，在这个空间中，借助朦胧诗之名从正面抬高自身是当时众多选本诸如《朦胧诗300首》的编选策略，与此同时，随着朦胧诗地位的提升及其"象征资本"的增值，与之展开对话并超越它就成为某些选本编纂的策略之选。关于这点，同样可以回溯到1985年。

1985年的诗歌选本界，有两个事件值得关注，一个是阎月君等人编的《朦胧诗选》正式出版，另一个是老木编选的《新诗潮诗集》内部发行。《新诗潮诗集》虽然是内部发行，但影响很大。比较这两个选本是很有意思的。前者名为"朦胧诗选"，其所选诗人大都被后者收入，比如北岛、舒婷、顾城、梁小斌、江河、李钢、杨炼、王小妮、徐敬亚、吕贵品、芒克、王家新、孙武军、谢烨、岛子、车前子、孙晓刚等；只有骆耕野、傅天琳、邵璞、叶卫平、程刚、林雪、曹安娜等人的诗作未被后者选入。后来被经典化的朦胧诗人，如食指、多多、严力、林莽、方含，都赫然出现在《新诗潮诗集》中。这说明，《新诗潮诗集》可以看成朦胧诗选的另一种形态。但这一诗集不叫"朦胧诗选"，而叫"新诗潮诗集"，立足于"新"："我编选此集所遵循的原则，一是看入选诗作在美学原则也就是思想观念上有无变化和发展,在艺术手法上有无创新和突破,具体到一首诗本身,则看它是否具有独特性。"①这一原则决定了这一诗集的独特形态。它打破了一般意义上的文学选本的编选原则,把未出版和未发表的诗歌也纳入其中,只要有创新就行,而这,也使得当时还未布成阵势或潮流的"后朦胧诗人"(有时候也被称为"第三代诗人"或"新生代诗人")首次集体登场亮相。

不难看出,《新诗潮诗集》虽然收入了朦胧诗人的诗歌,但这些诗并不是作为朦胧诗被确认的,诗人们是以"新潮诗人"的身份被认定:这是一次"新潮诗"的大展,并不仅仅限于朦胧诗,还包括后朦胧诗。这样一种编选意图也体现在其编选体例上:这一选本分为上下集。朦胧诗人多集中在上集,所占比重较大。后朦胧诗多集中在下集,所占比重较小。即是说,这一诗歌选本创造了朦胧诗人和后朦胧诗人并置一处的形式:他们在两点上——都是青年诗人和新潮诗人——具有连贯性和一致性。此后诸如上海文艺出版社编《探索诗集》、周国强编《北京青年现代诗十六家》(漓江出版社,1986年)、齐峰等编《朦胧诗名篇鉴赏辞典》、徐敬亚、孟浪等编《中国现代主义诗群大观(1986—1988)》、周俊编《当代青年诗人自荐代表作选》等选本都可以在这一脉络中得到理解:通过与朦胧诗并列而立的编选方式,后朦胧诗人获得合法性。这样一种并置一处的方式,延续的仍旧是20世纪80年代初期朦胧诗论争和选本编纂的思路,即在青年诗人的身份上肯定他们的诗歌探索。而这也意味着,在诗歌探索的道路上,年龄与探索精神成反比例:越年轻,可能越具有探索精神。《新诗潮诗集》采用上下两集的形式,某种程度上已经暗含了这一点——年龄上的后来者那里蕴含了更多可能。这样一种编选实践,如果说在《新诗潮诗集》中还只是一种隐藏起来的策略的话,那么在《中国现代主义诗群大观(1986—1988)》中则以夸张的形式彰显,并有极具症候性的表现。

---

① 老木编选:《新诗潮诗集》,北京大学五四文学社未名湖丛书编委会,1985年版,第812页。

就其与朦胧诗潮的关系论,《中国现代主义诗群大观(1986—1988)》的出版标志着朦胧诗派的正式诞生和经典地位的最终确立(其中明确使用了"朦胧诗派"这样的说法)。这样说基于以下两点。第一,这是一次有意构筑诗派"诗群"的选本编纂实践。这一选本中,朦胧诗群体在篇首出现,紧随其后的,是名目繁多的被直接标举的诗歌流派。可以说,这一选本的出现,标志着朦胧诗派的经典地位的确立:朦胧诗派的经典地位在现代主义诗群的脉络中被确认,它是源头性的存在。第二,作为流派和"诗群",朦胧诗也是他人事后构筑的,这一构筑本身就是"风景"发现后的回溯。徐敬亚、孟浪等人的编选实践就带有"风景""发现"后的重塑的意味,其构筑行为体现为一系列编选,包括"艺术自释(代)""创立时间""主要成员""作品集结"以及最后的"徐敬亚、孟浪注"。这是一整套的构筑诗歌流派的做法,就像"徐敬亚、孟浪注"中所言:"朦胧诗至今尚未有一个独立的、完整的自我主张,这是欠缺的历史。我们自'三个崛起'中抽摘了几段文字,权代其释。"①就"朦胧诗派"的建构而言,它始终都是"他构性"的:从最开始以否定性的命名出现,接着被作为争论对象,而后各种朦胧诗选本出现。它在《中国现代主义诗群大观(1986—1988)》中被指认和"权代其释"。朦胧诗派的形成过程,其实就是"他构"的历史。它是被建构的,因而也就暗含了这样一种可能:既然是被赋予的,朦胧诗派的主体性就先天不足,这决定了它在被建构的同时也有可能被后来者所扬弃。《中国现代主义诗群大观(1986—1988)》把"朦胧诗派"置于选本之首,意在表明,"朦胧诗派"既是肯定和学习的对象,更对后来者构成"影响的焦虑"。《中国现代主义诗群大观(1986—1988)》中,朦胧诗派之外的其他流派多有"艺术自释"而不是"代"释,这也进一步表明:朦胧诗后的第三代诗人(或后朦胧诗人)有更为鲜明的艺术自觉精神和群体意识,因而也可能在艺术创新和探索的道路上走得

---

① 徐敬亚、孟浪等编:《中国现代主义诗群大观(1986—1988)》,同济大学出版社,1988年版,第2页。

更远①。

  通过前面的分析可以看出,对朦胧诗派来说,"诗歌选本的编选"并不只是"制约建构的主要因素",还是非常关键的因素。围绕"诗歌选本的编选"实际上创造了福柯意义上的话语实践空间。借此,朦胧诗论争以另一种形式被延续,"朦胧诗派"得以建构,其代表诗人的作品被阅读、传播并扩大影响;与此同时,在朦胧诗显示其越来越大的影响并拥有"象征资本"的时候,它也逐渐成为更年轻一代诗人"影响的焦虑"的对象。这些,都是在"新潮"和"青年诗人"的名义下展开的。各种朦胧诗选本和新潮诗歌选本,构筑了流派意义上的"朦胧诗",肯定了其价值和存在,而这些以"朦胧诗"或"新潮"为名的诗歌选本,在构筑了"朦胧诗派"的合法性的时候,也预示了其最终被扬弃的命运。

---

  ① 关于这一点,可以参见老木编《青年诗人谈诗》,王小龙在收入该书的《远帆》中这样说道:"我摹仿了一阵就不耐烦了。……也许摹仿并不是坏事。摹仿自以为是创造就麻烦了。另一些青年走了出来。他们把'意象'当成一家药铺的宝号,在那里称一两星星,四钱三叶草,半斤麦穗或悬铃木,标明'属于'、'走向'等等关系,就去煎熬'现代诗',让修钟表的、造钢窗的、警察、运动员喝下去,变成充满时代精神的新人。一位大诗人三年前说过,在'朦胧'的论战中将出现'第三者'。关于'第三者'的预言或愿望总会实现的。"(北京大学五四文学社,第106页)从中不难看出,朦胧诗后的第三代诗人有着更为鲜明的自觉意识和反叛精神。

第四章　选本编纂与
20世纪八九十年代诗歌创作转型

第一节　选本编纂与"第三代诗"的发生

诚如洪子诚、刘登翰所说,20世纪80年代后期,"'新诗潮'中的实验诗歌、第三代诗的写作,主要在自办的'民刊'上出现。个别由作协等机构管理的'正式'出版物,曾试图接纳不同'圈子'的创作,但很快受到制止"①。这段话,还可以这样理解:"第三代诗"虽然主要在民刊出现,但其经典化及其文学史地位的确立,某种程度上却有赖于各式各样的诗歌选本的出现。②各种正式的或非正式的诗歌选本,把当时尚处于模糊状态的、尚未公开出版的"实验诗歌"集中起来,加以遴选、编辑,从而构筑了第三代诗的代表诗人。对第三代诗及其代表诗人而言,收入于选本之中是出场亮相的一种方式,是发表的途径和文学现场的构筑方式。

但若以为只有这些诗歌选本选入第三代诗人的作品则又是误解。因为历史的进程,从来就不会这么截然两分。这里有几重关系需要处理:第一,第三代诗与朦胧诗的关系;第二,第三代诗人与朦胧诗人的关系;第三,第三代诗人与青年诗人的关系。只有处理好这三重关系才能更为准确和清楚地把握第三代诗及其代表诗人的创作。

---

① 洪子诚、刘登翰:《中国当代新诗史》,北京大学出版社,2005年版,第208页。
② 罗执廷:《选本运作与"第三代诗"的文学史建构》,《江汉大学学报(人文科学版)》2012年第1期。

虽然说第三代诗人的集体登场要晚于朦胧诗潮的出现,但并不意味着第三代诗人在之前就没有过诗歌上的创作,也并不意味着第三代诗人是在朦胧诗出现之后才展开诗歌上的探索。最有代表性的例子就是王家新。虽然大多数的诗歌流派选本都把王家新列入第三代或新生代,但王家新在朦胧诗潮方兴未艾时就与朦胧诗的创作有很大的关联,或许正因为此,不论是当时(阎月君等编《朦胧诗选》时收入其《潮汐》),还是在稍后(《在黎明的铜镜中:"朦胧诗"卷》),王家新一度被视为朦胧诗人的代表。特别是后者,选入王家新的6首诗歌——《石头》《秋叶红了》《门》《在高高的绝壁上》《星空:献给一个人》和《从石头开始》,在数量上要超过梁小斌(5首)。这些诗都没有被《第三代诗新编》和《超越世纪——当代先锋派诗人四十家》等有关第三代诗的选本收入。王家新到底是朦胧诗人,还是第三代诗人,不论在当时,还是在后来,都存在争议,但这并不影响其被主流诗歌界接受和认可。《1982年诗选》(人民文学出版社,1983年)就选入王家新的《"希望号"渐渐靠岸》,《青年诗选(1981—1982)》(中国青年出版社,1983年)中也选入王家新的《在山的那边》《"希望号"渐渐靠岸》《幻想》《历史博物馆的青铜奔马》等4首诗。王家新的例子表明,在"第三代诗人"的认定上,存在分歧。另外,某些诗人虽被称为第三代诗人,但这并不意味他们的诗歌都属于第三代诗。《1982年诗选》和《青年诗选(1981—1982)》收入的王家新的这些诗,就未被朦胧诗选中,也几乎不被第三代诗选中。诗人的创作有阶段性特征,阶段不同,其所从事的诗歌创作也就有不同流派属性的特征。

这也表明,"第三代"很多时候不仅仅指向年龄段上的区别[①],王家新是1957年生人,他与很多朦胧诗人都是同龄人。第三代诗这一

[①] 见"第三代诗会"专栏题记:"随共和国旗帜升起的为第一代,十年铸造了第二代,在大时代的广阔背景下,诞生了我们——第三代人。"引自《现代诗内部交流资料》1985年第1期,四川省东方文化研究学会、整体主义研究学会主办(转引自洪子诚、刘登翰:《中国当代新诗史》,北京大学出版社,2005年版,第235页)。

称谓多指诗歌创作风格。比如说杨炼和江河,虽然被公认为是朦胧诗代表诗人,但溪萍编的《第三代诗人探索诗选》把他们视为"第三代诗"的代表诗人。诗歌选本不同,功能不同。诗歌年选的目的是将诗人群体经典化,诗歌潮流、流派选本的目的在于建构潮流流派的自洽性,至于收入诗人的归属,则可以是不确定的。

一

应该说,在第三代诗人中,韩东也是最早被关注和认可的诗人。中国社会科学院文学研究所当代文学研究室编选的《新诗选(1981)》(中国社会科学出版社,1984年)中就收录了韩东的《我是山》。另一较早收录韩东的诗作的是1985年出版的谢冕、杨匡汉主编的《中国新诗萃(50年代—80年代)》,收录了韩东的《山民》(1986年)。谢冕编的《中国当代青年诗选(1976—1983)》中收录了韩东发表于1981年的两首诗《山民》和《给初升的太阳》。应该说,这三首诗并不脱朦胧诗的"意象"化倾向。特别是《给初升的太阳》,其意象的选择和使用,与朦胧诗并无二致,都是在个体的"我"和大写的"我们"之间不分,虽然使用的仍旧是第一人称抒情主人公"我"。倒是第一首《山民》,表现出与朦胧诗不同的倾向。比较《我是山》和《山民》是很有意思的事。《我是山》写于1980年,发表于1981年《诗刊》第7期。《山民》发表于1982年《青春》第8期。这两首诗的写作发表相隔一年,但"山"的意象有不同的价值定位和情感取向,这显示出韩东的变化。《我是山》中,作者这样写道:"我是山/我的衣服/被闪电的鞭子抽成布条/我的手臂/被雷的大锤击碎/我无数次地昏死过去/倾盆大雨也不能把我浇醒/但是,只要我活着/就不会跪倒/不会求饶/只要我的心还在跳/就有青春的来潮/就要长出树林/流出瀑布/就不能沉默/就要喊叫。"这一"山"的意象与曾卓的《悬岩边的树》中"树"的意象颇为相似:"它孤独地站在那里/显得寂寞而又倔强//它的弯曲的身体/留下了风的形状/它似乎即将倾跌进深谷里/却又象是要展翅飞翔……"两者都显示出倔强、不屈、探索、坚忍和希望。这样的情绪,在《山民》

里变得若有若无和茫然不知所以。这是一种淡淡的并不明朗的疲惫和因疲惫而来的质疑,"'那边的那边呢'/'山。还是山'/他不作声了,看着远处/山第一次使他这样疲倦""他不再想了/儿子也使他疲倦"。对于那种父子前仆后继的现代性设计,他感到"疲倦"。他看重个人的感受及对个体的价值的确认,而不是这一过程中对个人性的否定。应该说,这与朦胧诗人的整体性的情感结构颇不相同。只要比较顾城的《一代人》就可以明白这点——"黑夜给了我黑色的眼睛/我却用它寻找光明"。在这里,"我"和"一代人"不分,正说明了朦胧诗人的代言意识及其历史意识的强烈。韩东的《山民》表现出来的似乎与之相反。事实上,韩东发表于1981年的这首诗,先后被老木编选的《新诗潮诗集》(1985年)和洪子诚、程光炜编选的《第三代诗新编》(2006年)收入。

那么现在的问题是,为什么像《灯芯绒幸福的舞蹈——后朦胧诗选萃》、《先锋诗歌》(唐晓渡编选,北京师范大学出版社,1999年)、《后朦胧诗选》(阎月君、周宏坤编,春风文艺出版社,1994年)、《朦胧诗后——中国先锋诗选》(李丽中、张雷、张旭选评,南开大学出版社,1990年)、《第三代诗人探索诗选》、《以梦为马:新生代诗卷》(谢冕、唐晓渡主编,北京师范大学出版社,1993年)、《情绪与感觉——新生代诗选》、《中国当代实验诗选》、《探索诗集》、《超越世纪——当代先锋诗派诗人四十家》、《亵渎中的第三朵语言花——后现代主义诗歌》(周伦佑选编,敦煌文艺出版社,1994年)等众多新诗潮诗选都不选这首诗呢?选与不选,表面看来是选家对韩东这首诗有不同理解,但反映的却是他们对第三代诗的出场时间及其出场方式的不同认识。

另一个值得注意的现象是,《灯芯绒幸福的舞蹈——后朦胧诗选萃》《中国当代实验诗选》《后朦胧诗选》《以梦为马:新生代诗卷》和《亵渎中的第三朵语言花——后现代主义诗歌》中,选取韩东诗歌时都把《有关大雁塔》放在首位。排列也是福柯意义上的"声明"或"陈述",把《有关大雁塔》放在首位,其实是在建构韩东的第三代诗歌创作的起点及其叙事。选本编纂正以"选"和"编"的方式表明编选者的立场、态度和策略。细细比较这两首诗的发表方式就能明白。《山民》发表在正式出版物上,《有关大雁塔》发表在韩东他们自己办的民刊《他们》上,时间是1985年3月。就像唐晓渡的序言所说:" '第三代诗'作为一个整体的形象,是经由1985年四川的《大学生诗报》、《现代诗内部参考资料》到《诗歌报》、《深圳青年报》主办的'1986中国现代诗群体大展'而逐步树立起来的。其树立方式具有明显的运动特征,即经过了组织的广泛而自发的群众性。"①唐晓渡从整体的角度和"运动"的方式来确认"第三代诗",在这种视野下,韩东发表于1981年的《山民》不具备这些特征。相对而言,老木和洪子诚、程光炜等,则从诗歌实验的角度和诗歌史的角度展开编选和梳理,所以才会把《山民》收入其中。这也表明,在对第三代诗的认定上,一直存在两种不同的方式。这与对朦胧诗的认定和理解比较接近。是从思潮和运动的角度出发,还是从创作风格的角度出发,一直都是左右并主宰朦胧诗和第三代诗的选本编纂及其认定的两种取向。

二

从目前已有的资料看,最早把第三代诗作为潮流整体编入选本的,应是老木编选的《新诗潮诗集》(1985年1月)。按王光明的说法,"1984年只能说是'第三代'诗的酝酿期,到了1985年,青年诗歌创作中背离新诗潮的倾向已发展成一股强劲的运动"②,老木编选的《新诗潮诗集》就应是最早收录第三代诗人群体诗歌的选本了。在这之前,诗歌选本很少收入第三代诗人群体的作品。但这一诗歌选本所选入的诗人诗作,并不仅仅限于第三代诗,它把朦胧诗潮的代表诗人

---

① 唐晓渡选编:《灯芯绒幸福的舞蹈——后朦胧诗选萃》,北京师范大学出版社,1992年版,"选编者序"第2页。
② 王光明:《艰难的指向——"新诗潮"与二十世纪中国现代诗》,时代文艺出版社,1993年版,第198页。

诗作也纳入其中。从今天的眼光看,这是一部朦胧诗和第三代诗的合编本,这里的"新诗潮"是对这两个诗潮的总称。老木敏锐地意识到,朦胧诗之后"更年轻的诗人们已经走得更远、更迅速,他们的歌声更加缤纷,更加清澈。他们已经对北岛们发出了挑战的呐喊。我认为不能否认的是,他们已有所发展。当然,令人瞩目的辉煌尚未到来"①。基于这种理解,老木把"文革"结束以后的"新诗潮"分为前后两个阶段,选本中将其依次编为上下两册。上册收入的多是朦胧诗人的作品,第三代诗人的作品主要集中在下册,包括梁小斌(10首)、牛波(10首)、王小妮(9首)、吕贵品(3首)、徐敬亚(1首)、李钢(10首)、许德民(2首)、孙晓刚(1首)、杨榴红(1)、姚村(1首)、韩东(10首)、小君(4首)、吴滨(1首)、杨争光(1首)、吕德安(10首)、楚茨(2首)、林居(1首)、阿奈(1首)、边城(1首)、张枣(2首)、王家新(10首)、孙武军(5首)、崔桓(2首)、骆一禾(6首)、白马(2首)、西川(2首)、纪泊(1首)、故筝(1首)、白玄(1首)、王小龙(6首)、蓝色(4首)、鲁子(2首)、野云(1首)、可可(1首)、王寅(3首)、陆忆敏(2首)、张真(1首)、贝岭(2首)、陈东东(1首)、封新成(1首)、景敏(1首)、余刚(1首)、马丽华(2首)、陆高(1首)、金伟(1首)、魏志远(2首)、阿曲强巴(1首)、摩萨(2首)、翟永明(6首)、欧阳江河(3首)、柏桦(5首)、车前子(3首)、小海(2首)、谢烨(2首)、张小川(1首)、一平(2首)、雪迪(1首)、李路(1首)、黑大春(1首)、马高明(1首)、廖亦武(1首)、宋渠 宋玮(1首)、潞潞(1首)、石光华(2首)、海子(1首)、于坚(1首)、张毅伟(2首)、菲野(2首)、岛子(2首)、蓝石(1首)、林贤治(1首)、刘扬(1首)、谢颐城(1首)。这些入选的诗人中,梁小斌、牛波、李钢、韩东、吕德安、王家新,都是入选10首的诗人。其他依次为王小妮,收录9首;骆一禾、王小龙和翟永明,都收录6首;柏桦、孙武军,收录5首;吕贵品、王寅、欧阳江河、车前子,都收录3

---

① 老木编选:《新诗潮诗集》,北京大学五四文学社未名湖丛书编委会,1985年版,第812页。

首。梁小斌和王小妮通常被视为"朦胧诗人",其余都被称为"第三代诗人"。可见,老木的眼光还是非常敏锐且识别力很准的。区别只在于对代表诗人的排名上。比如说李钢和吕贵品,很多第三代诗选都没有选,只有如《第三代诗人探索诗选》,分别选入4首和2首,前者(即李钢)选入诗歌数排在并列第五。《情绪与感觉——新生代诗选》则收入吕贵品5首,排名并列第三,在于坚和欧阳江河前。

比较同为内部出版物的《朦胧诗选》和《新诗潮诗集》,发现两者同为非公开出版物,但都得到机构或组织的支持(前者得到辽宁大学中文系文学研究室的支持,后者依托北京大学五四文学社这一文学社团),谢冕甚至还为《新诗潮诗集》写了一篇热情洋溢的序言。不难看出,这都是介于官方和民间的诗歌选本。不同的是,《朦胧诗选》选入的都是已经发表的诗作,《新诗潮诗集》收入的作品,特别是第三代诗部分,很多都未经正式公开发表。韩东的《有关大雁塔》,最早刊发在民刊《他们》上,时间是1985年3月,老木编选的《新诗潮诗集》出版于1985年1月底。这一首诗歌还没有被发表(不论是正式还是非正式),就被老木收入。这说明,《新诗潮诗集》不仅仅在编辑诗歌选本,它还是发表方式,它以选本的形式发表作品,而这与20世纪50—70年代的很多新民歌选本,在作品的发表方式上有相似之处。只不过,新民歌选创造出一种工农兵作品的发表方式:可以越过(或不经过)期刊或单行本出版的途径直接发表作品,它仍是正式的,是主流意识形态的组成部分;《新诗潮诗集》则在主流发表方式之外另辟一种诗歌作品的发表方式。这与当时大量的民刊、内部印刷物的发表方式相似。而这,也预示了第三代诗的出场方式,它以非正式的、非官方的方式出场,也就是说,它从一开始就以一种别样的姿态出场。

这就可以回到文章开头所引洪子诚、刘登翰在《中国当代新诗史》中所说的话:"'新诗潮'中的实验诗歌、第三代诗的写作,主要在自办的'民刊'上出现。个别由作协等机构管理的'正式'出版物,曾试图接纳不同'圈子'的创作,但很快受到制止。"①这段话要辩证而具体地分析,主流官方的"制止",主要发生在"第三代诗"以运动的形式登上历史舞台之后到20世纪90年代这几年时间,就像洪子诚和刘登翰在前引文字之后紧接着指出的那样:"当然,这种界限分明的情况也只存在一段时间,90年代之后,'圈子'的分立和'割据',其界限趋向含糊、不稳定的、更加错综复杂的状态。"②而在1986年以前,主流意识形态对"新诗潮"采取有保留的接受态度。这与当年对待朦胧诗潮的态度相似,即对于个别诗人的探索持一种有保留的肯定态度,对整体性的思潮则持拒斥立场。从20世纪80年代前期的诗选和刊物发表情况就可以看出这点。换言之,20世纪80年代中期以前,主流意识形态对"新诗潮"整体持有限度的肯定态度。不论是对朦胧诗,还是对后来称为"第三代诗",都是如此。

邓荫柯为《后朦胧诗选》所写序言说:"收在这部选集中的四十七位作者的二百多首诗,大致上概括了后朦胧诗的创作成就。其中包括:少数继续追随朦胧诗人创作风格的后期朦胧诗;关注重心由社会转向古老东方的传统文化的'文化诗';对朦胧诗形成较明显的否定态势、有较强的反文化特征的'第三代诗';诗歌发展开始进入完善提高阶段的作品,等等。"③朦胧诗后的"第三代诗"是一个复杂的构成,当时的主流文坛对他们的态度也较为复杂。在他们以运动的方式登场之前,主流文坛对他们基本上持友好态度。主流文坛态度的转变,发生在1986年前后。

除了韩东,第三代诗人中的其他诗人,于坚、宋琳、牛波、杨榴红、廖亦武、李钢、李小雨等的诗歌,都在《诗刊》等杂志上发表过。《青年诗选(1985—1986)》首次正式公开且较为集中地肯定了第三代诗人

---

① 洪子诚、刘登翰:《中国当代新诗史》,北京大学出版社,2005年版,第208页。
② 洪子诚、刘登翰:《中国当代新诗史》,北京大学出版社,2005年版,第208页。
③ 邓荫柯:《"我们将开进光辉的城镇"——〈后朦胧诗选〉序》,阎月君、周宏坤编:《后朦胧诗选》,春风文艺出版社,1994年版,第5页。

的诗歌创作,收录了韩东、宋琳、于坚、牛波、杨榴红、廖亦武、车前子、翟永明等第三代诗人诗歌数首。这也是第三代诗人在 1986 年以"哗变"的方式登场后,首次得到集中公开的认可。《青年诗选(1985—1986)》中甚至还选了宋琳的《旭日旅店》《瓦罐》《淘金者与豹》《无调性》《休息在一棵九叶树下》《城市之一:热岛》等 6 首诗歌。这些诗中,《无调性》被《中国当代实验诗选》选入,《瓦罐》被《情绪与感觉——新生代诗选》选入,《休息在一棵九叶树下》被《朦胧诗后——中国先锋诗选》《后朦胧诗选》和《第三代诗新编》收入。《青年诗选(1985—1986)》还收入了于坚的《作品 91 号》《作品第 2 号》《作品 67 号》《作品 51 号》《南高原》等 5 首诗。其中《作品 51 号》被《情绪与感觉——新生代诗选》《后朦胧诗选》收入。《青年诗选(1985—1986)》收入牛波的《赶路林中》《无题》《浑然不觉》《折扇》等 4 首,其中《浑然不觉》被《朦胧诗后——中国先锋诗选》收入。再看《青年诗选(1987—1988)》(1990 年),收入了丁当、海男、大仙、西川等第三代诗人的诗作。从摘引可以看出,《青年诗选》的二度选入,无疑表明主流文坛的认可。主流文坛对第三代诗的态度颇为复杂。第三代诗人虽然以"哗变"的方式正式登场(1986 年,安徽的《诗歌报》和《深圳青年报》联合举办"中国诗坛 1986 现代诗群体大展")①,但他们的诗歌实验却开始在这之前。这样一种实验,很多时候被混同于朦胧诗人的诗歌实验。这样一种混同,在老木编选的《新诗潮诗集》中有最为明显的表征。

这样来看《1985 年诗选》的编选,便会发现很多有症候性的细节。《1985 年诗选》收录了牛波、李小雨、王家新、岛子、李钢、潞潞、宋琳等第三代代表诗人的诗作。但就像刘湛秋的"编后记"中所说,"如果

---

① "中国诗坛 1986 现代诗群体大展"可以视为"第三代诗人"命名(命名和自我命名)的标志。与此相关的命名实践还有,牛汉在《中国》1986 年第 6 期把他们统称为"新生代"。老木编选的《新诗潮诗集》虽把他们视为"新诗潮",但这里的"新诗潮"并不是特指第三代诗,不能算是命名。

说,近十年的诗歌和其它文学体裁一样,是在波峰浪谷中穿行并有着冲击式的起落的话,那么,一九八五年的诗坛是较为平静的一年","这种平静表现:一)在理论上没有发生大的争论;没有什么新的观念注入,当然也就没有开展新的讨论;二)在创作上没有引起社会广泛注意的作品;三)社会对诗的关心淡漠,因而对诗的议论或指摘也无形减弱"。① 但作者也敏锐地注意到一些新的现象,"诗的报刊如异峰突起,一九八五年仅市级以上专门的诗刊、诗报就多达十八家,而且这些报刊进入八六年度在各种文学刊物呈现下降趋势的时刻几乎普遍上升,这不仅为解放以来所罕见,也为'五四'新文学运动以来所罕见,为中国诗歌史所罕见","各地诗社如雨后春笋,多到难以统计的地步,估计至少有两千以上,所团结的诗歌爱好者数以十万计……这些诗社大都出版油印、打印、铅印的小报或小册子"。② 从刘湛秋的话可以看出,前面那些诗人,并不在诗歌流派或具同一倾向的意义上被认可,他们的诗歌也未引起关注,只具有个人的意义。或者还可以说,他们此时的诗歌,冲击性或辨识度并不高。而这也从另一个角度表明,第三代诗人要想在1986年这样一个"社会对诗的关心淡漠,因而对诗的议论或指摘也无形减弱"的语境下,引起人们的普遍关注,必须采取迥异于朦胧诗的登场方式。像朦胧诗人群体那样通过引起人们广泛争议的方式正式登场,这是后朦胧诗一代诗人难以想象的,通过制造事件和"哗变"的方式引起人们普遍关注就成为策略选择,这时,恰好各种"诗的报刊如异峰突起""各地诗社如雨后春笋",这些都为他们以"事件"的方式登场创造了条件。对于"第三代诗",不应把他们的姿态和他们的创作混为一谈。在姿态上,他们以集体"哗变"的方式正式登场,但在创作上,他们的诗歌与前辈(如朦胧诗人)之

---

① 刘湛秋:《1985年的中国新诗——〈1985年诗选〉编后记》,诗刊社编:《1985年诗选》,人民文学出版社,1986年版,第410页。
② 刘湛秋:《1985年的中国新诗——〈1985年诗选〉编后记》,诗刊社编:《1985年诗选》,人民文学出版社,1986年版,第411页。

间,有着各种千丝万缕的联系,并不像我们今天想象的那样截然两分。较之朦胧诗人和归来者诗人群之间的风格迥异,第三代诗和朦胧诗之间的关系更为微妙而复杂。

就诗歌选本的编选实践而言,朦胧诗选的各种版本中,有关朦胧诗代表诗人和代表诗作的选择,基本上没有什么大的差异。有的话,那也只是出于文学史的"谱系学"的建构的需要。但不管怎样,一般都不会把朦胧诗人混同于归来者诗人群,这从对待杜运燮的态度就可以看出。杜运燮的《秋》引起有关诗歌"朦胧"的争论,曾一度被阎月君等人编选的《朦胧诗选》油印本收入,但该诗选公开出版时却删掉了这首诗。这首诗后来被谢冕编选的《鱼化石或悬崖边的树——归来者诗卷》(北京师范大学出版社,1993年)以"归来者诗"的名义收入。从这两个选本的编选可以看出,第一代诗人(以归来者诗人为代表)和第二代诗人(以朦胧诗人为代表)(如果可以这样划分的话)之间的差异性要远远大于相似性。但对第二代诗人和第三代诗人的区别和认定,不论是当时还是现在,各类选本在编选诗选的时候,倾向和态度都比较模糊:所选第二代诗人和第三代诗人之间常常互有重叠。老木编选的《新诗潮诗集》把他们收于一集即是例证。阎月君等人编选的《朦胧诗选》收入诗人吕贵品、王家新、岛子、车前子、孙武军等,而很多诗选把他们视为第三代诗人的代表。我们很容易分辨出第三代诗的潮流特征,但很难就诗歌风格和写法以及对代表诗人的认定,给出截然有效而又被广泛认可的区分。他们以"哗变"的姿态反叛"朦胧诗派",但内在精神和诗艺技法却是多有继承甚至拓展。这也正如洪子诚、刘登翰所言:"受惠于朦胧诗,而对中国新诗有更高期望的'更年轻的一代'认为,朦胧诗虽然开启了探索的前景,但远不是终结;在诗歌表现领域和诗歌语言上,尚有广阔拓展的可能。"①以"哗变"和"暴动"的方式登场,揭明的只是期望和姿态而

---

① 洪子诚、刘登翰:《中国当代新诗史》,北京大学出版社,2005年版,第208页。

非事实,有关第三代诗歌的选本编纂实践,从某种程度上也是在建构第三代诗歌这一进一步"广阔拓展的可能"图景。

三

从前面粗略的分析可以看出,在认定第三代代表诗人时,不管是当时还是在今天,都存在较大的分歧和争议。很少有选本在诗人诗作的选择上有趋同现象,彼此差异较大。显然,这与第三代诗人群体的庞杂有关,他们不是一个群体,其中有各种流派和各自的群体宣言,有各种不同的主张。这一点可以从《中国现代主义诗群大观(1986—1988)》中看出。正如研究者所说:"有的人,常常在写诗的同时就大力阐述其主张、理论,或者在没有认真写诗之前就先发表宣言,规定写诗的方向、路线、方法。这呈现为宣言、主张、概念充斥的局面……他们在这些年中所阐发的理论,也许支持了他们的创作,使其目标更加明确,脱离了犹疑的盲目性。但他们中的一些人也有可能因此被理论压垮,为预设的理论所役使,把诗作为阐释宣言、主张的手段,而终于没有诗。"[①]第三代诗人群体,是一个流派特征大于诗歌创作特征的群体,第三代诗歌创作上的区别并不像他们标榜的那样明显。有关第三代诗歌的选本大都不局限于第三代诗人内部流派的自我标榜,而是将其打乱后重新编排。第三代诗选本并不试图确认这些自我标榜的各个流派,而是从区别于朦胧诗潮的总的倾向性上构筑了一个统括性流派,这一流派,可称为"后朦胧诗""新生代""第三代""后现代主义诗歌""实验诗""先锋诗",文学史上一般称其为"第三代"。

从这个角度看,第三代诗的选本所要做的,主要是确立第三代诗人的范围,明确在这个范围内有哪些代表诗人。至于诗人的代表诗歌作品,可以有较大的分歧和差异。《情绪与感觉——新生代诗选》收录韩东的6首诗,其中有5首被《第三代诗新编》收入。表面看来重合率

[①] 洪子诚、刘登翰:《中国当代新诗史》,人民文学出版社,1993年版,第441—442页。

第四章　选本编纂与 20 世纪八九十年代诗歌创作转型

很高,但比较《以梦为马:新生代诗卷》和《第三代诗人探索诗选》就会发现,这三个选本收录的韩东的诗歌作品并不重合。孟浪,《情绪与感觉——新生代诗选》中收入其《进入危险房屋探视恩爱夫妻》《纽扣》《奇遇》《愤怒的人》《剧场效果》等 5 首诗;《以梦为马:新生代诗卷》中收入其《时间就只是解放我的那个人》《黑夜的遭遇》《这一阵乌鸦刮过来》《怀抱中的祖国》《从四月奔向五月》《冬季随笔》等 6 首诗;《超越世纪——当代先锋派诗人四十家》中收入其《铁的本色》《雄辩的过程》《过桥的鱼》《在这条路上我用过一个成语》《靶心》《未遂的漠河》《黑夜的遭遇》等 7 首诗;《中国当代实验诗选》中收录其《定居》《村里光膀子的男人》《过桥的鱼》《冬天》等 4 首诗;《第三代诗人探索诗选》中收入其《反世界印象》和《冬天》等 2 首诗;《灯芯绒幸福的舞蹈——后朦胧诗选萃》中收录其《凶年之畔》1 首诗;《后朦胧诗选》中收入其《剧场效果》《纽扣》《过桥的鱼》《村里光膀子的男人》《失去》《有什么东西在拉我》等 6 首诗;洪子诚、程光炜编选《第三代诗新编》收入其《牺牲》和《平原》2 首诗;《朦胧诗后——中国先锋诗选》未收其诗。从前引录可以看出,几乎没有一首诗歌是所有选本都收的。各个选家对孟浪诗歌中第三代诗歌代表作的指认彼此不同,这与朦胧诗选中选入诗歌重合率很高恰成相反的态势。

第三代诗人群的大致构成,就群体构成而言,1986 年的中国"现代主义诗群大展"及 1988 年出版的《中国现代主义诗群大观(1986—1988)》是很好的参照。其中被展览的诗人(包括朦胧诗派)依次有:北岛、江河、芒克、多多、舒婷、杨炼、顾城、骆耕野、梁小斌、王家新、王小妮、徐敬亚(以上是被作为朦胧诗人列举)、杨黎、周伦佑、蓝马、刘涛、何小竹、吉木狼格、于坚、韩东、小君、丁当、小海、普珉、陈东东、默默、刘漫流、天游、王寅、陆忆敏、郁郁、孟浪、胡玉、二毛、万夏、马松、李亚伟、黑大春、雪迪、大仙、刑天、吕德安、金海曙、林如心、曾宏、鲁亢、卓美辉、宋渠、宋炜、石光华、刘太亨、廖亦武、欧阳江河、梁晓明、余刚、宁可、苍剑、傅浩、任贝、张锋、诸学伟、徐德华、京不特、胖山、男爵、锈容、泡里根、尚仲敏、燕晓冬、于坚、严力、张真、张枣、菲野、廖希、原伟平、汤潮、胡冬、朱凌波、宋词、海波、叶辉、祝龙、林中立、亦兵、镂克、阡陌、杰子、老彪、吴非、柯江、闲梦、唐亚平、苏历铭、包临轩、李梦、朱春鹤、赵刚、川流、姚渡、谌林、唐剑、野牛、李汉、大荒、红城、宋志纲、肖振有、剑芝、式武、卢继平、娄芳、杨云宁、糜志强、郭力家、黄翔、邹进、开愚、王彬彬、静静、贝贝、岸海、胡强、柔刚、刘扬、王坤红、岛子、程军、沈奇、邵春光、吴元成、朱建、刘芙蓉、若木、若华、黄相荣、焦洪学、华海庆、曹汉俊、杨远宏、微茫、苍剑、陈鸣华、菲可、客人、胡冈、西川、詹小林、王彪、范方、肖春雷、杭炜、贝岭、孙文波、柏桦、尚钧鹏、吴才华、林放、海上、罗见、宋琳、孙晓刚、张小波、李彬勇、黑非、黄帆、摩萨、洋淘、苏肖肖、封新城、张子选、任民凯、杜爱民、赵琼、蓝冰、马高明、海子、李笠、阿海、徐虹、马力、乃生、姜诗元、古代、折声、毅伟、南方、冰释之、孙甘露、蔡天新、苟明军、赵野、小安、海男、董继平、翟永明、阿米、石涛、陈寅、绿岛、文雪、吕贵品、老秋、李苇、黄灿然等。

  朦胧诗人群有 12 人,其他各诗群共有 95 人。这一选本把朦胧诗作为第一大流派列于篇首(其他诗群有些只有 1 人),意在揭明朦胧诗是"影响的焦虑"式的存在,后面的诗人要想有所突破必须以其作为反叛和超越的对象。此外,有意味的是,这里选入的朦胧诗人的诗作,都不是朦胧诗选本中常常选入的诗作,很多都是这些诗人在 1985 年前后创作的。这一选本,虽然选择了朦胧诗人的诗歌作品,但很多都不是朦胧诗潮流的早期代表作品。这就意味着,朦胧诗人也都在试图超越自己早期的创作,更何况是后来者?此外,有意味的还在于,这一选本中,把各个入选诗人的年龄一一罗列出来。这一罗列其实在告诉读者,那些朦胧诗人大都在 30 岁以上(比如说食指当时有 38 岁,年龄最大),而朦胧诗群之外的诗歌群体的诗人则主要在 30 岁以下,这是两个群体,其代际区别显而易见——他们是两代人,后来者对朦胧诗人的反叛也自然而然。另外,还要注意这些不同诗歌群体的出场方式。朦胧诗群是以被展出的方式出场,其"艺术自释"部分是以"代"的形式出现,就像徐敬亚和孟浪所注:"朦胧诗至今尚未有一个独立的、完整的自我主张,这是欠缺的历史。我们自'三个崛起'中抽摘了几段文字,权代其释。"①徐敬亚是朦胧诗的倡导者,"三个崛起"之一的作者,也被视为朦胧诗人的代表,但恰恰是他,发起了对朦胧诗的"反叛"。这里用"权当其释",其实是以反叛者的眼光对自己曾经所属阵营的反观。与之相反,这部选集中朦胧诗群外的其他群体却以在场宣言的方式宣告出场。他们每一个群体都有自己的宣言和流派主张,有自己的成员构成。不难看出,这是后朦胧诗潮的集体登场:他们以主动的、集体的和反叛的姿态登场,以明确的宣言,而非代言的姿态登场。

　　这里之所以不厌其烦地罗列长长的名单是想表明,正是这一现代主义诗群大展,构筑了第三代诗人群体的基本框架,此后几乎所有关于"第三代诗""后朦胧诗""新生代诗""先锋诗""实验诗"的选本,所选诗人很少有超出这个范围的。《朦胧诗后——中国先锋诗选》中有17人(包括车前子)不在这份名单中,其中所选诗人一共45人。即使是这17人中,也有部分诗人如牛波、曹剑、柯平、伊甸,作为列举的诗人群体中的一员,出现在了这一选本的诗群介绍("现身在海外的青年诗人")或附录(《中国诗坛86'现代诗群体大展》)中。《以梦为马:新生代诗卷》中入选诗人49人,其中14人(包括牛波)未入选以上名单。《灯芯绒幸福的舞蹈——后朦胧诗选萃》中只有骆一禾、邹静之、林雪不在上面的名单中,其余34人均在。其他几本第三代诗选,情况大致相当。各个第三代诗选,虽然所选诗人诗作有一定的差异,但从整体上看,却与《中国现代主义诗群大观(1986—1988)》中所列举的诗人相当。其中的内在关联,自不难看出。关于这点,还可以以老木编选的《新诗潮诗集》为例。比如说《中国现代主义诗群大观(1986—

---

① 徐敬亚、孟浪等编:《中国现代主义诗群大观(1986—1988)》,同济大学出版社,1988年版,第2页。

1988）》中未出现的骆一禾、潞潞、魏志远、王小龙，都出现在《新诗潮诗集》中。两部选集构成互相重叠和彼此补充的关系，它们从总体上构筑了第三代诗的代表诗人及其构成范围。

第二节 《中国现代主义诗群大观（1986—1988）》与20世纪八九十年代诗歌地形图

20世纪80年代，出现名目繁多的以"青年"为名的诗歌选本，还有以"校园"或"大学生"为名的诗歌选本，后者的数量并不比前者少。熟悉中国当代诗歌发展史的人，想必都十分清楚一点，即20世纪80年代前期的中国诗坛，基本上由工农兵出身或与工农兵经历有关的诗人主宰，这从朦胧诗潮的情况可以明显感觉到。朦胧诗人中，顾城、舒婷、北岛、杨炼、芒克、江河、食指等人，都有当工人的经历，几无大学校园履历。这当然与他们的知青身份有关，而与他们之后的诗歌流派，比如说第三代诗人相比，最大的区别就是此后的诗歌流派群中的人多有大学生身份。①

因此可以说，20世纪80年代中后期的诗坛，几乎由校园诗人所主宰，这里仅以《再见·20世纪——当代中国大陆学院诗选（1979—1988）》（北方文艺出版社，1991年）这一诗选中所列的著名诗人名单为例。下面这些，都是诗坛上耳熟能详的名字：徐敬亚、王小妮、孙武军、韩东、孙晓刚、许德民、邵璞、吕贵品、宋琳、王寅、于坚、西川、李亚伟、陆忆敏、唐亚平、骆一禾、孟浪、尚仲敏、海子、陈东东、小海、杨榴红、桑克、林雪、蔡天新、杨祖民、臧力。马朝阳选编的《中国当代校园诗歌选萃》（作家出版社，1990年），还提到下列诗人：王家新、吉狄马加、柏桦、赵丽宏、高伐林、翟永明、二毛、叶延滨、吕德安、杨克、张枣、阎月君、小君、周佑伦、万夏、柯平、西渡等。这些人中有很多后来转向

---

① 吴思敬：《多维视野中的大学生诗歌》，《江汉论坛》2003年第7期。

第四章　选本编纂与20世纪八九十年代诗歌创作转型

其他领域,比如林白、陈染、苏童、程光炜。

20世纪80年代中后期以来诗坛主流的大学生身份,和当时大量出版的大学生诗歌选本,不太为学界所关注,或者说学界对此关注不够。究其原因,可能与第三代诗人的登场方式有关。朦胧诗人群,是以论争(即朦胧诗论争)的方式,被动进入人们视野的。那是一种接纳和被接纳的关系。第三代诗人则不同。他们更有自觉意识,更具反叛精神,从一开始就表现出迥异于朦胧诗人群的鲜明的群体意识①。他们以运动的方式集体登场,通过构筑流派的做法显示自己的存在。在这当中,诗歌选本,特别是《中国现代主义诗群大观(1986—1988)》,所起的形塑作用不可忽略。这一选本制造了后朦胧诗人独特的登场方式。另外一个重要原因是,学界过于强调20世纪80年代后期以来诗坛上民刊的作用和意义,而往往自觉不自觉地忽略这背后的学院背景。民刊的意义之所以被强调,很大程度上是为了突显其"民间立场"和"边缘"色彩。②

一

当然,这也是一个不争的事实,即20世纪80年代中前期,校园诗歌选本数量不多,校园诗歌选本的出现,主要集中在20世纪80年代中后期,以至于老愚在《再见·20世纪》的"编后记"中十分愤慨地指出,"从一九八七年开始就不断有大学生诗选问世,到一九八八年春天,已有好几种选本冠以'大学生抒情诗精选'或'当代大学生诗选'的名目混迹于书林,我翻阅了几乎所有的大学生诗选,没看到一本有诗家眼光的选本。它们大多是从主题分类来拼凑所谓大学生精神形象,或以级别编排显示时间的演进,我理想中的却是这么一个选本:它把学院诗歌放在当代大学生精神演变的进程中加以判定,以编年史的体例展示学院诗歌的内在、微妙的嬗变","也许,最终是这些招摇过

---

① 参见老木编:《青年诗人谈诗》,北京大学五四文学社,1985年版。
② 参见罗振亚:《1990年代新潮诗研究》,河北大学出版社,2014年版,第20—28页。

市的选本唤起了我的编诗冲动……我们使用了这几年所有的积累,挑选,复印,剪贴,编排,一天又一天,学院诗选终于诞生了"①。这几年出版的大校园诗歌选主要有中国青年出版社编辑出版的《当代大学生诗选》(1988 年),复旦诗社编的《海星星》(复旦大学出版社,1983 年)和《太阳河》(复旦大学出版社,1987 年),马朝阳编选的《中国当代校园诗人诗选》(北京师范大学中文系五四文学社,1987 年),《中国当代校园诗歌选萃》(作家出版社,1990 年),仲先等编《蓝色的风景线——学院诗选》(四川大学出版社,1988 年),薛建农、吴斐、朱耀忠编《当代学院诗选》(同济大学出版社,1988 年),以及"SJM 大学生校园诗歌系列"[其中包括黄祖民编《穿过早晨》(南海出版公司,1991 年),西渡编《太阳日记》(南海出版公司,1991 年),黄祖民、韩国强编《乐队离开城市》(南海出版公司,1991 年),杜占明、黄祖民编《我悠悠的世界》(南海出版公司,1991 年)等],等等。

就时间节点而言,这些校园诗选的出版要么与《中国现代主义诗群大观(1986—1988)》相近,要么稍早或者稍晚。但在运作方式及影响力上,这些校园诗歌选本却无法与之比拟——虽然这些校园诗歌选本很多也有其运作方式,比如说以丛书形式出版。《再见·20 世纪》是"21 世纪人丛书·校园文丛"的一本,《中国当代校园诗歌选萃》是"校园文化选粹丛书"之一,黄祖民编《穿过早晨》是"SJM 大学生校园诗歌系列"之一,但它们的影响及文学史意义无法与《中国现代主义诗群大观(1986—1988)》相比。究其原因,可能与后者的运作方式及编选方式有关。

二

就选本编纂史的脉络看,《中国现代主义诗群大观(1986—1988)》的最大不同在于对"编"和"选"的关系的处理。一般的选

---

① 老愚、马朝阳编:《再见·20 世纪——当代中国大陆学院诗选(1979—1988)》,北方文艺出版社,1991 年版,第 526 页。

本,"选"是主部,"编"是辅助,"编"为"选"服务,选本的效果,最终落实和体现在"选"上。"编"往往为阐释"选"服务。但在《中国现代主义诗群大观(1986—1988)》中,这一传统关系遭到极大的颠覆。这一选本中,"选"变成其次的东西,突出的是"编"。"选"在这里,通常只具展览(即"大观")的功能。原因很简单,这里存在"过渡遴选"的现象,"选"的意义并不凸显。其中大量所谓"诗歌流派",都只是仓促上阵,常常只有宣言,没有作品。或者说,其流派宣言的意义要大于流派作品选登的意义。

这样来"编"的意义体现在对夸饰效果的追求上。因此,不能简单地把《中国现代主义诗群大观(1986—1988)》视为"中国诗坛1986'现代诗群体大展"的延伸。徐敬亚、孟浪在"后记"中说:"本书分为三编。第一编收入14个具有较大影响和创作成绩的群体;第二编收入54个在作品或自释方面有一定代表性的群体(个人);第三编收入86—88年间各地前卫诗人风格迥异的个人作品。"①"中国诗坛1986'现代诗群体大展"是在1986年10月21—24日,而这一选本收入1986—1988年创作的诗歌。"大展"之后的这些现代主义诗群的诗歌作品也都收入其中。因此可以说,第三编应该是对第一编和第二编的补充和发展。就时间脉络而言当然是这样,但事实并不完全如此。第一编中"现身在海外的青年诗人"部分就收入了1987年以来的诗歌作品,比如严力的《史诗》改于1987年,他们作品结集的阵地诗刊《一行》也创办于1987年。

仅从流派的构筑上看,这种编辑方法并不恰当。比如说,若《中国现代主义诗群大观(1986—1988)》的立意仅仅在于构筑流派的话,他们应该把万夏的诗歌全部归置一处,放在"莽汉主义"这一标签之下,而不是像现在这样,把万夏的其中一首放在第一编"莽汉主义"一栏,其余三首放在第三编"西南"部分。选本构筑流派的做法是,把有

---

① 徐敬亚、孟浪等编:《中国现代主义诗群大观(1986—1988)》,同济大学出版社,1988年版,第565页。

某一倾向的作家的作品全部归置一处,而不是分散开来。分散开来编选,不利于流派的构筑。但《中国现代主义诗群大观(1986—1988)》却大量使用这种方法,他们把多多、王家新、芒克、杨炼、梁小斌、舒婷、西川、陈东东、吕德安、陆忆敏、孟浪、万夏、李亚伟、孙文波、翟永明等人的作品分别放在第一编、第二编和第三编。

既然要构筑诗歌流派,为什么还这样做?原因应该从编选的意图和所追求的效果,以及"编""选"的方式方法中去找。这一选本的编选试图体现"当代性、前卫性、民间性、青年性"(封底),正如徐敬亚在前言中所说:"作为一种历史的集结,86年中国诗坛现代诗群体大展尽量体现了它的青年性、前卫性、民间性。"①为实现这一意图,编选就要注意体现两点:边缘性和青年性。这两点体现了编选者和第三代诗人们的明确的时空意识:边缘性和青年性分别对应空间意识和时间意识。这使得他们明显区别于归来者诗人群,也区别于朦胧诗派诗人群。

徐敬亚和孟浪交代了编三部分的原因,而这一选本的第一编也确实是些"具有较大影响和创作成绩的群体",但这只是表面现象。仅从目录就可以看出,编选者特别重视强调地域性。第二编每个"群体(个人)"前都标有地区名(或省名,或直辖市名),引人注目的是,特别标示为"深圳"的群体有两个,一个是"深圳边缘诗群",一个是"深圳游离者"。之所以特别标明"深圳",毫无疑问与"大展"由《深圳青年报》举办有关,但仅仅据此而标明"深圳"不能说明问题,因为这样一来其实打乱了编选标准——深圳不属于直辖市,也没有今天这样突出的地位(新一线城市)。它在当时只是经济特区,而经济特区在当时并不只有深圳一个。这里的关键可能在于深圳处于边缘地位,但又是改革开放的前沿,就像"深圳边缘诗群"的"艺术自释"中所说:"在这块大陆的边缘地带,在两种制度与两种文化撞

---

① 徐敬亚:《历史将收割一切》,徐敬亚、孟浪等编:《中国现代主义诗群大观(1986—1988)》,同济大学出版社,1988年版,第4—5页。

击的前沿阵地,我们行走着,沉思着。"①体现"边缘"性可能是这一选本编选的最大意图,而就像其标榜的"当代性、前卫性、民间性"那样,要想做到既"前卫",又"民间",所选的就不能是蛮荒之地,而必须是深圳这种改革开放的前沿阵地了。"大展"主要在这里举办,其潜在的考虑或许也正在于此。这也透露出一点,即编选者对边缘性的强调,表现在《中国现代主义诗群大观(1986—1988)》中,是对地域性的凸显。第二编是如此,第三编也是如此。第三编把中国的版图分为"西北""华北""华东""东北""西南""中南"六个地区。这样划分的结果是,北京只是这一版图的一个小构成部分,而这其实是在告诉我们,朦胧诗后的诗歌发展,再也不像朦胧诗那样主要集中在北京或由北京所主导。这一点在第一编中也有呈现。在目录中,第一编的各个群体前并不标明地域,但翻开相应部分便会发现,每一诗歌流派名后,都在括号里标明了地域名。虽然朦胧诗的论争是由地方引起(主要是福建地区)的,但后来由以北京为代表的《诗刊》《光明日报》等引导。朦胧诗作者也以北京作家为主,顾城、北岛、杨炼、多多、江河等诗人多活跃于北京。综合来看,朦胧诗运动以北京为主要策源地,以北京为主导,向全国辐射开去。第三代诗人们有意与朦胧诗群显出区别来。

选本标明地域是想表明,即使是朦胧诗派,也是跨省性质的诗歌派别,现代主义诗群在全国范围内展开,属于遍地开花的合力所为。但编选者又说,"诗的重心自北向南转移。诗的内在精气,由北方的理性转换成南方的感性乃至悟性"②,这里是否存在前后矛盾之处?该怎么理解这里的"北"和"南"、"理性"和"感性"的关系?徐敬亚的这篇前言把"反英雄"和"反意象"视为"后崛起诗群的两大标志"③,"英

---

① 徐敬亚、孟浪等编:《中国现代主义诗群大观(1986—1988)》,同济大学出版社,1988年版,第359页。
② 徐敬亚:《历史将收割一切》,徐敬亚、孟浪等编:《中国现代主义诗群大观(1986—1988)》,同济大学出版社,1988年版,第3页。
③ 徐敬亚:《历史将收割一切》,徐敬亚、孟浪等编:《中国现代主义诗群大观(1986—1988)》,同济大学出版社,1988年版,第1页。

雄"和"意象"是"后崛起"要反对的对象。徐敬亚的前言未提到传统的革命现实主义和革命浪漫主义诗歌传统,是因为这一传统在朦胧诗的"崛起"早已溃不成军。但其作为潜在的"他者"却自始至终存在着。它们作为"英雄"和"意象"诗风的代称也没有疑义。不过,"后崛起"的诗群所要面对和要反抗的是另一个更为隐蔽的和强大的"敌人"——朦胧诗派。之所以说它更为强大和隐蔽,是因为它具有迷惑性,且已成为彼时诗坛上的强大存在。而这,也决定了徐敬亚等人的复杂态度:他们与朦胧诗派之间有千丝万缕的联系,这是他们自己否定不了的。徐敬亚是编选者,仅从他把自己编入"朦胧诗派"这点就能说明问题。

虽然,徐敬亚等人大谈特谈要反抗朦胧诗派,但《中国现代主义诗群大观(1986—1988)》不仅把"朦胧诗派"放在众诗派之首,第三编中还收录了朦胧诗人多多、杨炼、芒克、舒婷、梁小斌、王小妮和徐敬亚等人的作品。既然要打倒,为什么还要多次收录呢?这里的逻辑是什么?显然,这里有徐敬亚等人的理解在内。在他们眼里,朦胧诗派固然要打倒,但后朦胧诗派却在精神上与朦胧诗人有一脉相承之处。后者是前者哺育出来的,精神上难以隔断,所以孟浪在其前言《鸟瞰的晕眩》中才会特别注明,"我并不认为现年大致在25—40岁间的、'崛起'的和'后崛起'的前卫诗人属不同的两代人"①,他们都属于"现代主义诗"这大的范畴,就像"中国诗坛1986'现代诗群体大展"的"编后"所说:"非现代主义诗歌的群体与个人,均未在这次征集之列。"②朦胧诗之于她们,是"历史中间物",是反叛之反叛的关系。同是朦胧诗人的徐敬亚自己说:"朦胧诗地位的被默许,并不等于后来的诗探者们从此幸运。也许是由于身在其中,我一直十分尊敬朦胧诗对

---

① 孟浪:《鸟瞰的晕眩》,徐敬亚、孟浪等编:《中国现代主义诗群大观(1986—1988)》,同济大学出版社,1988年版,第6—7页。
② 徐敬亚、孟浪等编:《中国现代主义诗群大观(1986—1988)》,同济大学出版社,1988年版,第563页。

中国现代主义艺术的血泪开拓……大概,没有它对社会对艺术的强侵入强刺激,也就不会导致现在这一次诗的更大面积'泛滥'。它的反对者没能熄灭它。结果,恰是它的果实否定了它,并推进地淹没了它。"①在徐敬亚那里,朦胧诗有自反的性质,"历史决定了朦胧诗的批判意识和英雄主义倾向"所"含有"的"贵族气味儿"②,正是这"决定"了它自身作为"历史中间物"的形象,导致它最终被后来者否定和淹没,"当社会的整体式精神高潮消退,它就离普通中国人的实际生存越来越远"③,朦胧诗具有反日常生活的倾向,它被否定和超越是必然的。

徐敬亚、孟浪在"朦胧诗派"部分的编者按中指出:"朦胧诗至今尚未有一个独立的、完整的自我主张,这是欠缺的历史。"④联系他们对朦胧诗"贵族气味儿"的认识不难看出其潜在的逻辑:正因为这样具有"贵族气味儿",所以他们没有自觉意识,自然就不会有"独立的、完整的自我主张"了。两者是互为因果的逻辑关系。

对朦胧诗的态度,说明了两点。第一,他们认为朦胧诗人没有明确的意识,而他们作为"后崛起"的一群,清醒地意识到,区别于朦胧诗派就必须要有自己的明确的意识,所谓"反崇高"和"反英雄"就是这一逻辑和清醒意识的产物。第二,这样一种认识也决定了他们要通过编选《中国现代主义诗群体大观(1986—1988)》的方式来揭示自己自觉的意识和出场方式,即必须通过运动的方式表明自己的出场。

三

《中国现代主义诗群大观(1986—1988)》表现出与其他选本明显

---

① 徐敬亚:《历史将收割一切》,徐敬亚、孟浪等编:《中国现代主义诗群大观(1986—1988)》,同济大学出版社,1988年版,第1页。

② 徐敬亚:《历史将收割一切》,徐敬亚、孟浪等编:《中国现代主义诗群大观(1986—1988)》,同济大学出版社,1988年版,第2页。

③ 徐敬亚:《历史将收割一切》,徐敬亚、孟浪等编:《中国现代主义诗群大观(1986—1988)》,同济大学出版社,1988年版,第2页。

④ 徐敬亚、孟浪等编:《中国现代主义诗群大观(1986—1988)》,同济大学出版社,1988年版,第2页。

不同的时间意识,这可以分为两个方面。第一个方面是强调"青年性"。对"青年性"的强调,又体现在具体和抽象两个层面上。具体的层面即对诗人年龄的凸显,他们在年龄上更年轻,而不仅仅是"青年"人。《中国现代主义诗群大观(1986—1988)》的第一编和第二编中出现的诗人,都标明年龄。这些诗人大部分 20 岁左右,集中在 23 岁前后,朦胧诗派的诗人,除了王家新和孙武军(当时是 29 岁),都在 30 岁以上。就像徐敬亚所说,"他们刚刚二十多岁,中国诗的希望真是年纪轻轻"①,这里的"他们"毫无疑问主要指朦胧诗派之后崛起的一代。

凸显现代主义诗群作者的年龄,而非身份——大学生或有学院背景,原因有两个。一是有意凸显他们同朦胧诗派的区别,而不仅仅强调他们同归来者诗人群的年龄的差异。即现代主义诗群虽然都由"青年"人组成,但他们更加年轻,更有艺术上的活力、冲击力和实验精神。二是突出身份,像大学生诗歌选本或校园诗歌选本,虽然目标读者明确,但限制影响和接受的范围;凸显年龄,则更有包容性和冲击性。他们更年轻,更具有闯劲和实验精神,限制和束缚较少。

抽象层面则与"青年"这一个概念所具有的阐释力有关。"青年"这一范畴,既有其年龄限制,又有其永远的抽象性:随着年龄的变化,青年人会变老,但"青年"群体的抽象特征是永远有活力和创造力,这是"青年政治"的特殊含义。这样也就能理解,何以各个时期都会出现各种各样的以"青年"为题名的诗歌选本。这些选本有谢冕编的《中国当代青年诗选(1976—1983)》,牛汉、蔡其矫主编的《东方金字塔——中国青年诗人 13 家》,周俊编的《当代青年诗人自荐代表作选》,宗鄂编的《当代青年诗 100 首导读》,杨晓民主编的《中国当代青年诗人诗选》,阿人编的《写给男人的情诗——当代青年女诗人爱情诗选》,四川人民出版社编辑出版的《花瓣·露珠(青年诗选)》,江苏文艺出版社编辑出版的《90'青年新诗大赛集萃》(江苏文艺出版社,

---

① 徐敬亚:《历史将收割一切》,徐敬亚、孟浪等编:《中国现代主义诗群大观(1986—1988)》,同济大学出版社,1988 年版,第 4 页。

1990年),王一萍、冯起德、陈刚、沈伟麟编的《青春诗选》,朱先树、周所同编的《当代中青年抒情诗选》,蓝鸟编选的《中国青年新诗潮大选》(中国新诗文库出版中心,1988)以及中国青年出版社出版的《青年诗选》双年选系列。另外,"青年"这一群体还具有含混性,它能把朦胧诗人和后朦胧诗人全都囊括进去,所以孟浪在前言中才会说他"不认为现年大致在25—40岁间的、'崛起'的和'后崛起'的前卫诗人属不同的两代人"①。在孟浪看来,他们都是"青年",正是在这点上,他们有思想和艺术上的"前卫"性。

　　熟悉中国现代文学史和20世纪50—70年代的文学史的人想必都很清楚,"青年"在各个时期里,都是争夺、改造和塑造的对象。20世纪50—70年代,有各种以"青年"为名的选本。这也使得一旦作者被定位在"青年"这个群体和范畴上就容易被接受。朦胧诗潮最开始由杜运燮的《秋》引起,随着朦胧诗论争的展开,朦胧诗作者逐渐被定位在青年诗人这一群体身上,以至于朦胧诗人最终等同于"青年诗人"。《中国现代主义诗群大观(1986—1988)》以"青年"为定位就有这一策略性的考虑在内。以"青年"为称谓,有一个好处是,这一概念的弹性和包容性极大,哪一年龄段的人是青年没有明确的认定,事实上也不需要明确认定——这一指称宽泛的概念可以为我所用。朦胧诗潮的争论中,朦胧诗潮获得肯定和同情的逻辑就是,作者是青年诗人,他们的诗歌有探索精神,情有可原,不必也不应过于苛责。同样,这一逻辑也被第三代诗人利用,青年总是作为"锐意进取"的代表②,诗人们可以集结在"青年"这一范畴下进行艺术上的"独创"性的探索而被人宽恕、同情和谅解。因其含混,大多数时候,"青年诗人"这一名号下集结有各个流派的作者,比如《中国青年新诗潮大选》中有朦胧诗人,也

---

① 孟浪:《鸟瞰的晕眩》,徐敬亚、孟浪等编:《中国现代主义诗群大观(1986—1988)》,同济大学出版社,1988年版,第6—7页。
② 牛汉、蔡其矫主编:《东方金字塔——中国青年诗人13家》,安徽文艺出版社,1991年版,"出版者言"第1页。

有后朦胧诗人。老木编《新潮诗选集》时也是如此。对这些选本而言,作者在作品写作发表时应为"青年"身份,就像《中国青年新诗潮大选·编后记》所说的:"不少曾活跃在中国新时期诗坛的青年诗人,因为已经步入中年,他们的佳作,就只好割爱了。"①"真正的诗来源于年轻的诗人们艺术独创"②。

《中国现代主义诗群大观(1986—1988)》体现出来的明显不同的时间意识的第二个方面,涉及对创作登场时间段的时间定位和现代主义诗歌创作路线图的构筑。徐敬亚在"中国诗坛1986'现代诗群体大展"的宣言中说,"1976—1986,中国经历了她获得全息生命后美妙而躁动的十年……正是在这十转轮回的时空流程中,'新诗',领衔主演了民族意识演进的探索先锋","1979—1984,被称为文学史上'奇观'的'朦胧诗'大论战,逶迤六年,其规模、声势、辐射深度,为四九年后中国大陆文学的诱惑之最","但,在这场艺术探索、艺术论争和艺术普及的难得机会中,理论与出版留下了遗憾。——'中国诗坛1986'现代诗群体大展'正是基于以上反思。1984—1986→,中国诗歌继续流浪。'朦胧诗'高峰之后的新诗,又在酝酿和已经浮荡起又一次新的艺术诘难。诗毫无犹豫地走向民间,走向青年"。③ 不难看出,徐敬亚等人编《中国现代主义诗群大观(1986—1988)》有为1976年后的十年诗歌写史的潜在意图。时间意识,是他们编辑《中国现代主义诗群大观(1986—1988)》的自觉意识的表现。

第一编中,大部分诗歌流派都标注"创立时间"。第二编中的群体或个人未标明,第三编都没有标明。第一编中标明时间的诗歌流派见表4-1:

---

① 蓝鸟编选:《中国青年新诗潮大选》,中国新诗文库出版中心,1988年版,第430页。
② 蓝鸟编选:《中国青年新诗潮大选》,中国新诗文库出版中心,1988年版,第429页。
③ 徐敬亚、孟浪等编:《中国现代主义诗群大观(1986—1988)》,同济大学出版社,1988年版,第559—560页。

第四章　选本编纂与 20 世纪八九十年代诗歌创作转型

表 4-1　第一编部分诗歌流派创立时间

诗歌流派	创立时间
朦胧诗派	七十年代中至八十年代初
非非主义	1986 年 5 月 4 日
他们文学社	1984 年冬
海上诗群	1984 年秋
莽汉主义	1984 年
圆明园诗群	1984 年
星期五诗群	1982 年
整体主义	1984 年 7 月 15 日
新传统主义	不详
极端主义	1985 年
地平线诗歌实验小组	1983 年夏
撒娇派	1985 年春
大学生诗派	约 1982—1985 年
现身在海外的青年诗人	未标明创立时间

不难看出,这其实是在绘制 20 世纪七八十年代以来的现代主义诗歌创作路线图。其中有两点值得注意。

第一,朦胧诗派和大学生诗派有某种延续性,从时间上就可以看出。其延续性还体现在空间上——都是跨省的诗歌流派。但这种延续性又有不同,即创作者身份的不同。大学生身份,恰恰也是朦胧诗派之后其他诗歌流派所共有的。即是说,这是"后崛起"区别于"崛起"的群体的不同之处。但我们也看到,这种模糊的区别,仅仅是身份上的区别,并非"崛起"和"后崛起"的区别,它只是"后崛起"的总体倾向——反叛的姿态。"它具有不确定意义","当朦胧诗以咄咄逼人之势覆盖中国诗坛的时候,捣碎这一切!——这便是它动用的全部手段。它的目的也不过如此:捣碎!打破!砸烂!"①总结起来,就是反深奥、反崇高、反意象、反结构②。

就像徐敬亚在"'大展'原注"中所说的:"'大学生诗派'在它自谓之前,已有广阔的迹象。总体上它跨越了再生性的84—85年。作为一个群体,目前它已相当散漫、淡泊。但它对'朦胧诗'的巨大反叛冲击和承续,引渡了当今诗坛上一批新兴的中坚。"③这里的意思很明显,大学生诗派就像朦胧诗一样,也是"历史中间物"的角色,但他们作为"中间物"与朦胧诗派不一样,他们是朦胧诗与后朦胧诗的"中间物",而不像朦胧诗是传统现实主义、浪漫主义和"后崛起"的"中间物"。大学生诗派自身的自觉意识(即反叛意识),促使他们孕育出内在的反叛力量和新生力量,所以才会出现莽汉主义、整体主义、非非主义等流派。这些流派都是"大学生诗派"的内部的"他者",是"自我他者化"的产物。

第二,大学生诗派的"自我他者化",在徐敬亚这里呈现"不停演的换幕"态势,"回过头去,为期五年的朦胧诗仍是它最饱满的高峰","83—85的三年中,现代诗呈现着不停演的换幕。84年,大学生诗派中有一种懒散、铺排的情调漫延于青年,为它带来了一段平庸局面","85年始,中国的现代诗分为两大分支:以'整体主义'、'新传统主义'为代表的'汉诗'倾向和以'非非主义'、'他们'为代表的后现代主义倾向","这是一个继五四、朦胧诗两大破坏过程的继续,它终于使现代诗与中国语言在总体上达到了同构、一致与溶合,造成了几十年来诗的最舒展时期"。④ 即是说,朦胧诗后的现代主义诗群,大都

---

① 尚仲敏执笔:《大学生诗派宣言》,徐敬亚、孟浪等编:《中国现代主义诗群大观(1986—1988)》,同济大学出版社,1988年版,第185页。
② 尚仲敏执笔:《大学生诗派宣言》,徐敬亚、孟浪等编:《中国现代主义诗群大观(1986—1988)》,同济大学出版社,1988年版,第185—186页。
③ 徐敬亚、孟浪等编:《中国现代主义诗群大观(1986—1988)》,同济大学出版社,1988年版,第186页。
④ 徐敬亚:《历史将收割一切》,徐敬亚、孟浪等编:《中国现代主义诗群大观(1986—1988)》,同济大学出版社,1988年版,第2—3页。

可以放在"大学生诗派"这一宽泛的范畴下定位,但这只是初步的定位,因为他们的广泛的包容性,这一方面带来了惰性,另一方面也使得内部分化成为可能。各种派别的出现,某种程度上,正是这种内部自我分化的产物。这样来看就会发现,朦胧诗派的创立时间是"七十年代中至八十年代初",大学生诗派的创立时间是"约1982—1985年"。这其实已勾勒出1986年前的现代主义诗歌发展流变图和朦胧诗后的诗歌发展脉络了。

四

通过前面的分析可以看出,《中国现代主义诗群大观(1986—1988)》注重的是"编"而不是"选","编"的意义要大于"选"的意义。这一方面能带来或制造出轰动效应,但一方面它也是一种遮蔽和"不见",这充分体现在其建构上。

首先,就派别而言,他们把朦胧诗派置于首位,但在编选方式上却采用的是流派"他构"的方式。在流派的建构上,这一选本采取了几个完整的步骤。这一选本中,每个流派下一般包括"艺术自释""创立时间""主要成员""作品集结"和编者按等五部分。五个部分中,除编者按,其余几个部分一般都由流派自己提供,编选者一般不加编辑,但"朦胧诗派"这一部分却全部是编选者所为,"艺术自释"部分,选的是谢冕、孙绍振和徐敬亚的"三崛起"文章的部分段落,徐敬亚、孟浪在编者按中进行了注释。[①] 即是说,朦胧诗派之后的其他诗歌派别基本上都是自我建构,而对于朦胧诗派则采用他构方式。这表明了一点,即他们作为后朦胧诗派的艺术上的自觉,这样一种艺术自觉在《中国现代主义诗群大观(1986—1988)》中是贯穿始终的。而这,也同时意味着朦胧诗派之后的后朦胧诗在进行自我建构,能不能被认可并不是他们担心的事情,他们关注的是效果和策略的选择。

[①] 徐敬亚、孟浪等编:《中国现代主义诗群大观(1986—1988)》,同济大学出版社,1988年版,第2页。

这一态度集中体现在编选中。比如说朦胧诗派中注明是"跨省",这是第一部分的流派中的第一个流派,最后两个流派是大学生诗派和"现身在海外的青年诗人"。大学生诗派中注明"跨省";"现身在海外的青年诗人"部分,徐敬亚、孟浪注释道:"在编辑此书时,以上诗人正在海外。我们看到,在四大洲的土地上、在美加英法德等主要西方国家,现都已有了中国现代诗的创作活动,这是大陆近四十年来从未有过的。"①这里,既有地域上的呼应(跨省),又有发展——"后朦胧诗"已从跨省发展到了跨国。其言外之意很明显:"后朦胧诗"的发展已有不可阻挡之势。事实上是如此吗?显然未必。因为,所谓的"大学生诗派"不是一个诗歌流派,它主要是由尚仲敏和燕晓冬主编的《大学生诗报》为阵地的诗人群组成。事实上,这一诗人群体的主要成员,比如说于坚、韩东,常常被当作"他们文学社"的代表。这并不是一个严格意义上的诗歌流派,所谓的"大学生诗派宣言"也是尚仲敏后来的"补介"和有意建构。所谓"现身在海外的青年诗人",有意建构的特色更是明显。就这批诗人"作品结集"的方式看,其诗歌刊物《一行》创办于1987年春,但这里的第一编明确标明是1986年。即是说,这里所选的可能是1986年前发表的诗作。这就前后矛盾了。这一流派的成员,有些是朦胧诗派诗人,但这第一编中,"朦胧诗派"是被置于首位的。那么,"现身在海外的青年诗人"这部分把不同倾向的诗人置于一处,显然就很难说它是诗歌流派了。它之所以被视为诗歌流派,仅仅因为诗人们的暂时的共同特征,即"海外留学或定居"②,以及其诗歌创作于1986年前。可见,作为一个诗歌流派,它显然是不成立的。

其次,这里构筑的流派之间有很大的重叠和抵牾之处。王寅既是

---

① 徐敬亚、孟浪等编:《中国现代主义诗群大观(1986—1988)》,同济大学出版社,1988年版,第194页。
② 徐敬亚、孟浪等编:《中国现代主义诗群大观(1986—1988)》,同济大学出版社,1988年版,第194页。

"他们文学社"成员,又是"海上诗群"成员;孟浪,既属于上海的"海上诗群",又属于安徽"世纪末"诗派;于坚、韩东是"大学生诗派"成员,同时又属于"他们文学社";吕德安既是"他们文学社"成员,又是"星期五诗群"成员;李亚伟既是"非非主义"成员,又是"莽汉主义"成员;二毛,既是"非非主义"成员,又是"莽汉主义"成员;等等。只是在这里,编选者在编选方式上,采取了某种策略。在目录部分,采取"互现法":多个流派共有的成员,在有些地方出现姓名,有些地方则有意遮蔽。比如说在"非非主义"诗人群中只列杨黎、周伦佑、蓝马、刘涛、何小竹、吉木狼格等六人,"莽汉主义"的诗人群中列出胡玉、二毛、万夏、马松、李亚伟等五人。即是说,李亚伟虽然被当作"非非主义"的代表,但目录上并不显示出来。相应,"选文"上也对诗人所属的某一流派有所侧重。比如说李亚伟的诗歌只收入在"莽汉主义"部分,而不出现在"非非主义"部分。其结果就给人以感觉:李亚伟只是"莽汉主义"的成员。这是把诗人群打乱后的重新拼接,以突出其"青年性、前卫性、民间性"。这"三性"是效果,而不一定是事实。但其意义和影响却很深远。它启发了青年诗人的登场的方式,使宣言大于创作,同时也培养了大量的诗人,奠定了此后诗坛的基本格局;同样,它也掩盖了这一群体的大学生身份。

最后,对于《中国现代主义诗群大观(1986—1988)》的编选实践,不应只看其编选,编选之前的诗歌大展也很重要。这一实践是采取联动的方式和制造事件的形式发动的一场诗歌运动。《中国现代主义诗群大观(1986—1988)》是其延续,将其以话语的形式固定下来。即是说,这一实践是诗歌大展和选本编纂的结合。"大展"中,因为篇幅限制,很多诗歌群体,比如说"非非主义",只展现了蓝马、杨黎、周佑伦和吉木狼格的诗各一篇(其中周佑伦诗《十三级台阶》是节选)。而在《中国现代主义诗群大观(1986—1988)》中,收录了杨黎3首、周佑伦3首、蓝马3首、刘涛1首、何小竹3首、吉木狼格1首。可见,"大展"更多采用集体亮相的方式,对于很多诗歌流派而言,其选登作品多少并不是最主要的,流派宣言和流派成员介绍等部分常常与选登诗歌各占将近一半的篇幅;有些甚至超过选登诗歌作品所占篇幅,比如说"无派之派""游离主义者"。更有甚者,只刊登流派宣言和成员介绍,而不登作品,比如说"南方派""情绪流"。因此可以说,《中国现代主义诗群大观(1986—1988)》虽带有"大展"的痕迹,但更侧重"选"和"编"。"大展"中的有些流派,比如说有宣言无作品的"南方派",在《中国现代主义诗群大观(1986—1988)》中则被删去了,而像同样有宣言无作品的"情绪流"派,则增加了陈鸣华的一首诗(《神秘山谷》)。

就选本和"大展"的关系而言,最有症候性也最具意味的是朦胧诗派部分。《中国现代主义诗群大观(1986—1988)》把朦胧诗派置于所有现代主义诗群之首,而朦胧诗派出现在"中国诗坛1986'现代诗群体大展"第三辑中,叫"朦胧诗人",不叫"朦胧诗派"。即是说,在"大展"中,朦胧诗人还是松散的群体,他们的地位也并没有被故意抬高,甚至成为"影响的焦虑"式的存在。此外,更重要的是,"大展"中突出的是朦胧诗人作为个体的意义,因为,很多诗人都有自己的"诗论""诗观",比如说舒婷、顾城、杨炼、梁小斌、车前子、骆耕野、芒克等。相比之下,其他流派是几乎没有诗人诗论的,有的只是流派宣言之类的内容。真正把朦胧诗人上升为流派和"影响的焦虑"式的存在的,是《中国现代主义诗群大观(1986—1988)》。《中国现代主义诗群大观(1986—1988)》正式把"朦胧诗人"命名为"朦胧诗派",增加补充了流派宣言(即"艺术自释"),和关于"创立时间""主要成员"和"作品结集"的说明;与此同时,把诗人们的个人"诗论""诗观"都删除了。这种编选上的处理,有两方面的意义。首先,它通过把朦胧诗人从个体上升到一个群体,从一个与其他诗派平等的竞争式的存在,上升为"影响的焦虑"式的存在,试图建构朦胧诗派的强大存在感及其被超越、被反叛的必要性。其次,把朦胧诗派置于流派之首意在表明一种整体上的对峙状态:它们作为一个强大的构成,需要"后崛起诗群"①的诗人们联合起来对待,去反叛和超越它。而这些,在"大展"中是呈现不出来的。

综合前面的分析不难看出,如果说"中国诗坛1986'现代诗群体大展"展现的是1986年诗坛"现代诗群体"间彼此竞逐的盛况的话,那么《中国现代主义诗群大观(1986—1988)》则把这种彼此竞逐的格局构筑为一次有意识的和有目的的集体哗变,一种以反叛之名登场的方式。换言之,在《中国现代主义诗群大观(1986—1988)》中,"后崛起诗群"从自发转向自觉,他们的登场方式具有现场(共时)和历史(历时)的双重意味:他们在历史的脉络中建构自身的位置并试图重新建构历史。对于这一点,仅靠"大展"本身是无法完成的,只有借助选本编纂实践才能完成。同样,这也是这一诗歌选本之外的其他选本(比如说小说选本)所无法有效完成的:《中国现代主义诗群大观(1986—1988)》创造了众多流派共时和历时地共处一处的方式。就选本编纂而言,彼时,各个流派彼此竞逐的局面,往往是由系列流派作品选共同作用导致的,比如说吴亮、章平和宗仁发编选的"新时期流派小说精选丛书"(时代文艺出版社),蓝棣之、李复威主编的"80年代文学新潮丛书"(北京师范大学出版社)和浙江文艺出版社编辑出版的"中国当代最新小说文库"。花山文艺出版社出版的"八十年代中国文学新潮丛书"虽尝试在每一选本中同时选入几个流派(一般是三到四个),但流派数总是十分有限的。真正第一次在一个选本中集中容纳数十个流派,《中国现代主义诗群大观(1986—1988)》尚属首次。从这个意义上讲,《中国现代主义诗群大观(1986—1988)》在20世纪八九十年代的诗歌发展史上写下了浓墨重彩的一笔。

回到文章开头提到的校园诗歌和校园诗歌选的问题。大学生诗歌(选)聚焦在诗人的大学生身份上,《中国现代主义诗群大观(1986—1988)》侧重的是流派,定位的不同决定了两类(种)选本的文

---

① 徐敬亚:《历史将收割一切》,徐敬亚、孟浪等编:《中国现代主义诗群大观(1986—1988)》,同济大学出版社,1988年版,第1页。

学史意义不同。诚如谢冕在一本校园诗歌选的序言中所说:"校园诗不具单一流派的性质,因为它没有固定的和大体一致的艺术主张,而且它的创作群体始终呈现一种松散的、不稳定的,而且绝对是流动的状态。正如我曾在另一处谈到的,校园诗的作者一旦跨出校门,或者虽未跨出校门,但不再是学生时,即使他们的诗写得再多再好,也不复是校园诗了。校园诗的性质,仅仅决定于作者写诗时的身份,而不决定于其它因素。因此,若把大学生的诗视为一个统一的艺术流派,则各行各业各色人等写的诗均成了流派,其谬甚明。"[1]20世纪80年代,是一个注重文学创新和思潮流派的年代,身份虽很重要但多不被关注,因而常被遮蔽(从这个意义上看,知青作家发起寻根文学可以看成一次集体的反抗行为),校园诗歌选本凸显"身份"但流派性特征含混,决定了其虽可能畅销[2],但在构筑20世纪八九十年代的诗歌地形图上却收效甚微,其不被关注自是情理之中的事。

(本节由王冰冰、徐勇合写)

---

[1] 谢冕:《多梦时节的心律——〈中国当代校园诗人诗选〉序》,马朝阳编选:《中国当代校园诗人诗选》,北京师范大学中文系五四文学社,1987年版,第1页。

[2] 老愚、马朝阳编:《再见·20世纪——当代中国大陆学院诗选(1979—1988)》,北方文艺出版社,1991年版,第526页。

第五章 作为"视角"的选本编纂与新诗研究的理论问题

第一节 《九叶集》与现代诗歌流派的重构

20世纪80年代,在关于九叶派的命名中,一个广为人知的事情就是《九叶集》(江苏人民出版社,1981年)的出版。这本诗歌选集的出版是一个契机,它使得20世纪40年代的九位诗人被重新认识,然后作为团体和诗歌流派被确认。在这当中有四点需要引起注意。第一是选本编纂的意义。第二,这一诗歌流派的核心为什么是9人,而不是8人或10人?第三,诗歌流派的确认,即流派的共同性的概括是怎么完成的?第四,也是最为重要的,即,这一诗歌流派的确认与其现代主义特质的指认之间是一种什么关系?

一

蓝棣之在《九叶派诗选》的"前言"中说:"'九叶'这个名称是新时期才出现的,是几位老诗人在1981年结集出版他们当年的诗选《九叶集》而逐步流行于海内外的称谓。'九叶'在新时期'走红',一方面是他们四十年代创作的诗歌,得以从尘封中发掘,人们认识到它的价值;另一方面,他们中的多数,在新时期又焕发了创作的青春,创作了为数不少而又引起注意的有活力和魅力的诗歌。"[①]从历史的脉络看,这样

[①] 蓝棣之编选:《九叶派诗选》,人民文学出版社,2011年版,"前言"第1页。

叙述无疑没有问题,但在 20 世纪 80 年代初,情况则并不这么简单明了。即是说,蓝棣之其实是在做"风景的发现"后的文学史回溯和重述,因此,他没有把"九叶派"仅仅视为九位诗人的诗歌流派,而是把马逢华、方宇晨、莫洛、羊翚、李瑛、杨禾、王佐良、汪曾祺、林筚等也纳入其中。正是在这一意义上,这一诗歌流派,后来也被称为"中国新诗派"①。就当时的情况来说,《九叶集》的出版及其命名,在 20 世纪 80 年代初,是并不包括他们新时期创作的诗歌作品的。很明显,《九叶集》中收录的诗歌,全部创作于 20 世纪 40 年代,这一选本既未收入这九位诗人新时期以来的诗歌,也未收入他们创作于 20 世纪 50—70 年代的诗歌。即是说,"九叶派"的命名最初是与《九叶集》中收入诗人们现代时期的诗歌创作息息相关的,作为流派,其时间范围指向当代,那是后来的事情。

应该看到,对于九叶派而言,他们能被"从尘封中发掘",有一个过程,《九叶集》的出版是一个契机,或者说,这一选本的编辑出版,充当的是阿尔都塞意义上的"总问题领域"②转换的节点,正是通过这个节点,人们认识到了九叶派诗人的意义,其作为诗歌流派的地位因而才得以确认。

在《九叶集》的"序"中,袁可嘉以自问自答的方式这样说道:"这个诗集是本世纪四十年代(主要是一九四五———一九四九年)国民党统治区九个较年轻的诗人作品的选集。时隔三十多年,为什么还要在八十年代的中国重新刊印问世呢?""这是因为这些作品是四十年代中国的部分历史的忠实记录……内容上具有一定的广度和深度,艺术上,结合我国古典诗歌和新诗的优良传统,并吸收西方现代诗歌的某些手法,探索过自己的道路,在我国新诗的发展史上构成了有独特色

---

① 这里的"中国新诗派"诗人群,除了"九叶诗人"之外,还有方敬、陈时、方宇晨、莫洛等。参见孙玉石:《中国现代主义诗潮史论》,北京大学出版社,1999 年版,第 308 页。

② 路易·阿尔都塞、艾蒂安·巴里巴尔:《读〈资本论〉》,李其庆、冯文光译,中央编译出版社,2017 年版,第 145 页。

彩的一章。"①在这里,袁可嘉从诗歌史的角度探寻这些作品"重新刊印问世"的原因,当然是有其道理的,但真正的原因或者说前提则在于如何评价国统区文学这一关键问题上。如果不能处理好国统区文学的重新评价问题,九叶派是不可能重新"浮出历史地表"的。九叶派的重新发掘,某种程度上是与对国统区文学(包括诗歌)的重新发掘和重新评价互为前提和结果的。即是说,对九叶派的认定,首先是被作为对国统区文学的重新发掘和重新评价的一部分的。关于这点,在前引段落之后袁可嘉的话中其实已有透露:"建国三十年来,由于大家现在都知道的诸多原因,这些作品也和国统区其他许多具有各种不同风格和特色的诗篇一样,长期没有获得与广大诗歌读者见面的机会。以致在我国现代文学史上,对四十年代国统区的诗创作缺少较全面完整的评价。"②从互文的角度看,袁可嘉所说的"对四十年代国统区的诗创作缺少较全面完整的评价",应该是指 20 世纪 50—70 年代对国统区文学采取的策略所造成的文学史叙述效果。这里可以以彼时几部有代表性的现代文学史(或新文学史)为例。早在 20 世纪 50 年代初期,王瑶的《中国新文学史稿》下册(新文艺出版社,1953 年)在处理国统区文学时,并不对其进行单独论述,而是将它放在第十二章"为祖国而歌"的各个小节。这里隐含着这样一个逻辑,国统区文学,同解放区文学一样,是在"为祖国而歌"这一大的主题下的表现,其实不需要特别做出区分,因而往往也无所谓高下之分。其中第三节专门论述国统区的"七月诗丛",第五节"诗的艺术"中专门论述了冯至的十四行诗。这里不特别凸显国统区文学与解放区文学的差异,客观上有利于国统区文学的文学史地位的获得,但同时也带来另一个倾向,即与这一总的主题无关的国统区文学部分则可能被忽略或遮蔽。穆旦等人

---

① 袁可嘉:《九叶集·序》,辛笛、陈敬容、杜运燮等:《九叶集》,江苏人民出版社出版,1981 年版,"序"第 1 页。
② 袁可嘉:《九叶集·序》,辛笛、陈敬容、杜运燮等:《九叶集》,江苏人民出版社出版,1981 年版,"序"第 1 页。

的诗歌,在这种逻辑下,自然是很难有其地位的。20世纪50年代中期以后,对国统区文学的评价出现变化,丁易《中国现代文学史略》表现出对解放区和国统区的区别对待,对国统区文学的梳理主要从两个方面展开,它一是作为革命文艺的斗争对象的反面形象出现,比如胡风为代表的"七月派",和张道藩、沈从文、徐訏等,二是作为暴露或揭露国民党反动统治的正面形象出现,比如说袁水拍的《马凡陀山歌》、沙汀和茅盾的小说、郭沫若和陈白尘的戏剧,以及瞿秋白、唐弢、徐懋庸等的杂文等①。"七月诗丛"之所以被作为反动流派,显然与"胡风集团"在1955年前后被批判有关。

这样一种区别意识,在王瑶的《中国诗歌发展讲话》(中国青年出版社,1956年)中也有体现。在这里,王瑶把解放区文学(诗歌)作为中国当代诗歌发展的方向来对待。在这样一种逻辑下,20世纪40年代诗歌史被叙述成解放区诗歌为主流,并对国统区诗歌创作产生影响的过程。这里的分水岭就是毛泽东的《在延安文艺座谈会上的讲话》(简称《讲话》)的发表,因此,国统区的文学便一分为二:《讲话》之前,和《讲话》之后。《讲话》之前多被略去不提,《讲话》之后的国统区文学则被阐释叙述为在毛泽东《讲话》影响下的文艺道路:"毛主席的'在延安文艺座谈会上的讲话'在国统区也是发生了指导作用的。解放区的新作品也从各个方面广泛地流行于国统区,使作家们看到了新的文艺方向和新的文学风貌,发生了很大的教育作用。虽然由于客观环境不同,但在国统区也还是产生了一些对国民党反动派作斗争的有强烈政治意义的作品,开始了若干和人民群众的结合的努力……这时期国统区所产生的一些暴露黑暗的作品正是遵照着毛主席的文艺方向而努力的。就诗歌创作说,由于国民党反动统治的日益法西斯化,由于人民民主运动的日益高涨,因之政治讽刺诗是这一时期诗创作中的主流,也产生了一些影响较大的作品。"②其代表作家是袁水拍

---

① 丁易:《中国现代文学史略》,作家出版社,1955年版。
② 王瑶:《中国诗歌发展讲话》,中国青年出版社,1956年版,第143—144页。

和臧克家。这一思路,也体现在臧克家编选的《中国新诗选(1919—1949)》的序言中:"在蒋管区,政治讽刺诗,成为一九四五年以后的诗的主流。每一个诗人都在自己的诗里迸发出了愤怒和反抗的强烈情感。这些讽刺诗,不是一般涵义的'讽刺',实际上就是'暴露'和'打击'的代名词。"①

王瑶《中国诗歌发展讲话》1982年再版时,做了较大改动,改动最大的地方是关于新月派和现代派的部分。在这一版中,王瑶对新月派和现代派有比较明显的肯定,相比1956年的整体否定,前后态度的变化非常明显。但有意味的是,1982年版中,对20世纪40年代的国统区诗歌的论述却几无变化。为什么会出现这种情况?是因为王瑶没有接触过穆旦等人的诗歌,或者冯至的十四行诗?答案显然是否定的。原因可能在于,冯至和穆旦等人的诗歌,与《讲话》没有关系。他们的诗歌创作都没有显示出《讲话》的影响,而在当时的语境(包括20世纪50—70年代)下,国统区的文学被重塑为这样一种形象,即在《讲话》的影响下,发生了很大的新的变化,产生了进步的文学,形成了揭露和批判的文学主流。在这一框架下,九叶诗人是没有地位的,是无法安放其中的,无法对其展开论述。而现代派或新月派活跃于文坛时,《讲话》还未发表,因此对它们的叙述和处理,更多涉及特定历史语境的规定性,历史语境变了,对他们的评价也会相应发生改变。对于九叶派而言,则要复杂得多。

这里,不仅是九叶诗人,冯至的十四行诗也未被提及。就在前言所引的那段话之后,王瑶紧接着说:"通过对于民族形式的讨论,大家批判了十四行诗等欧化的形式,引起了向民歌和古典诗歌传统的学习热忱,在形式与风格的创造上也开始了多样化的努力。"②其逻辑很明显。冯至和九叶诗人,不是作为"逆流"和"反动作家"(不像沈从文)

---

① 臧克家:《"五四"以来新诗发展的一个轮廓(代序)》,臧克家编选:《中国新诗选(1919—1949)》,中国青年出版社,1956年版,第30页。
② 王瑶:《中国诗歌发展讲话》,中国青年出版社,1956年版,第144页。

出现,其作品也不是以揭露或暴露国民党反动统治的主题出现。他们的作品,常常只有诗歌形式上或者说艺术上的价值,而这一价值,在20世纪50—70年代,必须被包裹在政治标准之内才能被肯定。关于这一点,还可以唐弢、严家炎主编的《中国现代文学史》(人民文学出版社,1979年)和中南七院校编《中国现代文学史》(长江文艺出版社,1979年)为例。论述国统区的诗歌,也与王瑶在《中国诗歌发展讲话》(1956年、1982年)和臧克家《中国新诗选(1919—1949)》(1956年、1957年、1979年)一样,都只讲政治讽刺诗。国统区的文学只是作为点缀出现在这一文学史的结尾部分,穆旦等人都是被遮蔽的。

二

不难看出,九叶诗人要想突破这种被遮蔽的命运,只有两条路可走,一是打破这种叙述框架,二是试图被纳入这种框架。对于当时的九位诗人而言,他们的地位的提升,只能是在这一框架下的有限拓展。即是说,对他们的重新发掘,必须以被纳入那个框架中为前提条件。我们看看袁可嘉是怎么赋予这九位诗人以其地位和价值的。他并没有凸显其现代主义特质,而是凸显其现实反映的深度和力度,从而与彼时通行的文学史认识论框架相契合。

> 他们认为诗是现实生活的反映;但这个现实生活既包括政治和社会生活中的重大题材,也包括生活在具体现实中人们的思想感情的大小波澜,范围是极为广阔的,内容是极为丰富的;诗人不能满足于表面现象的描绘,而更要写出时代的精神和本质来,同时又要力求个人情感和人民情感的沟通;在诗的艺术上,他们认为要发扬形象思维的力量,探索新的表现手段,发挥艺术的感染力,而且要有各自的个性与风格。他们认真学习我国民族诗歌和新诗的优秀传统,也注意借鉴现代欧美诗歌的某些手法。但他们更注意反映广泛的现实生活,不局限于个人小天地,尤其反对颓废倾向;同样,他们虽然吸收了一些西方现代诗歌的表现手法,但

第五章 作为"视角"的选本编纂与新诗研究的理论问题

作为热爱祖国的中国知识分子,他们并没有现代西方文艺家常有的那种唯美主义、自我中心主义和虚无主义情调。他们的基调是正视现实生活,表现真情实感,强调艺术的独创精神与风格的新颖鲜明。

从作品的思想倾向看,他们则注意抒写四十年代人民的苦难、斗争以及渴望光明的心情。①

袁可嘉的意图很明显,既要肯定九叶诗人的独创性,又要努力和彼时通行的文学史认识论框架对接。这里的"现代欧美诗歌"是含糊的说法,其实就是欧美现代派的代称,这里这样表述是为九叶诗人的合法性论证服务的,是其策略所在。在这里,"现代欧美诗歌""西方现代诗歌""现代西方文艺家"是可以互换的家族性的概念。如再联系袁可嘉此一阶段对西方现代派文学的推崇和选编《外国现代派作品选》的实践来看,《九叶集》恰好可以同《外国现代派作品选》对照解读。关于前面那段话,可以对照阅读袁可嘉《外国现代派作品选》的"前言":

现代派在思想内容方面的典型特征是它在四种基本关系上所表现出来的全面的扭曲和严重的异化:在人与社会、人与人、人与自然(包括大自然、人性和物质世界)和人与自我四种关系上的尖锐矛盾和畸形脱节,以及由之产生的精神创伤和变态心理,悲观绝望的情绪和虚无主义思想。

它(指西方现代派文学——引注)在揭露资本主义社会矛盾的同时总要散布一些错误的思想,诸如虚无主义、悲观主义、个人

---

① 袁可嘉:《九叶集·序》,辛笛、陈敬容、杜运燮等:《九叶集》,江苏人民出版社出版,1981年版,"序"第4—5页。

中心、和平主义、色情主义等等。①

袁可嘉《外国现代派作品选》的"前言",对西方现代派文学史采取了辩证的态度,即辩证的有批判的继承态度,既批判其颓废思想,又肯定其艺术表现手法,他在《九叶集》中则两方面都予以肯定,因为像"精神创伤和变态心理,悲观绝望的情绪和虚无主义思想"等外国现代派作品表现感情的不良倾向,在穆旦等九位诗人身上都没有,相反,他们的诗歌表现出深厚的爱国主义和现实主义精神,同时艺术上在借鉴"西方现代诗歌"的技巧基础上又有所独创。这里的言外之意或者说逻辑是,九叶诗人既然能做到扬长避短——就像袁可嘉在《外国现代派作品选》的"前言"所论述的那样能批判继承西方现代诗歌,他们的作品又怎能没有其价值呢?

正是基于这一前提,他在谈到九位诗人中的每一个诗人时,都会特别强调和突出其反映现实的程度,比如说评价穆旦"反映现实"是"深厚凝重而自觉"的,评价杜运燮"用轻松的笔调处理严肃的题材,把事物中矛盾的、可笑的实质揭示出来"②,评价杭约赫"善于以不同的语言风格处理广阔的社会生活图景,展现出一幅幅生动、壮丽的画面"③。即使涉及这些诗人的软弱性——比如说"在他们的作品里,有时也表现出那个时代知识分子在动乱中的忧虑苦闷,自我谴责,心头有所醒悟而脚下不免踌躇的心情"④,袁可嘉也是把它们作为暂时的、会被克服的中间状态处理,这与20世纪50—70年代对"资产

---

① 袁可嘉:《外国现代派作品选·前言》,袁可嘉、董衡巽、郑克鲁选编:《外国现代派作品选》(第一册),上海文艺出版社,1980年版,"前言"第5、26页。
② 袁可嘉:《九叶集·序》,辛笛、陈敬容、杜运燮等:《九叶集》,江苏人民出版社出版,1981年版,"序"第6页。
③ 袁可嘉:《九叶集·序》,辛笛、陈敬容、杜运燮等:《九叶集》,江苏人民出版社出版,1981年版,"序"第9页。
④ 袁可嘉:《九叶集·序》,辛笛、陈敬容、杜运燮等:《九叶集》,江苏人民出版社出版,1981年版,"序"第10页。

阶级软弱性"的处理方式截然不同。在 20 世纪 50—70 年代的认识论框架中,这样一种软弱性,是被作为资产阶级知识分子的双重性来定性的,不能被抬高。比如说丁易的《中国现代文学史略》中涉及徐志摩的时候是这样论述的:

> 他的理想一接触到复杂的中国现实,便立刻碰壁。这碰壁以后,他只剩下了两条路可走:一是走入现实之中更进一步的去认识现实;另外呢,便是颓唐下去,做资产阶级的孤臣孽子。不幸得很,他的阶级限制了他,不容许他走向第一条路,终于他只好在第二条路上叹息起来……这以后,他便尽可能地回避现实,心情十分苦闷、矛盾①。

但在袁可嘉这里,这样一种软弱性则被视为九位诗人的"自觉意识"的表现,他们"是一群有自觉意识的年轻人"②,这与他们的出身和资产阶级知识分子属性无关。正是因为他们的"自觉意识",所以他们——比如说辛笛——会"认为诗人应该正视现实"③。其结果是他们"走出了三十年代新月派和现代派的象牙之塔,走向了抗日战争的前方和大后方,参加了力所能及的抗日救亡工作,抗战胜利后,在各自的工作岗位,坚持争取民主的斗争,一直到全国解放。他们的作品表明他们感受到了时代的脉搏、人民的苦和乐,表达了一部分生活的真实和自己的憧憬、希望,以及自己哲理性的探索"④。

从这里提到新月派和现代派的时候不难看出,袁可嘉写这段话的

---

① 丁易:《中国现代文学史略》,作家出版社,1955 年版,第 288 页。
② 袁可嘉:《九叶集·序》,辛笛、陈敬容、杜运燮等:《九叶集》,江苏人民出版社出版,1981 年版,"序"第 10 页。
③ 袁可嘉:《九叶集·序》,辛笛、陈敬容、杜运燮等:《九叶集》,江苏人民出版社出版,1981 年版,"序"第 11 页。
④ 袁可嘉:《九叶集·序》,辛笛、陈敬容、杜运燮等:《九叶集》,江苏人民出版社出版,1981 年版,"序"第 11—12 页。

时候,统治文坛的仍旧是20世纪50—70年代的认识论框架,即,在正反两条路线斗争和流派斗争的框架下,新月派和现代派仍旧被作为需要否定的对象出现。即是说,对袁可嘉和当时的语境来说,要想为九叶派正名,就必须把九叶诗人从新月派和现代派中剥离出去。这种剥离出去的策略就是突出他们的"自觉意识",其潜台词就是,他们虽然不可避免地具有资产阶级的软弱性,虽然不是革命作家,但他们有"自觉意识",而也正是因此,他们才能不受其自身两面性的阶级属性的束缚,从而走向新生。九叶派诗人在本质上是不同于新月派和现代派的诗人。

可以说,正是因为有了前面的铺垫,在这篇"序"的结尾,袁可嘉才不再像前面那样"玩弄"文字上的游戏,使用诸如"西方现代诗歌"那样模棱两可的说法,而是直接用"西方后期象征派和现代派"这一说法。在总结九位诗人的成就和贡献的时候,他这样宣称道:

> 这九位作者忠诚于自己对时代的观察和感受,也忠诚于各自心目中的诗艺,通过坚实的努力,为新诗艺术开拓了一条新的途径。比起当时的有些诗来,他们的诗是比较蕴藉含蓄的,重视内心的发掘;比起先前的新月派、现代派来,他们是力求开拓视野,力求接近现实生活,力求忠实于个人的感受,又与人民的情感息息相通。在艺术上,他们力求智性与感性的溶合,注意运用象征与联想,让幻想与现实相互渗透,把思想、感情寄托于活泼的想象和新颖的意象,通过烘托、对比来取得总的效果,借以增强诗篇的厚度和密度,韧性和弹性。他们在古典诗词和新诗优秀传统的熏陶下,吸收了西方后期象征派和现代派诗人如里尔克、艾略特、奥登的某些表现手段,丰富了新诗的表现能力。①

---

① 袁可嘉:《九叶集·序》,辛笛、陈敬容、杜运燮等:《九叶集》,江苏人民出版社出版,1981年版,"序"第16页。

至此,我们便能明白袁可嘉的潜在意图:他是在试图建构具有现代主义气质的诗歌流派。只不过,这里的构筑,是在辩护的基础上的。这种流派的建构表现在互为前提的两个层面。首先,是对他们九位诗人的共性的概括,这包括两方面,一是诗歌表现内容上的相近,二是诗歌艺术追求上的相近。其次,明确界定他们的诗歌的区别性。在袁可嘉这里,这是一种自觉的比较意识:"比起当时的有些诗来"和"比起先前的新月派、现代派来",可以肯定,政治讽刺诗和七月派应该属于"当时的有些诗"的构成部分。这是一种自觉的历史时空意识。袁可嘉是在历史脉络的前后比较中,确立起九位诗人的鲜明风格的,而这种风格又具有趋同性——反映现实的方法和表现手法上的"共同的倾向"。① 更为重要的是,他们还有自己的"诗论"②,虽然袁可嘉对这一"诗论"做了淡化处理,没有特别凸显出来。

虽然,袁可嘉在《九叶集》的序言中并未明确说他们是一个诗歌流派,但他的论述充分表明了这一点,只等命名他们了:他其实是把命名工作留给读者和研究界。而之所以袁可嘉并没有明确指认这是一个诗歌流派,原因可能正在于这一诗歌流派的现代主义气质。因为,毕竟现代主义在当时还有争议,要想确认这样一个现代主义流派的合法性,更是难上加难。它们既不是原来意义上的现实主义诗歌流派,又与新月派和现代派不同,命名流派本身就比较困难。因而袁可嘉只能从艺术手法上肯定这些诗歌的"现代主义"气质:"吸收了西方后期象征派和现代派诗人如里尔克、艾略特、奥登的某些表现手段,丰富了新诗的表现能力。"

可见,这里涉及的不仅仅是立派的问题,还有国统区文学的当代命运及其评价问题。《九叶集》的编选,虽然带有明显的从现代主义或

---

① 袁可嘉:《九叶集·序》,辛笛、陈敬容、杜运燮等:《九叶集》,江苏人民出版社出版,1981年版,"序"第17页。
② 袁可嘉:《九叶集·序》,辛笛、陈敬容、杜运燮等:《九叶集》,江苏人民出版社出版,1981年版,"序"第16页。

现代派的角度建构现代派诗歌流派的意图,但这种意图的实现首先必须在20世纪50—70年代的认识论框架内展开。即是说,其定位仍旧是模糊的,九叶诗人的创作被确认属于现实主义诗歌,因为当时的认识论框架是路线斗争和主线支线论,现实主义诗歌是主线。《九叶集》的出现,与国统区被重新评价和发掘息息相关,这是前提条件[1],其次才是对其现代主义特质的追认。关于这点,还可以用一个事实来佐证。那就是,这些诗人早在20世纪40年代以前就已经发表或出版过作品,比如说辛笛,他写于20世纪30年代的作品,就常常被归入现代派之中(蓝棣之编选《现代派诗选》,人民文学出版社,1986年)。同样,穆旦在20世纪30年代也发表过诗歌,而且他这一时期的诗歌已经具有"智性与感性的溶合""象征与联想,让幻想与现实相互渗透"等特点。这些作品《九叶集》为什么不收入其中,而独独选择这些诗人20世纪40年代创作的诗歌作品?其原因可能仍要归结到两点,第一是国统区文学的重新发掘和重新评价,第二是这些诗人在20世纪40年代的趋同性。这两点应该是《九叶集》的编选所遵循的内在逻辑,其中第一点尤其重要。这是当时的思路,不能刻意夸大《九叶集》对现代主义的肯定,事实上,20世纪80年代初的现代派的接受及其合法性论证,也是被放在同现实主义的对接的基础上展开的[2]。但蓝棣之编选《九叶派诗选》时的思路就截然不同了。

20世纪80年代初那种在现实主义框架下重新发掘国统区文学的思路,在编《中国四十年代诗选》时就有明显体现。《中国四十年代诗选》上下两册有将近2000页的篇幅,对20世纪40年代的诗歌来

---

[1] 《九叶集》仍是被放在现实主义的脉络中来定位的。关于这点,还可以参照曹辛之:《致辛笛、唐湜、唐祈说"九叶"》,《现代中文学刊》2010年第3期。曹辛之说:"有人向贺(即贺敬之,时任中宣部副部长——引注)介绍,我们搞唯美派、现代派,在艺术上把我们从现实主义中排除出去。"曹辛之对有人把他们视为"唯美派、现代派"感到很紧张,可见,他们也是自视为现代主义诗歌流派。

[2] 徐勇:《选本编纂与八十年代文学生产》,人民文学出版社,2017年版,第190—191页。

说,其选编是一次总体性的扫描,其中收入"四百四十多位诗人,七百六十多首诗"①,九叶诗人全都在其中,也收入胡风等七月派诗人的诗歌。这一选本虽有重新发掘20世纪40年代诗歌,特别是国统区诗歌的意图,但因为人数太多,九叶诗人的地位并不凸显。事实上,这种挖掘和肯定,首先是内容上的肯定,即所谓"新诗歌"的"革命性、民族性、群众性"②,九叶派的现代主义特质及其流派性,不可能凸显出来。

从前面的分析可以看出,《九叶集》的编选意图有两个方面,第一是国统区诗歌的重新发掘,第二是对现代主义特质的强调。两个方面的平衡,是其编选的意图和策略所在,但同时也是矛盾所在。表面看来诗集意在凸显和强调国统区诗歌的价值,但具体编选时更凸显其现代主义特质。关于这一点,可以从其所选诗人入选诗歌作品看出。可以把《九叶集》同上海教育出版社出版的大型新诗选本《新诗选》(1979年)进行比较,后者收录了穆旦和杜运燮两人发表于20世纪40年代的诗歌。两人的诗歌被选入其中,以什么标准或面目出现?是以流派的性质出现吗?关于"编选原则、范围、体例等问题"的"说明"中这样说,"本书主要选取新诗发展史上重要诗人的代表作品,和其他有一定影响的作品。革命烈士的新诗和民歌,也酌量选入","本书依据文学史的脉络,以作者为单元集中排列,每个作者均编入一个时期,其作品再按写作时间编放。跨时期的作者,则放在他成就显著的那个时期","根据历史唯物主义的原则,考虑了教学的实际需要,对于资产阶级诗歌流派的作品,也少量选入,以供参考。对于胡适、周作人这种作者,则选的是他们从新文学阵营分化出去之前的作品"。③ 根据这一说明,可以判断,穆旦和杜运燮是被看作20世纪40年代的国统区

---

① 王亚平:《中国四十年代诗选·序》,中国四十年代诗选编委会编:《中国四十年代诗选》,重庆出版社,1985年版,"序"第4页。
② 王亚平:《中国四十年代诗选·序》,中国四十年代诗选编委会编:《中国四十年代诗选》,重庆出版社,1985年版,"序"第3页。
③ 北京大学、北京师范大学、北京师范学院中文系中国现代文学教研室主编:《新诗选》(第一册),上海教育出版社,1979年版,"说明"第1—2页。

诗人。此时,他们的诗歌还不具备"资产阶级诗歌流派"的特点。这里所说的"资产阶级诗歌流派",应该指象征派、新月派和现代派等诗歌流派。《新诗选》第一、二册中,就收入了李金发、闻一多、徐志摩、戴望舒(以上第一册)、卞之琳、李广田、何其芳、陈梦家、徐迟(以上第二册)等人的诗歌。可以看出,在这里,穆旦和杜运燮,被视作"文学史的脉络"和"新诗发展史"上的重要诗人。而且他们的入选诗歌,按照袁可嘉在《九叶集》"序"中的说法,都是"思想倾向"上"注意抒写四十年代人民的苦难、斗争以及渴望光明的心情"的作品[1]。相比《九叶集》,《新诗选》中收入的诗歌,更其符合袁可嘉的这一标准,比如穆旦的《洗衣妇》《出发》,杜运燮的《缅甸公路》《晨歌》《民众夜校》。这些诗歌,都未被收入《九叶集》中(其中,除了《缅甸公路》,也都未收入《九叶派诗选》,1992年版)。这说明,袁可嘉虽然强调九叶诗人的现实主义表现方面,但在选择作品时更倾向于注重表现手法。而这恰恰也是选本编纂所具有的独特性:以"编"和"选"的方式表明的微妙态度,很多时候与前言、后记中的观点并不完全吻合。选本的"编"和"选",总能逸出前言、后记所限定的框架。

九叶诗派之所以能被作为诗歌流派,当然与选本编纂有关。没有选本编纂,他们便不可能作为流派被命名。彼时,《九叶集》出版后,还有另一本与此直接相关的选本——《八叶集》被编辑出版。"'九叶'所以成了'八叶',乃因杭约赫(曹辛之)于新中国成立后,专心于美术装帧设计,很少写诗"[2],而之所以要出版《八叶集》,据木令耆说:"王辛笛等九人四十年代写的诗合集《九叶集》出版之后,引起了强烈反响,读者们掩卷之余,都想了解这几位风格独具的诗人,在这本诗集问世之后,还存哪些佳作。因此,把他们在这以后到现在的诗

---

[1] 袁可嘉:《九叶集·序》,辛笛、陈敬容、杜运燮等:《九叶集》,江苏人民出版社出版,1981年版,"序"第5页。
[2] 木令耆:《八叶集·序》,辛笛、杜运燮、袁可嘉等:《八叶集》,生活·读书·新知三联书店香港分店、《秋水》杂志社(美国),2011年版,"序"第1页。

作选辑出版,让读者们看到他们写诗的余波怎样继而推成滚浪,很有必要。这本《八叶集》就是这样诞生的。"①即是说,《八叶集》中所收诗歌,乃九叶诗人于中华人民共和国成立后写作(不一定是发表)的诗歌,杭约赫缺席了,所以改名为"八叶"。

就所收诗歌发表时间来看,《九叶集》与《八叶集》具有前后连贯性,而叫"八叶集",可以看出编辑编选这一诗选的目的仍旧不是在建构诗歌流派。事实上,他们这些诗人在中华人民共和国成立之后的诗歌创作也早已不同于他们此前的诗歌风格。比如说袁可嘉:"袁可嘉五十年代到七十年代的诗短小精悍,烙印时代的里程,有记载他抗旱、荷锄的乐,这是他下乡劳动的经历,诗里充满乡土气,与他早年的城市诗大有区别。他是经过劳动锻炼的诗人,希望接近土,更接近神圣的劳动力。"②这里的逻辑很明显,这八位诗人,他们在中华人民共和国成立后创作的诗歌,与20世纪40年代的诗歌创作相比,风格有一定的变化,这时候再把它们放在一起,糅成一个诗歌流派,是有着内在的裂隙的。关于这一点,木令耆说得很是明白:"不论是谁的作品,大抵都随着时代的发展,在内容和艺术上都露出一点新面目。这些如今已蜚声诗坛的诗人成长在四十年代,成熟于动荡的时代,并经历过时代的考验,由欢欣、痛楚、失望、企愿而唱出心歌。他们的诗与中国的命运血脉交错。他们可以说全属于中国的新时代;既成长和接受熏陶于中国的大后方,过着革命的生活,又在一个历史起大演变的中国社会中工作。这是他们创作生命不断焕发的原因。"③既如此,叫"八叶"倒是很干脆。而事实上,这里值得注意的还有另一点,即中华人民共和国成立之后一段时间的历史语境里,诗歌流派的存在有些困难,这些

---

① 木令耆:《八叶集·序》,辛笛、杜运燮、袁可嘉等:《八叶集》,生活·读书·新知三联书店香港分店、《秋水》杂志社(美国),1984年版,"序"第1页。
② 木令耆:《八叶集·序》,辛笛、杜运燮、袁可嘉等:《八叶集》,生活·读书·新知三联书店香港分店、《秋水》杂志社(美国),1984年版,"序"第8页。
③ 木令耆:《八叶集·序》,辛笛、杜运燮、袁可嘉等:《八叶集》,生活·读书·新知三联书店香港分店、《秋水》杂志社(美国),1984年版,"序"第1页。

诗人尽管在此后仍有诗歌创作,但在风格上已经难以形成派别,他们的"异",可能要大于他们之间的"同",虽然这里的"同"仍旧有迹可循:"八位诗人写的诗却是继承'五四'后新诗的传统。新诗的性质并不在于它有韵无韵,诗的要素或元素包含:1.情绪;2.形象或者形象的文字;3.思想;4.形式。八位诗人所写的诗有些是纯诗形式,有的却是近乎散文诗,可是骨子里毫无疑问是诗。他们的诗有一共同点,那便是用形象来表示思想为主,情绪也常是因为被思想触动而生。他们的思想范围常是广泛的宇宙性,接近人生意义,社会意义,这样的思想也是一种探询的诗意,诗中提出疑问,疑问产生于某种探讨的构思。他们用诗的形式:暗喻、明喻、美的形象,感情的象征等来表达诗意,他们的诗意重理性,甚至有时是探讨的分析。"①

可以看出,《八叶集》的出版,是想有意区别于《九叶集》的。即是说,他们已充分认识到这些诗人在中华人民共和国成立前后的诗风有明显变化。反过来也可以这样推断,袁可嘉他们当时编辑出版《九叶集》的时候,其实也充分意识到九位诗人中华人民共和国成立前后的诗风的不同,而未把他们中华人民共和国成立后的诗歌收入其中。同样,他们编选《九叶集》的时候也并不收入他们写于20世纪30年代的诗歌,其原因也是他们那时的诗歌趋同性还不强。他们独独收入20世纪40年代的诗歌,构筑诗歌流派的企图(虽然这样的企图被包裹在20世纪40年代国统区文学特别是诗歌重新评价的问题之下)是再明显不过的。把他们各个时期(包括20世纪30年代和中华人民共和国成立后)的诗歌收在一起,是蓝棣之后来编选《九叶派诗选》时的事。

关于《九叶集》与九叶派的命名,一个不可忽略的且至关重要的方面是《九叶集》出版后引起的热烈反响。有理由认为,这一热烈反响其实是《九叶集》的编选所内在地决定和设定的。当时的语境对于现代主义欲拒还迎,而九位诗人有着共同的倾向——有现实主义的反映的

---

① 木令耆:《八叶集·序》,辛笛、杜运燮、袁可嘉等:《八叶集》,生活·读书·新知三联书店香港分店、《秋水》杂志社(美国),1984年版,"序"第4页。

深度，又有鲜明的现代主义风格，自然能满足人们这样一种"期待视野"；同样可以说，正是这种热烈反响，使得九位诗人作为群体经常被谈论①，以至于袁可嘉1983年发表在《文艺研究》中的文章《西方现代派与九叶诗人》直接称这九位诗人为"九叶诗人"。可以说，正是因为有了热烈反响，作为流派已不成其为问题，此时的袁可嘉才会在这篇文章中专注于构筑九叶诗人与西方现代派的具体联系，而不再像《九叶集》的序言中那样泛泛而谈。这样一种转变表明，九叶派的命名来源于两方面，一是选本的编选，二是读者的接受。两方面的结合，促成这一诗歌流派被自然而然地命名。

这里还有一个背景有必要提及，那就是关于朦胧诗的争论涉及杜运燮的《秋》的评价和定位问题。在关于朦胧诗的争论的初期，杜运燮的《秋》是常被列举的，这与章明的《令人气闷的"朦胧"》一文有关。在那篇文章中，这首诗作为反例出现："有少数作者大概是受了'矫枉必须过正'和某些外国诗歌的影响，有意无意地把诗写得十分晦涩、怪僻，叫人读了几遍也得不到一个明确的印象，似懂非懂，半懂不懂，甚至完全不懂，百思不得一解。"杜运燮的《秋》就是其中的典型。②袁可嘉写作《九叶集·序》（1980年1月）前后，杜运燮的《秋》已经发表（写于1979年秋，发表于《诗刊》1980年第1期）。即是说，袁可嘉肯定知道杜运燮在"文革"结束后还在写诗，而且，《九叶集》是一部集体诗选，并未标明具体编选者，杜运燮应是其中之一。那么，《九叶集》为什么未编选这些诗人中华人民共和国成立后的诗歌作品呢？看来，问题的症结还在于两点，即国统区诗歌创作问题及现代主义的评价问题。《九叶集》出版（1981年7月）前，杜运燮的《秋》已引发关于朦胧诗的争论。朦胧诗风在当时还没有获得合法性，编辑出版这些诗人中华人民共和国成立后的诗歌，合法性不足。可见，编选《九叶集》的意图是重新发掘20世纪40年代国统区的诗歌流派。九位诗人（出

---

① 曹辛之：《致辛笛、唐湜、唐祈说"九叶"》，《现代中文学刊》2010年第3期。
② 章明：《令人气闷的"朦胧"》，《诗刊》1980年第8期。

版《九叶集》时,其实已经是八位诗人了)出版诗歌选集的时候,他们把范围定位在 20 世纪 40 年代,而不把中华人民共和国成立后那一时段纳入其中,原因可能正在于此。

如果将中华人民共和国成立后的诗纳入其中,就会面临着两个方面的问题——如何评价 20 世纪 40 年代的诗歌创作和如何评价中华人民共和国成立后的诗歌创作。对于中华人民共和国成立后的诗歌创作而言,还有重新发掘的问题。《九叶集》编辑前(1980 年 1 月),九叶诗人的很多诗还属于"潜在写作",比如说穆旦写于 1975 年的《妖女之歌》和《苍蝇》,写于 1976 年 3 月的《智慧之歌》,写于 4 月的《演出》,写于 5 月的《春》等一系列诗(其中多首发表在《诗刊》1980 年第 2 期),此时它们还被置于"抽屉"中,即处在未发表的形态。也就是说,有两个"重新发掘"的问题,即 20 世纪 40 年代诗歌的重新发掘和"文革"前后诗歌创作的重新发掘。将这两个问题放在一起,就策略和实际运作而言,都不是明智之举。虽然朦胧诗论争最开始同杜运燮联系在一起,但从诗歌创作倾向和流派的构筑而言,把朦胧诗派定位为"青年诗人",却是策略选择:青年诗人的探索更容易被接受,也更有冲击力。如果把九叶诗人同青年诗人群混合在一起论述,则要复杂得多。朦胧诗的论争,其潜在涉及的是评价当前诗歌创作中的现代主义倾向问题,《九叶集》的出版,所引发或涉及的更多是历史评价和重评问题,毕竟当时九叶诗人的创作并不太多。事实上,中华人民共和国成立后的诗歌创作,对于这几个人而言,也有阶段性的差异。穆旦在 1957 年写过诗歌,而他 1976 年前后也有诗歌创作,两者之间的区别何在?在《九叶集》编辑出版时,这九位诗人中的大部分(除了穆旦和曹辛之)仍在写诗,这些仍在进行中的诗歌创作,也不好以诗歌流派来定位。这种"仍在进行中"的状态,也是《九叶集》编选时不把中华人民共和国成立后的诗歌创作收入其中的具体语境和背景。

三

相比之下,蓝棣之编选《九叶派诗选》的状态与《九叶集》明显不同,这表现在两个方面:首先是"选源",蓝棣之把九位诗人 20 世纪 30 年代和中华人民共和国成立后的作品都纳入其中;其次,从流派构筑的角度出发,蓝棣之把九位诗人之外的其他有相同倾向的诗人也纳入这一诗歌流派中。《九叶派诗选》在全新的框架内定位九叶诗派,这也决定了它对九叶诗人的阐释不同于《九叶集》。袁可嘉在《九叶集》中以辩护的名义为九位诗人正名,暗含构筑诗歌流派的意图。蓝棣之则绕开这点,并不从与现实主义对接以及与重大主题对接入手,而是一上来就表现出"区别"的意识。蓝棣之在"前言"中开头就介绍说:"这里所介绍的,是我国四十年代形成的一个现代主义诗歌流派……九叶诗派的崛起,并非几位诗人偶尔的认同或友谊的合作,也不是几位诗人在一片沙漠上的孤独奋斗或彷徨探索,它具有文艺思潮演变的必然性,和一定的群众基础。"①蓝棣之所以这么说,是因为这时九叶派已经作为一个诗歌流派被确认,他要做的事情是通过选本编纂把这个诗歌流派历史化。蓝棣之是在九叶派作为"风景"被发现后对其进行重构和重塑。呈现流派的自足性,才是其目标所在。这样来看就能理解何以尽管所选诗歌大致一样,两个选本对这些诗歌作品的阐释却完全不一样。这样论述和处理,不仅重构了现代时期的诗歌流派,也重构了当代时期的文学格局:被认为没有文学流派的当代并不是真的没有文学流派,九叶诗派就是这样一个文学流派。

《九叶集》中未收入也未提及辛笛、穆旦、陈敬容等人 20 世纪 30 年代的诗作;《九叶派诗选》则既收入这一时期的诗作,也在"前言"中涉及。这种不同说明,《九叶集》的策略和重点是重新发掘国统区文学,并以此为基础建构诗歌流派,这是由当时的语境决定和限制的。编选《九叶派诗选》时,蓝棣之面临着如何从文学史的角度展开叙述,介绍它的来路和去路的问题。九叶派的来路(即渊源)是现代派,去路(影响和演变)涉及中华人民共和国成立后的诗歌,形成流派

---

① 蓝棣之编:《九叶诗派诗选》,人民文学出版社,2011 年版,"前言"第 1 页。

是在 20 世纪 40 年代。因此,就选本编纂而言,既要凸显九叶派的派别特色,把它们同现代派区分开,又要梳理其同现代派的联系。这样一种双重任务分别体现在选本编纂的前言和入选作品的选择上。构筑派别,就要凸显区别,因此,在"前言"中论述到辛笛、穆旦和陈敬容等人 20 世纪 30 年代的创作时,蓝棣之有意凸显他们同现代派的区分,"陈敬容早年的诗,受到诗坛上流行的戴望舒那种象征主义诗风的影响,着力于意境与意象的渲染,感伤气息浓郁","从她四十年代前期的诗看,她已经显露出过人的才气:摆脱别人的约束,独创地抒写内心的体验与感受,精炼含蓄,以及把感受升华为一种智慧"①,"辛笛早期的诗,受当时诗坛风气的影响,抒写青春期的怅惘和梦,这里有十九世纪末叶西方象征主义诗和李商隐、姜白石一派诗风的感染","抗战胜利之后……这时候他的诗风有了大的变化,他找到了自己的风格。他在抒情里加进了议论,对生活的独到发现与领悟,广阔的视野、深刻的见识与宽阔的襟怀,是他诗的魅力所在"②。构筑文学史脉络要有明确清晰的来路,因此选择作品时,《九叶派诗选》选择了辛笛 20 世纪 30 年代创作的诗歌作品如《印象》《寄意》和陈敬容 20 世纪 30 年代创作的《夜客》《哲人与猫》,而《印象》《寄意》这两首诗恰好收录在同为蓝棣之编选的《现代派诗选》(人民文学出版社,1986 年版)中。这体现了"选"和"编"的功能。可见,就选本编纂而言,总是存在前言、后记与主部(即"选"和"编")的差异和不同侧重。恰恰是这种差异,决定了选本编纂的独特性。

选本编纂中前言、后记与"选""编"(即入选作品的选择及编排方式)的结合是服从不同的选本编纂任务的。《现代派诗选》的"前言"中提到现代派的来路和去路,其去路与被称为九叶派的诗人群有关,"这个诗派,除以上三位之外,还有杭约赫(曹辛之)、陈敬容、王辛

---

① 蓝棣之编:《九叶诗派诗选》,人民文学出版社,2011 年版,"前言"第 13 页。
② 蓝棣之编:《九叶诗派诗选》,人民文学出版社,2011 年版,"前言"第 11—12 页。

笛、袁可嘉、唐祈、唐湜等","他们对于三十年代的现代派有所继承,也有所扬弃。他们利用现实主义来充实自己,加强自己,现代派与现实主义在某种意义上互相渗透,有了结合"。① 但在选择作品时,这一选本却不选择这些诗人20世纪40年代的作品,即使选择了辛笛的作品,也只选他创作于30年代的作品,创作于40年代的作品(即演变的产物)并不收入其中。这说明,蓝棣之编选《现代派诗选》的目的,是构筑其流派的独特性,至于其来路和去路,只要在"前言"中交代清楚就可以了。他之所以不把九叶诗人20世纪40年代的作品收入其中,是充分意识到了这些诗人当时的发展(即"继承"和"扬弃"),已经具有另一个流派的特征。而这另一个流派的特征,是现代派所不能完全囊括的,所以蓝棣之编选《现代派诗选》时仅仅收入辛笛创作于30年代的作品,《现代派诗选》凸显这一流派的"30年代性",其流派的独特性也更多体现于30年代。这一"扬弃"是编选《九叶派诗选》的任务,从这个角度看,有必要把《现代派诗选》和《九叶派诗选》(1992年)联系起来分析,二者之间是对话和互文的关系。

四

蓝棣之编选《九叶派诗选》时把穆旦等人在中华人民共和国成立之后创作的诗歌纳入其中,这显然是追认行为。在彼时,关于九叶诗人,有不同的归类和命名②。其中一个最有代表性的做法,是把他们纳入归来者诗人群,洪子诚、刘登翰的《中国当代新诗史》这样说:

> 在当代诗歌发展的前一个时期(五十年代到七十年代中期),多次突如其来的政治风暴和文艺批判运动,曾使一些诗人被卷出了正常的生活和创作轨道。七十年代末期,随着社会生活的

---

① 蓝棣之编选:《现代派诗选》,人民文学出版社,1986年版,"前言"第29—30页。
② 陈思和等人又把九叶诗人中的部分诗人的写作,称为"潜在写作",参见刘志荣《潜在写作(1949—1976)》(复旦大学出版社,2007年版),其中重点论述了穆旦和唐湜。

又一次变化,他们才又陆续回到诗坛。因此,广义地说,这个被称为"复出"的诗人包括两种类型:一、由于政治及其相关的原因,从五十年代以来就被迫完全中止创作或根本不能公开发表作品的诗人;二、五、六十年代还一直活跃在诗坛,到"文革"期间才被迫辍笔的诗人。

第一类又包括:

下面三种:一、1957年反"右派"斗争中被错误地定为"右派分子"而逐出诗坛的诗人。其中有在三、四十年代成名的艾青、公木、穆旦、吕剑、唐祈、唐湜、苏金伞,也有在五十年代初崭露头角的年轻诗人,如公刘、白桦、邵燕祥、高平、流沙河、周良沛、孙静轩、胡昭、梁南、昌耀、林希等。二、在1955年所谓"胡风反革命集团"案件中罹难或受到牵连的诗人……三、因为与政治有关的褊狭的艺术观念和艺术氛围,在五、六十年代从诗坛上消失的诗人,如辛笛、陈敬容、郑敏、杜运燮、穆旦等,他们在艺术上表现出的现代派倾向,在当时被视为是世纪末的颓废艺术,许多人只好停止执笔;即使个别诗人,仍偶有所作,也大大地减弱了诗人的创造意识和艺术个性。①

20世纪80年代初仍在写作的九位诗人,即《八叶集》中所谓的"八叶"诗人,基本上被确定为"'复出'的诗人"或"归来者",这在谢冕编《鱼化石或悬崖边的树:归来者诗卷》中也有体现,其中收入了九叶派诗人穆旦、陈敬容、郑敏、杜运燮等四人的作品。这些诗人创作于20世纪80年代初的诗歌,与一般意义上的"归来者"群体的诗歌有某种共性,这些共同特征,洪子诚、刘登翰概括为,"首先,在他们有关个

---

① 洪子诚、刘登翰:《中国当代新诗史》,人民文学出版社,1993年版,第267—268页。

人曲折的生活经历和人生体验的表现中,凝聚着历史的沧桑","第二,复出的诗人从对自我与历史的寻觅中进入反思,从而使以'历史反思'为核心的理性思辨倾向,成为他们这一阶段诗作的重要特征","第三,复出诗人对艺术个性和艺术独创性的重新肯定和追求,使这一时期诗歌开始呈现出多样的风格和色彩"。①

不难看出,复出诗人的诗歌具有"理性思辨倾向",而这种"理性思辨倾向"恰恰也是"九叶诗人"的追求,这样一来,把九叶诗人同复出诗人的其他诗人区别开来也就成为难题所在。而这也说明了,20世纪七八十年代初九叶诗人的诗歌创作,与他们40年代的诗歌创作,至少在风格上有很大差异,不能简单放在一起考虑。但袁可嘉等人构筑九叶诗派时并不认为这是一个重要问题,因为1979年时他们中的大多数人的创作并不多,比如说郑敏,他是在1979年秋参加了辛笛、杭约赫(即曹辛之)、唐祈、唐湜、陈敬容等为编辑《九叶集》而举行的第一次聚会后,在回家的路上才萌生重新创作新诗的冲动的②。但在1990年编选《九叶派诗选》时蓝棣之却有意无意地忽略了这点。这种忽略,显然是一种"风景的发现"后的遮蔽与"不见"。在那种有意建构其前后衔接关系的逻辑下,是不太会注意到复出时期的九叶诗人所具有的与复出诗人的共性和区别的。蓝棣之的"前言"只是有限地把九叶诗派同新月派和现代派比较,而未把复出时期的九叶诗人的创作同复出诗人比较。其逻辑很明显,他更着意于把九叶诗派放在非现实主义诗歌的脉络中来定位。

可见,当时对九叶派的建构突出其与现代派的联系,认为那才是关键,所以常常忽略其同现实主义诗歌的联系。这是当时的思路,20世纪90年代初蓝棣之编选《九叶派诗选》时如此,80年代初袁可嘉等

---

① 洪子诚、刘登翰:《中国当代新诗史》,人民文学出版社,1993年版,第269、271、272页。
② 孙瑞珍:《凝重·抒情·朦胧——女诗人郑敏及其创作》,《女作家》1987年第1期。

人编《九叶集》时也是如此。比如说,袁可嘉在《九叶集》出版后写了一篇文章《西方现代派诗与九叶诗人》,其中说道:"它(指《九叶集》——引注)获得欢迎的原因之一是它在保持现实主义倾向的同时,吸收了西方现代派诗的某些技法,在新诗发展史上构成了有独特色彩的一章。"①这是九叶派在当时获得认可并被普遍赞誉的重要原因。它是在现实主义的框架内被合法接受的,但文章在具体论述时却有意无意地凸显其与现代派的关联。这里,有时间差和平衡的问题。在编选《九叶集》的时候,袁可嘉还会强调九叶诗人的现实主义精神,努力在九叶诗人的创作中寻找现实主义精神和现代主义手法的平衡,但在1983年写作《西方现代派诗与九叶诗人》时,则不自觉地倾向于突出其现代主义特质。试比较以下两段话:

> 如果穆旦在反映现实上有深厚凝重而自觉的特点,那么他的同学和挚友杜运燮则以活泼的想象和机智的风趣见胜。他往往用轻松的笔调处理严肃的题材,把事物中矛盾的、可笑的实质揭示出来。②

> 如果穆旦凝重自觉的诗里有里尔克、艾略特的影响,那么杜运燮的作品里,奥登的影响就更加明显。③

前面所引两段话,句式一样,都是论述穆旦和杜运燮,但论述的角度明显不同,一个是从现实主义精神(即反映现实的角度)入手,一个则是从他们与西方现代派的关联入手。从这种不同和变化中,可以看出现代主义在20世纪80年代初的接受演变情况:从最开始在现实主义的框架内被接受,到后来从现代主义的角度被凸

---

① 袁可嘉:《西方现代派诗与九叶诗人》,《文艺研究》1983年第4期。
② 袁可嘉:《九叶集·序》辛笛、陈敬容、杜运燮等:《九叶集》,江苏人民出版社,1981年版,"序"第6页。
③ 袁可嘉:《西方现代派诗与九叶诗人》,《文艺研究》1983年第4期。

显。这种逻辑的背后,是20世纪80年代对现代主义的呼唤,其结果是建构九叶诗派的时候,包括袁可嘉和蓝棣之在内,会刻意凸显其同当时诗坛的异质性,而不太注重其同质性。他们的"理性思辨倾向"就是在这种逻辑下被遮蔽的。

第二节　作为"方法"的"世界文学"与新诗总集编纂

自有《中国新文学大系》(赵家璧主编)以来,十年分期似乎已成为不证自明的惯例被反复沿用,至今仍旧如此。比如说《中国新文学大系》第二编(即《中国新文学大系(1927—1937)》,上海文艺出版社,1985年)和各种各样的十年选。此外谢冕总主编的《中国新诗总系》也以大约十年为限把1917年到2000年分为8个时期。这似乎已成为定例。对"现代文学三十年"来说,十年分期似乎是公认的,但对当代文学五十年(1949—2000)而言,十年分期却常常遭到质疑。这种争议的产生,一方面是因为百年中国文学论的提出及其散布,另一方面则与如何看待新文学在20世纪下半叶的发展及其21世纪的新变这一问题有关。后一个问题,还涉及如何评价现代文学与当代文学的关系。

就像罗岗所说,"《新文学大系》透过对'时间'的有意识操控",其实是"把'现代文学确立'的历史'自然化'了",因此他特别提醒道:"如何才能从变迁的历史中,从与现实的对话关系中来重新理解新文学,这样的问题自然不可能在'观念'层面得到答案,因为它们敞开的领域恰恰是'观念'需要掩盖的地方。"①单编《中国新文学大系》如此,把《中国新文学大系》系列置于一个整体来看,这一点就更明显。到目前为止,按照1917—1927年、1927—1937年、1937—1949年、1949—1976年、1976—2000年的时间分期,《中国新文学大系》一共

---

① 罗岗:《"分期"的意识形态——再论现代"文学"的确立与〈中国新文学大系(1917—1927)〉的出版》,《华东师范大学学报(哲学社会科学版)》2001年第2期。

出版有五辑。① 这五辑中,以 20 世纪中国文学的两分法看,现代三十年有三辑,当代五十年有两辑。② 这样一种分期,其背后隐藏着一个基本的判断——当代五十年的成就不及现代三十年。

一

选本编纂往往是以"选""编"的方式表明其态度和立场,选多选少就不仅仅是数量上的差别,还体现其判断——对选本而言,更多是对入选作品表明正面肯定。《中国新文学大系》诗集系列的第一辑 374 页(因为采用的是竖排,而且每页排两版,因此大致可以说其容量应该在横排 600 页左右),第二辑 614 页(以后几辑,均为横排),第三辑 938 页,第四辑 681 页,第五辑 625 页。从篇幅数可以看出,整个《中国新文学大系》,就阶段而言,对 1937—1949 年这十余年的诗歌评价最高,其次是 1949—1976 年。不过这种判断方式并不准确,还应该以每年平均入选诗歌篇幅作为比较参数。因为就时间间距而言,1949—1976 年和 1976—2000 年接近,前者是 27 年,后者是 24 年。时间间距不同,不能简单得出上面的判断。这样来看,就可以得出如下的大致结论,即《中国新文学大系》诗集系列对 1937—1949 年这一时段的评价最高,评价最低的是 1949—1976 年,每年平均选诗 25 页;其次是 1976—2000 年这一时段,每年平均选诗 26 页。

应该说,这样一种分期及评价,体现出来的是张颐武所说的新文学的"下降史观":"这种'下降'史观认为,'五四'是中国'现代性'的历史起点,也是中国现代性的文学和文化的发展的顶点,'五四'的文

---

① 《中国新文学大系(1937—1949)》《中国新文学大系(1949—1976)》《中国新文学大系(1976—2000)》均由上海文艺出版社出版,出版时间分别为 1990 年、1997 年、2009 年。

② 为方便论述,下文讨论《中国新文学大系》诗集系列时,有时按时间顺序称这五辑中的诗歌卷为"第一辑""第二辑""第三辑""第四辑""第五辑",其实际书名分别为《中国新文学大系·诗集》《中国新文学大系(1927—1937)·第十四集 诗集》《中国新文学大系(1937—1949)·第十四集 诗卷》《中国新文学大系(1949—1976)·第十四集 诗卷》《中国新文学大系(1976—2000)·第二十二集 诗卷》。

化巨人提供的历史高度和辉煌成就是后世不可企及的。而后的文化其实一直处于一种'下降'的过程之中……'五四'是'新文学'的最高的成就和自我实现的最突出的展现,而此后的'新文学'的展开其实是从这一顶点的不间断的'下降'的过程。"①表现在诗歌发展中,即新文学(诗歌)自"五四"到1949年中华人民共和国成立,新诗发展达到顶峰,然后开始走下坡路,这种下坡的趋势,并不因为"文革"的出现而有变化,也不因为新时期的现代化想象而改变。应该看到,这种"下降史观"是内在于有机进化论之中的,即把"二十世纪中国文学"视为一个完整发展的有机整体,它经历着新陈代谢的全过程。于是比较《中国现代文学三十年》与《中新文学大系》诗集系列的前三辑就很有必要了。《中国现代文学三十年》对第二个十年(1928—1937)的文学创作评价最高,所占篇幅数也最大。这种评价,可能与小说在这一时段的高度发达和成熟有关。但如果从这一文学史著作对诗歌发展的评价来看,第三个时期(1937—1949)地位最高,其中诗歌部分所占篇幅全书最多。这种评价,正好与《中国新文学大系》诗集系列相符。在这样一种有机论中,第五个时期的文学,其成就虽然有所下降,但仍旧要好于第二个时期。所以,新诗百年,呈现出来的就是产生、发展、高峰、衰退和持续衰退的完整过程,这一衰退并不意味着回到原点,而是一种螺旋式上升。衰退期仍旧要好于发展期,这为新诗作为有机体的再一次循环奠定了基础。这样一种评价,也与王一川主编的《二十世纪中国文学大师文库》表露的观点基本一致。

但这样一种分期及评价,并不太为当代文学研究界所认可。比如说谢冕总主编的《中国新诗总系》,把1917—2000年按阶段划分为八个时期:1917—1927年、1927—1937年、1937—1949年、1949—1959年、1959—1969年、1969—1979年、1979—1989年、1989—2000年。按这一分期,当代五十年的诗歌所占篇幅要远远多于现代三十年——

---

① 张颐武:《"回归"想象和"下降"史观——"新文学"的终结问题的思考》,《新新中国的形象》,山东文艺出版社,2005年版,第40页。

虽然说这一"总系"也认可 1949—1976 年这一时段的文学成就偏低。第四卷（1949—1959）选诗部分 534 页，第五卷（1959—1969）选诗部分 482 页，第六卷（1969—1979）选诗部分 543 页，这三卷是整个"总系"中最薄的三卷。这说明这三个时段，应是 20 世纪中国新诗发展的低谷期。至于第六卷篇幅数较多，评价稍微要高一些，原因部分在于其收入作品很大部分属于"潜在写作"。有些诗人的作品写于这一时段，但发表在这一时段之后。这提示了诗歌发表、传播的特殊渠道，包括"沙龙、手抄本和'地下诗歌'"①，其诗歌作品数量相当可观。

这里需要看到，一个是十年一个阶段的分期法（《中国新诗总系》），一个是错落的分期法（《中国新文学大系》诗集系列），很难说哪种更准确或更客观。这种分期背后，有其对 20 世纪文学特别是诗歌创作的不同看法，亦可见意识形态上的差异。《中国新诗总系》想建构百年新诗的发展轨迹、格局，其中也暗含对于这一百年诗歌发展的判断。《中国新文学大系》则遵循朱自清编《中国新文学大系·诗集》的编选模式，严格遵守"选时"和公开发表的统一，凡不是发表于特定"选时"内的，几乎不选入。

对于 20 世纪中国新诗的发展脉络，谢冕有过各种分期。比如说其《中国新诗史略》把 1916—2016 年这一百年分为 1916—1926 年、1927—1936 年、1937—1948 年、1949—1959 年、1960—1975 年、1976—2000 年和 2001—2010 年。这样一种分期，与《中国新诗总系》相比，其差别只在如何处理 1949—2000 年这五十余年。其"新诗史略"把这五十余年分为三个时期，而《中国新诗总系》却用十年分期法。不能把这种区别说成前后矛盾或不一致。仅仅从诗歌史的角度看，把 1949—2000 年分为 1949—1959 年、1960—1975 年和 1976—2000 年，显然更符合诗歌史的实际情况，事实上也更为人们所认同。但落实到诗歌选本上，则可能是另外一回事了。

---

① 程光炜：《导言 处在转折期的诗歌》，程光炜主编：《中国新诗总系（1969—1979）》，人民文学出版社，2009 年版，第 1 页。

选本以所选作品多少作为判断的体现。虽然按照诗歌史的分期看,各个阶段的区别比较明显,但落实到诗歌作品选择上就遇见一个突出问题。按照诗歌史的划分,1949—2000年分为三卷,这三卷的容量怎么安排?是同现代三十年中的三卷一样,基本容量大致相同吗?那样一来,就会造成这种理解,即现代三十年的诗歌成就要高于当代五十年。而这可能并不为谢冕所认同。关于这点,可以以谢冕、孟繁华编的《中国百年文学经典文库·诗歌卷》的编选为例。这一选本把1895—1995年这一百年分为两个时期:1895—1949年和1949—1995年。按篇幅看,前面五十余年,篇幅是317页;后面不足五十年,篇幅是300页。从其篇幅的分配可以看出,编选者谢冕和孟繁华对"后五十年"的评价要略高于"前五十年"。即是说,在他们眼里,"后五十年"的诗歌成就并不比"前五十年"的诗歌成就要低。以此反观《中国新诗总系》,如果把1916—2000年的中国新诗以1949年为分界线分为前后两个时期,对"后五十年"的诗歌评价势必偏低:系列选本中,各卷之间要保持大体一致的体量,其结果,按照发展时段看,"后五十年"整体上就要低于"前三十年"。因为显然,"前三十年"和"后五十年"篇幅相近,分配到每一年的篇幅容量,当然是"前三十年"要高于"后五十年"了。关于这一点,还可以参照谢冕、钱理群主编的《百年中国文学经典》的分期,其分期如下:1895年前后—1927年、1927—1937年、1938—1948年、1949—1957年、1958—1978年、1979—1989年、1990—1996年。这里,也是把"前五十年"与"后五十年"对等看待。这种对等看待,反映在文学选本中,就是篇幅上的相近。

这可能也是选本叙述与文学史叙述的不同之处。文学史的叙述与选本中的文学史叙述不太一样。选本中还必须兼顾各个时段的具体评价,文学史叙述中的分期则可以不顾及这些。它只要考虑论述的方便,做到阶段性清晰就可以了。

二

这里比较邹荻帆、谢冕主编的《中国新文学大系(1949—1976)·第十

四集 诗卷》和谢冕总主编的《中国新诗总系(1949—1959)》是很有必要的。两个选本的"选时"并不完全一致,但因为都有谢冕参与主编,具有可比性。《中国新文学大系(1949—1976)·第十四集 诗卷》选诗 342首,入选诗人 170 位。其选诗数按多少排列分别是(选诗 1—2 首的就不列出):公刘(10 首)、牛汉、余光中、曾卓、穆旦(都是 8 首);洛夫(7首)、绿原(7 首)、邵燕祥(6 首)、昌耀(6 首)、痖弦(6 首)、覃子豪(6首)、李瑛(5 首)、罗门(5 首)、闻捷(5 首)、彭邦桢(5 首)、艾青(4首)、纪弦(4 首)、李季(4 首)、贺敬之(4 首)、臧克家(4 首)、田地(3首)、吕剑(3 首)、孙静轩(3 首)、张默(3 首)、沙鸥(3 首)、邹荻帆(3首)、周梦蝶(3 首)、周良沛(3 首)、徐迟(3 首)、郭小川(3 首)、袁水拍(3 首)、野曼(3 首)、蓉子(3 首)。不难看出,这种选择背后有明显的判断,即对 1949—1976 年影响甚大的政治抒情诗评价颇低,这从贺敬之和郭小川的入选诗歌数即可以看出。这是通过选诗的多少来建构新诗史秩序,以确立诗人的地位。它延续了朱自清编《中国新文学大系·诗集》时的做法。文学史家戴燕指出:"文学史描述的对象既是文学的又是历史的:首先,它要绘制一个文学的空间,展示发生过的文学现象,并为它们的产生和联系提供合理的解释。在文学史里,文学固然不能完全恢复其自然存在的样态,但千差万别之中,它依然呈现为一个完整生动的有机体,无数作品无数作家仿佛如约而至,并且各归其位,井然有序。其次,它也要采取历史学的方法,使文学在时间上也表现得富有秩序,文学的历史仿佛随着时间的递进而演进,在文学史里,作家、作品会依次从时间隧道的那一端走出来,陆续登上长长的文学历史剧舞台,在一幕幕戏中扮演角色,时间的流程决定了他们的前后源流关系。中国文学史怎样写,能否写成,最终离不开这样的语言。"①看似凌乱而实际有序的统一形象,正好是选本特别是诗歌选本所擅长形塑的。这一整体格局有三个层次,其中第一层次属于归来者

---

① 戴燕:《文学史的权力》,北京大学出版社,2018 年版,第 33—34 页。

诗人群,这一群体选诗最多,评价最高,除了选入公刘、牛汉、曾卓、穆旦等代表诗人外,还有蔡其矫、昌耀、吕剑、绿原、孙静轩、邵燕祥、周良沛、邹荻帆等。第二层次是台湾地区的现代主义(诗风)诗人群。其中像纪弦、覃子豪、余光中、张默、洛夫、痖弦等,都是选诗数较多的诗人。相比之下,这一选本对当时的主流诗歌,整体上评价是较低的。这类诗人有郭小川、贺敬之、臧克家、袁水拍、闻捷、李季等,他们属于第三个层次。

但问题是,所谓归来者诗人群,他们的诗歌创作在此一时期很多都是未曾公开发表的,即是说,他们的很多诗歌虽然创作于1949—1976年,但发表却多在这之后,这种矛盾该如何解释?即使《中国新文学大系(1949—1976)·第十四集 诗卷》中收入的归来者诗人的诗歌发表于这一时期,那为什么对他们的评价这么高呢?显然,这是政治/文学的二元对立模式在起作用。归来者诗人群,在当时大都被打成"右派"或者被剥夺写作权利。这里涉及洪子诚所说"文学作品的年代"的问题,即写作和发表年代不同的问题。洪子诚曾"设想过多种方案":"一是全部按照作品篇末标示(或作者、研究者在别处说明)的时间来评述。另一是将它们放置在作品公开发表的时段来处理。"①就选本编纂而言,这里可能会出现混乱和反复遴选的问题,比如《中国新文学大系(1949—1976)·第十四集 诗卷》和《中国新文学大系(1976—2000)·第二十二集 诗卷》两卷诗集都收入了牛汉的《鹰的诞生》。对于选本(特别是《中国新文学大系》和《中国新诗总系》)而言,放在哪一时段论述,不仅涉及分期问题,更涉及对其所属时段的评价问题。《中国新文学大系(1949—1976)·第十四集 诗卷》的做法是,把"归来者"的诗作为群体,更多放在1949—1976年这一时段,洪子诚《中国当代文学史》的做法则是把这些诗放在20世纪80年代加以定位。这里面,可以看出谢冕的偏爱及其诗歌观,因为谢

---

① 洪子诚:《文学作品的年代》,《当代文学的概念》,北京大学出版社,2010年版,第131页。

冕很清楚,把归来者诗人放在1976年以后的语境中,他们的地位或者说活跃度不够。20世纪80年代,是现代主义诗歌的年代。或许也正因此,《中国新文学大系(1949—1976)·第十四集 诗卷》才未收入朦胧诗中的"地下诗歌",而只收入归来者诗人的"地下诗歌",因为,把朦胧诗人的这些诗歌收入进来,归来者诗人群的地位就会受到挑战或影响①。

这是选本之"选"所构筑出来的格局,而对文学史(诗歌史)书写而言,可能是另外一回事,对此,谢冕有十分清醒的意识。在《中国新诗总系(1949—1959)》的"导言"部分,谢冕说,"颂歌是二十世纪五十年代中国诗歌的灵魂,它极大程度地影响了中国诗歌在当代的行进和发展。谈论这一时段的诗歌,颂歌是绕不过去的一个概念","二十世纪中期的当代诗歌,在颂歌这一总的理念的笼罩下,诗歌形态基本不出政治抒情诗和生活抒情诗这两大门类。前者的代表诗人是贺敬之和郭小川,后者的代表诗人是闻捷和李季"。②"谈论这一时段的诗歌,颂歌是绕不过去的一个概念",但编选诗歌选本,却可以有所偏好和取舍。正因此,《中国新诗总系(1949—1959)》中,这四个诗人(郭小川的情况比较特殊)的诗歌作品,总体上收入并不多。这里可以看出两个方面的区别:一是《中国新文学大系》与《中国新诗总系》的区别,二是选本之选文与导言之间的区别。

先看《中国新文学大系》与《中国新诗总系》的区别。《中国新诗总系》的意图在于"为中国新诗立传"③,换言之,它意在构筑新诗发展

---

① 关于这点,还可以参照《中国新诗总系(1979—1989)》(王光明主编)。这一卷,构筑了"'归来'诗人群""'朦胧诗'诗人群"和"'第三代'诗人群"彼此竞逐的诗歌脉络。在这当中,选诗最多的是第三代诗人于坚(13首),其次是朦胧诗人多多(10首)、第三代诗人韩东(10首),然后是第三代诗人海子(9首)、朦胧诗人舒婷(8首)、第三代诗人陈东东(8首)。归来诗人所选诗歌较少,其中彭燕郊选了7首,艾青选了6首。
② 谢冕:《导言 为了一个梦想》,谢冕主编:《中国新诗总系(1949—1959)》,人民文学出版社,2009年版,第9—10、11—12页。
③ 谢冕主编:《中国新诗总系(1949—1959)》,人民文学出版社,2009年版,第535页。

演变的阶段性格局和分布情况,经典化和价值判断不是其最主要的目的,它不像《中国新文学大系》带有建构诗人文学史地位的意图。这也决定了它们各有其编选体例。"中国新诗总系的编辑方针和体例,经同人反复讨论,确定为按新诗发展的阶段,约略以十年为期分卷。内文编排,也摈弃了以往此类选本通行的、按诗人姓氏笔划或音序排列的方式,而试图采取按照相关内容(例如按照题材或内容、风格或流派、地域或创作思想,等等)分类排列的做法。这样做的好处是突出了创作现象和创作思想的意义,从而有利于诗歌史的研究,并引起读者阅读的兴味。""但随之而来的问题也不少,就以我主编的这一卷为例,首先是诗人被'拆解'了,一个诗人可能出现在不同的'分类'中。再就是分类难,分类之后'归类'更难。五十年代卷中'生活颂歌''时代风景'乃至'边疆风情',性质都有些近似乃至重叠。我在给诗歌归类时,往往举棋不定。"①这里特别提到三点,即"创作现象和创作思想的意义"、"诗人"的"拆解"和诗歌的"分类"。应该说,这是几乎所有的诗歌总集编选时都会遇到的问题。对三者间关系的处理,往往决定了诗歌总集的不同面目。朱自清编《中国新文学大系·诗集》时的做法是尽量兼顾,他从流派的角度理解"创作现象",这样一来就可以很好地使三者之间有效关联起来。通过构筑流派可以很好地建立起诗人与诗歌作品的有效关联,也可以使诗人的主体性得到凸显。谢冕等人编"总系"时则"采取按照相关内容(例如按照题材或内容、风格或流派、地域或创作思想,等等)分类排列的做法",比如说姜涛主编《中国新诗总系(1917—1927)》时就是依据"按社团、群体、'代际'进行的大致归类"②,这样的分类,使得诗人个体被"拆解",淹没在现象中得不到凸显,个体的主体性在这种分类中是不完整的或说支离破碎

---

① 谢冕主编:《中国新诗总系(1949—1959)》,人民文学出版社,2009 年版,第 536 页。
② 姜涛主编:《中国新诗总系(1917—1927)》,人民文学出版社,2009 年版,第 682 页。

的。在这种分类中,三者的关系不是均衡的,而是有层次性和区分性的。其中,"创作现象"居于主体地位,其次是诗歌作品,最后才是诗人。这不像朱自清在《中国新文学大系·诗集》所确立的流派分类原则——诗人居于首要地位,其实是诗歌作品,最后才是流派,所以朱自清在"导言"的最后才会说"若要强立名目"之类的话。流派的认定首先以诗人自身特定时期的创作为标识,其次是多个诗人的具有相同倾向的诗歌作品,最后才能形成流派。

正是这种区别,才使谢冕主编的《中国新诗总系(1949—1959)》中出现"'大跃进'民歌"这一分类,而他参与主编的《中国新文学大系(1949—1976)·第十四集 诗卷》则没有。因为显然"大跃进"民歌一般没有具体作者,它有传播的流动性和变异性特征。其作者是泛化的(在20世纪50—70年代,这一泛化表现在"人民"或"工农兵"这一称谓上),所以《中国新诗总系(1949—1959)》中的"'大跃进'民歌"中只注明地名,而不注明作者。可见,《中国新诗总系(1949—1959)》中,诗人的主体性并不重要。因此不难推断,前面谢冕所说的"举棋不定",反映的不仅是分类的困难,更是选本编选中的潜在矛盾,即应选择文学史中有重要影响的经典(即"文学史经典"),还是更具文学性的经典(即"文学经典"),《中国新诗总系》更多倾向于前者(虽然两种经典之间常常不能两分)。由此也可以看出《中国新诗总系》和《中国新文学大系》的区别。《中国新诗总系》是从时代主题的角度重新审视20世纪中国新诗的发展,诗人的价值认定及其诗歌作品的评价都服务于这一要求。《中国新文学大系》则倾向于在现代性的时间焦虑体验中试图保存和遴选新诗经典。

再来看《中国新诗总系(1949—1959)》的分类。其分类和篇目数量如下:"时间开始了"(4首)、"翻身的故事"(5首)、"政治的抒情"(6首)、"战火中的歌唱"(6首)、"生活颂歌"(51首)、"时代风景"(24首)、"边疆风情"(17首)、"现代主义的挑战"(32首)、"'大跃进'民歌"(12首)、"异端的声音"(20首)。从其分类及构成可以看出,除了"现代主义的挑战"(这部分为台湾地区诗歌部分),最多的四部分依次是"生活颂歌""时代风景""异端的声音""边疆风情"。显然,这是诗歌史写作的"后设"式的做法。有点类似于"风景"的发现后的重构,意在凸显所谓的"异端的声音":因为"异端"是后人(主要是文学史家)所认定的,时人很少有这种意识。可以看出,谢冕的分类把"颂歌"这一形态拆解了,拆解成了"时间开始了""翻身的故事""政治的抒情""战火中的歌唱""生活颂歌""时代风景"和"边疆风情"等几部分;即使是"生活颂歌",也不见闻捷的创作,他把闻捷的创作放在"边疆风情"部分。另外,贺敬之、郭小川、闻捷和李季四个人虽然"承担了奠定共和国诗歌主流形态的创造性工作"①,但其诗歌创作收入这一"总系"中的数量却不多,贺敬之有 5 首,其中 2 首被放在"异端的声音"部分,也就是说属于"颂歌"的只有 3 首;郭小川收入 3 首;闻捷收入 1 首;李季收入 1 首。选本中,公刘和蔡其矫的诗最多,各有 6 首,其他诗人如邵燕祥,收入 5 首,郭沫若、艾青、徐迟、沙鸥、孙静轩等各 3 首。从诗歌史的发展脉络看,颂歌无疑是 1949—1959 年的"共和国诗歌主流形态",郭小川、贺敬之、闻捷和李季是其代表,谢冕当然不可能否认这点。但在诗歌选本的编选中,他们的诗歌作品数却并不必然是最多的。这是选本之"选"与一般的文学史叙述不同的地方。就《中国新诗总系(1949—1959)》而言,其意义在于构筑"创作现象","创作现象"需由众多的诗人和诗歌作品构成,具体诗人的地位在其中并不重要也无须凸显。这是其一。其二,这种"创作现象"又是后来构筑的,与当时的情况并不完全一致。比如说"异端的声音"部分,大部分诗歌都出自后来的归来者诗人群,这些诗歌之所以被特别推崇,是基于一种典型的寻找"被压抑的现代性"的逻辑,认为彼时诗歌创作"'一体化'宏图"中当有"异端的声音"。这部分选择了 20 首诗,是"颂歌"部分(113 首)的 18%,因而给人的感觉是,"异

---

① 谢冕主编:《中国新诗总系(1949—1959)》,人民文学出版社,2009 年版,"导言"第 12 页。

端的声音"在当时是不可忽视的重要一脉;而事实上,这些作为"被压抑的现代性"的表征的诗歌,在当时只占诗坛相当小的一部分。选本通过"选"的行为形塑并强化了这种效果。

更为重要的是,异质性在这里不仅是选择标准,还逐渐内化为评价标准。这也是选本之"选"的独特性的体现。选本之"选",通常是一种肯定机制,对"异端的声音"的寻找,通过"选"的行为而被强化,在不知不觉间演变成评价标准(寻找异质性的诗歌作品也是《中国新文学大系(1949—1976)·第十四集 诗卷》的诉求所在)。就当代诗歌演变史而言,其异质性构成部分主要集中出现在 1956 年前后的"百花时期"、1961 年前后的调整时期以及 20 世纪 70 年代初到 1976 年前。这三个时期的诗歌作品,在《中国新诗总系》的相应卷(即 1949—1959 年卷、1959—1969 年卷和 1969—1979 年卷)中所占比例很大。同样是这种寻找异质性的诉求,决定了《中国新诗总系》的 1949—1959 年、1959—1969 年、1969—1979 年这三卷的大陆诗歌选文部分的二元结构模式,即"主流诗歌/异质性诗歌"。异质性的部分在 1949—1959 年卷中是"异端的声音",在 1959—1969 年卷中是"当年未发表的诗",在 1969—1979 年卷中是"地下诗歌"。在这种模式中,异质性诗歌虽然所占比重相对较小,但占据二元结构中的主体(主导)地位,也是潜在的评价标准。

这也带来另一个问题——对异质性的寻找,使得"选"的功能被弱化。《中国新诗总系(1969—1979)》所选大陆诗歌部分,把"异端"诗人于此一时期创作的诗歌几乎悉数囊括。这反映出"选"的空间其实很小。比如"'文革'遗影"部分中"穆旦"条目选诗 28 首,而人民文学出版社出版的《穆旦诗文集》中收入穆旦 1975—1976 年的诗歌一共才 30 首①。可见,《中国新诗总系》后设性的建构诗歌发展格局的实践忽略了选本之"选"的方面。这在 1949—1959 年和 1959—1969 年两卷

---

① 穆旦于 1977 年 2 月 26 日病逝,1957—1974 年未有诗歌创作。

中表现得也很明显。

三

《中国新文学大系》中进化论的观点已经被很多人所熟知,其以十年为一分期的一个潜在的认识论基础是,文学是有机进化的、朝向"文学的现代化"发展的。这一观念在20世纪80年代被强化,其中最有代表性的论述是李泽厚的《启蒙与救亡的双重变奏》一文。该文把现代三十年和1949年至当时的当代视为两个阶段看待,同时,也是把现代三十年作为"方法"看待自1949年至20世纪80年代的当代。这样就把当代划分为两个阶段,即1949—1976年和1976年到当时。其中,1976年到当时被视作启蒙的回归。这是一种整体的现代文学观念,而这一观念,潜在地与现代时期的进化论暗合。其结果是现代三十年作为一个进化的周期被确定,第一个十年是发轫期,第二个十年是发展期,第三个十年是高峰期,而后进入当代,这是另一个周期的开始。李泽厚虽然提出"启蒙与救亡的双重变奏",但其实他是以"启蒙"作为观察的视角,因而某种程度上"启蒙"也就等同于"现代文学",两者是耦合的。

这里要注意到,不论是《中国新文学大系》还是《中国新诗总系》,都是在百年文学的框架内对现代文学和当代文学进行分期的。这是"二十世纪中国文学"这一"风景"之发现后的回溯性分期,与"原初"意义上的现代文学和当代文学的分期截然不同。这是把"世界文学"作为方法的"二十世纪中国文学","二十世纪中国文学"被构想为"以'世界历史'为尺度的'竞技场'"[①]。沟口雄三指出:"以往以中国为'目的'的中国学——没有中国的中国学自不待言,把世界作为方法来研究中国,这是试图向世界主张中国的地位所带来的必然结果。为了向世界主张中国的地位当然要以世界为榜样、以世界为标准来斟酌

[①] 钱理群、黄子平、陈平原:《论"二十世纪中国文学"》,《二十世纪中国文学三人谈·漫说文化》,北京大学出版社,2004年版,第16页。

中国已经达到了什么程度(或距离目标还有多远),即以世界为标准来衡量中国,因此这里的世界只不过是作为标准的观念里的'世界'、作为既定方法的'世界',比如说'世界'史上的普遍法则等等。这样的'世界'归根结底就是欧洲……世界对中国来说是方法,是因为世界只不过是欧洲而已,反过来说,正因为此,世界才能够成为中国的方法。"①"二十世纪中国文学"论中的一个核心点就是,"二十世纪中国文学"被视为"中国文学走向并汇入'世界文学'总体格局的进程"②。"'世界文学'中的中国文学,就超出了最初的'师夷长技以制夷'的狭隘眼界,意味着用当代的眼光、语言、技巧、形象,来表达本民族对当代世界独特的艺术认识和把握,提出并关注对一时代有重大意义的根本问题,从而自觉不自觉地,与整个当代人类的共同命运息息相通。"③这里所说的"当代的眼光、语言、技巧、形象",显然关联着沟口雄三所说的"作为标准的观念里的'世界'、作为既定方法的'世界'",这一"世界"某种程度上也代表着罗岗所说的被"自然化"的没有时间性和历史感的意识形态。"世界文学"观照下的分期逻辑如下:"二十世纪中国文学"分为现代文学和当代文学,现代文学被视为融入世界文学的范本,因而也就成为评判当代文学的标准、"尺度"和"方法",于是当代文学也就被划分为1949—1976年和1976—2000年这两个大的时段,而在这当中,1976年是关键点和分水岭。1976—2000年为启蒙复归(即"新启蒙")、回到"五四"的时段,1949—1976年则被视为启蒙被压抑和遮蔽的时段。其结果是,"二十世纪中国文学"被建构为指向"文学的现代化"的一整套叙事,这一叙事以启蒙与救亡的双重变奏为基础,与此相关的还有主流/异端、传统/现代、政

---

① 沟口雄三:《作为方法的中国》,生活·读书·新知三联书店,2011年版,第130—131页。
② 钱理群、黄子平、陈平原:《论"二十世纪中国文学"》,《二十世纪中国文学三人谈·漫说文化》,北京大学出版社,2004年,第11页。
③ 钱理群、黄子平、陈平原:《论"二十世纪中国文学"》,《二十世纪中国文学三人谈·漫说文化》,北京大学出版社,2004年版,第16页。

治/文学、中心/边缘等诸多二元对立模式的命题。因此,寻求"被压抑的现代性"就成为《中国新诗总系》和《中国新文学大系》中当代诗歌部分的重要主题和线索。在这一视域下,这五十余年(1949—2000)的两种分期(以十年为一个阶段分为五个时期和以1976年为分水岭分为两个时期)尽管不同但并不冲突,因为"文学的现代化"诉求在这五十余年中是贯穿始终的主题,分期只表明这一主题的阶段性演变程度。

第三节 选本编纂与新诗经典化命题的再阐释

《中国新文学大系》编辑第一辑的时候,新文学的首倡者们其实已经意识到现代性体验中的"不断崩溃与更新"①的时间压迫,有一不小心就沦为"三代以上的古人"的焦虑②。编选"大系"有抵抗这种焦虑的内心冲动在。这样一种焦虑所反映的是波德莱尔所谓的"现代性"矛盾内涵:"现代性就是过渡、短暂、偶然,就是艺术的一半,另一半是永恒和不变。"③编选《中国新文学大系》有抵抗"过渡、短暂、偶然"的意图在,它通过构筑文学经典达到对"永恒和不变"的追求。赵家璧没有用"经典"一词,而是用"现代文学史上已有定评的文艺作品"④一说,这显然是当时(20世纪80年代)的后设性说法,是一种"风景"发现后的回溯性叙述。也就是说,在20世纪30年代,这种"定评"是没有的,也不可能有,所谓"定评"是进行建构才能有的效果。《中国新

---

① 马歇尔·伯曼:《一切坚固的东西都烟消云散了——现代性体验》,徐大建、张辑译,商务印书馆,2013年版,第15页。
② 刘半农:《初期白话诗稿》,书目文献出版社,1984年影印,第6页。赵家璧在《话说〈中国新文学大系〉》中也特别提到刘半农的这段话,并说:"为什么如刘半农自己所说'当初努力于文艺革新的人,一挤挤成了三代以上的古人'了呢?"(赵家璧:《编辑忆旧》,中华书局,2008年版,第107页)
③ 波德莱尔:《现代生活的画家》,《1846年的沙龙——波德莱尔美学论文选》,郭宏安译,广西师范大学出版社,2002年版,第424页。
④ 赵家璧:《话说〈中国新文学大系〉》,《编辑忆旧》,中华书局,2008年版,第103—104页。

文学大系》的编选正试图达到这种效果。

一

讨论《中国新文学大系》的经典化诉求,首先要考察编选的时间间距问题。这里主要涉及两个方面:一是"大系""选稿的起讫年限"的选择,二是编选时间(1934)和"大系""选稿的起讫年限"(1917—1917)①间的时间差。第一个方面反映的是经典化过程中被经典的文学作品的观察"年限"问题。现代性既然意味着要在"短暂"中把握"永恒",那么这一"短暂"的观察"年限"应是多长?彼时,有所谓的文学年选,比如说《新诗年选(一九一九)》(亚东图书馆,1922年),也有"选稿的起讫年限"较短的阶段选,比如说《分类白话诗选》(崇文书局,1920年)。这些选本的作用更多体现在保存和集中展现诸方面。因为,这些选本的"选源"和"选域"之间是反比例关系:"选源"较窄,"选域"较宽。"选源"和"选域"的反比例关系,决定了这些选本的经典化程度。"年限"越短,经典化的程度越低,"年限"越长,经典化的程度越高。这种背景下,"年限"是否适中成为关键问题。"十年"被认为是适中的"年限",这在蔡元培在为《中国新文学大系》所写的"总序"中有明显表征:"吾人自期,至少应以十年的工作抵欧洲各国的百年。所以对于第一个十年先作一总审查,使吾人有以鉴既往而策将来,希望第二个十年与第三个十年时,有中国的拉飞尔与中国的莎士比亚等应运而生呵!"②在这里,"十年"既是观察和"审查"的"年限",也是进化论的阶段划分:文学正是在这种以"十年"为期的观察中一步步向前发展的。

第二个方面反映的是经典化过程中经典制造者观察的时间差和历史感问题,即应站在多长的时间距离外反观和审查文学发展状况。

---

① 赵家璧:《话说〈中国新文学大系〉》,《编辑忆旧》,中华书局,2008年版,第113页。
② 蔡元培:《中国新文学大系·总序》,王蒙、王元化主编:《中国新文学大系(1976—2000)·第三十集 史料索引卷二》,上海文艺出版社,2009年版,第13页。

普遍被认可的观点是,时间距离越长,越能形成客观有效的观察;这也意味着,越经得起时间检验的作品,其经典性程度越高。"大系"第一辑(1917—1927)的编选时间(1934),与大系的"选稿"截止时限(即时间"起讫"中的"讫")之间,隔着不到十年时间。第二辑(1927—1937)的编辑时间是 1984 年 7 月(出版时间是 1985 年 5 月),与"选稿"截止时间之间隔了 47 年。第三辑(1937—1949)的编辑时间是 1990 年 2 月(出版时间是 1990 年 12 月),与"选稿"截止时间之间隔了 41 年。第四辑(1949—1976)的编辑时间是 1996 年 11 月(出版时间是 1997 年 11 月),与"选稿"截止时间之间隔了 20 年。第五辑(1976—2000)的编辑出版时间是 2009 年 3 月,与"选稿"截止时间之间隔了不到 10 年。如果说时间差越长越能显示出历史感的话,显然《中国新文学大系》第一辑和第五辑是历史感最弱的,第三辑历史感最强。但历史感就像罗岗所说,其实是最不可靠的,其中有意识形态色彩存在[①]。即是说,在经典化的过程中,时间差的长短并不是最重要的,就"大系"系列而言,赵家璧主编的《中国新文学大系》虽时间差较短,但学界公认其最有影响力,经典化程度也最高。

讨论《中国新文学大系》的经典化诉求,还必须区分两个方面。一是叙事作品的经典化,二是抒情作品的经典化。前者以小说卷为代表,后者以诗歌卷为代表。就《中国新文学大系》小说卷而言,其面临的一个问题是篇幅有限和小说容量较大之间的矛盾。这在某种程度上造成一卷之中只能选择数量有限的小说作品,比如说鲁迅编选的《中国新文学大系·小说二集》中,收入小说家 33 人,小说 59 篇,这些小说皆属于短篇小说。《中国新文学大系》自第二辑开始区分中篇和短篇,其中"小说集一·短篇卷",收入小说家 36 人,小说 48 篇。收入中篇小说的选本所收入篇数就更少,一般只有 10 篇左右。相比之下,《中国新文学大系》诗歌卷收入的作品则要多得多,仅朱自清编

[①] 罗岗:《"分期"的意识形态——再论现代'文学'的确立与〈中国新文学大系(1917—1927)〉的出版》,《华东师范大学学报(哲学社会科学版)》2001 年第 2 期。

《中国新文学大系·诗集》就收入诗人 59 位,诗歌 400 首,作品数量是《中国新文学大系·小说二集》收入篇数的将近 7 倍。从这个比较可以看出,小说选一般可以做到精选,既突出作者,又突出入选作品;诗歌卷的情况则有所不同,它更可能突出诗人。这里存在收入诗歌和收入诗人之间的不平衡现象。因为收入诗歌作品数量过多,作品间的经典化程度不可能一致。有些诗人收入作品较多,有些则收入作品较少。显然,收入诗歌作品数量的多寡,对于诗人而言意义不同。收入数量的多寡构成"差序格局":收入作品最多的诗人的诗歌数量与收入作品最少(即 1 首)的诗人的诗歌数量之间的差距越大,格局就越明显,诗人经典化的等级秩序也越分明。这同时意味着,就《中国新文学大系》诗歌卷的编选而言,其诗歌作品的经典化离不开诗人的经典化,诗人的经典化程度越高,其所选作品的经典化程度就越高,两者之间互为因果和前提。虽然有些名气不大的诗人会有一两首特别著名的诗歌作品,其经典化不一定依靠这种等级秩序,但对大多数诗人而言,其诗歌作品的经典化却必须依靠这种等级秩序。相比之下,小说作品的经典化却可以依托作品自身完成。

这里还要注意《中国新文学大系》的编选体例,它使用作者编排体例。这样一种体例古已有之,但它与古代的选本不同。古代选本的体例是文体辨析基础上的作者编排范式。即是说,古代选本,特别是诗歌选本的体例有两个层次。第一个层次是文体层次,比如说《唐诗三百首》,先是五言古诗、五言律诗、七言古诗、七言律诗的分类,而后在各个分类下排列诗人。就古代选本而言,不论怎么编选,不论诗人数有多少,几种固定的文体却是基本不变的。可见,在中国古代,作者的地位在文体之下:先考虑文体的演变,然后才是诗人的地位及其贡献。但对于《中国新文学大系》而言,作者的地位却是首要的。这里没有所谓的文体辨析,也不从文体流变的角度定位作者,而是先排列作者,再把同一作者的作品全部置于其下。从这个角度看,现代意义上的选本首先塑造的是作者的主体性,而不是文体的主体性。而这也意味着现代意义上的经典化不同于古代。现代文学的经典化,首先基于诗人的主体性建立,而后才是作品的经典化。这是一个总的背景。

二

就选本而言,其经典化作用的重要性和独特性表现在借助选本之"选"所建构的"选域",并由此构筑超越具体时空的共存秩序。这即艾略特所说的"传统"和"历史感"的表现:"传统……涉及一种历史感……历史感不仅感知到了过去的过去性,也感知到了它的现在性;这种历史感迫使一个人不但用铭刻在心的他们那一代人的感觉去写作,而且他还会感到自荷马以来的整个欧洲文学以及处于这个整体之中的他自己国家的文学同时存在,组成了一个共存的秩序。这种历史感既是永恒感又是暂存感,还是永恒与暂存交织在一起的感觉,就是这种意识使一位作家成为传统的。与此同时,它使得一位作家敏锐地意识到他在时间中,在同时代诗人中的位置。"①选本通过"选"和"编"完成对"过去"与"现在"、"永恒"与"暂存"的"共存的秩序"的构筑。选本的入选作品之间存在彼此生发和相互印证的关系;作品的并置不仅仅是一种排列,更涉及意义的生产方式,它使得众多作品彼此影响、相互阐释。对我们而言,要讨论的问题是,这一"共存的秩序"如何构成,其构成的各种因素间的复杂关系为何。

针对作品和文学(史)之间的关系,有着持续不断的争议:"我们这个学科的理论史就始终是以'作品'为对象和以'文学'的对象这两种对象规定性之间的矛盾中徘徊。在绝大多数情况下,作品这个概念总是同阐释学、解释、审美价值判断、语言分析等的问题联系在一起,而从'文学'角度来看,首要的问题是历史的、社会的、表意的以及

---

① 艾略特:《传统与个人才能》,拉曼·塞尔登编:《文学批评理论:从柏拉图到现在》,刘象愚、陈永国等译,北京大学出版社,2003年版,第411页。

其他等等的说明,或是文学内部的演变。"①这种争议,也是关于"文学经典"与"文学史经典"的争议。其症结在于既定的时空意识,文学经典是在超越特定时间的共时的、横向的空间中定位的,文学史经典则是在历时的、纵向的时间中定位的,两者虽有交叉,但大多数情况下则是分道扬镳的。这种矛盾,在文学选本的编纂实践中被有效克服了,文学选本(特别是诗歌选本)创造了文学史经典和文学经典的交叉形态。这种交叉,通过入选作品所构成的多重时空营造出来。选本是历时性多重时空和共时性时空的结合,其共时性表现为选本之"选"所建构的"秩序"的"共存",这是一种整体效果,历时性多重时空则是入选作品的并列构筑出来的。入选作品发表的时间可以是错杂的,选本可以由同一年或几年内发表的作品组成,比如说年选、双年选、三年选;入选作品发表的时间跨域也可以很大,比如说三十年选、五十年选、百年选,乃至时间跨度更大的选本。这种跨度更大的选本,最典型的形态就是各种语文教科书(包括小学、中学和大学)。同样,入选作品的作家代表的空间也可以是错杂的,可以是跨地域的(如跨省)、跨民族的,甚至跨国的。这样一种历时性多重时空和共时性的时空的结合,在选本中通过"选"的行为和作品的并置的方式完成,其表现形式就是差异等级秩序,形成一般意义上的"同一性和差异性"关系②:入选作品及作家虽是"共存的",但并不是彼此对等或平等的;相反,它们之间存在差异或等级关系。这种差异或等级就是"历史感"的表征及其存在形态。一旦秩序得以建立,就可以很好地抵制时间的压迫,从而获得永恒的幻觉。

文学选本中,这种"同一性和差异性"关系表现在以下四个方面:一是作家之间的差异性。入选作家之间要有名气上、年龄上、性别上

---

① 瑙曼:《作品与文学史》,瑙曼等:《作品、文学史与读者》,范大灿编,文化艺术出版社,1997年版,第181页。
② 米歇尔·福柯:《词与物——人文科学的考古学》,莫伟民译,上海三联书店,2016年版,第57页。

和职业上等多方面的差异。如果都是无名作家不行,但如果都是名作家,"选"就发挥不出相互影响的功能,也不能显示出其广泛性。二是作品之间的差异。所选作品不能都是争议很少的经典作品(当然,这样的作品很少),也不能都是存在较大争议的作品。作品之间要构成错位关系。比如说蔡天新主编的《现代汉诗110首》,这一诗选遵循一个诗人只选一首的原则,因此入选的诗歌都是被认为能代表诗人个性的诗歌作品,既收入脍炙人口的名家名作如艾青的《我爱这土地》、食指的《相信未来》、北岛的《宣告》,也收入不太被人关注或很少被其他选本收入的名家作品如徐志摩的《为要寻一颗明星》、戴望舒的《秋》、顾城的《丧歌》和海子的《最后一夜和第一日的献诗》。三是要有时间差。这种时间差表现在所选作者和作品身上,还体现在选本编选实践与所选作品的发表年代上。选本中要有时间上的错位关系,不能都是同一个时代或同一个时间段的作家或作品,同一作家也不能都选同一时段的作品。时间差是营造历史感的重要方式:时间差越明显,历史感就越强。但这种时间间距也不能太长,时间间距过长(教材是另一种情况),入选作品之间的异质性就会过于明显,选本难免有杂糅之嫌。四是同类选本之间和不同类选本之间的差异对话关系。同类选本(比如说朦胧诗选本)之间所选作品不能完全相同,但也不能差异过大,必须控制在一定的比例之内,保持一定的平衡关系。不同类选本,一般指出版时间相近的不同类选本,它们之间也应有一定的对话关系。比如说冯骥才、李陀主编的《当代短篇小说43篇》(四川文艺出版社,1985年),其取名"43"的随意性背后就有与彼时文学现实主义潮流和现实主义选本对话之意。

三

就诗歌作品选而言,类型不同,经典化的方向也有所不同。这里主要有三种情况。第一种情况是诗歌流派作品选,这种作品选聚焦流派代表诗人的经典化地位的构筑,诗歌作品的经典化是次要的。最典型的例子是各种朦胧诗选本。第二种是"三百首""百首"系列选本。

这些选本中也存在入选诗人诗歌数量多寡带来的"差序格局",但它们更侧重诗歌作品的经典化,相对而言,诗人的地位是次要的。这种情况在蔡天新主编的《现代汉诗110首》中表现得最为明显,诗人和入选诗歌数的比例是1∶1,一位诗人只收入一首诗歌。第三种情况是《中国新文学大系》诗集系列,它介于前面两者之间,因而也特别具有代表性和症候性。

《中国新文学大系》诗集系列的经典化实践,可从以下六个方面来谈:

第一,对经典作家的构筑。所选作家的作品数量不能完全相同。《中国新文学大系》诗集系列通过所选诗人作品数的多寡构筑经典诗人的序列,经典诗人是那些入选诗歌作品数相对较多的人,入选诗歌作品数量的多寡使诗人呈现出等级关系来。比如说朱自清编《中国新文学大系·诗集》,建构的第一个十年的经典作家序列是:闻一多(29首)、徐志摩(26首)、郭沫若(25首)、李金发(19首)、冰心(18首)、俞平伯(17首)、刘大白(14首)、汪静之(14首)、康白情(13首)、朱自清(12首)、何植三(12首)、潘漠华(11首)、冯至(11首)、徐玉诺(10首)、蓬子(10首)、朱湘(10首)、胡适(9首)、周作人(9首)、冯乃超(9首)、刘复(8首)、陆志韦(7首)、应修人(7首)、冯雪峰(7首)、戴望舒(7首)、朱大枬(7首)、宗白华(6首)、穆木天(6首)、王统照(5首)、田汉(5首)、梁宗岱(5首)、于赓续(5首)、王独清(4首)。《中国新文学大系(1949—1976)·诗卷》建构的经典作家序列是:公刘(10首)、牛汉(8首)、余光中(8首)、曾卓(8首)、穆旦(8首)、洛夫(7首)、绿原(7首)、邵燕祥(6首)、昌耀(6首)、痖弦(6首)、覃子豪(6首)、李瑛(5首)、罗门(5首)、闻捷(5首)、彭邦桢(5首)、艾青(4首)、纪弦(4首)、李季(4首)、贺敬之(4首)、臧克家(4首)。对《中国新文学大系》而言,经典作家的构筑十分必要且关键。没有经典作家的序列,其文学史叙述就无法有效展开,仅呈现经典作品或勾勒文学思潮线索远远不够,若没有这一序列,经典作家不过是

"作品"和"文学"之间的中介。

　　第二，经典作家的构成建立在数量众多的基本作家的基础上，作家间要有明显的差异秩序。这一序列应呈现为金字塔形，最顶端（最经典）的诗人越少越好。最底端则必须是大多数。没有基本作家，经典作家也就无法成立。基本作家主要由那些只被收入一首诗或两到三首诗的诗人构成，这一人群所占比例最大。比如说朱自清编《中国新文学大系·诗集》中，被收入1—3首诗的有27人，占总人数59的45.8%。这一比重，在第二辑以后有加大的趋势，比如说《中国新文学大系（1949—1976）·第十四集 诗卷》，被收入1—3首诗的有149人，占总人数170的87.6%。比例的不同暗含了判断，这可以以《中国新文学大系（1949—1976）·第十四集 诗卷》和《中国新文学大系（1976—2000）·第二十二集 诗卷》为例。《中国新文学大系（1949—1976）·第十四集 诗卷》中基本诗人占比较高，而《中国新文学大系（1976—2000）·第二十二集 诗卷》中，收入3首以内的诗人也有124人，占总人数145的85.5%，这似乎暗含如下评价：这两个时段的诗歌成就相对较低，大都是成就不高的小诗人。朱自清所编《中国新文学大系·诗集》，基本诗人数占比不是太高，既表明这一时期诗歌创作的整体水平相对齐整，也表明朱自清想尽可能多地构筑经典作家（经典诗人），但随着时间的淘洗，情况发生重要变化，比如其中的何植三、徐玉诺、蓬子、陆志韦、朱大枬、于赓续等，跌出了经典诗人行列。就差序秩序而言，经典作家和基本作家之间是彼此映照、互相阐发的关系。如果说经典作家的构成离不开基本作家的烘托和陪衬的话，基本作家同样也离不开经典作家的映照和辐射，他们之间构成"共存的秩序"，彼此以对方作为自己存在的依据和显示自己地位的参照。简言之，他们之间互为"他者"，选本在呈现经典作家的经典性的同时，也赋予了基本作家以一定程度的经典性。

　　第三，经典化的完成必须发生在历史的脉络中，由此构建文学史秩序，这是《中国新文学大系》特有且十分突出的功能。关于《中国新文学大系》第一辑的研究成果已经很多,其所具有的文学史构筑意义也基本形成共识。这里要指出,《中国新文学大系》(特别是诗集系列)采用了独特的历史构筑法。比较《中国新文学大系(1949—1976)·第十四集 诗卷》和《中国新诗总系(1949—1959)》很能说明问题。在后者当中,谢冕为了突出"文学现象"选入"大跃进"民歌,前者则不选入。有这种不同很重要的原因是,《中国新文学大系(1949—1976)·第十四集 诗卷》所呈现的体现其文学标准的文学史脉络带有后设性质,这一脉络需要呈现经典作家,也要呈现经典作品。这是经典作品和经典作家相结合的,从本质上说,《中国新文学大系(1949—1976)·第十四集 诗卷》所要建构的是被认为具有较高"文学性"或符合其文学标准的作品序列,其文学史脉络建立在这种作品序列之上。《中国新诗总系》则意在"为中国新诗立传",服务于"诗歌史的研究"①,因此在兼顾艺术性的同时不能不考虑文学史的构筑及其现场性,经典作品的构筑不是其首要或主要的诉求。

第四,《中国新文学大系》诗集系列所进行的作品的经典化,是以文学史脉络和经典作家的构筑为基础。换言之,经典作品的经典性是被选本赋予的系统值,脱离《中国新文学大系》所建构的文学史脉络和经典作家序列,经典性就很难存在。而这恰恰也是选本编纂所进行的经典化的最重要的特点。选本编纂所构筑起的经典,从来都不是孤立存在的,它必须被放在脉络中加以考察和定位——它需要阐发,需要陪衬。因此,考察经典化的程度主要有两种方法,一是看诗歌作品数和入选诗人数的构成比值。《中国新文学大系》诗集系列第一辑选诗 400 首,选录诗人 59 位;第二辑选诗 284 首,选入诗人 93 位;第三辑选诗 391 首,选入诗人 195 位;第四辑选诗 342 首,入选诗人 170 位;第五辑选诗 315 首,选入诗人 145 位。这几辑的比值依次如下:

---

① 谢冕主编:《中国新诗总系(1949—1959)》,人民文学出版社,2009 年版,第 535、536 页。

6.780、3.054、2.005、2.012、2.172。这一数值也可说明"差序格局"的明显程度,选诗数和诗人数的比值越高,其构筑的诗歌史"差序格局"就越明显。以此观之,这五辑中,第一辑构筑新诗史格局的效果最明显,其次是第二辑、第五辑、第四辑和第三辑。但换一个角度看,结论则会是另一种。因为前三辑的内容属于现代三十年时期,收入诗歌共 1075 首,收入诗人 347 人,两者的比值是 3.098。而当代五十年部分收入诗歌数 657 首,收入诗人 315 人,比值是 2.086。就当代和现代的分期来看,对现代时期的诗歌史格局的构筑效果显然要高于当代时期。二是基本作家和经典作家的构成比值。如果以单人收入 3 首以上作为经典诗人的标志的话,第一辑基本诗人 27 人,经典诗人 32 人;第二辑基本诗人 76 人,经典诗人 17 人;第三辑基本诗人 167 人,经典诗人 28 人;第四辑基本诗人 149 人,经典诗人 21 人;第五辑基本诗人 124 人,经典诗人 21 人。其比值依次是 0.84、4.47、5.96、7.10、5.90。应该说,比值越高,诗人的经典化程度越高。以此观之,诗人经典化程度最高的是第三辑,最低的是第一辑。

之所以要在历史脉络中考察,是因为诗歌作品的经典性是一个综合系统值。不像相对自主的小说可以独立存在或自我赋予价值,诗歌作品的经典化离不开诗人的经典化。比如舒婷,我们熟知她的《致橡树》,离不开舒婷作为朦胧诗人的身份,离不开爱情诗的脉络,离不开朦胧诗论争。没有这些背景,我们便无法洞悉其经典化的过程。虽然对于今天的读者而言,这些背景可能都已并不重要,但对于其经典化而言,这些却是不可缺少的前提因素。

第五,诗人的经典化和诗歌的经典化与诗人群体的经典化紧密关联。建构文学史秩序,总要有文学史脉络的叙述单位,诗歌流派或思潮往往就成为把握诗歌史的基本单位和线索。这也意味着经典诗人和经典作品的形成,常常要与经典诗歌流派群体的形成勾连在一起。群体或流派之外的诗人,被经典化的可能性相对较小(见表 5-1):

表 5-1 《中国新文学大系》诗歌系列导言中提及的诗歌流派表

辑 数	社团流派①
第一辑 （1917—1927）	自由诗派：胡适、周作人、郭沫若、刘复、冰心、俞平伯、何植三、潘漠华、汪静之、康白情、宗白华、田汉、梁宗岱、鲁迅等 格律诗派：闻一多、徐志摩、朱湘、陆志韦、于赓续等 象征诗派：李金发、王独清、穆木天、戴望舒、冯乃超、蓬子等
第二辑 （1927—1937）	"文学研究会"的"为人生"的文学和"创造社"的"革命文学"一线（其中包括"创造社""太阳社""晨光社""湖畔诗社""中国诗歌会"和艾青、臧克家、田间，以及"左联五烈士"等）： "创造社"：郭沫若 "太阳社"：殷夫 "晨光社"：柔石 "湖畔诗社"：应修人、冯雪峰、潘漠华、汪静之 "中国诗歌会"：蒲风、王亚平、林焕平等 流派之外的诗人群体：艾青、臧克家、田间 "新月派"和"象征派"一线（包括"新月派""象征派"和"现代派"等）： "新月派"：闻一多、徐志摩、朱湘、陈梦家；汉园三诗人（李广田、卞之琳、何其芳） "象征派"：李金发、冯乃超、穆木天、王独清等 "现代派"：戴望舒 流派之外：废名
第三辑 （1937—1949）	国统区诗人群：九叶派诗人群、政治讽刺诗人（袁水拍） 解放区诗人群：李季、张志民、阮章竞等 "七月"诗人群：艾青、田间、阿垅、牛汉、邹荻帆、绿原、彭燕郊、鲁藜、冀汸、胡风等 "中国诗歌会"诗人群：王亚平、穆木天、蒲风等 跨地域、跨时期的诗人群：艾青、田间、何其芳、卞之琳等
第四辑 （1949—1976）	"政治抒情诗"：郭小川、贺敬之 "生活抒情诗"：李季、闻捷 "青年诗人"群（政治抒情诗和生活抒情诗的综合）：公刘、李瑛、周良沛、白桦等 "归来的诗人"：穆旦、牛汉、曾卓、绿原、昌耀、邵燕祥、白桦、公刘等 流派之外的诗人群：艾青、郭沫若、何其芳、蔡其矫、傅仇、邵燕祥 台湾的现代派及其他：余光中、纪弦、覃子豪、张默、洛夫、痖弦等

① 表中的流派社团名，根据"大系"诗集系列各辑导言而来，只是做了适当归纳。

(续表)

辑　数	社团流派
第五辑 （1976—2000）	归来的诗人群：艾青、牛汉、曾卓、绿原、昌耀等 朦胧诗人群：北岛、舒婷、顾城、杨炼、江河、芒克、多多、食指、梁小斌等 第三代诗人群：海子、韩东、西川、于坚等
备注	第一，诗歌流派之外的诗人在这些导言中，一般是单独拎出来作为重要诗人分析的，比如说艾青在第二辑、第四辑作为流派之外的成员出现。第二，有些诗人在不同时期会被做不同处理。这里有三种情况。第一种是，同一诗人在不同时期会被作为不同流派的成员，比如说艾青，在第三辑是"七月派"成员，在第五辑是归来的诗人群成员。再比如说穆旦，在第三辑中是"九叶派"成员，在第四辑中则是归来的诗人群成员。第二种是，同一诗人有时候作为流派成员出现，有时候又会作为流派之外的成员出现。比如说郭沫若，在第一辑是自由诗派成员，在第四辑处于流派之外。第三种是，有些诗人在同一个时期被做不同处理。比如说公刘和白桦，在第四辑中，既被作为"青年诗人"论述，又被作为"归来的诗人"对待。第三，对于有些特别重要的诗人，比如说艾青，"大系"常常表现出犹豫和矛盾的态度，既想把他纳入某些流派，又想突出其独立于流派之外的特性

综合比较前面五辑的诗歌流派可以发现三点。一是各流派的核心成员，基本上都是20世纪中国诗歌史上被经典化的诗人。二是创作生涯延续时间较长或在五辑中出现次数较多的诗人群，基本都属于20世纪中国诗歌史上的经典诗人群。比如新月派、象征诗派、九叶诗派、中国诗歌会、归来的诗人群。其中，因为之后再未出版新的"大系"，朦胧诗派只出现了一次。三是以上流派中成就最高的，其核心代表成员构成20世纪中国新诗经典诗人的最高层次，比如自由诗派、新月派、现代派、九叶派、归来的诗人群，以及朦胧诗派的代表诗人大都被视为最经典的诗人。郭沫若、闻一多、徐志摩、戴望舒、艾青、穆旦、北岛、舒婷这八位诗人均出现在《二十世纪中国文学大师文库·诗歌卷》选出的"文学大师"行列。按选本中的顺序排列，该选本选入的大师有穆旦、北岛、冯至、徐志摩、戴望舒、艾青、闻一多、郭沫若、纪弦、舒婷、海子、何其芳。

第六，诗学观的层面。通过前面的分析不难看出，诗人、诗歌作品和诗歌流派被经典化的原因,与编选那一卷诗集的主编的诗歌观或诗学观的关系不是太大。就专门类诗歌选本而言,比如说流派社团作品选、主题题材作品选,诗歌观念直接影响作品的入选,而且,这些选本的编选标准相对单一且一以贯之。但那些综合性选本,比如《中国新文学大系》诗集系列、文学年选以及《新诗三百首》等选本,很难有贯穿始终的编选标准,其入选作品所表征的标准常常互有抵牾。对这些选本而言,诗歌观的影响常常只体现在作品选择的总体倾向上。《中国新文学大系》诗集系列中,第一辑收入闻一多和徐志摩的诗歌数量最多,这与朱自清偏爱格律诗派有关。再比如谢冕,虽然他是朦胧诗派的热情推崇者,写过《在新的崛起面前》这样的文章,但他更偏爱"归来的诗人",因此,第四辑将"归来的诗人"作为一个群体收入,这一流派的诗人收入诗歌数量最多,代表诗人收入的诗歌作品也偏多,尤以公刘为甚,有10首,其次是牛汉、曾卓、穆旦,各收入8首。谢冕编选的《中国百年诗歌选》(山东文艺出版社,1997年)等综合性选本中,收入的朦胧诗人的诗歌作品数都并不太多。《中国百年诗歌选》中,朦胧诗人选诗最多的是北岛,有6首,而顾城只有2首,多多也仅有1首;而归来的诗人群中,公刘选了8首,穆旦选了7首,艾青选诗最多,有12首。

四

可以看出,某一作品或某一作家的经典地位的形成,从来都是在网络中进行的。仅就作品本身谈作品,或仅就作家本身谈作家,都不可能实现经典化,而能产生经典化的幻觉。长期以来,我们都是在经典的框架下从事文学阅读和思考,比如依从教科书以及各种各样的"鉴赏辞典";我们也大都在经典的框架下从事文学史研究,那些文学理论名著,比如杰姆逊的《政治无意识》、布鲁姆的《西方正典》和希利斯·米勒的《小说与重复》,也都以众所公认的名家名作作为讨论的对象。就此而言,经典似乎是毋庸置疑的,我们都是在预设了的经典的前提下展开文学实践。我们做的其实都只是一件事——对作品经典性的印证和确认。这似乎是一个循环,即经典性是对经典作品的确认,经典作品是对经典性的赋予,两者之间是彼此反映和互相印证的镜像关系。在这种情况下,即使是经典作品中的瑕疵或硬伤,也都具有经典性或经典的症候性。

这与我们一直以来深陷其中的另一个情况有关:我们在经典作品"经典性"的认定上纠缠不休,给出种种定义,这种定义的范围至今仍在扩大,并没有中止的迹象。但如果就"经典"范畴做一考古学式的分析便会发现,经典化与非经典化(non-canonization)之间是如影随形的关系:没有大量作品/作家的非经典化,就不可能有经典化的实现。这里所谓的非经典化不是对经典化的否定,而是指经典化的边缘和外围,它是围绕着经典化的实践而展开的话语实践。它与经典化的"是"(即范围的限定)之间是互为前提和后果的对应关系。如果说经典化话语只在某一限定的范围内有效的话(比如《安娜·卡列尼娜》就常常被认为是现实主义经典文本,而不可能是现代主义的经典文本),那么经典化就意味着有一个秩序的存在作为前提。在这一秩序中,仅仅有经典作品或经典作家远远不够,还必须大量存在同类的其他作品和作家,只有在这一基础上,作品或作家的"经典"地位才能形成。

一直以来,对文学经典的考察大都被限定在"是"的层面:什么是经典(性),经典作品具有哪些特征,经典是怎样形成的,等等。对经典的考察还应该在"非"的层面上展开。这一"是"与"非"对应着的就是秩序中"同一性和差异性"的复杂关系。具言之,其"非"的层面表现为:判断这一秩序中的哪些作家高于其他作家,哪些作品优于其他作品;而这同时也意味着,一些作品和一些作家被排除在外,同一作家的一些作品或同一类作家中的一些作家被排除在外。这一"非"的层面,既是肯定和选择机制,也是否定和排斥机制。就《中国新文学大系》而言,某些作品被收入其中当然是荣耀,但同时也是遮蔽:它是以遮蔽那些被排除在外的作品为前提。"选"是对"不选"的遮蔽。在这当中,选择谁与不选择谁,选择这一首诗而不选择其他诗,其所涉及的并不仅仅是经典性的内涵,而更多涉及一种秩序和边界的认定。经典化关联着一个关系网络,它是一个系统值,离开这一关系网络,便不可能真正理解经典的生成及其衍化。经典化的构筑,首先是设定边界,以此确定被排除和被选择的对象,在此基础上,一个秩序才得以存在。在这一秩序中,某些诗人的地位可能上升或下降,某些作品可能入选或被替换,但这些都不是最重要的;重要的是,这一秩序与之前秩序间的"间断性"关系是如何形成的,这一"间断性"表现在哪些方面,其背后的"认识论基础"是什么。

在这方面,《中国新文学大系》系列可以说极具症候性和典型性。个人的主体性是其建构的"知识型"的核心,《中国新文学大系》正是在个人主体性的基础上重构文学秩序。古代选本,大都在文体辨析(广义或狭义)的基础上展开编选。古代的文学理论著作也大都侧重文体辨析。但对《中国新文学大系》和现代以来的理论实践而言,情况发生了巨变。《中国新文学大系》直接采用作家排列法,突出作家的主体性,作家的主体性下是流派和思潮,然后才是诗歌作品。古代的文学选本中,有无序言本质上并不影响读者的理解,因为仅从其目录就可以看出清晰连贯的线索和脉络,各种文体的分列之下,各个作家(主要是诗人)排列齐整,而不像很多现代选本——比如《中国新文学大系》,我们从其目录中作家的并列里,看不出任何关系和脉络来(很多现代选本以客观的姓氏笔画或音序排列)。现代选本中,前言、后记与"选文"之间常常是互相阐发和互为前提的共生关系:通过前言、后记可以更好地理解"选文","选文"(或说通过对"选文"的阅读)则能印证前言、后记的意图,保证其实现。在古代选本中,同一作家的作品常常被置于不同的文体(如五言古诗或五言律诗)之下。在这样的选本中,我们看到的只是文体之下的作家的作品,而看不到作家的整体面貌。现代文学选本则明显不同。现代文学选本中,我们常常能看到作家的整体面貌。比如《中国新文学大系》,同一作家的作品常常被并置(或说归置)于作家的名下,这种看似不带主观色彩的排列,凸显了作家的主体性：作家的重要性大于作品。另一方面，我们也要看到，这种主体性地位又是被放在一个脉络中加以把握的，这一脉络不是古代意义上的亘古不变的文体流变，而是现代意义的流派竞逐。这种景况，在赵家璧主编的《中国新文学大系》"小说一集""小说二集"和"小说三集"的关系中有最为明显的表现。现代意义上的流派有流动性和易变性的特征，流派同时代情境之间为互文性关系。比如创造社，有前期创造社和后期创造社的区分，这种易变性，使得前后的创造社之间的"异"（而不是"同"）更让人印象深刻。流派的流动性和语境性，决定了诗人的地位是相对的。这使得文学经典身上的相对性更明显。现代性语境下，没有也不可能有永恒的经典。古代的文体流变观念之下，虽然也存在对经典的不同认定，但基本上有一个相对稳定的范围，而在现代，随着文学思潮流派的更替，随着对文学思潮的评价的变化，文学经典的认定常常出现摇摆，最为典型的表现就是20世纪80年代的重写文学史思潮。

流派和作家主体的关系，是个人和世界关系的"认识论基础"。现代性建构起个人的主体性，但这一主体性又被放在特定时代加以定位，个人不可能超越自己的时代。《中国新文学大系》通过编选实践表明了这一点。但个人无疑又有独创性和超越性。现代社会中的英雄或杰出人物，正是在这点上凸显出来。就文学秩序的建构而言，过于局限于思潮流派的作家不可能是经典作家；但刻意摆脱其所属时代思潮流派的影响，也很难甚或不可能成为经典作家。成为经典作家的关键就在于妥善处理好其个人同时代思潮流派的辩证关系。个人必须受时代思潮流派的影响，但优秀作家或者经典作家则可以突破流派思潮而有个人的独创性。在这种框架下，经典作家可以作为特例凸显或作为一个裂缝出现，而不像古代，个人常常只能在文体的脉络中才能被认知，少有创格出现。这种框架，在《中国新文学大系》有其集中呈现。

正是这种模式，使得现代意义上的文学大家得以凸显。比如叙事文学类有"鲁郭茅巴老曹"等大家(《中国现代文学三十年》就辟专章讨论这些作家),诗歌史上则有艾青等大家。《中国新文学大系》诗集系列在介绍艾青时就采用这种策略:一方面把他放在思潮流派的脉络中来介绍,一方面又把他视为独立于流派之上的个体。两者的关系问题,是《中国新文学大系》处理每卷中的经典作家(诗人)时都要面对的。《中国新文学大系(1949—1976)·第十四集 诗卷》的导言这样评价艾青:"富有警示意味的是,他在五十年代有限的成功仍然是在主流之外取得的。"①这里的意思是,作为大家,他们的价值和地位总是超越主流,在主流内外的界限之间移动。他们参与表达时代的主题,但他们又不被时代主题和流派所限,他们有包容性。《中国新文学大系·第十四集 诗集(1927—1937)》的导言这样论述臧克家,"臧克家作诗的态度一向很严肃。在形式格律方面,曾经受'新月派'的影响,但是题材上则倾向于写实。他的诗里没有爱情,也没有闲情;他认为当时的中国'需要一种沉重音节和博大调子的诗'","作为一个诗人,臧克家不属于任何派别。他的诗是植根于中国的泥土里的"②。

不难看出,经典化实际上是福柯认为的"话语实践",这一"话语实践"集中文学语境、文学观、文学批评、文学史等要素,因其有动态性和情境性特征,现代意义上的经典永远处于过程之中③,不可能完成,不可能有终结之日。在这一过程中,流派、作家和作品三者之间的经典化彼此关联,不能被单独对待;与这一过程联系在一起的,则是时代主题、作家主体和代表作品三者的结合。如此种种,在《中国新文学大系》特别是其诗集系列中鲜明而集中地体现出来。就此而言,对文

---

① 谢冕:《中国新文学大系(1949—1976)·第十四集 诗卷·序言》,邹荻帆、谢冕主编:《中国新文学大系(1949—1976)·第十四集 诗卷》,上海文艺出版社,1997年版,"序言"第5页。

② 艾青:《中国新文学大系(1927—1937)·第十四集 诗集·序》,上海文艺出版社编:《中国新文学大系(1927—1937)·第十四集 诗集》,上海文艺出版社,1985年版,"序"第11页。

③ 吴义勤:《"经典化"是真命题还是伪命题》,《文艺报》2014年2月24日。

学经典化命题的考察,若不以《中国新文学大系》为参照,将是难以想象也是不充分的。

第四节　非正式出版选本与中国当代诗歌发展

当代文学史上,没有哪一个门类的作品比诗歌更受制于民间出版物,也更受惠于民间出版物。在这当中,非正式出版诗歌选本起的作用最大,也更具有症候性,但也最容易被人们忽略。比如说程光炜著《中国当代诗歌史》(中国人民大学出版社,2003年),对《新诗潮诗集》只是一笔带过。即使是谢冕这样为非正式出版选本如《新诗潮诗集》和《中国当代校园诗人诗选》热情地写过序的评论家,在《中国新诗史略》等论述当代诗歌史的著作中,对那些影响甚大的非正式出版诗歌选本也都采取略而不提的做法,只是在"新诗纪事"中稍加例举,其中有《朦胧诗选》(1982年)和《新诗潮诗集》。在当代,最重视非正式出版诗歌选本的诗歌史著作应是洪子诚、刘登翰的《中国当代新诗史》,其第十一章第三节"新诗潮的'新生代'"论述的依据很多都是非正式出版诗歌选本,例如贝岭编选的《当代中国诗三十八首》(1986年)、《汉诗:二十世纪编年史》(两卷),贝岭、孟浪编的《当代中国诗歌七十五首》(1985年)、《新诗潮诗集》等。

一

对于20世纪80年代的诗歌潮流,特别是第三代诗的发生,我们总会倾向于肯定诗歌民刊和内部诗歌选的作用,问题在于我们过分强调了20世纪80年代的独特性。事实上,早在20世纪50年代,就已经有各种诗社(主要是大学生诗社)和诗社编辑出版诗选,只不过当时诗社个体性和主体性并不凸显,他们编选的诗选影响不大,但这不意味着这些诗选没有意义。相反,这些诗选,对我们理解20世纪50—70年代的文学格局有不可替代的作用。

比如南京大学诗社编选的《诗选》第二辑,1955年2月编印,收入诗歌38首。这一诗选内容极其杂，既包括外国诗歌，也包括古典诗歌，又收入当代诗人的作品。这一选本还有诗社成员的作品。这样的混杂值得玩味。先看其构成：外国诗歌16首，古典诗歌6首，当代诗歌16首。从构成不难看出，彼时以厚此薄彼的态度对待外国文学和古代文学：在当时的文学潮流中，外国文学的重要性远远大于古代文学。有意味的是，这里未选入现代诗歌。再来看另一本时间相近的诗选，南工诗社编选的《诗选》（1956年11月）。这一诗选收入51首诗，外国诗歌16首，古代诗歌5首，现代诗歌6首，当代诗歌24首。在这6首现代诗中，已经故去的诗人作品3首，分别是朱自清的《赠AS》、闻一多《静夜》和鲁迅的《自嘲》，另外3首诗为郭沫若的《炉中煤》、艾青的《大堰河——我的保姆》和冰心的《春水》。不选或者少选现代诗歌，说明当时态度的谨慎。朱自清、闻一多和鲁迅，都是已有定性且评价很高的现代诗人。郭沫若和艾青，也是当时（艾青此时还没有被划成"右派"）被肯定的作家。但收入外国诗歌时，这两本诗选虽然也主要选择那些被肯定的诗人，比如普希金、裴多菲、莱蒙托夫、马雅可夫斯基、惠特曼、雨果、莎士比亚、泰戈尔，但在诗歌的选择上，却多少还是有些自己的特色和值得特别强调的地方，比如说南京大学诗社编《诗选》第二辑选入莎士比亚的《十四行诗》"第一二九首"，这首诗表现的是个人理智和欲望的冲突和困惑，在主题题材上有消极意义——虽然这首诗的末尾有编选者的"释解"："在这十四行诗里诗人分析了放纵者们，并对他们提出警告；到了最后，诗人说不出什么妥善的办法，但更令人警惕。"①这样编选，容易让人想起袁可嘉等人在20世纪80年代初编选的《外国现代派作品选》，二者都注重和肯定所选诗歌内容上的认识价值，都努力"提出警告"，但具体阅读的效果可能朝另一个方向发展。

---

① 南京大学诗社编：《诗选》，内部出版，1955年版，第8页。

二

内部出版的诗歌选本真正影响文学特别是诗歌发展进程是在"文革"末期特别是新时期以来。这里首先要提到《天安门诗抄》。我们今天一想到"天安门诗抄",就会联系起人民文学出版社1978年版的那本。事实上,在出正式版之前,选编者童怀周编辑出版过内部出版物《天安门革命诗文选》、《天安门革命诗文选(续编)》、《革命诗词》(1977年7月)、《革命诗文选》、《革命诗抄》(油印本,1977年12月)、《革命诗抄》(第二集,铅印本,1978年4月),童怀周说:"我们曾先后编选了几种本子,它们在人民群众中引起了极其强烈的反响。"①

这一系列内部诗文选本,当然可以被人们看成文学批判精神的复归,就像童怀周所说的那样:"这是冲锋的号角,战斗的鼓点。这是投向'四人帮'的匕首,射向'四人帮'的炮弹……这些诗词显示了中国人民不可抗拒的伟大力量,说明中国人民不可侮辱和欺骗……它们将作为一次伟大革命运动的历史文献载入史册,亦将在中国文学史上赢得自己独特的地位而千古流传。"②但是,还有必要将它们放置在当时特定的历史语境下加以考察。

《天安门革命诗文选》的"前言"末尾,编选者童怀周写道:

> 在光辉的十一大路线指引下,一个生动活泼的政治局面正在我国出现。全党、全军、全国各族人民精神振奋,决心高举毛主席的伟大旗帜,最紧密地团结在华主席为首的党中央周围,继承毛主席的遗志,实现周总理的宏愿,把我国建设成具有现代农业、现代工业、现代国防和现代科学技术的社会主义强国,争取对人类作出较大的贡献。
>
> 敬爱的周总理永远活在我们心中!

---

① 童怀周:《天安门诗抄》,人民文学出版社,1978年版,"前言"第3页。
② 北京第二外国语学院童怀周编:《天安门革命诗文选》,内部出版,"前言"第2页。

深入开展揭发、批判"四人帮"的伟大群众运动!

高举毛主席的伟大旗帜,紧跟英明领袖华主席,把毛主席开创的无产阶级革命事业进行到底!①

不难看出,《天安门革命诗文选》等的出版,配合了针对"四人帮"的"揭批查"运动,其意义更体现在批判和"破"上,"立"的意义并不明显。

即使如此,这一系列内部出版选本仍不可小觑。这一系列选本后来出版正式出版物,其中包括人民文学出版社出版的《天安门诗抄》(1978年)、北京出版社出版的《天安门诗文集》(1979年)。这创立了一种模式,即在正式出版之前先进行内部出版,这类选本一般都有两个版本,一个是非正式版本,一个是正式出版物。两个版本之间因为有时间的间隔,常常有很大的不同,这种不同,为我们从特定历史阶段考察这些选本提供了视角和依据,为了解特定历史语境提供了不可多得的资料。

"文革"结束后,各地有很多这样的选本,其中尤以各地高校为配合教学需要而编选的最多。因为当时还没有或者说来不及编选正式的供全国大范围使用的作品选,各个高校先行编选了各种作品选。如上海师范学院中文系编选有《现代派作品选》(1982年1月)。阎月君等人编选的《朦胧诗选》是这一模式的最佳体现。

三

当然,并不是所有内部出版物都会正式出版,有些选本的编辑出版带有边缘意识,这也是它们不同于《天安门革命诗文选》等内部出版物的地方。从当代诗歌发展的角度来说,这些选本的意义更大。

这里首先要区分两种内部读物(当然包括诗选),一种是油印读

---

① 北京第二外国语学院童怀周编:《天安门革命诗文选》,内部出版,"前言"第4页。

物,一种是铅印读物。前者更有民间性质,《今天》杂志属于此类,但当时更多的是铅印内部读物,这是介于正式出版和民间出版物之间的半官方出版物。就当代诗歌发展史而言,后一类选本影响更大。《朦胧诗选》、《新诗潮诗集》(老木编选)、《青春协奏曲》、《中国青年新诗潮大选》等是其中较有代表性的。

阎月君等人编选的《朦胧诗选》,是很多人知晓且影响很大的铅印内部诗歌选。但很多人忽略了这一《朦胧诗选》的背后还有《青春协奏曲》。《朦胧诗选》中多首诗歌都选自这一诗歌选本。《青春协奏曲》由福建三明地区《希望》编辑部编选,编选时间不详。但从《朦胧诗选》1982年版从中收入的诗作来看,这一诗选当编辑出版在《朦胧诗选》之前。《朦胧诗选》1981年12月开始编选,那么《青春协奏曲》当编选于1981年12月前。从《青春协奏曲》中收入诗歌标明的时间来看,其收入诗歌最晚创作于1980年11月,不难判断,这一诗选当编选于1980年12月到1981年11月间。此一时段,朦胧诗论争正好刚刚出现不久,谢冕的《在新的崛起面前》、章明的《令人气闷的"朦胧"》和顾工的《两代人——从诗的"不懂"谈起》等论争中的名文分别发表于1980年5月7日《光明日报》、1980年第8期《诗刊》和1980年第10期《诗刊》。这一诗选分别收入舒婷(4首)、顾城(4首)、梁小斌(5首)、徐敬亚(1首)、王小妮(4首)、吕贵品(2首)、北岛(3首)、杨炼(5首)等后来被称为朦胧诗人的诗作,并把他们的诗歌与父兄辈的诗歌置于一起。

这一诗选格外具有意味的是,收入了顾工的《网》并把这首诗置于那些朦胧诗人的作品之中。这样一种编选的"意外之意"是,这些新诗都有探索精神,本质上并无不同之处。

这里有必要抄示《青春协奏曲·小序》(下称"小序"):

> 从千余件来稿中,选出百余首,编成一册小诗集,这算我刊献给读者,献给诗坛的一份小小礼品。

这里,应当感谢给我们以热心支持的诗人、诗作者以及不少从未发表过作品的"无名者"。

所选的诗,自然不是字字金玉。诗的灵视以及风格、韵味,因人而别,无庸编者饶舌,作品本身就是最好的说明。我们只是有一个想法,诗应当是——诗。力戒肤浅的说教和假大空的遗风。诗必须通过诗人独特的生活感受所创造出的艺术形象去表现人民的感情,去观照人生与世界。由于种种原因造成的社会异化和人的异化,(不也包括诗的异化吗?)因此必需要让"自我"回到诗中来,让真善美回到诗中来。

时代在前进,生活节奏在变化,人的思想与心理趋向复杂,诗的创作不能不与传统发生冲突;不能不寻求新的手法、新的语言。诗多么需要探索者!

坚信,伟大祖国诗歌的百花盛日已不遥远。①

舒婷和顾城是此一阶段被讨论较多的诗人,舒婷又是福建人,所以讨论在福建如火如荼地展开。就像"小序"中所说:"无庸编者饶舌,作品本身就是最好的说明。"《青春协奏曲》把两代人的诗并置一处是想表明,第一,他们虽然分属两代人,但都是诗歌创作中"新的手法""新的语言"的"探索者",他们使得诗歌回到自身"诗应当是——诗";第二,他们之间有内在的一致性,即他们的诗都是用"诗人""自我"的"独特的生活感受"表现出来的"复杂""感情",是对"社会异化和人的异化"的诗歌呈现。我们不应该也不必特别对青年一代的诗歌大惊小怪或另眼相看。

不难看出,这一诗歌选本在以"选"和"编"的方式表明他们对于朦胧诗论争的态度和对朦胧诗人的评价。

关于这一诗歌选本,要注意的是其"选源"。这些入选作品从哪里

---

① 《希望》编辑室编:《青春协奏曲》,内部出版,出版年不详,"小序"第1页。

第五章 作为"视角"的选本编纂与新诗研究的理论问题

选取?它们属于公开发表,还是非公开发表?是第一次发表,还是第二次遴选?正如前引"小序"中所说:"从千余件来稿中,选出百余首,编成一册小诗集,这算我刊献给读者,献给诗坛的一份小小礼品。这里,应当感谢给我们以热心支持的诗人、诗作者以及不少从未发表过作品的'无名者'。"

这一选本通过征集的方式确定"选源",有发表过的,也有"从未发表过"的。发表过的又分正式发表和非正式发表两种。这里需要特别注意非正式发表过的。选本所选北岛三首诗《雨夜》《黄昏:丁家滩》和《港口的梦》,都是非正式发表的,均首发于《今天》杂志,分别是第4期(1979年6月20日)、第1期(1978年12月23日)和第9期(1980年7月出版)。

联系《朦胧诗选》的情况来看,《青春协奏曲》的意义重大而深远。《朦胧诗选》所选诗歌都是发表过的①,但《青春协奏曲》中的诗歌,很多是首次发表。《青春协奏曲》探索出诗歌发表的新的途径和方法——以选本编纂的方式发表,而这种情况,只在20世纪50—70年代的新民歌和民歌的选本编纂中出现过,《小靳庄诗歌选》就对这样一种以选本发表诗歌的方式表示高度肯定。这是对文学发表体制或机制的突破。《小靳庄诗歌选》(天津人民出版社,1974年)是正式出版物,《青春协奏曲》则是非正式出版物。可以说,这正启发了其后的诗歌选本编纂,《新诗潮诗集》以及20世纪80年代中后期的各种诗歌选本之间具有内在的精神关联。这是以真正民间的和边缘的姿态出现的诗歌创作,《青春协奏曲》中的很多诗人都是新人,此前默默无闻,他们第一次与当时炙手可热的朦胧诗人(也是当时诗坛上的主流诗人),如蔡其矫、顾工、韩作荣、陈所巨[除了前面提到的北岛、舒婷、顾城、梁小斌、徐敬亚、杨炼、王小妮、吕贵品等朦胧诗人外,韩作荣、陈所巨的作品被谢冕收入他编的《中国当代青年诗选(1976—1983)》]等

---

① 包括非正式发表的诗歌,比如北岛《雨夜》选自《青春协奏曲》,而《青春协奏曲》中的这一首选自《今天》。

人并在一起。这一选集,创造了主流诗人、争议诗人和无名诗人共存的形式。而这恰恰通过选本编纂的"编"和"选"来完成,意义不可小觑。但这样的"混搭"或"失焦",影响了这一选本的传播,其传播效果不如后来的《朦胧诗选》和《新诗潮诗集》等选本。当时及稍后的诗坛情况是,有所侧重或聚焦的选本才能引起关注和产生影响。

这前后还出现不少朦胧诗选本,比如伍生编选的《当代中国十大青年诗人诗选》(时间不详,铅印),其中收入舒婷(44首)、顾城(43首)、北岛(34首)、杨炼(10首)、傅天琳(13首)、徐敬亚(9首)、江河(13首)、马丽华(10首)、李钢(14首)、王小妮(15首)和杨牧(6首)等人的作品。这一选本虽然只标明"青年诗人",但从其内容构成看,这些诗人有大致相同的创作倾向——不仅都是青年,而且大都属于朦胧诗派,因此不妨把这一选本看成朦胧诗选本,其编选应该在20世纪80年中前期。因为,对于20世纪80年代中后期来说,青年诗人更具有包容性和多元的特征,更多指向第三代诗人群。把这一选本视为朦胧诗选本,可以看出编选者的个人观点和趣味,这一点集中表现在朦胧诗的代表诗人构成上。在这里,他特别突出李钢,将其排在第五位,但并未选入梁小斌。按当时通常的做法,朦胧诗人的代表应该是舒婷、顾城、北岛、杨炼和江河(《五人诗选》),或者舒婷、北岛、顾城、梁小斌和江河(或王小妮)(《朦胧诗选》,春风文艺出版社,1985年,其中收入江河和王小妮的诗歌数都是9首)。突出李钢的地位是这一选本的特色。

四

20世纪80年代影响甚巨的非正式出版诗歌选本是老木编选的《新诗潮诗集》上下两本。这一选本之所以重要,除了它是朦胧诗和后朦胧诗人的第一次结集之外,还在于《青年诗人谈诗》的阐发。《新诗潮诗集》和《青年诗人谈诗》都属于由北京大学五四文学社的"未名湖丛书",都由老木编辑出版。对照阅读两本书,更能明白编选者的潜在意图。

第五章 作为"视角"的选本编纂与新诗研究的理论问题 | 263

老木在《青年诗人谈诗》的"序"中这样说：

> 这本书是不必要的。诗论应由评论家来做，诗人所做的，只是写诗。他的作品代表了他要说的一切。
>
> 但我编选了这本集子，是着眼于诗人从评论家的角度来看待诗歌，看待他们的作品；或者，仅仅是感受。①

这段话很值得玩味。既然"不必要"，为什么还编辑这样一本书呢？显然，其言外之意是，彼时评论家的诗论让人很不满意，所以诗论也要诗人自己来写。但这个意思在这里是模糊的。是所有的诗人都要来写诗论吗，显然不是。老木这里所说的"诗人"特指"青年诗人"，而且不是一般的"青年诗人"，是那些具有创新精神和探索精神的"青年诗人"。《青年诗人谈诗》中有北岛、舒婷、江河、顾城、杨炼、严力、林莽、田晓青、肖驰、梁小斌、王小妮、徐敬亚、王小龙、崔桓、牛波、韩东、一平、王家新、孙武军、柏桦、翟永明、贝岭、骆一禾、岛子、张小川、石光华、海子、宋渠、宋玮等诗人，而这些诗人，也全部入选《新诗潮诗集》。两本书是互相阐发的关系，《新诗潮诗集》收入他们的诗歌，他们则在《青年诗人谈诗》中阐发自己的诗歌观。

这样的互相阐释，是在编选者的意图和框架内展开的。老木在《新诗潮诗集》的"后记"中说："我编选此集所遵循的原则，一是看入选诗作在美学原则也就是思想观念上有无变化和发展，在艺术手法上有无创新和突破，具体到一首诗本身，则看它是否具有独特性。二是编选成集时，考虑到区域性诗人群或诗歌的风格流派（这一点，无论是区域性诗人群和诗歌风格流派本身，还是我的意见，就今天来说都只能是不成熟的）。顺便说一句，诗人的顺序当然包含了我个人的一些看法，但不全是如此，你可以深信，尤其是下集中，谁前谁后，很多都是

---

① 老木编：《青年诗人谈诗》，北京大学五四文学社，1985年版，"序"第1页。

客观的因素,也仅是一些偶然的巧合。三是上下集之间,实际上体现了一种历史感。更年轻的诗人们已经走得更远、更迅速,他们的歌声更加缤纷,更加清澈。他们已经对北岛们发出了挑战的呐喊。我认为不能否认的是,他们已有所发展。"①可见,这里说的"青年诗人",特指那些有"创新和突破"能力者。

"区域性诗人群"为何,《新诗潮诗集》中并未明说,而是含糊其辞,但从《青年诗人谈诗》中崔桓的《聚集在沙滩上的人(提纲)》一文中可以发现蛛丝马迹:

一、新诗潮及其诗作者
　　a.《今天》诗人及诗
　　b. 老一代人中的新兵
　　c. 追随者
二、关于第二次浪击
　　a. 区域性诗人群和刊物
　　b. 呼唤史诗的诗人
　　c. 虚构个人童年讥讽成长的时代及强调城市感受的群体代表
三、新诗革新运动的双重特征(国际的,地区的;虚无主义,忧患意识的)
四、新诗的转向(指北岛们之后的转向)
　　a. 由内向外
　　b. 简单,直接,不逃避感情。②

---

① 老木编选:《新诗潮诗集》,北京大学五四文学社未名湖丛书编委会,1985年版,第812页。
② 崔桓:《聚集在沙滩上的人(提纲)》,老木编:《青年诗人谈诗》,北京大学五四文学社,1985年版,第111页。

这一提纲,构筑了新诗潮的流变图。在流变图中起主导作用的是《今天》诗人群,"区域性诗人群"无疑属于"第二次浪击"。有意味的是,这里把"老一代人中的新兵"也纳入新诗潮,这些人可能以朦胧诗论争中的杜运燮为代表。

这份提纲以及老木提到的"区域性诗人群"都有意同朦胧诗人保持区别。朦胧诗潮之后,年轻的诗人们普遍有了同朦胧诗区隔的意识,从同时收录在《青年诗人谈诗》中的王小龙的《远帆》一文中也可以明显感到这一点:

> 事情却按照自己的规律悄悄地发生了变化。北岛等人的诗在许多青年的作品中投下了影子。大学生们差点向舒婷唱起《圣母颂》。长辈们开始认真地倾听青年人的声音,虽然他们的诗出现了某种不谐和,但这并不可笑……
>
> 我摹仿了一阵就不耐烦了……
>
> ……
>
> 也许摹仿并不是坏事。摹仿自以为是创造就麻烦了。
>
> 另一些青年走了出来。他们把"意象"当成一家药铺的宝号,在那里称一两星星,四钱三叶草,半斤麦穗或悬铃木,标明"属于"、"走向"等等关系,就去煎熬"现代诗",让修钟表的、造钢窗的、警察、运动员喝下去,变成充满时代精神的新人。一位大诗人三年前说过,在"朦胧"的论战中将出现"第三者"。关于"第三者"的预言或愿望总会实现的。
>
> "意象"!真让人讨厌,那些混乱的、可以无限罗列下去的"意象",仅仅是为了证实一句话甚至是废话。①

这里说的"区域性诗人群"或称"地域性诗人群",可以和朦胧诗

---

① 王小龙:《远帆》,老木编:《青年诗人谈诗》,1985年版,第105—106页。

论战中的"第三者"等同。他们受朦胧诗的影响,受其哺育,但又有内在反叛精神。他们是朦胧诗所代表的"新诗潮"内部的反叛者:他们是从朦胧诗所"投下"的"影子"里"走了出来"的更"青年"一代的诗人。

这样一种内在的自反性,《青年诗人谈诗》中的许多文章都有所表现。韩东在《关于诗的两段信》中说,"艺术作品中,善的标准是虚假的,只有真实的东西才是我们追求的对象,只有作为人的真实的东西才是我们追求的对象"①,韩东的话透露出对当前诗歌创作的不满情绪,他追求"真实"的感受,与他加入"他们文学社"及他为"他们文学社"写的"艺术自释"有一脉相承之处:"我们关心的是作为个人深入到这个世界中去的感受、体会和经验,是流淌在他(诗人)血液中的命运的力量。我们是在完全无依靠的情况下面对世界和诗歌的。"②这种对经验的倚重,在王家新的《沉思》中也有体现:"写实与简单的抒情或思辨的时代已经过去。我更相信诗是经验——一种经过了艺术处理的经验。所谓开掘自我,无非是开掘自己的活经验。"③翟永明在《谈谈我的诗观》中提出"女性气质"和"同性的命运"的命题④,这些都表现出与朦胧诗创作截然不同的取向。老木编《青年诗人谈诗》是在1985年年初,这时,距离"中国诗坛1986'现代诗群体大展"或者说"地域性诗人群"集体登场还有不到两年。而在这时,已经有不少群体宣告成立。据《中国现代主义诗群大观(1986—1988)》中的记载,1985年前已经宣告成立的"地域性诗人群"可形成表5-2:

---

① 韩东:《关于诗的两段信》,老木编:《青年诗人谈诗》,北京大学五四文学社,1985年版,第124页。
② 韩东:"艺术自释",徐敬亚、孟浪等编:《中国现代主义诗群大观(1986—1988)》,同济大学出版社,1988年版,第52页。
③ 王家新:《沉思》,老木编:《青年诗人谈诗》,北京大学五四文学社,1985年版,第136页。
④ 翟永明:《谈谈我的诗观》,老木编:《青年诗人谈诗》,北京大学五四文学社,1985年版,第150页。

表 5-2　1985 年前已宣告成立的"地域性诗人群"①

地域性诗人群	创立时间
他们文学社（南京）	1984 年冬
海上诗群（上海）	1984 年秋
莽汉主义（四川）	1984 年
星期五诗群（福州）	1982 年
整体主义（四川）	1984 年 7 月 15 日
地平线诗歌实验小组（杭州）	1983 年夏

再来看老木所编《新诗潮诗集》下编中的"诗人的顺序"问题。这一选本把韩东、小君、吴滨、杨争光、吕德安等按顺序排列，他们大都属于"他们文学社"同人（韩东、小君、吕德安是其核心成员，杨争光虽然不在"他们文学社"成员名单中，但他常与小海等人同刊发表诗歌，可参见《老家》杂志 1983 年第 3 期）。此外，《新诗潮诗集》还把王寅、陆忆敏、张真、贝岭、陈东东等按顺序排列，这与他们大多数是"海上诗群"有关（王寅、陆忆敏和陈东东是这一诗群的核心成员）。这样排既考虑诗歌流派，也考虑地域问题，例如把翟永明、欧阳江河和柏桦按顺序排列，可能就与他们同属西南地区有关。

今天来看，这一诗集的意义在于首次对朦胧诗之后的"新诗潮"诗人群进行了总体的巡览和亮相，这比 1986 年的"大展"还要早将近两年。这一选本表现出明显的地域性、边缘性、民间性和探索性等特征，充分揭示青年诗人作为一个群体——一个具有自觉探索意识和主体意识的群体——已经登上诗坛。其后的第三代人诗人中的代表，很多都出现在《新诗潮诗集》中，这也说明编选者老木的眼光的敏锐，这一选本因此有承上启下的重要意义。说《新诗潮诗集》具有代表性，还

---

① 徐敬亚、孟浪等编：《中国现代主义诗群大观（1986—1988）》，同济大学出版社，1988 年版，第 53、71、96、118、131、164 页。

因为其选本编纂有范式意义,它通过选编的方式,将朦胧诗人和后朦胧诗人并置一处,这一编选模式启发了《中国现代主义诗群大观(1986—1988)》的编辑,20世纪80年代另一本有代表性的内部出版诗选——蓝鸟编选的《中国青年新诗潮大选》,也可以看成这一选本编选模式的延续。

五

《新诗潮诗集》之后,当代诗歌进入诗歌流派竞逐的阶段,此一阶段,各内部诗歌选本相继编选出版。但这些内部诗歌选本多以大学生诗社的名义编辑出版。当代诗歌创作中的第三代诗人,主要是大学生诗社培养出来的,这是不争的事实。而这样就出现一种悖论式的现象,一边是各种各样的内部诗歌选本编辑出版,一边是各种正式出版的大学生诗歌选本或校园诗歌选本相继出版,大有彼此争胜、互相竞逐的态势。事实上,这两类诗歌选本中的诗人又多有重叠。20世纪80年代中后期的诗歌创新潮流,由大学生诗歌选本和内部诗歌选本共同推动。这也导致一个悖论:他们多在正式出版物上以"大学生"或"校园诗人"的面目出现,在非正式出版物中出现时多淡化大学生身份。

在这一阶段当中,有一个选本颇为特别——马朝阳编选《中国当代校园诗人诗选》。该诗选1987年由北京师范大学中文系五四文学社出版发行,北京师范大学出版社印刷,一版一印3000册,但没有正式书号。这一诗选属于正式出版物和非正式出版物之间的中间形态,说它是中间形态还因为,在这之后,以这个选本为蓝本,马朝阳又编选了另一本正式出版的大学生诗选《中国当代校园诗歌选萃》(作家出版社,1990年)。几乎与此同时,马朝阳同老愚一起,又合作编选了另一本大学生诗选《再见·20世纪——当代中国大陆学院诗选》(北方文艺出版社,1991年)。说这一选本重要是因为,从中可以看出当时诗坛上的重要现象和症候。

校园诗歌选相当重要,其意义正如谢冕所说:"校园诗不具单一流派的性质,因为它没有固定的和大体一致的艺术主张,而且它的创作群体始终呈现一种松散的、不稳定的,而且绝对是流动的状态。正如我曾在另一处谈到的,校园诗的作者一旦跨出校门,或者虽未跨出校门,但不再是学生时,即使他们的诗写得再多再好,也不复是校园诗了。校园诗的性质,仅仅决定于作者写诗时的身份,而不决定于其它因素。因此,若把大学生的诗视为一个统一的艺术流派,则各行各业各色人等写的诗均成了流派,其谬甚明。"①按照谢冕所说,《中国当代校园诗人诗选》的"校园诗"是一种宽泛的说法,它是具有大学生身份的诗人——校园诗人——的作品结集。这一选本,按照马朝阳的话说,"尽可能地想找出能代表每个作者风格和水平的诗来"②,这一选本并不是"校园诗"诗选,而只是有大学生身份的诗人的作品选。可以说,校园诗的中间过渡意义,决定了这一诗选的价值——它更多是一代诗人登场的方式和作品的发表方式。在校园诗选里,几乎看不到"朦胧诗派"诗人的名字,他们是更年轻的一代,第三代诗的代表诗人大多都在其中。校园诗选的意义还体现在发表方式上,里面的诗歌就像马朝阳所说,"一部分选自大学生校内刊物和个人诗选,还有一部分是作者亲自寄来的诗作"③,很多诗是第一次公开发表,在此之前并未在报刊上出现。而这两点,与 20 世纪 80 年代大量出版的各个大学生社团内部编选的诗选有同构性:既是大学生内部社团诗歌选的一次全国性的总结和集中呈现,也是大学生内部社团诗歌选的功能的再现。但大学生身份的包容性和校园诗的"流动状态"削弱了这一选本中青年诗歌创作的冲击力。

从谢冕的话可以看出,《中国当代校园诗人诗选》只是宽泛意义上

---

① 谢冕:《多梦时节的心律——〈中国当代校园诗人诗选〉序》,马朝阳选编:《中国当代校园诗人诗选》,北京师范大学中文系五四文学社,1987 年版,第 1 页。
② 马朝阳选编:《中国当代校园诗人诗选》,北京师范大学中文系五四文学社,1987 年版,第 425 页。
③ 马朝阳选编:《中国当代校园诗人诗选》,北京师范大学中文系五四文学社,1987 年版,第 425 页。

的"校园诗人诗选",而"校园诗人"的说法也是含混和歧义丛生的。其实,这一选本收入的诗歌作品并不具备谢冕所说的两点内涵——诗人的学生身份和诗歌创作于在校期间。王家新的《献给太阳》和《秋叶红了》分别创作于1982年11月和12月,这时作者已经毕业。对于这一选本而言,其具有症候性是因为它的不稳定性和悖论性,或者说是因为第三代诗人的狂欢化色彩。当他们以半正式的身份登场的时候,他们的群体特征和独特性就会被淹没和遮蔽;若他们想要以特立独行的姿态登场,往往只能采用非正常的方式,比如说集体哗变和运动的方式,如举办"中国诗坛1986'现代诗群体大展",出版《中国现代主义诗群大观(1986—1988)》,或者出版非正式出版物,如出版众多民刊文学社团的油印杂志内部诗歌选本。《中国当代校园诗人诗选》的编选实践,正好处在中间过渡状态之中,因而也就更具有症候性。

非正式出版诗歌选本正式显示其群体效应,是在《中国现代主义诗群大观(1986—1988)》出版前后。《中国现代主义诗群大观(1986—1988)》可以看成非正式出版诗歌选的集中亮相和群体凸显。这些非正式出版的诗歌选本,主要有《新诗潮诗集》(朦胧诗派)、《现代诗》、《莽汉》、《好汉》、《怒汉》(莽汉主义)、《黑色星期五》(星期五诗群)、《汉诗:二十世纪编年史(1986)》(整体主义、新传统主义)、《四分五裂》、《十种感觉》(极端主义)、《蹩脚诗》(撒娇派)、《没有门的世界》(体验诗)、《寻》、《雪狼》(东方人诗派)、《北极星》、《北方没有上帝》、《白沙岛》、《昔日重来》、《去远方》、《三人行》(男性独白)、《诗集》(新口语)、《超感觉诗》(超感觉诗)、《病男人》、《疯狂的石头》、《大宁谣》(野牛诗)、《野烟》、《东南猎梦者》(超越派)、《野天鹅》(自由魂)、《青春的白鸽》、《我们》(呼吸诗)、《百花园》、《觅》(新自然主义)、《石沉的回声》(群岩突破主义)、《上海的情绪》(情绪诗)、《世纪末》、《海上》、《城市的孩子》(世纪末)、《当代中国诗三十八首》、《当代中国诗歌七十五首》、《玩火之光》(游离者)、《紫荆诗集》(小城诗派)、《东方人》、《东方诗丛》(东方整体思维空间)、《城市诗人》(城市诗)。这些非正式出版诗歌选本的书名,皆出现在《中国现代主义诗群大观(1986—1988)》第一、二编每一诗派后面的"作品结集"中,其中有些有没有印刷无法确证,有些属于刊物,或者既是刊物又属于选本,有时候很难分辨。

在这些选本中,有些影响较大,比如说《汉诗:二十世纪编年史(1986)》,这是系列选本,稍后还编辑出版了《汉诗:二十世纪编年史(1987—1988)》。两卷应看成一个整体。两个选本共包括八部分,既收诗歌作品,也收诗歌研究文章。从《中国现代主义诗群大观(1986—1988)》来看,《汉诗:二十世纪编年史(1986)》应是整体主义和新传统主义两个诗派的作品结集,但事实上并不如此。这两个诗派的成员作品虽主要在《汉诗:二十世纪编年史(1986)》上发表,但这一选本中收入的诗人并不限于这两个诗派。不过,不能因此说这一选本就没有自己的倾向。因为据"中国状态文学研究机构"和编委会写的序言以及其中收入的诗歌研究文章来看,该选本倾向于整体主义的诗歌观。编委会成员万夏、石光华、刘太亨、宋渠、宋炜、张渝中除了万夏属于莽汉主义外,其余成员均属于整体主义诗派。

这一选本的意义不在于建构诗歌流派,而在于提出了新的诗歌理论和口号:他们提倡"汉诗",编选相关作品。这是诗歌理论和相近诗歌作品的结集,这一选本与当时四川人民出版社出版的"走向未来丛书"有相似性,带有一定的倾向,涉及重大问题,又不限于某一具体流派。汉诗一般指中国古代诗歌。他们提出"汉诗"这一概念,带有重建现代诗歌与传统诗歌的精神联系的意味,这与当时寻根文学有内在的精神关联:

> 我们应该毫不犹豫地说出被几千年厚重的文化所掩盖的基本事实:我们的存在和水土、空气以及各种自然事物一样,是真实而自明的。我们与自然事物的区别仅仅在于我们能够感觉到这种真实和自明,能够向创造我们的生命整体呈现存在的形象,并

且有可能不断地改变呈现的方式。这一切并不意味着命定的无穷悲剧。作为真实的存在者,我们毫无理由接受那些强行塞入人的本质之中的险恶之语。我们拥有精神形式和语言,恰好说明了我们在自然世界中拥有更广阔和深远的未来。我们的现实处境沦入了令人沮丧的状态,这不是终极之误。那些将这种错误归结为人本必然的理论,其根本上是企图放弃改正错误的努力。

因此,当代诗人必须重新获得一种理想主义,一种摒弃了浪漫之思的历史渴望。生命就在我们的全身心内流注开合,修养其浩然生机,与世界相交流,这是智慧重建的必然开始。当代诗人由此将重新领受上古诗人的全部形象:行吟诗人、民间歌手、巫师和思想者。当代诗歌由此将不再仅仅是苦难的写照和疾病中的自我顾怜,而且是新纪元的预言,是无限清永的智慧之境。①

这里把"现实处境"与"自然世界"对立起来了,并提出存在的命题,"我们的存在和水土、空气以及各种自然事物一样,是真实而自明的",对这种存在的思考,就是"智慧"。但这种感觉主要诉诸神秘主义的"感应说",所谓"存在的智慧"也就带有神秘主义的味道。基于此,他们特别推崇《易》。

"汉诗"这一概念的提出带有重建现代意义上的民族语言的意图,这是民族精神与现代汉语的结合,这样一种倾向体现在后来的很多"汉诗"选本中,比如说蔡天新主编《现代汉诗100首》,"汉诗"的意义很大程度上在于建设"民族新语言"②。有些选本更是直接提出"汉语诗歌"主张,姜耕玉选编《20世纪汉语诗选》时既收录毛泽东的诗词,也收录其他很多现当代的古典诗词。可见,"汉诗"概念的提出,是

---

① 编辑委员会:《存在的智慧(代序)》(1988年12月),《汉诗:二十世纪编年史(1987—1988)》,中国状态文学研究机构,第2页。
② 蔡天新主编:《现代汉诗100首》,生活·读书·新知三联书店,2007年版,第338页。

一种新的范式建构,带有重建"五四"切断的诗歌传统的意味在内。

六

通过前面的梳理不难看出,当代中国的诗歌创作实践过程中,内部出版诗歌选本在 20 世纪 80 年代所起的作用最为明显。20 世纪 50—70 年代偶有内部出版诗歌选本,而 20 世纪 90 年代以来,特别是 21 世纪以来,它被诗歌民刊和有民间色彩的诗选所取代。应该看到,内部诗歌选本的逐渐消逝,与市场经济的推进有关。

内部诗歌选本大致都有民间性和边缘色彩,不被当时的主流意识形态所完全接纳,所以用内部诗歌选本的方式出版。20 世纪 80 年代中后期以来,出版体制进行了改革,市场化进程加快[①],在这种情况下,此前公开出版诗歌选本所代表的主流意识形态和内部诗歌选本的编选所反映出来民间姿态的区隔,无形中被打破。20 世纪 80 年代前期形成的主流和边缘的区别甚至对立,在商业意识形态领域以另一种形式呈现。从这个角度看,内部出版诗歌选本的意义不可小觑。它以民间性和边缘色彩,保持着对主流意识形态的审视,以此推动诗歌创作的新变。不论天安门诗歌选本、朦胧诗选本,还是各种第三代诗歌选本,都是如此。内部诗歌选本呈现出来的边缘色彩与主流意识形态之间的张力关系,是考察其对诗歌创作的推动作用的关键。过于强调对抗,则可能不能公开发行;过于强调合契合,则不能有效推动诗歌创作的新变。

这种边缘色彩有其演变的过程。天安门诗歌的各种选本,因体现"人民性"和"抗争"精神[②]被推崇。这种评价当然没问题,但忽略了《天安门诗抄》的民间性特点。当时众多高度评价天安门诗歌运动的文章大都忽略了天安门诗歌运动的传播方式,它是以各种手抄本等非公开选本的形式传播的,没有独特的传播方式,其影响就不可能遍布

---

① 邵燕君:《倾斜的文学场——当代文学生产机制的市场化转型》,江苏人民出版社,2003 年版,第 112—121 页。

② 谢冕:《中国新诗史略》,北京大学出版社,2018 年版,第 346 页。

中国大江南北。20世纪80年代初,这种边缘色彩以争鸣的形式呈现,具有探索精神,但又有争议。20世纪80年代初出版了不少内部争鸣作品选本,其中包括小说、诗歌、戏剧等门类。比如北京市文联研究部编选的内部资料《争鸣作品选编》(铅印,1981年12月)两辑和中国当代文学研究会资料社编《新时期争鸣作品集》(铅印,内部参阅读物,出版时间不详。从入选作品看,编辑时间应该在20世纪80年代中期以后)四册。争鸣体现的是不一致和一致的动态平衡,是共识和歧义的结合,是暂时没有定论的现象、彼时针对争鸣现象,有一个"认识论基础",即通过争论能达成共识,而且真理越辩越明,真理是在辩论的过程中呈现的①。这是20世纪80年代的思想解放运动和思想启蒙两股思潮的结合的表现。正如下面这段话所显出的那样,"许多引起争议的作品"的出现:"反映了创作的自由和评论的自由,也证实了'百花齐放,百家争鸣'的方针确乎得到认真贯彻。这种状况也说明,在这伟大的历史转折的时期,由于社会生活的深刻变革,由于思想解放和艺术民主,我国文学界的思想是多么地活跃!艺术的创新和探索又是多么地踊跃!正象在任何一个新旧交替、除旧布新的历史时期那样,不同观点与思潮的纷然出现和彼此对抗与驳难,实属必然。"②

边缘色彩发展到二十世纪80年代中期,就是追求"新、奇、怪"③,比如说《新诗潮诗集》《汉诗:二十世纪编年史(1986)》和《汉诗:二十世纪编年史(1987—1988)》。《中国青年新诗潮大选》的内容简介中这样说:"《中国青年新诗潮大选》是中国青年诗人为中国诗坛建造了一座光怪陆离的神奇的艺术宫殿。他们打着中国现代主义新

---

① 陈子伶、石峰编:《1983—1984短篇小说争鸣集》,山东文艺出版社,1984年版,"前言"第2页。这本书的"前言"这样说道:"争鸣的目的,在于辩明和服从真理。"
② 中国当代文学研究会资料社编:《新时期争鸣作品集》(第一册),出版年不详,"前言"第1页。
③ 谢冕:《新诗潮的检阅——〈新诗潮诗集〉序》,老木编选:《新诗潮诗集》,北京大学五四文学社未名湖丛书编委会,1985年版,第3页。

诗潮的大旗向前走去,他们没有瞻前顾后,他们别无选择。"①应该看到,20世纪80年代中后期的非正式出版诗歌选中,对"新、奇、怪"和"光怪陆离的神奇"的追求,既是"探索"和"新潮"精神的延续,又与对现代主义诗风的追求密不可分。

---

① 蓝鸟编选:《中国青年新诗潮大选》,1988年版,后勒口内容简介。

结语　选本编纂与当代文学体裁格局变迁

　　文学在体裁上可以分为小说、诗歌、散文和戏剧等几大类,但这些体裁在选本编纂的格局中所占的位置并不对等。选本类型在选本格局中所占位置的变化,与某一体裁在当时的社会语境中的地位息息相关。在中国古代,诗歌是核心文体,因而诗歌选本或总集最多,其次是散文。小说文体的发达是近现代以来的事情,因而小说选本在20世纪的中国文学出版中所占比重最大,数量上也最多。诗歌作为传统优势文体,虽然自近现代以来地位趋降,但因其情绪表达的便捷性,在特定年代亦能大放异彩,同时又因诗歌的形制偏短,易于编选选集,常有"一卷在手,应有尽有"的感觉,所以诗歌选本也是20世纪文学选本格局中具有重要地位的构成部分。相比之下,散文则要逊色得多,戏剧选本则又更少。

一

　　就20世纪中国文学而言,小说和诗歌是彼此呼应和互补共生的关系。这样一种关系,可以借用李泽厚的"启蒙与救亡的双重变奏"说来加以分析。如果说,启蒙与救亡确实构成20世纪中国互相补充和彼此竞争的两大核心主题,那么这样一种关系,一定程度上也决定了文学各文类之间的变动关系。如果说启蒙的主体是精英知识分子的话,那么救亡指向的主体则是广大民众。两者的侧重不同,借用叙事学的观点来看就是,启蒙偏向于以故事的讲述说服他人,而救亡则倾向于以情绪的呼应动员民众。这样一种错位恰好对应小说与诗歌之间的辩证关系。大致来说,当启蒙占据主导地位的时候,小说就可能成为主导文体,当救亡成为主潮时,诗歌则又可能一跃而成为核心文体。这可以从20世纪中国文学的发展历程中得到印证。"五四"前后,小说是最重要的文体,到了抗日战争时期,诗歌或通俗韵文文体(比如民间戏曲)成为当时的主潮。20世纪50—70年代,最活跃的文体是新民歌、政治抒情诗以及各种民间戏曲(通常的文学史,多从小说文体入手叙述,对此类作品多有忽略)。20世纪80年代,小说再一次充当启蒙的角色,重又占据文坛主流。

这样一种矛盾关系,还与当代中国另一个二元对立命题息息相关——毛泽东《在延安文艺座谈会上的讲话》中提出的普及和提高。毛泽东提出的在普及基础上的提高,凸显了普及的优先地位。对普及的推崇,与毛泽东设想中的文学动员大众的功能彼此对应。而这也就推动了对小说、诗歌、戏剧和散文文体的改造,首先是创作方式的变革。在这之前,文学创作(包括文学阅读)更多是个人行为。20世纪50—70年代,中国开始思考和探索集体创作,这样一种集体创作在话剧等戏剧文体中先进行尝试,也最为成功。戏剧成为"文革"时的主导文体,与此息息相关。小说也尝试集体创作方式,所谓"三结合"或设置写作组也主要出现在小说创作方面。在这些创作当中,确实出现了《红岩》之类的成功之作,但也出现了《虹南作战史》这样引发争议的作品(不论是在当时,还是在今天,都是如此)。即使如此,小说也面临着阅读接受上的非大众化倾向。小说的阅读是一种个体行为,需要一定的知识积累,这对于广大民众而言,是有一定困难的。小说不像诗歌,可以通过朗读或歌唱,成为阅读接受上的大众文体。从这点来看,小说本质上仍旧是精英文体。而这也决定了为什么当启蒙占据主导的时候,小说会成为核心文体。"五四"时期小说地位的提高,与其所承担的启蒙角色有重要关系,同样,20世纪80年代以来小说地位的凸显和提升,就与彼时的"新启蒙"思潮有关。

相比之下,诗歌虽然很少有集体创作——当然,历史上诗歌也有过精英化和远离大众的倾向,但这样一种文体,仍可以说是最具大众化倾向的。因为,中国自古就有民歌的传统。基于此,毛泽东在中华人民共和国成立后才特别注重诗歌的创作,并在 1958 年提出古典加民歌的诗歌发展路径的设计:"中国诗的出路,第一条是民歌,第二条是古典,在这个基础上产生出新诗来,形式是民族的,内容应该是现实主义与浪漫主义的对立统一。"[①]显然,20 世纪 50—70 年代诗歌选本大盛,与毛泽东对新诗发展道路的思考有关。毛泽东提出新诗的出路在于古典加民歌,因之兴起新民歌运动,这都对诗歌选本的大盛起到推波助澜的作用。这样一种文体思考,基于毛泽东的文艺为人民服务的构想。文艺要为人民服务,不仅体现在内容上的为人民服务,还体现在其创作主体的人民构成上。古典加民歌,恰好可以成为这种"人民文体"。事实上,动员大众,很多时候需要情绪上的表达,简明、鲜明而集中就成为其要求,古典加民歌正好可以做到这点。

情绪表达和大众动员是诗歌的重要功能,这也关联着抗日战争时期的新诗大众化、20 世纪 50—70 年代的新民歌运动、1976 年的天安门诗歌运动以及"文革"结束后的伤痕诗歌。但大众动员终究不是 20 世纪中国的全部,更多的时候,比如说 20 世纪 80 年代以来的几十年里,文学的作用更多体现在启蒙和提高上,小说正好担负这种启蒙和提高的任务。这种状况,决定了 20 世纪 80 年代文学选本中小说选本和诗歌选本总体上占据主要位置,当时影响较大的,也多是小说选本和诗歌选本,如《重放的鲜花》(主要是小说,上海文艺出版社,1979 年)、《九叶集》、《外国现代派作品选》、《当代短篇小说 43 篇》、《朦胧诗选》(春风文艺出版社,1985 年)、《探索小说集》、《探索诗集》和《中国现代主义诗群大观(1986—1988)》。诗歌与小说选本的不同作用常常体现在特定年代中。时代不同,它们之间的关系也会有一定的变化。

[①] 中共中央文献研究室编:《毛泽东年谱(一九四九——一九七六)》(第三卷),中央文献出版社,2013 年版,第 322 页。

具言之,在 20 世纪 50—70 年代,小说选本所占比例总体上较少,大众文体,诸如民歌、散文(这是广义上的散文,包括通讯、回忆录、特写、报告文学等)和曲艺选本所占比重较大,只要翻阅中华书局编印的"全国总书目"(最开始由新华书店编印,后改由中华书局编印)系列就可以明晓这点。这一现象的出现,与当时对普及与提高的关系的理解有关。毛泽东在《在延安文艺座谈会上的讲话》中指出:"什么是文艺工作中的普及和提高呢?这两种任务的关系是怎样的呢?普及的东西比较简单浅显,因此也比较容易为目前广大人民群众所迅速接受。高级的作品比较细致,因此也比较难于生产,并且往往比较难于在目前广大人民群众中迅速流传……对于他们,第一步需要还不是'锦上添花',而是'雪中送炭'。所以在目前条件下,普及工作的任务更为迫切。"①虽然这里的"目前"特别指向 1942 年前后的抗战语境,但文学为人民服务,人民的构成主要是工农兵的观点在中华人民共和国成立后仍然有效,事实上,中华人民共和国成立后的人们也多从这个角度进行理解。在人民的构成中,小资产阶级和知识分子只占极少的部分,文学为人民服务,主要为工农兵服务。这一状况,决定了 20 世纪 50—70 年代的选本编纂的重点不是遴选经典或追求艺术,而是普及。选本编纂是否合乎主流意识形态就成为编纂的重要标准。而之所以特别注重民歌、散文和曲艺这些体裁,一方面是因为其读者面广,另一方面也因为人民大众能够参与这些文学体裁的创作,20 世纪 50—70 年代盛极一时的《红旗飘飘》(革命回忆录,系列丛刊,中国青年出版社 1957 年开始出版,一直持续到 20 世纪 80 年代)即是其体现。相对诗歌而言,小说要显得更具个人化与个人性了。这也能使我们理解,20 世纪 50—70 年代针对现代时期诗歌的选本极少出现,很大程度上是因为诗歌在现代还主要是精英文体,不宜太重视或过于推崇。另外,20 世纪 50—70 年代民歌、散文选本的繁荣还表

---

① 毛泽东:《在延安文艺座谈会上的讲话》,《毛泽东选集》(第三卷),人民出版社,1991 年版,第 861—862 页。

明,这是真正的人民的文艺的时代,人民参与写人民。这是人民的文艺的表现形式,它很少涉及知识分子思想改造的问题。

20世纪50—70年代,影响选本编纂的重要因素,除了普及和提高的关系命题,还有所谓文学的大众化诉求,当时有所谓通俗文艺与非通俗文艺的区分。按照新华书店编辑出版的《全国总书目(1949—1954)》的区分:"通俗读物与非通俗读物的划分,还没有一个完全恰当的标准,我们现在大体上是按语文程度来划分的,即凡适于小学至初中程度的人阅读的列为通俗读物,高于这一水平的为非通俗读物。"①虽只是大略划分,但也反映出一种趋势——对通俗文艺的推崇和支持。文学的大众化,造成20世纪50—70年代通俗文艺的选本大盛和非通俗文艺的选本相比稀少(甚至可以说屈指可数)。

以诗歌为例,20世纪50—70年代,关于"五四"以来的现代时期新诗的诗歌选本,在当时主要以臧克家的《中国新诗选(1919—1949)》(1956年和1957年两个版本)为代表。中华人民共和国成立后的诗歌选本,在"百花时期"有过年选系列,比如《诗选(1953·9—1955·12)》、《诗选(1956)》、《诗选(1957)》、《诗选(1958)》;还有建国十周年的诗歌选、《萌芽》编辑部编的《萌芽诗选》等。这些选本,已经表现出大众化的倾向(《萌芽诗选》有向通俗文艺靠拢的倾向)。其选诗标准,一是倾向于进步或革命的主题,二是倾向于工农兵作者,三是适应诗歌观念的变迁。这一时期,工农兵诗歌选本或民歌选本数量甚多,事实上,在"全国总书目"中,通俗类和非通俗类选本的分别并不明显,常常被混淆在一起。

与之相比,20世纪70年代末以来,小说选本开始增多。上海文艺出版社出版的"文学作品选读"丛书中,小说选本占绝大部分,其中包括《建国以来短篇小说》三卷,《中国现代短篇小说》两卷,《外国短篇小说》三卷,另外还有《中国现代散文》两卷。再比如人民文学出版社

---

① 新华书店总店编:《全国总书目(1949—1954)》,新华书店总店,1955年版,"编辑说明"第3页。

出版的中华人民共和国成立三十周年选本,《短篇小说选(1949—1979)》有八厚本,《诗选(1949—1979)》只有三卷。这里,固然有诗歌体制短小的原因,但深层次上还与当时对"十七年"文学的评价有关。"十七年"时期的诗歌创作,就数量而言,显然要远远多于小说创作;但为什么诗歌选本只有三卷,而小说选本有八卷呢?显然这涉及评价问题。在当时看来,"十七年"时期,小说的成就要明显高于诗歌。"十七年"的诗歌写作,很多都是工农兵写作,小说则主要由专业作者创作。其背后的认识论基础是:文学终究还是精英主义的产物,非专业作家很难写出好作品。

二

不难看出,20世纪50—70年代诗歌选本的大盛与选本的功能变迁息息相关。文艺大众化趋向下,诗歌选本的主要功能是普及。这决定了诗歌选本的编纂很多时候不是为了经典化。即使是郭沫若和周扬编选的《红旗歌谣》,在当时也带有一定程度的实验色彩。"诗歌和劳动在社会主义、共产主义新思想的基础上重新结合起来,正是在这个意义上,新民歌可以说是群众共产主义文艺的萌芽。这是社会主义新时代的新国风。"[①]20世纪80年代以来,随着文学观发生重大变迁,文学的精英化倾向抬头。在这一文学观的影响下,文学选本的编纂日益凸显经典化倾向,艺术标准日益成为文学选本编纂时要重点考虑的因素,而在20世纪50—70年代,政治标准才是首先要考虑的。

文学的大众化倾向,决定了20世纪50—70年代的文学选本往往只发挥集中的功能。虽然说这一功能与经典化不无关系,但其侧重点不在经典化,而在集中展现。选本的非经典化功能与其表现形态彼此对应,很多时候,选本中的作品不再是二度发表,而是首次发表。对于那些新民歌和工农兵作者来说,这一变化更明显。比如说《小靳庄诗歌选》这个选本,"选源"是小靳庄——天津市宝坻县林亭口公社下面

---

① 郭沫若、周扬编:《红旗歌谣》,红旗杂志社,1959年版,"编者的话"第1—2页。

的一个大队,它是一个大队的贫下中农的群众诗歌创作实践的集中展现。与一般的工农兵诗选或民歌选相比,其"选源"显然要窄得多,因而更有首次发表的特点。这一选本编纂形式,在民国时期只在那些民歌的收集整理中才会出现。但若将其看成历史的隔代延续,则又是明显的误读。就像《小靳庄诗歌选》的"后记"所指出的那样,这一选本的编纂是为了回击所谓"上智下愚""天才论"①,它有明确针对性。选本的出现,在当时有打破由精英知识分子占据的文艺界的格局的效果。那些原本不可能在精英所占据的刊物上发表的作品,很多直接以选本的形式出版。关于这点,还可以联系毛泽东当时的一个重要判断。毛泽东曾表示他对当时文坛被"帝王将相"和"才子佳人"统治(即"'死人'统治")非常不满:"这些协会和他们所掌握的刊物的大多数(据说有少数几个好的),十五年来,基本上(不是一切人)不执行党的政策,做官当老爷,不去接近工农兵,不去反映社会主义的革命和建设。"②这在某种程度上也是对精英控制下的文学发表机制的不满。在对《红楼梦》研究的批判中,毛泽东对《文艺报》对"小人物"李希凡和蓝翎的压制旗帜鲜明地表示不满。如此种种都表明,选本编纂中的后退倾向并不是想回到古代或现代,而重在对当前文学选本编纂实践中的精英化趋势进行反拨与扬弃。

选本出版也是重要的发表渠道,对现代的文学出版体制是有效的补充。这也与古代民歌的收集整理不同,古代民歌的收集整理是为统治阶级服务的,由精英知识分子进行。20 世纪 50—70 年代的大量民歌和工人诗歌,虽然也经精英知识分子之手,但此时精英知识分子已经过思想改造,其立场和态度早已转移到人民大众身上,这是真正意义的民歌和工人诗歌。换言之,20 世纪 50—70 时代,工农兵写作的主

---

① 天津人民出版社编:《小靳庄诗歌选》,天津人民出版社,1974 年版,第 172 页。
② 毛泽东:《毛泽东对文学艺术的批示》(1963 年 12 月 12 日和 1964 年 6 月 27 日),洪子诚主编:《中国当代文学史·史料选》(下),长江文艺出版社,2002 年版,第 512、513 页。

要和重要发表渠道就是选本出版。这从当时的《红旗飘飘》《志愿军一日》(四卷本,人民文学出版社1956年出版。2000年,解放军文艺出版社精选其中部分,分成上下卷再版)等大型选本(或系列丛书)可以看出。

考察20世纪80年代以来体裁形制与选本编纂之间的复杂关系,可以从争鸣作品选入手。争鸣作品选是彼时影响很大的选本类型,但争鸣作品选是综合性的选本,集中了小说、诗歌、戏剧等多种体裁。具体来说,争鸣作品中,小说占据主要部分,其次是戏剧(包括话剧),很少有诗歌或散文的影子。以《文学风雨四十年——中国当代文学作品争鸣述评》(於可训、吴济时、陈美兰主编,武汉大学出版社,1989年)为例,其所选争鸣作品45篇(条)中,小说27部,戏剧(电影剧本)16部,诗歌只占1首(郭小川的《望星空》),另外就是条目"朦胧诗"。另外,《争鸣作品选编》(2册,北京市文联研究部编,1981年)所选作品24篇(条),小说17篇,电影文学剧本3篇,话剧1篇,诗歌3首。叙事文学作品(电影剧本和话剧也属于此类)之所以更容易引起争鸣,与叙事文学作品所表现的现实问题有关。这是可以被称为"问题写作"的文学作品,它们引起争鸣,不因为其文学形式有所创新,主要因为其反映内容较为敏感[①]。这一现象说明,叙事文学作品在中国当代有重要地位,文学对现实的反映仍旧是文学的核心问题。

但这里也有阶段性区别。20世纪50—70年代,有的只是作品引起争论而后遭致批判,比如《武训传》《海瑞罢官》《我们夫妇之间》。作品真正引起争鸣并成为繁盛的文学现象是在20世纪80年代,20世纪90年代以来则开始衰退。与之相对应,争鸣作品选编在20世纪80年代兴盛,20世纪90年代以来虽有争鸣作品选出版,但更多是总结性的,或者带有刻意构筑争鸣现象的倾向。换言之,20世纪80年代,作品的题材或内容引起人们普遍关注,进而形成争鸣讨论的空间;20世

---

① 徐勇:《20世纪80年代争鸣作品选本与批评空间的开创》,《社会科学》2017年第7期。

纪90年代的争鸣作品选,带有制造话题以引起争鸣的倾向,比如20世纪90年代今日中国出版社出版的"中国当代情爱伦理争鸣作品书系",它与20世纪80年代的争鸣作品选截然不同。

就体裁而论,诗歌和小说形成争鸣的情形明显不同。诗歌创作潮流可能引起争论,但诗歌作品本身难以起到这样的效果。比如朦胧诗引起争论,开始虽然与顾城的几首诗和杜运燮的《秋》以及李小雨《海南情思·夜》有关①,但发展到后来,问题实际上已经转移到青年一代的"思想感情"和"表达那种思想感情的方式"②上,与某一或某些诗其实关系不大。小说争鸣现象则相对复杂些,其中有因具体作品——比如卢新华的《伤痕》和刘心武的《班主任》——而引起的关于"伤痕文学"的讨论,但更多的时候,是就作品所涉及的内容及与此相关的社会现象展开争论。在20世纪80年代,作品引起的争论,很少关注文学表现的形式本身。即使是朦胧诗的争论,也多侧重思想感情上的"不健康情绪",比如说"失望""迷惘""彷徨""虚无"③或"心灵中的阴霾"④,以及表达上的"懂"与"不懂"(即"朦胧""隐晦"等),相对于情感的健康,形式是次要的问题。不难看出,20世纪80年代,关于小说的争论往往针对其表现内容,诗歌引起的争论则多聚焦情感表达。这种不同,决定了20世纪80年代的文学争论,更多地发生在小说(包括其他叙事文类)领域。这是由思想解放运动和思想启蒙(即新启蒙)的状态决定的。新启蒙时代关注表达什么,而非怎么表达。20世纪80年代初期,现代主义虽偶有作品出现但难以形成潮流的原因或在于此。

我们也要看到,20世纪80年代影响很大的选本中,还有获奖作品选,这从获奖作品选的印数和销量可以看出。《1979年全国优秀短篇

---

① 顾工的《两代人——从诗的"不懂"谈起》(《诗刊》1980年第10期)和章明的《令人气闷的"朦胧"》(《诗刊》1980年第8期)。
② 顾工:《两代人——从诗的"不懂"谈起》,《诗刊》1980年第10期。
③ 公刘:《新的课题——从顾城同志的几首诗谈起》,《星星》复刊号。
④ 顾工:《两代人——从诗的"不懂"谈起》,《诗刊》1980年第10期。

小说评选获奖作品集》(上海文艺出版社)1980年5月第一版印刷10万册,同年10月第二次印刷10万册。这些获奖作品选中,诗歌获奖作品选不多,较有代表性的是蓝棣之选编的《当代诗醇——获奖诗歌名篇选萃》和《我常常享受一种孤独——获奖诗人诗歌选萃》,另外诗刊社编的《诗选(1979—1980)》(四川人民出版社,1982年)中也收有部分获奖诗歌。这并不是说当时缺少诗歌奖,而只是表明小说获奖的影响程度更大。20世纪80年代影响很大的文学奖项主要是全国优秀短篇小说奖和全国优秀中篇小说奖。这一情况到了20世纪90年代则有很大的变化。首先,争鸣作品选和获奖作品选的出版和影响式微。其次,20世纪90年代的文学选本出现两极化的趋势。一是追求商业热点,一是学院化和体制化。各种文学史选本或者总结回顾性的综合选本有规模地出版。回顾和总结新时期,成为20世纪90年代文学选本编纂的一大特点。此时,小说选本虽然仍占据主要部分,但其影响力早已经不能与20世纪80年代相比了。

三

选本编纂中,作品篇幅的长短常常是需要考虑的问题。这决定了长篇小说通常不被选本收入,选本的种类按体裁划分大致分为诗歌选、短篇小说选、中篇小说选、散文(包括杂文、报告文学)选和戏剧(主要是独幕剧)选,其中占据主要地位或核心位置的是短篇小说选和诗歌选。就此而论,选本之"选"体现在两个方面,一是集中展现,其次才是"精选"。这里需要注意到一点,即选本的现代性问题。就古代选本而言,其选本编纂还肩负另一重功能——保存,即所谓"网罗放佚"[①],其"总集"之"总"名,与此不无关系。但对于现代以来的选本而言,"总集"之"网罗放佚"的功能有所减弱,因为随着现代印刷业的发展,通过选本编选来保存作品,似乎已不如此前重要,而选本

---

① 转引自王瑶:《中国文学批评与总集》,《中国文学:古代与现代》,北京大学出版社,2008年版,第278页。

"删汰繁芜"①的功能则有所加强。因为同样,随着现代印刷业的发展,出版物急速增多,通过"选"来引导读者阅读就成为必要了。选本之"选"起着延缓或对抗现代性时间维度上的速朽和易逝的功能。此时,所选作品的篇幅长短就是选本编选时首先需要考虑的问题了。如果选本所选作品在数量上有限,其"选"的意义不能得到很好体现。而如果其范围很窄,也不能体现其"精选"的价值。这都要求所选作品篇幅上要相对短小。但这也造成选本编纂的一个永恒的难题,即篇幅的相对较短与作品的代表性的平衡问题。篇幅较短的作品,能代表某一作家的艺术水平或具有某一潮流流派的代表性吗?另外,还有一个相关的问题,即篇幅短小的作品在文学史上的地位有多高?最能代表文学史艺术成就的高低的,是长篇还是短篇?这些问题,都在选本编纂实践中有集中呈现。

就诗歌而论,诗歌形式的体裁较短,也就是说诗歌作品的好坏,与篇幅的长短没有太大关系,这也决定了选本构成中,好的诗歌选本最能集中反映一个时代或某一潮流的艺术成就和艺术水平。文学史(特别是当代文学史)上影响甚大的选本,大多是诗歌选本,与此有一定关系,比如阎月君等编《朦胧诗选》、辛笛等的《九叶集》、臧克家编《中国新诗选(1919—1949)》等。对小说创作而言,情况则有所不同。小说选本中,影响最大的还是短篇小说选,而不是中篇小说选,比如说20世纪80年代的短篇小说年选,其销量总是要高于同期的中篇小说年选。但年选的编选标准相对保守,独特性欠缺,主体性不足。进入21世纪以来,虽然年选越来越趋向于个人编选,选家的主体性很强,但因为每年的年选品种很多,如果把所有年选入选的作品集中起来与当年度的发表作品比较,年选之"选"的功能在总体上看并不明显(这与单个年选的"选"的功能显著程度恰成反比)。短篇小说选本中,影响较

---

① 转引自王瑶:《中国文学批评与总集》,《中国文学:古代与现代》,北京大学出版社,2008年版,第278页。

大的大多还是流派或思潮作品选,比如《当代短篇小说43篇》《探索小说集》,再如《新感觉派小说选》(严家炎选编,人民文学出版社,1985年)。对小说家而言,最能代表其创作成就高低和文学史地位的,通常是长篇作品,但就文学流派或思潮而论,短篇或中篇亦具有思潮流派的代表性,甚至代表性更强。

　　作品的长短不仅影响其能否收入选本,也影响其收入选本的方式。中篇和短篇一般是全选,长篇小说、多幕剧或长诗若偶被收入选本,其收入的方式则有全选、节选存目等。以长篇小说为例。长篇小说被收入选本的一般做法是列入推荐篇目,这在作为教材的中国现代文学作品选或中国当代文学作品选中比较常见。此外,陈思和主编的《逼近世纪末小说选》也用这种方式。长篇小说的具体内容很少被收入选本,当然有篇幅方面的考虑。长篇选本中只能收入为数不多的几部小说,这样一来,其选本的"选"和"集"的功能就不能得到很好的体现,读者也完全可以去买长篇小说的单行本,没有必要买这一选本。收入长篇小说全文或节选,往往只有文学史秩序建构的意义。这方面可举的例子有《中国新文学大系》(小说集系列第二至五辑,它创造了全选、节选的方式),以及《陕西文学六十年作品选》《建国50年四川文学作品选》《山西文艺创作五十年精品选》等地方省市长时段综合性文学作品选。中短篇小说选本则不同,中短篇选本能凸显"选"和"集"的功能,可以免去读者的选择之苦。虽然,《中国新文学大系(1949—1976)》采用了全选和节选的方式,但终究所选的数量不多,节选也只作为辅助手段。《中国新文学大系(1949—1976)》中,长篇小说的两卷都是全选,"长篇小说卷一"收录有王蒙的《感受昨天》、梁斌的《红旗谱》和杨沫的《青春之歌》;"长篇小说卷二"收录的是周立波的《山乡巨变》,孙犁的《风云初记》和赵树理的《三里湾》。"长篇小说卷三"是节选,收录刘知侠的《铁道游击队》,杜鹏程的《保卫延安》,王蒙的《青春万岁》,曲波的《林海雪原》,吴强的《红日》,周而复的《上海的早晨》,刘流的《烈火金刚》,李英儒的《野火春风斗古城》，欧阳山的《三家巷》，柳青的《创业史》，罗广斌、杨益言的《红岩》，姚雪垠的《李自成》和金庸的《笑傲江湖》。

　　用全选还是节选，体现态度和评价上的不同。全选和节选，对应的是秩序中的不同位置和地位。全选的是获得了高度肯定的作品，被节选的作品，虽然也有代表性，但存在感不足。节选表现出编选者有保留的肯定态度以及犹豫不决："在编纂过程中，我们不难发现，前十七年的小说，尤其是长篇小说，出现过不少佳作、大作、力作，但这些作品，除了积极反映时代主旋律、题材重大、主题鲜明、正面人物突出以外，往往同时在不同程度上，又打上了负面的时代烙印，主要是指受'左'的思潮影响和时代烙印。"①某种程度上，"负面的时代烙印"的多少，决定了哪些作品全选，哪些节选。

　　这样一种全选和节选的编选方式，在编《中国新文学大系（1976—2000）》时又得到延续和发展，其长篇小说卷中前三卷是全选，后两卷是节选。"长篇小说卷五"中除节选外，还使用了存目方式。至此，长篇小说选的编选方式最终确定下来，即全选、节选和存目。三种编选方式，代表三种评价态度：高度肯定、比较肯定和有保留的肯定。长篇小说卷中分全选、节选和存目的做法，除了能表明编选者的不同态度外，还可以表明编选者们对此一时段的长篇小说的总体评价。比如说《中国新文学大系（1949—1976）》中，长篇小说有三卷，中篇小说和短篇小说只有一卷，至于所选作品数量，长篇（包括节选）有19部，中篇只有9部。这样一种比例说明，在编选者看来，"十七年"时期的文学成就主要在长篇。再比如说《中国新文学大系（1976—2000）》中，中篇小说卷有四卷，收入52篇作品；长篇小说卷五卷，收录（包括全选和节选）32篇作品。显然，就这一时段小说作品的创作数量而言，中篇在总量上要远远多于长篇，但在这一"大系"中，中篇与长篇的比例却是

---

① 张德林：《序跋·第四辑（1949—1976）·长篇小说卷 跋》，郑宗培主编：《中国新文学大系（1976—2000）·第三十集 史料·索引卷二》，上海文艺出版社，2009年版，第687—688页。

1.63∶1。这样的比例说明,《中国新文学大系(1976—2000)》对此一时段长篇小说创作的总体评价要高于中篇小说。进一步说,就 20 世纪中国文学的百年历程看,编选者的潜在看法是,随着时代向前发展,文学创作越来越成熟,长篇小说的成就相应也越来越高,也最能代表某一阶段的文学成就。

此外还要看到,带有文学史性质的大型系列选本,在编选时因为有大致趋同的文学史观的限制,其选择作品时可以选择的空间十分有限,即便选择长篇,也要综合权衡。这也决定了文学史性质的选本或带有教材性质的选本中,选家的主体性不强,选家也不可能坚持自己独到的编选标准。从另一角度说,选家要想凸显自己的主体性,就必须舍弃长篇小说,必须编选教材选本之外的个人选本。而不管如何发挥独创性,小说在现当代文学史中占有核心地位都是一个共识。

附录　重要诗歌选本目录

一、20世纪50—70年代诗歌选本

北京出版社编:《北京工人诗百首》,北京出版社,1959年版。

陈残云编:《粤海新诗》,广东人民出版社,1963年版。

大庆油田文化馆编:《大庆凯歌——大庆工人诗选》,黑龙江人民出版社,1976年版。

东海文艺出版社编:《浙江大跃进民歌选》,东海文艺出版社,1960年版。

福建人民出版社编:《大跃进民歌选》,福建人民出版社,1960年版。

郭沫若、周扬编:《红旗歌谣》,红旗杂志社,1959年版。

郭沫若、周扬编:《红旗歌谣》,人民文学出版社,1979年版。

河北人民出版社选编:《抗日战争时期诗歌选》,河北人民出版社,1965年版。

河北省文学艺术界联合会编:《河北诗抄》,百花文艺出版社,1963年版。

江苏省贫下中农协会:《江苏农民诗歌选》,江苏人民出版社,1975年版。

解放军文艺出版社编:《诗选》,解放军文艺出版社,1979年版。

解放军文艺丛书编辑部编:《中国人民志愿军战士诗》,人民文学

出版社,1955年版。

柯原、永生辑:《进军号——中国人民志愿军诗选》,中南人民文学艺术出版社,1953年版。

《萌芽》编辑部、人民文学出版社上海分社合编:《萌芽诗选(1964)》,人民文学出版社上海分社,1965年版。

南京大学诗社编选:《诗选》,内部出版,1955年版。

人民文学出版社编辑部:《抗美援朝诗选》,人民文学出版社,1953年版。

人民文学出版社编辑部:《中国人民志愿军诗选》,人民文学出版社,1952年版。

山西日报社、山西农民报社编:《大跃进民歌选》,山西人民出版社,1958年版。

上园公社《上园农民诗选》编辑组编:《上园农民诗选》,辽宁人民出版社,1975年版。

《诗刊》编辑部编选:《诗选(1958)》,作家出版社,1959年版。

诗刊社编:《大跃进民歌选一百首》,中国青年出版社,1958年版。

诗刊社编:《新民歌百首》(第二、三集),中国青年出版社,1958—1959年版。

诗刊社编:《新民歌三百首》,中国青年出版社,1959年版。

诗刊社编选:《朗诵诗选》,作家出版社,1965年版。

天津人民出版社编:《展翅篇——天津青年工人诗选》,天津人民出版社,1976年版。

童怀周编辑出版内部出版物《天安门革命诗文选》、《天安门革命诗文选》(续编)、《革命诗词》(1977年7月)、《革命诗文选》、《革命诗抄》(油印本,1977年12月)、《革命诗抄》(第二集,铅印本,1978年4月)。

童怀周编:《天安门诗抄》,人民文学出版社,1978年版。

童怀周编:《天安门诗文集》,北京出版社,1979年版。

童怀周编:《天安门诗文集(续集)》,北京出版社,1979年版。

童怀周:《天安门诗词三百首》,广西人民出版社,1979年版。

萧三主编:《革命烈士诗抄》,中国青年出版社,1959年版。

新疆人民出版社编:《金色的路——知识青年诗选》,新疆人民出版社,1977年版。

叶夫杜申科等:《〈娘子谷〉及其它》,苏杭等译,作家出版社,1963年版。

臧克家编选:《中国新诗选(1919—1949)》,中国青年出版社,1956年版,1957年版,1979年版。

中国人民解放军0075部队政治部编:《战士诗选》,青海人民出版社,1958年版。

中国作家协会北京分会筹委会编:《北京青年业余作者诗选》,北京出版社,1965年版。

中国作家协会编:《诗选(1956)》,人民文学出版社,1957年版。

中国作家协会山东分会编:《山东十年短诗选》,山东人民出版社,1960年版。

中央民族学院编:《少数民族诗歌选》,人民文学出版社,1975年版。

周望望等:《青年诗选》,东海文艺出版社,1959年版。

作家出版社编:《诗选(1957)》,作家出版社,1958年版。

作家出版社编辑部编:《解放台湾诗选》,作家出版社,1955年版。

二、20世纪80年代兴起的诗歌选本及其延续

阿人编:《写给男人的情诗——当代青年女诗人爱情诗选》,人民文学出版社,1989年版。

艾子编:《现代朦胧诗150首》,花城出版社,1990年版。

北岛、江河、舒婷等:《五人诗选》,作家出版社,1986年版。

北岛、舒婷等:《朦胧诗经典》,长江文艺出版社,2011年版。

北京大学、北京师范大学、北京师范学院中文系中国现代文学教研室主编:《新诗选》(三册),上海教育出版社,1979年版。

彼德·琼斯:《意象派诗选》,裘小龙译,漓江出版社,1986年版。

陈超:《中国探索诗鉴赏辞典》,河北人民出版社,1989年版。

陈梦家编:《新月诗选》,上海书店,1983年版。

程光炜、赵国泰、蒙诗伟:《二十世纪世界著名女诗人佳作美析》,海南摄影美术出版社,1990年版。

丁慨然主编:《中国新诗人成名作选》,中国国际广播出版社,1992年版。

杜占明、黄祖民编:《我悠悠的世界》,南海出版公司,1991年版。

范源、以建编:《爱情自白——当代青年爱情诗选》,四川文艺出版社,1990年版。

飞茂编:《爱情朦胧诗选》,中国妇女出版社,1990年版。

非鸥译:《当代美国女诗人朦胧诗选》,湖南文艺出版社,1990年版。

福建省文学讲习所编:《南风——抒情诗、朦胧诗选》,鹭江出版社,1985年版。

复旦诗社编:《海星星》,复旦大学出版社,1983年版。

复旦诗社编:《太阳河》,复旦大学出版社,1987年版。

傅如一、张华夏主编:《中国当代大学生百家抒情诗》,北岳文艺出版社,1992年版。

高嗣照等主编:《当代青年诗选》,金陵书社出版公司,1995年版。

顾文、冯艺编选:《中国当代青年散文诗选》,广西人民出版社,1988年版。

郭良原编:《中国当代女青年诗人爱情诗选》,长江文艺出版社,1989年版。

郭良原编:《中国当代女青年诗人诗选》,长江文艺出版社,1988年版。

海梦主编:《青年散文诗选》,四川民族出版社,1991年版。

海啸编:《朦胧诗精选》,黑龙江科学技术出版社,2010年版。

洪子诚、程光炜选编:《朦胧诗新编》,长江文艺出版社,2004年版。

黄邦君编选:《当代青年哲理诗选》,贵州人民出版社,1985年版。

黄祖民编:《超越世纪——当代先锋诗派诗人四十家》,山西高校联合出版社,1992年版。

黄祖民编:《穿过早晨》,南海出版公司,1991年版。

黄祖民、韩国强编:《乐队离开城市》,南海出版公司,1991年版。

蓝棣之编选:《九叶派诗选》,人民文学出版社,1992年版,2011年版。

蓝棣之编选:《现代派诗选》,人民文学出版社,1986年版。

蓝棣之选编:《当代诗醇——获奖诗集名篇选萃》,北京师范大学出版社,1989年版。

蓝棣之选编:《我常常享受一种孤独——获奖诗人诗歌选萃》,北京师范大学出版社,1992年版。

蓝鸟编选:《中国青年新诗潮大选》,中国新诗文库出版中心,1988年版。

老木编选:《新诗潮诗集》,北京大学五四文学社未名湖丛书编委会,1985年版。

老愚、马朝阳编:《再见·20世纪——当代中国大陆学院诗选(1979—1988)》,北方文艺出版社,1991年版。

李丽中、张雷、张旭选评:《朦胧诗后——中国先锋诗选》,南开大学出版社,1990年版。

李启忠编:《海南当代诗选》,三环出版社,1991年版。

李少君、吴投文主编:《朦胧诗新选》,现代出版社,2017年版。

李松涛主编:《辽宁青年诗选(1980—1990)》,沈阳出版社,1991年版。

李以建选编:《等待中的雨景——当代青年爱情诗选》,中国友谊出版公司,1993年版。

刘飞茂、王荣起编:《爱情朦胧诗选》,农村读物出版社,1989年版。

刘文飞编:《世界青年抒情诗选》,中国青年出版社,1991年版。

刘湛秋、雷霆编:《八十年代外国诗选》,安徽文艺出版社,1987年版。

刘湛秋、马高明编选:《外国现代派百家诗选》,贵州人民出版社,1990年版。

陆耀东编:《中国现代爱国诗歌精品》,武汉大学出版社,1994年版。

路易·勒维约诺瓦等:《爱的梦呓——法国当代爱情朦胧诗选》,李玉民等译,花城出版社,1989年版。

绿原、牛汉编:《白色花——二十人集》,人民文学出版社,1981年版。

罗继仁主编:《中国青年爱情散文诗选》,哈尔滨出版社,1992年版。

马朝阳编选:《中国当代校园诗人诗选》,北京师范大学中文系五四文学社,1987年版。

马朝阳选编:《中国当代校园诗歌选萃》,作家出版社,1990年版。

莫文征等编著:《现代诗歌名篇选读》,作家出版社,1986年版。

倪伟李、沈丙龙编:《中国朦胧诗》,海峡文艺出版社,2017年版。

牛汉、蔡其矫主编:《东方金字塔——中国青年诗人13家》,安徽文艺出版社,1991年版。

人民文学出版社编辑部编:《1990—1992三年诗选》,人民文学出版社,1994年版。

上海大学文学院中文系新文学研究室编:《〈现代〉诗综》,百花洲文艺出版社,1990年版。

上海师范学院中文系编:《现代派作品选》,内部出版,1982年版。

上海文出版社编:《探索诗集》,上海文艺出版社,1986年版。

上海文艺出版社编:《八十年代诗选》,上海文艺出版社,1990年版。

申晨编著:《星星河——青年诗选》,长江文艺出版社,1992年版。

诗刊社编:《诗选(1949—1979)》,人民文学出版社,1980年版。

诗刊社编:《诗选(1979—1980)》,四川人民出版社,1982年版。

诗刊社编:《1981年诗选》,人民文学出版社,1983年版。

诗刊社编:《1982年诗选》,人民文学出版社,1983年版。

诗刊社编:《1983年诗选》,人民文学出版社,1985年版。

诗刊社编:《1984年诗选》,人民文学出版社,1986年版。

诗刊社编:《1985年诗选》,人民文学出版社,1986年版。

诗刊社编:《1986年诗选》,人民文学出版社,1988年版。

诗刊社编:《1987年诗选》,人民文学出版社,1989年版。

诗刊社编:《1988年诗选》,人民文学出版社,1990年版。

诗刊社编:《1989年诗选》,人民文学出版社,1991年版。

孙琴安选评:《朦胧诗二十五年》(四卷),上海社会科学院出版社,2002年版。

孙玉石编选:《象征派诗选》,人民文学出版社,1986年版。

唐晓渡编选:《先锋诗歌》,北京师范大学出版社,1999年版。

唐晓渡编选:《在黎明的铜镜中:"朦胧诗"卷》,北京师范大学出版社,1993年版。

唐晓渡、王家新编选:《中国当代实验诗选》,春风文艺出版社,1987年版。

唐晓渡选编:《灯芯绒幸福的舞蹈——后朦胧诗选萃》,北京师范大学出版社,1992年版。

万夏、潇潇主编:《后朦胧诗全集》,四川教育出版社,1993年版。

王家新等编选:《中国现代爱情诗选》,长江文艺出版社,1981

年版。

未民编:《爱情诗 哲理诗 探索诗精选》,南海出版公司,1990年版。

吴欢章主编:《中国现代十大流派诗选》,上海文艺出版社,1989年版。

吴开晋:《现代诗歌名篇选读》,河北人民出版社,1982年版。

西渡编:《太阳日记》,南海出版公司,1991年版。

溪萍编:《第三代诗人探索诗选》,中国文联出版公司,1988年版。

肖野编:《朦胧诗300首》,花城出版社出版,1989年版。

谢冕、唐晓渡主编:《以梦为马:新生代诗卷》,北京师范大学出版社,1993年版。

谢冕、杨匡汉主编:《中国新诗萃(50年代—80年代)》,人民文学出版社,1985年版。

谢冕、杨匡汉主编:《中国新诗萃(20世纪初叶—40年代)》,人民文学出版社,1988年版。

谢冕、杨匡汉主编:《中国新诗萃(台港澳卷)》,人民文学出版社,2001年版。

辛笛、陈敬容、杜运燮等:《九叶集》,江苏人民出版社,1981年版。

辛笛、杜运燮、袁可嘉等:《八叶集》,生活·读书·新知三联书店香港分店、《秋水》杂志社(美国),1984年版。

徐敬亚、孟浪等编:《中国现代主义诗群大观(1986—1988)》,同济大学出版社,1988年版。

薛建农、吴斐、朱耀忠编:《当代学院诗选》,同济大学出版社,1988年版。

阎月君、梁芸、高岩等选编:《朦胧诗选》,辽宁大学中文系,1984年版。

阎月君、高岩、梁云等编选:《朦胧诗选》,春风文艺出版社,1985年版。

阎月君、高岩、梁云等编选:《朦胧诗选》,春风文艺出版社,2002年版。

阎月君、周宏坤编:《后朦胧诗选》,春风文艺出版社,1994年版。

杨克、陈亮编选:《朦胧诗选》,中国青年出版社,2009年版。

杨里昂编:《中国新诗》,湖南文艺出版社,1992年版。

叶准编:《谁知我心——中学生朦胧诗选》,南海出版公司,1991年版。

喻大翔、刘秋玲编选:《朦胧诗精选》,华中师范大学出版社,1986年版。

袁可嘉主编:《欧美现代十大流派诗选》,上海文艺出版社,1991年版。

袁可嘉主编:《外国名诗选》,中国青年出版社,1997年版。

元平主编:《跨世纪青年诗选》,云南人民出版社,1994年版。

岳洪治编撰:《现代十八家诗》,中国文联出版公司,1991年版。

岳军主编:《中国现代千家短诗萃》,广西师范大学出版社,1991年版。

张默编:《台湾青年诗选》,人民文学出版社,1991年版。

张永健、张芳彦主编:《中国现代新诗三百首》,长江文艺出版社,1992年版。

郑体武译:《俄国现代派诗选》,上海译文出版社,1995年版。

中国青年出版社编:《当代大学生诗选》,中国青年出版社,1988年版。

中国青年出版社编:《青年诗选》,中国青年出版社,1981年版。

中国青年出版社编:《青年诗选(1981—1982)》,中国青年出版社,1983年版。

中国青年出版社编:《青年诗选(1983—1984)》,中国青年出版社,1985年版。

中国青年出版社编:《青年诗选(1985—1986)》,中国青年出版社,1988年版。

中国青年出版社编:《青年诗选(1987—1988)》,中国青年出版社,1990年版。

中国青年出版社编:《青年诗选(1989—1990)》,中国青年出版社,1992年版。

中国社会科学院文学研究所当代文学研究室编选:《新诗选(1981)》,中国社会科学出版社,1984年版。

中国四十年代诗选编委会编:《中国四十年代诗选》,重庆出版社,1985年版。

中国作家协会江苏分会编:《诗选(1976—1984)》,中国文联出版公司,1987年版。

中国作家协会江西分会、《星火》文学月刊社:《朦胧诗及其他》,内部出版,1981年版。

仲先等编:《蓝色的风景线——学院诗选》,四川大学出版社,1988年版。

周良沛编:《七月诗选》,四川人民出版社,1984年版。

周伦佑选编:《亵渎中的第三朵语言花——后现代主义诗歌》,敦煌文艺出版社,1994年版。

朱先树、周所同编:《当代中青年抒情诗选》,中国和平出版社,1991年版。

邹进、霍用灵编:《情绪与感觉——新生代诗选》,人民文学出版社,1989年版。

三、20世纪90年代兴起的诗歌选本及其延续

安琪、远村、黄礼孩主编:《中间代诗全集》,海峡文艺出版社,2004年版。

白桦主编:《20世纪中国名家诗歌精品》,广州出版社,1996年版。

蔡天新主编:《现代汉诗100首》,生活·读书·新知三联书店,

2007年版。

蔡天新主编:《现代汉诗110首》,生活·读书·新知三联书店,2017年版。

陈超编著:《20世纪中国探索诗鉴赏》,河北人民出版社,1999年版。

程光炜编选:《岁月的遗照》,社会科学文献出版社,1998年版。

封期任主编:《2016散文诗选》,中国电影出版社,2017年版。

龚静染、聂作平编:《中国第四代诗人诗选》,四川文艺出版社,2000年版。

龚学敏、周庆荣主编:《2016中国年度最佳散文诗选》,四川文艺出版社,2017年版。

洪子诚、程光炜主编:《中国新诗百年大典》(三十卷),长江文艺出版社,2013年版。

洪子诚、奚密主编:《百年新诗选》,生活·读书·新知三联书店,2015年版。

黄礼孩编:《70后诗人诗选》,海风出版社,2001年版。

黄礼孩主编:《出生地——广东本土青年诗选》,花城出版社,2006年版。

黄礼孩主编:《异乡人——广东外省青年诗选》,花城出版社,2007年版。

姜耕玉选编:《20世纪汉语诗选》,上海教育出版社,1999年版。

江水选编:《二十世纪九十年代诗选》,上海文艺出版社,2000年版。

康城、黄礼孩、朱佳发、老皮编:《70后诗集》,海风出版社,2004年版。

李朝全主编:《诗歌百年经典(1917—2015)》,中央编译出版社,2016年版。

李晃主编:《湖南青年诗选》,中国戏曲出版社,2011年版。

李少君、张德明主编:《中国好诗歌·你不能错过的白话诗》,现代出版社,2016年版。

李哲夫编著:《诗潮流——中国西部2015年度诗选》,团结出版社,2016年版。

梁平主编:《土地上的诗庄稼——中国农民诗人诗选》,四川文艺出版社,2010年版。

廖亦武主编:《沉沦的圣殿——中国20世纪70年代地下诗歌遗照》,新疆青少年出版社,1999年版。

龙泉明主编:《中国新诗名作导读》,长江文艺出版社,2003年版。

吕进编:《中国新时期"新来者"诗选》,西南师范大学出版社,2014年版。

吕叶主编,广子、阿翔、赵卡编选:《70后诗选编》,长江文艺出版社,2016年版。

牛汉、谢冕主编:《新诗三百首》,中国青年出版社,2000年版。

任怀强、散皮主编:《〈诗探索〉2016年度诗选》,台海出版社,2017年版。

陕西省青年文学协会选编:《陕西青年诗选》,太白文艺出版社,2012年版。

上海辞书出版社文学鉴赏辞典编纂中心编:《新诗三百首鉴赏辞典》,上海辞书出版社,2008年版。

诗刊社编:《新世纪十佳青年女诗人诗选》,时代文艺出版社,2006年版。

谭五昌编选:《新诗百年诗抄》,浙江人民出版社,2017年版。

谭五昌编选:《中国新诗三百首》,北京出版社,1999年版。

王家新编:《欧美现代诗歌流派诗选》,河北教育出版社,2003年版。

吴思敬编选:《主潮诗歌》,北京师范大学出版社,1999年版。

吴晓东选编:《中国沦陷区文学大系·诗歌卷》,广西教育出版社,1998年版。

谢冕、孟繁华编:《中国百年文学经典文库·诗歌卷》,海天出版社,1996年版。

谢冕、钱理群主编:《百年中国文学经典》,北京大学出版社,1996年版。

谢冕主编:《百年新诗》(十卷),百花文艺出版社,2013年版。

谢冕主编:《相信未来》,天津教育出版社,2002年版。

谢冕主编:《中国新文学大系(1976—2000)·第二十二集 诗卷》,上海文艺出版社,2009年版。

谢冕总主编:《中国新诗总系》(十卷),人民文学出版社,2009年版。

颜非等编:《厦门青年诗人诗选》,中国文联出版公司,2006年版。

阳飏、古马选编:《世纪末的花名册:中国90年代青年诗人短诗选》,敦煌文艺出版社,1997年版。

杨克主编:《90年代实力诗人诗选》,漓江出版社,1999年版。

杨晓民主编:《中国当代青年诗人诗选》,河北教育出版社,2004年版。

张清华主编:《21世纪中国文学大系·2010年诗歌》,春风文艺出版社,2011年版。

张清华主编:《中国当代民间诗歌地理》,东方出版社,2015年版。

张同道、戴定南主编:《二十世纪中国文学大师文库·诗歌卷》(两卷),海南出版社,1994年版。

张同吾、吴思敬、赫迪·布拉维主编:《中国当代流派诗选》,中国文联出版社,2011年版。

张贤明编著:《百年新诗代表作》(两卷),现代出版社,2017年版。

中国诗歌学会主编:《2015中国诗歌年选》,花城出版社,2016年版。

邹荻帆、谢冕主编:《中国新文学大系(1949—1976)·第十四集 诗卷》,上海文艺出版社,1997年版。

参考文献

陈超:《中国先锋诗歌论》,人民文学出版社,2007年版。

陈改玲:《重建新文学史秩序——1950—1957年现代作家选集的出版研究》,人民文学出版社,2006年版。

陈历明:《新诗的生成——作为翻译的现代性》,商务印书馆,2014年版。

陈晓明主编:《"朦胧诗"与"第三代诗"》,作家出版社,2018年版。

陈旭光、谭五昌:《秩序的生长——"后朦胧诗"文化诗学研究》,陕西人民教育出版社,2002年版。

陈旭光:《中西诗学的会通——20世纪中国现代主义诗学研究》,北京大学出版社,2002年版。

陈仲义:《诗的哗变——第三代诗面面观》,鹭江出版社,1994年版。

陈宗俊:《"十七年"新诗选本与"人民诗歌"的构建》,南京师范大学,博士论文,2014年。

程光炜:《朦胧诗实验诗艺术论》,长江文艺出版社,1990年版。

程光炜:《中国当代诗歌史》,中国人民大学出版社,2003年版。

董迎春:《走向反讽叙事——20世纪80年代诗歌的符号学研究》,苏州大学出版社,2013年版。

方长安:《中国新诗(1917—1949)接受史研究》,中国社会科学出版社,2017年版。

耿占春:《失去象征的世界——诗歌、经验与修辞》,北京大学出版社,2008年版。

洪子诚、刘登翰:《中国当代新诗史》,人民文学出版社,1993年版。

《胡乔木传》编写组编:《胡乔木谈新闻出版》,人民出版社,2015年版。

黄发有:《中国当代文学传媒研究》,人民文学出版社,2014年版。

霍俊明:《尴尬的一代——中国70后先锋诗歌》,广西师范大学出版社,2009年版。

姜涛:《"新诗集"与中国新诗的发生》,北京大学出版社,2005年版。

蒋登科:《九叶诗人论稿》,西南师范大学出版社,2006年版。

敬文东:《感叹诗学》,作家出版社,2017年版。

柯雷:《精神与金钱时代的中国诗歌——从1980年代到21世纪初》,张晓红译,北京大学出版社,2017年版。

蓝棣之:《现代诗的情感与形式》,人民文学出版社,2002年版。

李建立编:《朦胧诗研究资料》,百花洲文艺出版社,2017年版。

李洁非、杨劼:《共和国文学生产方式》,社会科学文献出版社,2011年版。

李新宇:《中国当代诗歌艺术演变史》,浙江大学出版社,2000年版。

李怡:《中国现代新诗与古典诗歌传统》,西南师范大学出版社,1994年版。

李振声:《季节轮换——"第三代"诗叙论》,复旦大学出版社,2008年版。

林平乔:《传统文化视域下的朦胧诗研究》,海南出版社,2007年版。

刘波:《"第三代"诗歌研究》,河北大学出版社,2012年版。

刘春:《朦胧诗以后:1986—2007中国诗坛地图》,昆仑出版社,2008年版。

刘福春:《中国新诗编年史》,人民文学出版社,2013年版。

刘士杰:《走向边缘的诗神》,山西教育出版社,1999年版。

刘涛:《百年汉诗形式的理论探求——20世纪现代格律诗学研究》,人民出版社,2013年版。

龙泉明、邹建军:《现代诗学》,湖南人民出版社,2000年版。

陆耀东:《中国新诗史》(三卷),长江文艺出版社,2005—2015年版。

吕进主编:《文化转型与中国新诗》,重庆出版社,2000年版。

吕周聚:《中国当代先锋诗歌研究》,中国广播电视出版社,2001年版。

吕周聚编:《朦胧诗历史档案——新时期朦胧诗论争文献史料辑》,人民出版社,2016年版。

罗振亚:《1990年代新潮诗研究》,河北大学出版社,2014年版。

罗执廷:《民国社会场域中的新文学选本活动》,山东文艺出版社,2015年版。

罗执廷:《文选运作与当代文学生产——以文学选刊与小说发展为中心》,暨南大学出版社,2012年版。

米歇尔·福柯:《知识考古学》,生活·读书·新知三联书店,董树宝译,2021年版。

闵丰:《清初清词选本考论》,上海古籍出版社,2008年版。

瑙曼等:《作品、文学史与读者》,范大灿编,文化艺术出版社,1997年版。

邵燕君:《倾斜的文学场——当代文学生产机制的市场化转型》,江苏人民出版社,2003年版。

斯炎伟:《全国第一次文代会与新中国文学体制的建构》,人民文学出版社,2008年版。

宋应离等编:《中国当代出版史料》(八卷),大象出版社,1999年版。

宋原放主编:《中国出版史料》(现代部分),山东教育出版社、湖北教育出版社,2000—2006年版。

孙基林:《崛起与喧嚣——从朦胧诗到"第三代"》,国际文化出版公司,2004年版。

孙玉石:《中国现代主义诗潮史论》,北京大学出版社,1999年版。

谭桂林:《本土语境与西方资源》,人民文学出版社,2008年版。

陶东风:《文学史哲学》,河南人民出版社,1994年版。

陶子珍:《明代词选研究》,台北秀威资讯科技股份有限公司,2003年版。

田安:《缔造选本:〈花间集〉的文化语境与诗学实践》,江苏人民出版社,马强才译,2016年版。

王本朝:《中国当代文学制度研究》,新星出版社,2007年版。

王光明:《艰难的指向——"新诗潮"与二十世纪中国现代诗》,时代文艺出版社,1993年版。

王士强:《消费时代的诗意与自由——新世纪诗歌勘察》,广西师范大学出版社,2017年版。

王泽龙:《中国现代主义诗潮论》,华中师范大学出版社,1995年版。

吴思敬编选:《磁场与魔方——新潮诗论卷》,北京师范大学出版社,1993年版。

吴思敬主编:《20世纪中国新诗理论史》,人民文学出版社,2015年版。

吴义勤主编:《文学制度改革与中国新时期文学》,文化艺术出版社,2013年版。

奚密:《现代汉诗:1917年以来的理论与实践》,上海三联书店,2008年版。

肖鹏:《群体的选择——唐宋人词选与词人群通论》,凤凰出版社,2009年版。

谢冕:《中国新诗史略》,北京大学出版社,2018年版。

新华书店总店、中华书局编:《全国总书目》(1949—1999),新华书店总店、中华书局,1955—2001年版。

熊辉:《隐形的力量——翻译诗歌与中国新诗文体地位的确立》,广西师范大学出版社,2017年版。

徐国源:《中国朦胧诗派研究》,文史哲出版社,2004年版。

杨四平:《中国新诗理论批评史论》,安徽教育出版社,2008年版。

姚家华编:《朦胧诗论争集》,学苑出版社,1989年版。

袁可嘉:《论新诗现代化》,生活·读书·新知三联书店,1988年版。

臧棣等编:《激情与责任》,人民文学出版社,2002年版。

张德厚、张福贵、章亚昕:《中国当代诗歌史论》,吉林人民出版社,2005年版。

张闳:《声音的诗学——现代汉诗抒情艺术研究》,上海书店出版社,2016年版。

张均:《中国当代文学制度研究》,北京大学出版社,2011年版。

张立群:《阐释的笔记:30年来中国新诗的发展(1978—2010)》,辽宁大学出版社,2011年版。

张涛编:《第三代诗歌研究资料》,百花洲文艺出版社,2017年版。

张桃洲:《现代汉语的诗性空间——新诗话语研究》,北京大学出版社,2005年版。

张智华:《南宋的诗文选本研究——南宋人所编诗文选本与诗文批评》,北京师范大学出版社,2002年版。

中国出版科学研究所、中央档案馆编:《中华人民共和国出版史料》(第1—13卷),中国书籍出版社,1995—2009年版。

中国新闻出版研究院编:《中华人民共和国出版史料》(第14—15卷),中国书籍出版社,2013年版。

朱先树:《诗歌的流派、创作和发展》,花城出版社,1991年版。

邹云湖:《中国选本批评》,上海三联书店,2002年版。

后　记

关于选本这一课题,我已经持续研究数年。这本关于中国当代新诗选本的研究专著,是这一持续研究的最新成果。通过对当代中国选本编纂实践的深入研究和持续观察,我逐渐认识到,是时候提出当代"选本学"这一范畴了。最近一两年,关于"中国式现代化"和"第二个结合"的说法甚是流行。应该说,将这两个说法用于"选本学"研究当中可谓再恰当不过。其实,早些年就有学者(比如说王尧)提出过当代"选学",因而当代"选本学"范畴的提出并不显得突兀。这里之所以选用"选本学",是想既区别于古代的"选学"说,又对古代的"选学"多有借鉴。就谱系来说,"选本学"有其古代的脉络,亦深具马克思主义的内涵,同时符合现代性的逻辑,三者的结合及其复杂关系,决定了自1949年以来的选本编纂实践,有不少经验和教训。当代的诗歌选本,既是最具现代性的选本类型,也最具有传统气质。提出"选本学"这一范畴,是想就当代选本编纂,特别是诗歌选本编纂实践展开系统深入的回顾、反思和总结。本书是这一课题的初步的成果。希望今后能将这一研究持续下去。

本书写作的过程中,得到诸多师友的帮助,亦得到诸多刊物编辑的垂青,感激之情,难以言表。这里要特别感谢《中国现代文学研究丛刊》的易晖,《中山大学学报》的李青果,《厦门大学学报》的廖哲平,《南方文坛》的张燕玲、曾攀,《文艺争鸣》的张涛,《江西社会科学》的张丽,《当代文坛》的赵雷,《江汉论坛》的刘保昌,南京师范大学的沈杏培,《中国现代文学论丛》的张光芒,《东吴学术》的刘浏,《厦大中文学报》的林丹娅等师友。当然,还要感谢后期资助的评委老师,是他(她)的宝贵支持,才使得这一成果得以以专著的形式问世。此外,还要特别感谢北京大学出版社的张雅秋老师和高迪老师,没有她们的帮助和支持,这一著作也不能顺利出版。最后,要特别感谢敬爱的谢冕老师,谢老师年逾九十,仍答应为本书作序,让人十分动容。

关于中国当代新诗选本的研究虽然已告一段落,但感谢的心情、感谢的对象和感谢的话语却无法穷尽。相信感谢之情就像这研究一样,随着时间的延续,是会变得更深入和绵长的。

是为记。

徐 勇

2023 年 8 月 20 日于厦门